講談社文庫

罪の声

塩田武士

講談社

目次

罪の声

プロローグ

腹の底に響くような鈍い唸《うな》りが、雑音をかき消した。

長いアイロン台に広げた生地《きじ》は落ち着いたグレーで、控えめな艶《つや》がある。曽根《そね》俊也《としや》は霧吹きを手に取り、生地の状態を目で追いながら、リズムよく水をかけた。

胸回りに厚みがあって、ウエストにはきっちりと絞りが入る――頑固でいて慎ましい男くさいスーツ。それでこそブリティッシュスタイルだ。多くの客が軽くて着心地のいいイタリア生地に軍配を上げるが、俊也は流行《はや》り廃《すた》りに興味を示さない英国スーツに気品を感じる。

手垢《てあか》が染み込んで飴《あめ》色になったスチームアイロンの木製の柄を握り、一着分三・二メートルの生地に鉄のかけ面を当てていく。「地のし」は、問屋から届いた生地の歪《ゆが》みを整える、服づくりの序幕とも言える作業だ。先代から使っているスチームアイロンの本体は、点滴のようにホースを通して小さな水のタンクとつながっている。

アイロン台はバキューム式で、熱や蒸気を吸い込んで生地を平らに保つ。夜中に突然鳴り始める冷蔵庫のように「ブォー」と唸り、周囲の音をたちまち呑み込んでしまう。作業部屋に表の喧騒は全く届かない。

まだ一枚でしかない布を前に、一着のシルエットを思い描くのはテーラーの楽しみであり、特権だ。近ごろではこの基礎準備を怠《おこた》る店もあるが、俊也にとって「地のし」は手間ではなく、不可欠な工程だった。

一時間ほどかけて表裏両面にアイロンを当てた後、生地をポールハンガーに吊るした。バキュームのスイッチを切り、カッターシャツの上から腰をトントンと叩く。ひと息つきたかったが、しばらく放っておいた店の様子が気になって作業部屋から店に出た。

俊也は誰もいない店内を見回した。二十五坪の売り場面積は、個人経営の服屋には十分な広さだ。ショーウインドーと店の中央にスーツと生地のサンプルを飾り、東西の両壁に約千種類の生地を展示している。

カウンターに置きっ放してあったスマートフォンに、メールの受信を知らせる緑のランプが点滅していた。受信ボックスを満たす迷惑メールの中に「お願い」というタイトルのメッセージが目についた。母からだ。

俊也は夕方、母を見舞うことになっていたが、その際に「アルバムと写真を持ってきてほしい」ということだった。写真の整理でもするのだろうか。暇《ひま》を持て余す母の姿が目に浮かぶようで少し笑った。了解の旨短く返信し、画面に表示されている時刻を見た。

午後二時過ぎ。夕方までまだ幾分の余裕はある。だが、先に面倒を片付けるという性分のせいで仕事への集中力が霧散した。俊也は再び作業部屋へ戻り、二階へ向かった。

父の光雄《みつお》が京都《きょうと》市北部の住宅街に「テーラー曽根」の看板を掲げてから三十三年。俊也は三つのころからこの自宅兼店舗で暮らしてきた。そっと足を下ろしても大きく軋《きし》む階段の音を聞いたり、使い勝手の悪い狭い洗面所を見たりするたびに、隠しようのない古さを感じる。

バブル期の華やかなりしころは、駅近くの大通り沿いに有名な建築家が設計した瀟《しょう》洒《しゃ》なビルが建ち並び、おしゃれな街の代表格として幾度となくタウン誌の巻頭を飾ったが、弱った歯茎《はぐき》から歯が抜けるようにビルや店が消えていった。そんな中「テーラー曽根」は時代の波に乗ることも荒波に揉まれることもなく、振り子のリズムで時を刻んだ。

俊也は階段を軋ませ二階へ上がった。同時にムッと息が詰まるような熱気に包まれ、汗が噴き出した。京都で生まれ育って、今さら盆地の四季についてとやかく言うつもりはないが、早く夏が終わってほしいと切に願う。

母の部屋は、階段から続く廊下の突き当たりにある。薄手のドアを開けると、部屋の中はさらに熱が籠っていて、言葉にならない苛立《いらだ》ちの声が出た。照明を点《つ》けた後、すぐ隣に掛けられているリモコンの「運転」ボタンを押す。クーラーが眠たげな音を出して動き始めた。俊也は手を扇にして気休めの風を顔に送り、改めて飾り気のない小ぎれいな部屋を視界に収めた。

母が食事中に血を吐いたのは四日前のことだ。俊也がリビングまで母を運び、妻の亜美《あみ》はすぐに一一九番した。いつになく慌てふためく両親を見て不安になったのだろう。二歳の詩織《しおり》が大泣きし始め、朝の食卓は修羅場と化した。結局、一番落ち着いていたのは吐血した当人で「詩織ちゃんを抱っこしたり」と、息子を手で追い払うぐらい気丈だった。

検査の結果、胃潰瘍《いかいよう》と分かり、二週間の入院治療が必要とのことだ。俊也はくも膜下出血であっけなく亡くなった父を思い出してかなり動揺したものの、命に別状はないという医師の言葉にひとまず安堵した。

探しものは電話台に入っているという。電話台と言っても、今はCDラジカセの置き場になっている。俊也は腰を落として一番下の大きな引き出しを開けた。中には、大きめの茶封筒や父親が使っていた鋏《はさみ》やボタン、ボールペンなどがむき出しのまま入っていた。どうやら父の遺品をまとめているらしいが、母らしく整頓されているとは言い難い。奥に薄い段ボールの箱が見えた。父の仕事道具かもしれないと興味が湧《わ》き、俊也は深い皺《しわ》が入って変形している段ボール箱を手に取った。正方形の蓋《ふた》を開けると、そこには透明のプラスチックケースに収まったカセットテープと黒革のノートが入っていた。

「何やこれ」

黒革のノートを開いた俊也は驚いて声を上げた。日に焼けた紙にぎっしりと英文が埋まっている。濃いブルーのインクは恐らく万年筆のものだろう。ノートの状態からして、かなり古いものだと分かる。職人として生涯を閉じた父とこの英文がどうしても結びつかない。

何とか読み進めようと試みたが、意味の分からない単語があまりに多く、読み手を混乱させるために書いたような長い一文の連続に、俊也の心は早々に折れてしまった。内容が気になり、もどかしさはあるものの、とても夕方までに片付くとは思えなかった。

俊也は代わりにカセットテープを聞くことにした。ちょうど真上に古いCDラジカセがある。テープの表面は上半分が白で、下が緑という昭和を感じさせるものだった。白い部分はタイトル用のスペースらしいが、何も書かれていない。

A面にセットして再生ボタンを押す。「ブチッ」という耳障《みみざわ》りな音がした後、騒がしい背景音が聞こえてきた。大人の男女の会話が入り、男の声の主はすぐに父だと分かった。親しげな女の声が「よいしょ」をするように父のライターを褒《ほ》めている。大音量で歌謡曲の序奏が始まり、拍手とタンバリンの音が聞こえた。

場所は恐らくスナックだ。父は機嫌がいいと、まだ幼い俊也をスナックへ連れて行き、家では言えない愚痴《ぐち》をママにこぼしていた。懐かしさが込み上げ、自《おの》ずと頰《ほお》が緩《ゆる》む。一度音声が途切れ、今度は幼い男児の歌声が聞こえてきた。

「ぼーく、ぼーく、わらっちゃいます～」

俊也は「あぁ、風見《かざみ》しんごや」と言って笑った。幼くても自分の声だと分かる。女の掛け声やタンバリンの音に乗せて、たどたどしい歌が続く。途中で黙ってしまうこともあったが、なかなかの熱唱だった。歌い終えた後に歓声が起こり、そこでテープが切れる。

俊也は、当時父が短髪だったことを思い出した。晩年は白髪が目立っていたが、このときはまだ三十前後のはずだ。たまにこのテープを聞いていたのかもしれないと思うと、詩織の顔が浮かび、胸に染みた。

俊也がラジカセに触れようとしたとき、再びあの鼓膜に響くような「ブチッ」という音がした。

「ばーすーてーい、じょーなんぐーの、べんちの……」

風見しんごの曲を歌っていたのと同じ、幼いころの自分の声だ。

「きょうとへむかって、いちごうせんを……にきろ、ばーすーてーい、じょーなんぐーの、べんちの、こしかけの、うら」

テープが切れた。

「何やこれ」

先ほどノートを見たときと同様、不可解に感じたのは、ほとんど背景音がなかったからかもしれない。ほんの少し「ゴー」という音が入っているものの、これが周囲の音なのかテープの傷《いた》みによるものなのか、判別がつかない。いずれにせよ、俊也には録音したという記憶が全くなかった。

じょーなんぐーという言葉はすぐに城南宮《じょうなんぐう》に変換された。伏見《ふしみ》にある神社だ。その最寄にあるバス停のベンチの裏。宝探しにでも使ったのかとも思ったが、はっきりと録音を目的としたような無機質な調子が引っ掛かった。少なくとも子どもの愛らしさを記録しようという意図は見えない。

テープを早送りして他の音声がないか確認しても、何も入っていなかった。俊也は考え過ぎかと、もう一度黒革のノートのページをめくっていった。

【ギンガ】【萬堂《まんどう》】

突然目に飛び込んできた言葉に手が止まる。最後の方に見開きで日本語の表記があった。左ページが【ギンガ】で右が【萬堂】。ともに日本を代表する製菓メーカーだ。両社の売上げや従業員数、社長の名前などが几帳面《きちょうめん》な字で記されている。なぜ急に菓子会社の情報が出てきたのか。前の英文が読めない以上判断のしようがなかった。

だが、ノートを閉じたとき「ギン萬事件」という言葉が浮かんだ。俊也が幼少のころ、関西を中心に起きた有名な事件だ。キツネ目の男の似顔絵は今でも鮮明に憶えている。父と英文、英文と製菓メーカー、父と製菓メーカー。どの組み合わせもしっくりこない。このノートとカセットテープには関連があるのか。クーラーのおかげで汗の引いた背中が、冷たくなっていた。

母から頼まれたアルバムのことなど忘れ、ノートをつかんだ俊也は部屋を飛び出した。階段を大きく軋ませて作業部屋へ戻ると、すぐにドアを開けて店に出た。カウンターにある型の大きいノートパソコンのマウスを素早く動かす。

検索サイトで「ギン萬事件」のワードを打ち込んだ。まとめサイトを見つけてクリックし、活字を目で追う。この事件は思っていたよりかなり複雑だったようだ。

毒入りの菓子がばら撒《ま》かれただけだと思っていたが、ギンガの社長誘拐を発端に、複数の製菓・食品メーカーを恐喝した大事件だった。社長誘拐から約一年半後、犯人グループは終結宣言を出して闇に消える。そして、二〇〇〇年二月に一連の犯罪は完全時効を迎えた。

画面をスクロールする俊也の指が止まった。

――被害企業との接触に、女性や児童の声が入った録音テープを使用――

俊也の心臓が早鐘《はやがね》を打ち、一瞬の寒気の後にじわっと毛穴が開いたような感覚がした。実際、手のひらの汗がマウスを濡らしていた。

犯人が使ったテープを確認しようと動画サイトを開く。発生から三十一年が経った今でも、数多くの映像がアップロードされていた。なかなか思うような映像が出てこず、苛立ちが募る。しかし六本目にして、俊也はようやくあるドキュメンタリー番組に辿り着いた。

ホープ食品恐喝に使用されたテープとして、男児の声が流れた。

「きょうとへむかって、いちごうせんを……にきろ、ばーすーてーい、じょーなんぐーの、べんちの、こしかけの、うら」

俊也は取り憑《つ》かれたように何度も男児の声を再生した。どこかに相違点はないか。それればかりを考えてクリックを続けた。だが、文言も周囲の「ゴー」という音の大きさも全て同じだった。聞くほどに疑念が確信へと変わっていく。

額から流れ出る汗にも気づかず、俊也は天を仰いだ。

これは、自分の声だ。

第一章

1

低く、陰に籠《こも》った笑い声。

いい年をした大人、それもくたびれたスーツを着た男が三人、ソファーに横並びに座って、テレビを見上げている。画面には、学生の男が自宅のドアで突き指し、もがき苦しんでいるシーンが流れていた。それを見た祖母が慌てて駆け寄り、孫の背中で突き指をする。

また室内に陰気な笑いが起こる。表情を緩ませながらメモを取る阿久津英士《あくつえいじ》も、その声の主の一人だ。

在阪のテレビ局。番組宣伝部があるフロアの奥に、穴場のようにひっそりと記者室がある。ここには阿久津のような全国紙の文化部記者が来ることもあるが、大抵はスポーツ紙の芸能担当が屯《たむろ》している。今、阿久津の左隣にいる二人もスポーツ紙の記者だ。

「竜田《たつた》さんがいいですよねぇ」

番組宣伝部の短髪の男が、いつ見ても同じ笑顔で一言入れる。彼らの仕事はまず、メディアに書かせることだ。

「十五年ぐらい前まで、おもいっきりお色気路線やったのになぁ」

「今や見る影もないですね。でも、案外この役が鉱脈かもしれませんよ」

スポーツ紙の記者が当たり障りなく返す。話題になっている竜田とは、突き指した祖母役の女優のことで、肉付きのいい体は阿久津も憶えている。

八月も下旬に入った。十月から始まる深夜帯のコメディードラマ。その初回収録分の〝試写会〟が記者室で行われている。とは言え、記者はソファーに収まる三人だけだ。

まぁ、二十五行やな。

阿久津の頭の中でオチ二行、計四段落の簡単な原稿の流れが出来上がった。あとはメールで宣材写真を送ってもらうだけだ。今日はこのまま直帰し、行きつけの洋食屋でビフカツにビールと決めている。

ローテーブルの上にある冷たい緑茶に手を伸ばしたとき、床のバッグに入っているスマートフォンが振動した。画面には「文化部」とある。「ちょっとすんません」と断りを入れ、阿久津は歩きながら画面をスライドした。

「おぅ、忙しいとこすまんなぁ」

芸能デスクの富田《とみた》からだ。連絡があっても威圧感を覚えない、新聞社においては貴重な上司だ。酒を飲んでも飲まなくても、ネタを抜こうが抜かれようが、四六時中機嫌がよさそうなのが富田である。

記者室を出た阿久津が「何かありました？」と探りを入れる。

「ちょっと鳥居《とりい》さんから連絡があってな」

鳥居と聞き、阿久津は右手で額を押さえた。そうして富田の次の言葉に備える。鳥居は社会部の事件担当デスクで、社内でサツ回りと言えば真っ先に思い浮かぶ人物だ。

「今から社会部に上がってきてくれって」

予想通りの言葉に力が抜ける。

「もしもし、聞こえてる？」

富田の声にははっきりと同情の念が含まれていた。

「それって、俺なんですかね？　他に空いてる人がおったら……」

「ご指名や」

「何とかならないですかね？」

「ならん。ほな」

先ほどの同情の気配を微塵《みじん》も残さない鮮やかな切り際だった。一つため息をついた後、阿久津は記者室のドアノブを乱暴につかんだ。

阿久津がテレビ局から大日《だいにち》新聞文化部に戻ると、既に富田の姿はなかった。用がなければすぐに帰る、という厚生労働省基準のサンプル品のような姿勢は本来、部下にとってはありがたいはずだ。しかし、愚痴の一つでも言ってやろうと意気込んでいるときに、主のいない上司の椅子を見ると拍子抜けするのもまた、会社組織というものである。阿久津はバッグを自分の席に置いたままにして部屋を出た。

文化部と他の編集局の部署はフロアが一つ異なる。普段は厳《いか》めしいおっさんの仏頂面《ぶっちょうづら》や締め切り前の怒鳴り声とは無縁のため、このリノリウムの階段を上がるたびにストレスが増していく。無意識のうちに手にしていたノック式ボールペンをカチカチと鳴らしていた。

上階の大フロアは社会部以外に、経済部や運動部、整理部などに分かれているものの仕切りがなく、忙《せわ》しなく動く大人たちがひしめいている。会社に入って十三年。この光景を見て早く家に帰りたいと思う点は、ブレることがない。

阿久津は腰が引けたまま、出入り口に一番近い社会部のシマへ向かった。電話取材やコピー取りに忙しい同僚たちに目で挨拶し、阿久津はソファーでスルメをしゃぶっている鳥居の傍《かたわ》らで足を止めた。鳥居は白黒写真でよく見かける昔ながらの七三で、職業倫理の方も同じく時代遅れなままだ。

「遅かったやないか」

鳥居がニコリともせず、口からスルメを出した。代わりに阿久津が愛想笑いをすると、鳥居は濡れたスルメの先を会議室の方へ向けた。

会議室はフロアの東西に一つずつあり、阿久津たちは主に社会部員が使う小部屋の方へ入った。中央で長机が組まれているほかは、椅子とホワイトボードがあるぐらいで、窓もないため取調室のような息苦しさがある。

鳥居は照明を点けた後、阿久津の対面の椅子に腰掛けた。

「ドラマの取材やって？」

スルメをくわえながら、鳥居がホッチキスで綴《と》じられたA４用紙を投げて寄越した。

「記者室でＤＶＤを見るだけですけど」

「それで原稿になるん？」

「まぁ……」

「へぇー。ええ仕事やなぁ。ほんで今日は取材それだけ？」

この手の嫌味は社会部と合同の宿直勤務のときに散々やられる。「パワハラ」という言葉が浸透したため、上司であっても直接的なものの言い方は避ける傾向にあるが、鳥居は時流に逆らい続けている。前時代的な自分に酔うタイプだ。

阿久津はろくに返事もせず、用紙に視線を落とした。

冒頭の一枚に「深淵の住人（仮）」というタイトルがあった。

「年末企画や。平たく言やぁ、昭和・平成の未解決事件の特集やな」

全五〜十回という曖昧な連載予定回数が記され、その下に「ギン萬事件――三十一年後の真実――」とある。嫌な予感がした。

「大阪《おおさか》本社はギン萬をやる」

「ギン萬……」

企画書を前に固まっていると、鳥居が「どうや、おもろそうやろ？」と身を乗り出した。

「いや……、大変そうですねぇ」

「そや、大変なんや。猫の手だけやのうて、鰯《いわし》の胸びれでも借りたいぐらいでな。で、おまえを取材班に入れたってわけや」

「ちょっと待ってくださいよっ。自分なんか鰯以下ですからっ」

阿久津は冗談じゃないとばかりに顔を上げた。鳥居の下でこんな大事件の取材をするなど〝文弱の徒〟には惨事でしかない。

「あのっ、自分、今いろいろ抱えてまして……」

「それって忙しいってこと？」

入社してからずっと事件畑を歩み、大阪府警担当キャップなどを経て社会部の事件担当デスク席に座っている。そんな男に多忙を訴えられる人間が、この世に何人いるだろうか。すっかり取調室と化した部屋で、今度は黙秘権を行使しようと黙り込んだ。

「だんまりでもあかんで。もうトミーとは話ついてるから」

「えっ、富田さんと？」

身内に寝首を掻《か》かれ、阿久津の心は簡単に折れた。これからしごきの日々が始まると思うと、風邪をひいたときのように体が怠《だる》くなった。

「企画書の次のページ見てみぃ」

鳥居は早速仕事に取り掛かるらしい。阿久津は言われるままに用紙をめくった。

――フレディ・ハイネケン誘拐事件について――

「ハイネケンってあのビール会社のですか？」

「おまえ、ハイネケンの会長が誘拐された事件知らんの？」

「……すんません」

鳥居はわざとらしくため息をついた後「読め」とばかりに、スルメをくわえたまま顎をしゃくった。阿久津は気まずそうに頭を下げた後、事件の要約を目で追った。

一九八三年十一月、オランダ・アムステルダムで世界的ビールメーカー「ハイネケン」の経営者、フレディ・ハイネケンと彼の運転手が、地元の五人組の若者に誘拐された。三週間後、三千五百万ギルダー（事件当時約二十億円）の身代金と引き換えにハイネケンと運転手は解放される。警察に監禁場所を特定されていた犯人グループは年内に三人が逮捕され、主犯格の二人も八四年二月にパリ市内で拘束されたものの、身代金の大半は今も行方が分かっていない——。

確かに大きな事件だが、これがギン萬、ならびに大阪の文化部記者とどうつながるのかが分からなかった。阿久津が呑み込めていない顔をしていると、鳥居がスルメを口から出して話し始めた。

「ギンガの社長が誘拐されたんは、ハイネケン事件の四ヵ月後や」

「えっ！　ギンガとハイネケンが関係あるんですか？」

「三枚目のメモ見てみぃ」

乗せられやすいタイプとの自覚はあるが、阿久津は興奮の面持《おもも》ちで用紙をめくった。

そこにはブリュッセル支局の記者メモの内容がタイプされていた。メモには「ハイネケン誘拐事件発生時から人質解放後もしばらく、現場周辺で聞き込みをするなど探偵まがいの行動をしていた人物」について書いてあった。この人物は「ロンドン在住の東洋人の男」の可能性が高く、アムステルダムの中華料理店主によると「ロンドンのチャイナタウンに詳しい」らしい。犯人逮捕までは地元の警察も興味を持っていたという。

確かに面白いメモだが、情報が少なすぎる。阿久津は消化不良を訴えるべく鳥居の顔を見た。

「そのメモがつくられたんは恐らく八〇年代で、書いた記者は既に亡くなってる」

「つまり、これが全てってことですか？」

「そうや。ついでに言うと、映画を除いてハイネケン誘拐に関する日本語の資料はほぼない」

「英語の資料は？」

「ネット上にいくつか記事はあるみたいやけど、基本的にオランダ語や」

「はぁ……」

この乏《とぼ》しい情報を基に記事にまとめろということか。阿久津は誰に話を聞けばいいのか見当もつかなかった。知り合いにオランダ人がいないことだけは確かだ。

「海外の誘拐は必ずしも警察が出張ってくるとは限らん。家族が犯人に身代金を渡して被害者が解放されるケースも結構ある」

「それはちょっと聞いたことがあります」

「ほんで、ロンドンにリスクマネジメントの会社があって、交渉人がおるらしい」

「へぇ、何でも商売になるんですね」

「欧州総局の記者がその会社にいた元交渉人を知ってるそうや」

鳥居はそこまで言うと小さくなったスルメを丸呑みした。

「でも、しばらくスコットランドで取材するみたいで、ロンドンにおらん。つまり……、阿久津、もう分かるな」

「えっ、何がです？」

「おまえ、英検一級らしいな」

ここに来て、ようやく鳥居の魂胆《こんたん》に気付いた阿久津は、自らのおめでたさに鞭打《むち》ちたい気持ちになった。

「いえ、準一級です。しかも取ったのは学生のときです」

「でも、一級みたいなもんなんやろ？」

「いえ、全然違います。準一級の人間が何年も勉強してやっと一級レベルです」

「おまえ自分のことまだ駆け出しやと思ってるんか？　学生時代から既に十年以上経

ってるやろ」

「いや、この間全然勉強してませんから。むしろ、今受けたら準一級落ちますよ」

本筋と関係のない誘拐交渉人のインタビューなど、単調になりがちな企画に色をつけるための取材に違いない。つまり、完全な枝葉だ。だからこそ、文化部の暇そうな記者を選んだのだ。

「結論から言うと、おまえにはロンドンへ行ってもらう。まず海外の企業家誘拐について元交渉人に話を聞く。それから、このメモの東洋人を捜してこい」

阿久津は自分の耳を疑った。これまでもいろんな理不尽を忍んで宮仕えを続けてきたが、さすがにこれは度が過ぎている。恐らく記者をロンドンへ派遣するのは、企画に意外なほど予算が下りたからで、その主な目的は元交渉人の取材のはずだ。東洋人云々《うんぬん》は、記者を休ませないための後付けでしかない。それでも取材メモの提出義務がある阿久津は、片言の英語でずっと聞き込みを続けなければならないのだ。これは取材旅行などという生温《なまぬる》いものではない。

「三十年以上前の東洋人なんか、見つけられるわけないやないですか」

「何でそんな貧弱な発想なんや。もし見つけたら特ダネやぞ」

「その東洋人はハイネケンのことを調べてただけで、ギン萬と関わりがある可能性はかなり低いと思います」

「おまえ何のためにしょうもないドラマの取材してんねん。そこを面白く書くんが文化部記者の本領やないか。誰もお前に硬派記事なんか期待してへんわ。軟派もんや、軟派もん」

鳥居は、話は終わったとばかりに立ち上がり、勝手に照明のスイッチを切って出て行った。通常の仕事に企画の応援取材。しばらく休みは取れないだろう。

暗い部屋の中から鳥居の後ろ姿を見ていた阿久津は、今日はビフカツとハイネケンにしようと思った。

2

ガイドブックにあった通り、ロンドンの空は暗かった。

ヒースロー空港から急行列車でパディントン駅に着いたとき、阿久津は席から立つのもつらかった。深夜の関空を飛び立ってドーハのハマド国際空港で乗り継ぎ、約二十時間かけてようやくイギリスにたどり着いたのだ。

特に関空からドーハまでの機中は散々だった。隣の白人は当然のように真ん中の肘《ひじ》掛けを独占し、映画を観て笑い、いびきをかいて寝た。前の乗客も遠慮のない男で、好きなだけシートを倒した結果、離着陸時以外のほとんどの時間、膝頭《ひざがしら》が前のシートの背面に当たっている状態だった。

阿久津は決して平らとは言えない歩道を進んだ。スーツケースのキャスターが耳障りな音を立て、大股で歩く人たちに次々と抜かれていく。街を歩いて十分ほどだが、分かったことがある。ロンドンの人間は、あまり信号を守らない。

日本で印刷しておいた正確な地図のおかげで、迷うことなくホテルを見つけることができた。周囲は道路の両脇に真っ白な洋風アパートメントが建ち並び、軒先《のきさき》の丸い柱や規則正しく並んだ長方形の窓がヨーロッパを感じさせ、そのまま絵に収めたいほど美しかった。

早口のフロントが話す英語は半分も聞き取れなかったものの、デポジットの支払いも含めて難なくチェックインできた。トランクも満足に広げられない狭い部屋は不満だったが、熱いシャワーを浴びた後は少し気分がマシになった。

荷ほどきを終え、革のリュックからバインダーを取り出す。挟んでいたノートを外してから腕時計を見た。まだ昼の一時を過ぎたところだ。約束の時間まで幾分の余裕がある。

ノートは「ギン萬事件」の取材班に組み込まれてからつくり始めたもので、記者は大抵、企画など特別な取材は専用ノートをつくる。実際、Wordで書いた方が早いのだが、情報を頭に叩き込むため、阿久津は愛用のシャーペンで丁寧に整理することにしていた。

「ギン萬事件」は一九八四年三月十八日夜、兵庫県《ひょうご》西宮市《にしのみや》の邸宅で「ギンガ」の菊池《きくち》政義《まさよし》社長が誘拐されたことから始まる。それから八五年八月十二日に犯人グループが終結宣言を出すまでの約一年半の間、関西に本社や支社を置く菓子・食品メーカーが次々と脅迫され、無差別の殺人未遂事件へと発展した。

脅迫された企業は発生順に、ギンガ▽又市《またいち》食品▽萬堂製菓▽ホープ食品▽鳩屋《はとや》▽摂《せっ》津屋《つや》――の計六社。又市食品への犯行が、萬堂製菓脅迫の後に発覚したため「ギン萬事件」と名付けられるようになったが、現に、この二社の被害は甚大だった。ギンガは社長が誘拐された後も関連会社への放火、脅迫などに苦しみ、さらに裏取引説まで囁かれて企業イメージを大きく損なった。萬堂製菓は青酸ソーダ入りの菓子を関西だけでなく東京や名古屋《なごや》などにも広くばら撒かれ、商品の撤去を余儀なくされた。生産はストップし、大勢のパート従業員を解雇。事件直前に七百円近くあった株価は、その年の暮れに四百円を切った。二社ともに全く理不尽な形で存亡の危機に陥ったのである。

発生から三十年以上経ってもこの事件が語り継がれるのは、やはり推理小説顔負けの展開があったからだろう。現金受け渡しに際して繰り広げられた犯人グループと警察の息詰まる攻防、マスコミを利用して流し続けた関西弁の脅迫文や挑戦状、不気味な存在感を残すキツネ目の男の似顔絵、数多くの遺留品を残して闇に消えた犯人たち。劇場型犯罪と銘打たれた昭和史、いや、日本の犯罪史上においても比類なき事件だ。

阿久津はノートを見てため息をついた。どう考えても自分が扱える事件ではない。誰かが代わってくれるなら、喜んで引き継ぎする。事件取材でイギリスへ渡るなど半月前には考えもしなかった。

再びノートに視線を落とす。誘拐事件で、阿久津には一つ気になることがあった。なぜ成人の男を連れ去ったのか——。

三十一年前の三月十八日午後九時ごろ。その年は記録的な寒冬で、気温が平年を七、八度下回る日が続き、西日本でも広い範囲で大雪に見舞われた。三月に入っても身を切られるような鋭い風が吹き、事件当日は冷たい小雨が落ちていた。

菊池家の家族構成は、政義と妻、男女三人の子ども、政義の母——の計六人。このうち母の房代《ふさよ》が隣の棟に住んでいた。事件当時、政義と小学五年生の長男、幼稚園児の次女は二階の風呂場におり、妻と小学二年の長女が同じ階の寝室、房代は自分の棟にいた。

押し入ったのは二人組の男で、一人は中年でライフルのような銃を所持。もう一人は若く、こちらは短銃のようなものを持っていた。二人とも小柄で、黒の目出し帽を着けて同じ色の上着を羽織《はお》っていた。阿久津のノートには中年をA、若者をBと記している。

二人は脚立を使い、警備会社のアラーム装置のない房代邸の生垣から侵入。勝手口のガラス戸を割って中に入った。

「静かにせぇ」

四畳半の居間で始まったばかりのドラマを見ていた房代に、Aがライフル銃を突き付けた。Bは手持ちのビニールロープと居間にあった電気コードなどで房代の手首と足首を縛り上げ、東隣にある政義邸の合鍵の在り処を聞き出す。二人はガムテープで房代の目と口を塞ぎ、立ち去る際に、電話回線とテレビのアンテナコードを切断している。

政義邸西側の家事室から合鍵で侵入した二人はまず、妻と長女がいた二階の寝室へ向かう。悲鳴を上げた長女の美佐子《みさこ》に対し、犯人のうち一人が「美佐子ちゃん、静かに」と名前を呼んだ。Bに両手首をガムテープでグルグル巻きにされた母子は、奥にあったトイレに閉じ込められた。

次に対面の浴室に押し入ると、Aが政義の胸にライフルを当て「静かにせぇ。騒ぐな、騒ぐな」と脅した。政義を脱衣場に連れ出し、裸の腰にバスタオルを巻く。そのまま子ども部屋に連れて行ったが、一人が電話線を切断したことからアラームが鳴り、慌てた二人は政義を引きずって来た道を引き返す。一階の家事室から房代邸の庭を横切って表門から外へ出た。

すぐに2ドアの赤いスポーツカーが横づけされ、政義が助手席から後部座席へ押し込められた。その際、Bの目出し帽がズレて、政義が若い男だと確認する。車は夜の街を大阪方面へ走り去った。

大企業の社長を荒っぽい手口で誘拐するという事件に、マスコミ各社は西宮へ記者を飛ばした。そして、翌日の朝刊に「ギンガの社長拉致《らち》」の一報が掲載された後、警察とマスコミは異例の報道協定を締結。新聞・テレビが続報を報じず、不自然な沈黙が流れた。

それから三日後の二十一日昼、大阪府摂津《せっつ》市内の線路上をフラフラと歩く菊池政義の姿が、国鉄の職員によって発見された——。

ここからギンガの試練が始まるのだ。腕時計を見た阿久津は、思ったより時間が過ぎていたことに驚きノートを閉じた。取材の前に携帯電話を手に入れなければならない。

薄手のジャケットを羽織ると、リュックにノートを入れた。

3

　パディントン駅近くのモバイルショップで、店員に勧められたサムスンのプリペイド携帯を買い、その場でセッティングを済ませた。

　ここからが仕事の始まりだ。店を出ると、阿久津はあらかじめノートに書いていた英文を何度か声に出して読み、元誘拐交渉人のコリン・テイラーに電話した。二度目のコール音ですぐに男が出た。

「コリン・テイラーさんですか？　こちらは日本の大日新聞記者の阿久津と申します」

「エクツ？　オー、マサオの同僚だな」

　マサオとは恐らく欧州総局の木戸《きど》昌男《まさお》のことだろう。

「ええ、そうです。少し前にロンドンに着いたんですが、会えますか？」

「もちろん。今ソーホーのパブにいるんだ。来られるかい？」

　なかなか聞き取りやすい英語だと思ったのも束の間、店名と住所をメモするのに手間取った。阿久津が「もう少しゆっくり話してください」と頼むまで、コリンは同じスピードで発音した。先ほどのモバイルショップの青年もそうだったと思い出し、イギリス人はなかなか〝親切な〟国民らしい、と阿久津は早々に決め付けた。

パディントン駅でICカードを買って、地下鉄のベイカールーラインへ。阿久津がまず驚いたのは、エスカレーターの流れが速いことだった。足を乗せるのも怖いくらいだが、周りの人たちは全く意に介していない。それに電車のドアの開閉も実にテンポがいい。「Mind the gap」とアナウンスが入ると、すぐにドアを閉めてしまう。

十分ちょっとでピカデリー・サーカス駅に着いた。周辺にエロスの像やナショナル・ギャラリーがあるロンドンの中心地だ。地上に出た阿久津は、日本のテレビ番組でもよく映る有名なLED広告を見上げ、改めてイギリスにやってきたのだと実感した。

平日の昼間だが、エロスの像の周囲は観光客でいっぱいだった。コリンがいるパブは、ここから西へ約三百メートルの辺りにあるはずだ。ユニオンジャックを靡《なび》かせる威厳のある建物を背景に、赤い二階建てバスやブラックキャブが走る。そんな美しい街並みを楽しみながら、阿久津は人波をかき分けていった。

角地のレンガ造りの建物と聞いていたので、迷わずに着くことができた。開け放たれたダークウッドの扉とは対照的に、彩り豊かなカゴ入りの花々が店先の柱に飾られている。ここ一週間の予習程度でイギリスかぶれになりつつある阿久津は、これぞ本場のパブだと感慨に浸《ひた》った。

自然光のみの店内には、木製テーブルが広々と間隔を空けて十五卓ほどある。二階もあるようなので結構大人数でも対応できそうだが、カウンターもテーブルもほとんどの席が埋まっている。阿久津がジャケットのポケットから携帯を取り出すと、すぐ近くの窓際のテーブル席に座っていたスキンヘッドの白人が手を挙げた。

「テイラーさんですか？」

男は「コリンでいい」と言って握手を求めた。大柄で髪がないからか、年齢不詳の観がある。阿久津は「エイジです」と言って対面に座った。コリンは既にビールを飲んでいた。つまみはないようだ。

カウンターで1パイントのギネスを注文した阿久津は、グラスを持ってテーブルに戻った。

「どうして店に入ってきたばかりの私のことが分かったんです？」

「緊張してただろ？　なかなかそんな顔をしてパブに来る奴はいないよ」

阿久津の質問にコリンはゆったりとした口調で話した。おかげで何とか理解することができたが、のっけから観察されているようで落ち着かない。

ひと息ついたところで、ノートとICレコーダーを取り出し、外国の企業家誘拐と交渉について尋ねた。コリンは一九七八年にフランス大財閥の当主がパリの自宅近くで拉致された事件や八三年に香港《ホンコン》の不動産王が誘拐された事件について話した。そして、ハイネケン誘拐については、犯人グループが七七年にオランダで起きた企業家誘拐事件をヒントにしていたことを説明した。

「『オランダ病』って経済用語を知ってるかい？」

阿久津が首を横に振ると、コリンは「ＯＫ」と言って両肘をテーブルに載せて指を組んだ。

「オランダは七三年のオイルショックのときに、天然ガスの輸出によりかなりの利益を得て、労働者の賃金が上がったんだ。福祉制度も充実させて一時的に豊かになってね」

「一時的？」

「そうだ。でも、貿易黒字の拡大のせいで自国通貨が過剰に高騰《こうとう》して、輸出に大打撃を与えたんだ。結果、製造業が衰退し失業率が上がった。これが『オランダ病』だ。八〇年代初頭には、失業率は十二パーセントにまで達したんだよ」

阿久津は自分で書いた「The Dutch Disease」の文字を丸で囲った。

「事件が起きた当初、オランダが困窮《こんきゆう》していたことは間違いない。だからと言って、誘拐が許されるわけでもないが」

Tシャツの袖から伸びるコリンの上腕は太く、相当鍛《きた》えているのが見て取れる。スキンヘッドの風貌も相まって強面《こわもて》の印象だが、会話してみるとかなり知的な人間だと分かった。彼はこの後も自らが担当した誘拐事件について語り、特に南米では誰が犯人とつながっているか分からない、と冗談交じりに話した。

興味深い話だったが、これだけでは一本の原稿にはならない。阿久津は何とか「ギン萬事件」との関わりを見つけようと考えた。

「もう一杯どうですか？」

阿久津はコリンの空になったグラスを指差した。

「取材費はあるのかい？」

「ビール代ぐらいは」

「他に何が必要っていうんだ。俺も久しぶりにギネスをもらおう」

互いのグラスが新しくなってから、阿久津は「ギン萬事件」について話した。コリンは「聞いたことがある」と言い「確かイングランドでも、クリスマス用の七面鳥に水銀を入れたバカがいたな」と言って笑った。

「で、これを見てもらいたいんですけど」

阿久津はダメ元で、例の記者メモの英訳を差し出した。

コリンはメモを読んだ後、聞き取れないほどの速さで何かを呟《つぶや》いた。そして、再び「聞いたことがある」と言って、コピーを返した。

「エイジ、今晩は空いてるのか？」

「ええ。もちろん」

「ひょっとしたら役に立てるかもしれない。また連絡するよ」

コリンは一気に空けたグラスを掲《かか》げて礼を言うと、そのまま出て行ってしまった。

思いもよらない展開になり、阿久津は無意識のうちに「何じゃ、あれ」と声を出していた。それからICレコーダーが動いていることに気づき、慌てて停止ボタンを押した。


目が覚めて最初に感じたのは苦痛だった。

パンパンに張った両肩を回し、板のように硬くなった腰を伸ばす。枕元の腕時計を見ると、午後八時半を過ぎていた。空腹を覚えたので、手早く身支度をして外へ出た。

夏のイギリスは日が長いと聞いていたが、さすがに八月下旬ともなると夜の景色で、晩秋のような風が吹いている。ホテルから西へ十分ほど歩いてベイズウォーター駅前の通りに出た。レストランや雑貨店が軒を連ね、いろんな肌の人たちが歩道を埋め尽くしている。スペイン、インド、エジプト料理——。悩んだ挙句《あげく》、タイ料理店に決めた。これまで海外でタイ料理を食べて外れくじを引いたことがなかったからだ。

シンハービールと温かいヌードルを頼み、ノートを広げる。今日は苦い思いをしたが、取材メモをつくらねばならない。

　コリンと別れてパブを出た後、阿久津は近くの中華街へ向かった。西洋風の建物の一階に、突如として漢字の看板が増え、中へ入ると国が変わったように感じる。西にある楼門を見て、神戸《こうべ》の南京町《なんきんまち》を思い出した。

　しかし、観光客で賑わう一帯は、聞き込みにはあまりに不向きだった。突然、写真一枚持たずにやって来て、約三十年前にいたとされる東洋人について尋ね回るのだ。うまくいくはずがない。阿久津が経験した店先での厄介払いや無視は、愛想のない街ロンドンでは当然の帰結と言えた。鳥居ならこんな状況でもネタを取るのだろうかと詮ないことを考え、遠い異国の地で自らの力量不足を痛感したのだった。

　ガラスの向こうにある人の流れを見ながら、阿久津は運ばれてきたばかりのヌードルを啜《すす》った。予想外の味に、おもいきり咽《むせ》る。

　何でこんなに甘いんだ。

　すぐにビールで流し込み「頼むでロンドン」と呟いてため息をつく。そんな冴えない男をどこかから見ていたように、タイミングよく電話が鳴った。コリンからだ。

「エイジ、今どこにいる？」

　コリンの声は心なしか弾んでいた。もしかするといいネタが取れたのかもしれない。

「ベイズウォーター駅近くのタイレストランにいます」

阿久津が店名を告げると、コリンは「すぐに行く」と言って電話を切った。味に慣れることを期待したヌードルだったが、結局克服できないまま胃に収めた。贅沢を言っていては腹が膨《ふく》れない。評判通りイギリスの外食には予習が必要だった。

コリンは二十分ほどで通りに姿を現し、店に入ると阿久津の正面の席に座った。知らない間に小雨でも落ちていたのか、微《かす》かにTシャツが濡れていた。

「寒くないんですか？」

「いや、特に。それは何を食べてるんだ」

「ヌードルです。もう終わりましたけど」

「うまいのか？」

「もし私があなたなら、人には薦めません」

コリンは笑って店員を呼んだ。そして、迷うことなくシンハービールと「hot!」の表示がある魚のチャーハンを頼んだ。

「この店は初めてじゃないんですか？」

「たまに来るんだ。ここではヌードル以外を食べることにしている」

「…………」

ビールが来るとコリンは「Cheers!」と言って、小さなグラスをすぐに空けた。そして、チャーハンが来る前に二本目の瓶を頼んだ。

「ところで、日本のポルノスターは何であんなに優秀なんだ？」

このイギリス人は何のために会いに来たのだろうと苛立ったが、そこは日本人らしく話を合わせることにした。

「確かに、今はどんなにかわいい娘が出てきても驚かなくなりましたね」

「そうだろ？　笑顔が素敵な娘が多いんだ」

コリンは何人かの女優の名前を挙げたが、阿久津は半分も分からず、下手な愛想笑いを浮かべて相槌《あいづち》を打った。

「さて、エイジ。メモの用意はいいか？」

きれいに平らげたチャーハンの皿を脇にやり、コリンが外国人らしい仕草で肩をすくめた。

「エイジが捜している男は当時、ソーホーの中華街にいた中国人らしい」

「中国人ですか？」

「そうだ。オランダ警察の依頼でイギリスの警察やＭＩ６もマークしていたそうだが、ハイネケンの事件と無関係と分かってからすぐに対象から外れたようだ」

中国人と聞いて阿久津は「ギン萬とは関連性なし」と判断したが、鳥居への報告があるためメモを続けた。

「その男の行方《ゆくえ》は分からないが、付き合っていた女の身元は割れてる」

「女？　何で女の身元が……」

「彼女は当時ジャーナリストで、警察に面が割れてたんだ。つまり、君と同じメディアの人間だな。もっとも、内偵には気付いてなかったらしいが」

「当時というと、現在は違うんですね」

「今は大学で教えているそうだ」

「彼女はどこに住んでるんです？」

「シェフィールドだ」

「シェフィィールド？　どこです、そこ？」

「『フル・モンティ』を観たことないのか？」

阿久津が首を振ると、コリンはまた肩をすくめる仕草をした。

「まぁ、日本よりは近いさ」

4

車窓から差し込む生まれたばかりの陽が、視界の半分をオレンジ色に染める。心地よい適度な揺れが続く車両で、阿久津は静かな朝を迎えていた。ナショナル・

レイルの長距離列車。ファーストクラスは二人掛けと四人掛けのテーブルが用意され、それぞれにゆったりと身を預けられる革張りのシートがついている。優雅に新聞を読む初老の紳士や恐らく商用だろうスーツ姿の男女四人組など、約二十席のうち半数が埋まっている。

品のある男性乗務員が皿の上にソーセージロールを載せてくれたので、阿久津は頭を下げて礼を言った。三切れのソーセージをパンで挟んでいるだけだが、ケチャップをかけて食べると思いのほかおいしかった。この温かい朝食もお替り自由のドリンクも全てサービスだ。オレンジジュースを飲んでひと息ついた阿久津は、久方ぶりの落ち着きを味わった。

今朝は慌ただしい始まりだった。日の出前にホテルを出て夏とは思えない寒さに驚き、背を丸めてパディントン駅へ向かった。大きな駅なので、地下鉄は線によって改札の位置が異なる。阿久津は前日にホテルのパソコンで調べた通り、北側にあるハマースミス&シティラインに行ったが、なぜか鉄格子《てつごうし》が閉められていた。手書きで「SUSPENDED」と書かれた立て看板を見て、阿久津は初めストライキかと思った。

「キングス・クロスに行きたいんですが」

格子の中にいる職員に話し掛けると、彼は電気系統の不良があるから別の線を利用してほしいと説明した。慌ててタクシーをつかまえたものの、わざとかうっかりか運転手が道を間違えた。結局、余裕を持って出発したはずが、ハリー・ポッターでおなじみのキングス・クロス駅を楽しむ間もなく、隣接するセント・パンクラス駅から長距離列車に飛び乗ったのだ。

自動ドアが開く音で目が覚めた。新聞を読んでいた例の紳士がトイレから戻ってきたようだ。腕時計を見た阿久津は一時間以上も眠っていたことに気付き驚いた。よほど疲れが溜まっているのだろう。スーツの男女四人組の姿は既になかった。

外は陽を浴びた明るい牧草地で、茶色の牛が群れている。三角屋根の石造りの家々が遠くの木々の中に見え、阿久津はしばしイングランドの風景に心を奪われた。仮眠のおかげで随分と体が軽く感じる。チケット代を張り込んだ甲斐《かい》があった。

ロング・イートン駅で紳士が降りた後、次のダービー駅でも中年の女性が降車し、車両は阿久津一人になった。走行音以外はこれといって耳に入らず、山のない景色に微かな寂寥を覚える。それから三十分ほどで、列車は終着駅に停まった。

シェフィールドはよく晴れていた。駅の端に停留所を見つけてトラムに乗った阿久津は、車内をうろうろする陽気な乗務員に運賃を払い、空いているシートに座った。トラムは石畳やアスファルトの上をゆっくりと進んだ。途中で車窓から見えた大聖堂はさすがにヨーロッパの趣があったが、それ以外は取り立てて記憶に残る建物はなく、たまに中国人向けと思われる漢字の広告が目に留まるぐらいだった。イングランドで上位五指に入るほどの人口を抱えながら、観光ガイドブックに載らないというのも頷ける。

大学の停留所で、他の学生とともにトラムを降りた。空は透き通るような水色をしているが、周囲を縁取るような油断ならない雲が浮かんでいる。今からここのジャーナリズム学科で教鞭《きょうべん》を執《と》るソフィー・モリスに接触する。事前に連絡しなかったのは、突撃取材の方に脈があると考えたからだが、普段タフな現場を踏んでいない阿久津にはまるで成算がなかった。

大学はキャンパスの中にあるわけではなく、それぞれの学科の校舎が、ある程度の固まりとなって街の中に溶け込んでいる。停留所を挟んで東西にレンガ造りの情緒ある建物が並んでいて、何を目印にして進めばいいのか見当もつかない。停留所の北側すぐのところにマップを見つけた阿久津は「Journalism Studies」の位置を確認した。

ジャーナリズム学科は比較的新しい建物で、出入り口がガラス張りだった。学生数が二万人を超える大学にしては、こぢんまりとした印象だ。阿久津は正面にある本屋の前に立って、学生が出てくるのを待った。ソフィーがどんな人物か事前に情報収集しようと考えたからだ。

最初に校舎から出てきた女子二人組と続いて姿を現した男女三人組はいずれも中国

人で、阿久津がうまく取材意図を説明できなかったこともあり、怪訝《けげん》な顔をされただけだった。次は白人の男子二人組だったが、スポーツバッグを持った彼らは「急いでいるから受付に聞いてくれ」と言って足早に立ち去った。

本屋の前で作戦を変えようか迷っていたとき、再びアジア系の学生が出てきた。リュックを背負った短髪の青年だ。阿久津は何となく日本人のような気がして「こんにちは」と声を掛けると、青年はびっくりした様子で「どうも」とお辞儀した。

「大日新聞の記者でして……、ちょっと協力してもらいたいんです」

「本当ですかっ。うち、実家が大日新聞ですよ」

日本語を聞いただけで阿久津はホッとした。名刺を渡して、ソフィー・モリス教授を捜していると話した。

「事件取材でロンドンに来たんですけど、ひょんなことからモリス教授のことを聞きましてね。本当におられるのか、この目で確認したくて来たんです」

「それでわざわざシェフィールドまで？　大変ですね……。でも、モリス教授はちゃんといますし、僕も講義を受けていますよ」

「専門は何ですか？」

「僕が教わっているのは主に表現の自由の関連ですね。検閲について調べたり、ディベートをしたり」

青年の溌剌《はつらつ》とした様子が眩《まぶ》しかった。何も考えずに記者になった我が身にはばつが悪く、阿久津は話題を変えることにした。

「モリス教授はどんな方です？　突然訪問してもびっくりされないですかね？」

「プライベートまでは知りませんが、論理的で穏やかな人ですよ。日本の記者の方なら、きっと歓迎してくれますよ。ちょっと待っててください。今、先生がどこにいるか聞いてきますんで」

青年はそう言うなり、身を翻《ひるがえ》して校舎へ入った。目的意識の高さといい、フットワークの軽さといい、優秀な記者になるだろうと阿久津は思った。

青年は五分とせずに戻ってきて「公園にいるそうです」と人懐こい笑みを見せた。

「公園？」

「モリス先生は公園で考え事をしたり本を読んだりするのが好きで、僕も一度近くの公園で会ったことがあります。シェフィールドは何もないところですけど、緑は豊かですから」

「それはここから近いの？」

「トラムの駅を渡ってもらって、北西にウェストン・パークという公園があるんですが、さらに北西に隣接する形でクロックス・バレー・パークがあります」

「クロックス……、もう一回言うて」

「クロックス・バレー・パークです。大きな池……、本当はダムらしいんですが、まあそれはいいか。とにかく、その池や遊具が目印になるはずです」

「了解。直接会っていろいろ聞いてみます。ご親切にありがとう」

「いいえ。あのっ……、僕の方からも一つお願いがあるんですが」

「何でも言って」

「日本に帰ったら、一度新聞社についてお話を聞かせてもらえませんか？」

「もちろん。僕でよければ。帰国したら名刺に書いてるメールにでも連絡ください」

青年と握手して別れた阿久津は、清々しい気持ちでよく晴れた街を歩いた。若い人と話して元気がもらえるようになったのはいつごろからだろうと、年寄りじみたことを考える自分がおかしかった。

一応先ほど見たマップで位置を確認したが、調子に乗って歩くうちに迷子になってしまった。閑静で道幅が広く、住みやすそうな街だが、大学の建物とアパートメントが似たような造りのところもあって、段々と自分がどこに向かっているのか分からなくなる。

二十分近く歩いただろうか。角地にある大きな洋館前で、阿久津は一旦足を止めた。三角屋根で、ファサードの壁面が波打つようにして奥行きを見せる立派な構えだが、これがただのアパートと知って面食らった。自分が入っていた大学の寮とは大違いだ。

あれほど寒かった朝が嘘のように気温が上がり、汗ばむほどだった。見晴らしのいい緩やかな坂を下っていると、右手に池と遊具がある公園の景色が広がった。

「ここやっ」

嬉しさのあまり声を出した阿久津は、走って入り口を目指した。緑色の背の低い門が開け放たれていたので、勢いそのままに園内に入った。短く丁寧に刈られた芝生の向こうに池があり、男が数人釣り糸を垂れていた。確かにダムと言うには迫力不足だ。

阿久津は釣り人たちから少し離れたところで、サンドウィッチを頬張る金髪の女性を見つけた。あの人に違いないと、ハンカチで汗を拭ってからジャケットを羽織った。

「お食事中、すみません。ソフィー・モリス教授でしょうか?」

突然話し掛けたにもかかわらず、女性は笑顔で頷いた。目尻や首に年齢を感じさせる皺があるものの、表情には若さと好奇心が滲んでいた。

「ええ。私に何か用かしら」

「私は日本の大日新聞の記者で阿久津と申します」

「ダイニチなら知ってるわ。大きな新聞社よね？　今日は取材?」

阿久津は「ええ、そうなんです」と答えてソフィーに断ってから、隣に腰を下ろした。池の対岸に由緒のありそうな白い邸がゆったりと構えていた。水際から建物に至る芝生にS字の小路がバランスよく延びていて、その景色は外国の映画に出てきそうな気品が漂っていた。

「あの白い建物は何ですか?」

「あれはレストランよ。ほら、前にテラスがあるでしょ」

挨拶代わりにイギリスの建築物の荘厳さを褒めた後、早速本題に入った。

「先生はビールメーカー会長のフレディ・ハイネケン氏が誘拐された事件を憶えておられますか?」

「もちろんよ。当時は現役の新聞記者だったから。直接取材はしていないけど、興味深い事件だったわ」

「当時、アムステルダムで事件のことを聞き回っていた中国人がいたという情報を得たんですが、先生はそのことを?」

「中国人ですって?　あの犯人は地元の若者たちよ」

「ええ、そうなんですが、ロンドンである話を耳にしまして、ソーホーの中華街に住む中国人の男がオランダで探偵まがいの行動を取って、現地の警察、そしてイギリスのMI6からもマークされていたというんです」

「いえ、初耳だわ」

阿久津は嫌な予感がしたが、引くに引けずネタをぶつけることにした。

「本当に聞いたことがありませんか？　大変失礼なんですが、その中国人と先生が親しくされていた、という情報があります」

ソフィーはサンドウィッチを持ったまま大笑いした。

「誰がそんな嘘を言ったんですか？　かわいそうに、あなたはそれを信じてわざわざシェフィールドまで？」

「嘘……」

「ええ。あれは一九八二、三年ごろの事件よね？　まだ生まれてなかったと言いたいところだけど、さすがにやめておくわ。でも、これだけははっきりしてる。当時、親しくしていた中国人はいません」

全く動揺のないソフィーの目を見て、阿久津は「あぁ、そうですか……」と言ったきり黙ってしまった。謎の男を求めて大阪からシェフィールドまでやって来て、完全な空振りに終わった。取材メモに何て書けばいいのか。それより鳥居にどう言い訳すればいいのか。次につながる情報もなく、阿久津は体の芯から力が抜けていくような感覚に陥《おちい》った。

「お役に立てなくて申し訳ないわ。せめて、サンドウィッチでもどう？」

ソフィーが小さなランチボックスを差し出した。阿久津は頭を下げてから、ベーコンとキュウリが入った質素なひと切れを手に取った。陽を受けて輝く池の水面を眺めながら、向こう岸に渡ってレストランでヤケ酒でも飲もうかと思った。

本当に何をしに来たのだろう。タイ料理店で散々タダ飯を食っていったコリンの顔が浮かび、苦々しい気持ちでサンドウィッチを口に入れた。

味がしなかった。

5

仕切りを全て取り払ったフロアにアンティーク家具が並ぶ。

曽根俊也は上体を反らしてウォルナットのサイドボードを見た。中央が観音開きで四つの脚は頼りなく思えるほど細く、天板はアンバランスなほど長い。深みのある茶は、光を映してオレンジがかっても見え、置いてあるだけで空間が引き締まる。カッターシャツを並べるのにちょうどいいかもしれないと、しばし想像を楽しんだ。

三年前、店を改装する際にここを訪れ、店主の堀田《ほりた》信二《しんじ》から「数十年、或いは百年以上も『残っていること』が全てを物語る」とアンティーク家具の魅力について教わった。本物だけが時を越えていく。それは服にも言えることだ。思い入れを持ってつくったスーツは、タンスの肥やしになることはない。

「お待たせしました」

白髪交じりの髪をオールバックにした堀田が、素人が見ても仕立てがいいと分かるだろうスーツに身を包んで近づいてきた。父の同級生なので今年六十一になるはずだが、肌艶がよく若く見える。

「相変わらず渋い物を置いてますね」

俊也がサイドボードを指差すと、堀田は「安くしとくよ」と目尻に皺をつくった。京都の左京区《さきょう》に店を構えて来年で三十年になるという。一階が英国アンティーク、二階が国産家具に分かれていて、建物の外壁にはレンガを並べてうまく雰囲気を演出している。

俊也が店の改装をする際に堀田を頼ったのは、もちろん昔から知っているという点もあったが「イギリス」という共通点があったからだ。重厚感と気品を併せ持つ英国家具の佇《たたず》まいは、俊也がスーツに求めるものと同じだった。

「じゃ、奥に行こうか」

堀田に続いて奥の応接室へ向かった。シャンデリアの照明も控えめで決して明るい空間ではないのに、歩いているだけで心が弾《はず》む。

六畳ほどの応接室にあるローテーブルは部屋の大きさに合わせて小さく、こちらは見るからに新しく明るい色をしている。対になって置いてある布地のソファーもアップルグリーンが眩しいほど鮮やかだった。

「えらい店と雰囲気ちゃいますね」

俊也が言うと、堀田は意外そうな顔をした。

「俊也君、ここ入ったことなかったっけ？」

「実は初めてなんです。三年前は店と倉庫の方を見せてもらいました」

「あぁ、そうやったなぁ。その後、不具合はない？」

「ええ。デスクだけ見て帰るお客さんもいるぐらいです」

堀田は笑いながら、紅茶がよく合いそうなウェッジウッドのマグカップにコーヒーを淹《い》れて持ってきた。

「これ、暑いときに申し訳ないけど。アイスないねん」

父と堀田は幼馴染《おさななじみ》で、小学校から高校まで同じ学校に通っていた。社会人になってからも仲がよく、俊也は「テーラー曽根」に遊びに来ている堀田の姿を何度も見ている。紳士然とした外見の通り、品があって穏やかな人だ。

「俊也君とこの店はどう？」

「ぼちぼちですけど、最近お客さんに若い人が増えました」

「新しい戦略の効果が出てきたんやね」

「戦略って言えるほどのもんでもないですけど」

父が亡くなって五年。その死を挟んで前年に店を引き継ぎ、翌年に婚約者だった亜美と結婚した。これまで曲がりなりにも商売を続けてきたが、古い看板を掲げたまま家族を養うのは難しかった。三年前、経営方針を変えたのを機に毛羽立った絨毯《じゆうたん》を引きはがし、洋館の趣《おもむき》があるアンティーク調の店に改装したのだ。

「真由美《まゆみ》ちゃんの様子は？」

父の幼馴染である堀田は、一言物申さねば気が済まない性格を含めて、母のことをよく知っている。

「まぁ、そっちもぼちぼちです……」

母の真由美は、先代と異なる一人息子のものづくりへの姿勢が気に入らないのか「仏作って魂入れずでは意味がない」と、新しくなった店を前に眉を顰《ひそ》めた。さらに亜美が自宅部分の改装もしたいと言い出した結果、ドラマの中の出来事だと思い込んでいた嫁姑《よめしゆうとめ》問題が浮上。二年前に長女が生まれ、確執は表面上和らいだものの、板挟み生活が板に付く、というのが俊也の現状だった。

「商いは一つ流れをつくるんが大変やけど、それを壊す方がもっとしんどい。でも『ええ仕事をする』という心《しん》さえあれば大丈夫や。他ならぬ光雄の息子やから、おじさんは応援するで。家具の修理も遠慮せんと言うてよ」

家庭の事情を見透かされたようで恥ずかしかったが、一方で頼れる存在に気持ちが軽くなった。やはりここに来てよかった、とコーヒーを啜る。しかし、いざ本題に入ろうとすると、後戻りができないとの思いに駆られ口が強張《こわば》ってしまう。

同じマグカップを持って対面に座った堀田が、俊也の顔を見て「もちろん、仕事以外のことでもええよ」と言って笑った。

この八日間、俊也は悶々《もんもん》として過ごしてきた。あのテープとノートをどう解釈すればいいのか。寡黙で仕立て屋一筋で生きてきた父が、あんな事件を起こすとは考えられなかった。だが、一方で「ギン萬事件」に関わる内容の〝ブツ〟がある以上、なかったことにはできない。

病気の母にはとても言えず、子育てに疲れ、嫁姑関係に神経を尖らせている妻に相談しても混乱するだけだろう。かと言って、身内以外に話すにはリスクが大きすぎる。万が一、父があの大事件に関わっていたら、自分は一生「あのテープの子だ」と後ろ指を差され、娘まで誹謗中傷《ひぼうちゅうしょう》の渦《うず》に放り込まれるかもしれない。詩織だけは何としてでも守らねばならなかった。

俊也は一度、辞書を片手にノートの英文を読もうと努力したが、慣用表現や文のつながりがほとんど理解できなかった。ネットの翻訳サイトを試しても、不自然な日本語についていけず、早々に白旗を揚げた。

秘密を守ってくれて、なおかつ英語が分かる人物。そうなると俊也の頭には一人しか浮かばなかった。父の親友で、アンティーク家具を仕入れるため定期的に渡英している堀田信二のほかに適材はいない。

「堀田さんは『ギン萬事件』を憶えてはりますか？」

「ギン萬？　あのキツネ目のやつ？　青酸菓子をばら撒いた？」

「ええ、そうです。例えば、父が興味を持っていたとか、憶えてませんか？」

「どうやったかなぁ。あれ、だって俊也君が小さいときの話でしょ？」

「三十一年前です」

「私が三十のときか……。独立する前やね。関西やし大きな事件やから話してたかもしれんけど、記憶にないなぁ」

引き返すならここが最後だと逡巡していると、堀田がマグカップをテーブルに置いた。

「俊也君、無理にとは言わんけど、心配事があったら言うてよ。私は光雄から君のことを任されてるんやから」

五年前、京都市内の病室で父の亡骸《なきがら》の傍らに立って「お父さんから君のことを任されてる」と言った堀田の心のこもった声を思い出した。その言葉に背を押され、俊也はバッグの中からレコーダーに入ったテープと黒革のノートを取り出した。覚悟を決めたはずなのに、鼓動が速まる。

「先日、探し物を頼まれたんで、母の部屋に入ったんです」

俊也はそこで電話台の引き出しに父の遺品があり、段ボール箱の中からこの二つが出てきた、と説明した。

「これ、えらい古いカセットやね」

堀田はレコーダーを手に取って、中のテープを懐かしそうに覗《のぞ》き込んだ。

「最初の方は、僕の小さいころの歌が入ってたんですけど、途中で様子が変わるんです」

「様子が変わる？」

「ええ。伏見の城南宮ありますよね？　あそこのバス停のベンチがどうのこうのと、僕の声で吹き込まれてるんです」

「ほぉ。ほんでそれのどこが気になるの？」

俊也は黒革のノートを開いて示した。

「このページ以外は全部英文でよう分からんのですけど、ここだけ日本語なんです」

「ギンガと萬堂……」

「ちょっと待ってくださいね……」

俊也は自分のスマートフォンを操作し「ギン萬事件」のドキュメンタリー番組を画

面に映した。再生ボタンの表示をタップする。

「きょうとへむかって、いちごうせんを……にきろ、ばーすーてーい、じょーなんぐーの、べんちの、こしかけの、うら」

堀田は表情から穏やかさを消し、スマホの画面から顔を上げて鋭い視線を寄越した。俊也は間髪を容《い》れずにレコーダーの再生ボタンを押した。先ほどと全く同じ音声が流れる。堀田は大きく息を吐いてから「思い出した。確かに子どもの声を使ってたわ」と、両手で頭を押さえた。

しばらく沈黙のまま間が空いた。堀田はテーブルに目をやって動かなかったが、おもむろにノートへ手を伸ばした。

「これが、光雄の遺品の中にあったんやね？」

「はい。母は病気で、妻は頼りないし、誰に相談してええか分からんようになって……」

「いや、俊也君の判断は間違ってない。事が事やし、二人にはまだ黙っとき」

黄ばんだノートの紙をめくるうち、堀田は何度か頷《うなず》くような仕草を見せた。自分には分からない何かをつかんだようだった。

「ヒントになるようなこと書いてます？」

「まぁ、内容云々より、一つ気になることがあってね」

「何ですか？　何でもええから教えてくださいっ」

堀田は前のめりになる俊也を手で制してから、ノートを指差した。

「例えばここに『centre』って書いてるでしょ？　これはイギリス英語や」

「イギリス英語？」

「そう。みんなが習ったアメリカ英語やと、最後の『r』と『e』がひっくり返って『center』となるはずや」

「アメリカとイギリスの英語って違うんですか？」

「そら東北弁と関西弁が違うんと同じ。他にもいっぱいあるねんけど、これはイギリス英語を使う人間が書いたってこと」

さすがに商売で英語を使っているだけのことはあると感心したが、だからと言って真相に近づいた気はしない。首を傾《かし》げる俊也を一瞥《いちべつ》した堀田は、ノートを閉じて言った。

「これ、しばらく預からせてもらわれへん？」

「いいですけど、何か心当たりでもあるんですか？」

堀田はノートを指差す俊也に目を向け、陰りのある表情で頷いた。

6

思い出したことがある。

背景には霧がかかり、どこにいるのかは分からない。しかし、肩幅の広いキツネ目の男の顔だけは、はっきりと憶えている。跡をつけていくと、彼は小さな建物の中に入った。確かめたいという気持ちはあったが、恐怖心の方が先に立った。中に入れば二度と出られないかもしれない。身動きがとれないまま、見間違いだと自らに言い聞かせてその場を去った――。

「秋冬物の生地は入ったかい？」

堀田の声がして俊也は我に返った。いつの間にか意識が別のところへ飛んでいたらしい。

「ええ。ぼちぼち揃《そろ》いました。冬もんをもうちょっと粘ろうかと思てますけど」

俊也の店では大阪の問屋を通して生地を用意している。春夏物は三月ごろ、秋冬物は九月ごろにだいたい出揃う。大手やルートを持っているテーラーは、海外で直接買い付けるので二ヵ月ほど早く手に入れられるが、そもそも彼らは扱う生地の量が多く、さらに旅費や交渉のことを考えると、俊也にはまねのできない芸当だった。国内の生地問屋を通せば適量の生地が買えるので、特に不便も感じていない。

「冬にヨーロッパを回ろうかと思っててね。俊也君のところで一着お願いしようかと」

「ほんまですかっ。ありがとうございます。精いっぱい勉強させてもらいますから」

思わぬところで仕事が入り、俊也は頬を緩めた。

「さっき、ちょっとボーっとしてたけど、大丈夫？」

母の部屋でテープとノートを見つけてから、俊也は夢うつつの光景を思い出すようになっていた。キツネ目の男の跡をつけたことは、現実なのか否か。単なる記憶違いかもしれないものの、男の顔が妙な生々しさを持って脳裡《のうり》に焼き付いている。だが、それを堀田に話したところで困らせるだけだと思い「緊張してるのかもしれません」とごまかした。

「私も会うのは初めてやからなぁ」

堀田はそう言って茶飲みに手を伸ばした。

京都・河原町《かわらまち》の小料理屋。カウンターの奥に一室だけある畳の個室に、俊也たちはいた。

今朝、堀田から「一昨日の件で」と電話があり、この店を指定された。病み上がりの母と娘を残して夜の外出というのは気が引けたが、家族に関わる案件を人任せにはできない。顰《しか》め面《つら》を見せた妻の亜美に「仕事だから仕方がない」と言って押し切り、家を出てきたのだった。

「伯父さんの同級生の人なんですよね？」

「仲がよかったらしい。でも、三十年ほど連絡を取ってないって言うてたから、どこまで実のある話が聞けるか分からんけど」

達雄《たつお》という伯父がいることは俊也も知っていた。父と二つ違いの兄で、これまで一度も会ったことがない。それどころか父は生前、伯父の話を一切しなかった。今生きているかどうかも判断がつかず、俊也からすれば他人も同然だった。

「堀田さんは伯父さんと親しかったんですか？」

「小さいころ同じ柔道教室に通っててね。曽根家で達雄さんだけ背が大きかったから。光雄も光雄の親父さんも、それに俊也君もみんな小柄でしょ」

確かにその通りだ。俊也は百七十センチに満たず、祖父のことは詳しく知らないが父も小さかった。武道を習っていたという話も聞いたことがない。

「私は光雄と幼馴染やから、達雄さんにいろいろ教わってね。ちょっと変わった人やったけど、悪い人ではなかった」

「今、どこにいるんですか？」

「分からん。私も三十年以上顔見てないから」

縁の切れた親戚など珍しくないが、その親戚の友人と会うというのはどういうことなのか。約束の時間までまだ十分ほどあったので、質問を続けた。

「ノートには何が書かれてたんですか？」

「全て意味を成している訳じゃなくて、つまり自分が読んで分かればいいという感じでね。俊也君はオランダでハイネケンの経営者が誘拐された話知ってる？」

「ハイネケンって、ビールの？」

「そう。私もあの後ネットで調べたんやけど、地元のオランダで起きて、多額の身代金と引き換えにハイネケンと、彼と一緒に誘拐された運転手が解放されてね。でも、犯人グループが素人の若者たちやってすぐに捕まった。ノートにはその犯行の手口と、なぜ逮捕されたか、という点を整理して書いてる」

「それいつ起こったんですか？」

「八三年の十一月」

企業家の誘拐、それにギンガ社長拉致の四ヵ月前というタイミングに気味の悪さを覚えた。このノートを書いた人物——父かもしれない——の狙いは何だったのか。

「他にも企業の株とか記者クラブ、日本の警察機構なんかについての記述もある」

「それ……、怪しくないですか？」

「もちろん、断定するには材料が少なすぎるけど、ピースはいくつかある」

「ピース？」

「まず、ノートの最初のページに『The G.M. Case』って書いてあるでしょ？ Caseを事件と訳したら、Gはギンガ、Mは萬堂を示すんじゃないかと思って」

「なるほど……」

「あと二つある。まず、曽根達雄は三十年以上前にイ、ギ、リ、ス、で消息を絶ってる」

「えっ……」

意外なところからイギリスとのつながりが出てきて、俊也は心底驚いた。書かれているのがイギリス英語で、そのノートが曽根家にあることを考えれば、伯父の文書と考えるのが自然だろう。では、あのテープは一体何なのか。

「失礼します。お連れ様がお見えになりました」

女将《おかみ》の柔らかな京都弁が聞こえ、スッと襖が開いた。

「や、これはどうも」

下座にいた堀田が立ち上がるのに合わせ、俊也も腰を浮かせた。堀田が上座へ誘うように手で送ると、スーツ姿の男は一瞬戸惑った様子を見せてから、紅色の座布団へ向かった。瓶ビールを頼んで三人だけになると、やや空気が硬くなった。男はなぜ呼び出されたのか把握していないようだ。

堀田が自己紹介した後に俊也を紹介すると、男は「そうですか……」と驚きともため息とも取れる息を吐いた。八月下旬にもかかわらず、きっちりとジャケットのボタンを留めて汗一つ見せない。薄くなった髪に分け目をつけ、メガネの奥の瞳からは微かな疑念を発している。

俊也と堀田が揃って名刺を差し出すと、男は「フジサキです」と名乗り、言い訳するように「以前、大阪の金融関係の会社に勤めてましたが、定年退職しましたので」と付け加えた。伯父の同級生ということは今年六十三になるはずなので、名刺がないのは不自然ではない。

刺身やからすみなどの肴《さかな》でテーブルの上が落ち着くまで、下座にいる二人が仕事の話で場の張り詰めた糸を緩めた。フジサキは真っ当な社会人として可もなく不可もない受け答えをし、そつのないペースでグラスに口をつけた。

「お洒落《しやれ》と言えば、達雄さんはなかなかセンスのいい服を着ていたように思うんですが」

頃合いを見計らって堀田がジャブを入れると、フジサキは特に動揺する素振りも見せず「まぁ、ええ格好しぃのところはありましたね」と返した。

「僕は伯父に会ったことがないんですが、どんな人でした？」

すかさず俊也が口を挟むと、フジサキは軽く首を振った。

「いや、小さいころに会ってるはずですけどね。あいつから俊也さんの話を聞いたことあるから」

「それ、いつのことですか？」

「いつやったか……。ちょっと思い出せんのですが」

「ずっとイギリスにいたんですよね？」

「しばらくは日本とヨーロッパを行き来してたんですが、二十代の後半からロンドンにおったみたいです」

堀田がフジサキのグラスにビールを注ぎながら「君の伯父さんはちょっと過激なところがあってね」と俊也を見た。

「文字通りの過激派ですな」

フジサキが冗談めかして言うと、堀田は商用のようなきれいな笑みを浮かべた。

「過激派って、左翼運動でもしてたんですか？」

「まぁ、そういうことなんやけど、それには当然のことながら背景がある」

俊也の疑いをあっさり認めた堀田は、バトンを渡すようにフジサキへ視線を送った。フジサキは考える素振りで小窓の障子を見た後、やや掠《かす》れた声で話し始めた。

「達雄のお父さん、つまり、俊也さんのお祖父さんは、東京に単身赴任をしてました。そこで現地の学生グループと仲良くなって、この一部が新左翼のいわゆる過激派に属していた。俊也さんは内ゲバという言葉をご存じですか？」

曖昧《あいまい》に頷くと、堀田が「その一番有名なやつね。特に七二、三年ごろからは対立する両派が全面戦争になって、殺し合いが日常茶飯事になる」と簡潔に説明した。

「それが壮絶なリンチの応酬でね、活字で読むだけでも痛みを感じるような。殺人を犯しておいて、戦果を誇るような会見をするんですから、もう、どうかしてる。さらに、全ての被害者が両派の人間というわけではないんです」

「関係ない人が巻き添えになったということですか？」

「いわゆる〝誤爆〟と呼ばれてるものです」

フジサキの言葉を聞いて、俊也はある程度話の先が読めてきた。

「祖父がその内ゲバに巻き込まれたってことですね？」

フジサキが頷くのを見て、俊也の心はざわついた。もちろん、自分が生まれる前に祖父が亡くなっていたことは知っていた。しかし、いつどんな形でということについては聞いたことがなかった。

「一九七四年の……暮れのことです。東京都内の路上で、曽根清太郎《せいたろう》さんが過激派グループに襲われました。具体的には申し上げませんが、鉄パイプによる殴打で、死因は頭部の損傷です。四十五歳でした」

四十五歳という若さに驚くと同時に、俊也は祖父の写真すら見たことがない自らに、今さらながら愕然《がくぜん》とした。なぜ、人生においてこれほどまでに祖父の存在が小さかったのだろうか。両親がほとんど話題にしなかったということが、大きな要因かもしれない。いや、ほとんどではなく、全くと言っていい。祖父の不幸な死に様を聞き、心が痛まないわけではないが、それは悲しみというより戸惑いに近かった。

「新聞が清太郎さんの死亡を内ゲバの一環と報道したため、葬儀は赴任先の東京でひっそりと行われました。会社も極左集団に関わっていたと決めつけて、最低限の人を寄越しただけ。一応退職金は出たそうですが、対応は随分冷たかったそうです。その後、襲撃犯の一人が捕まって清太郎さんの名誉が回復されても、会社関係者は線香一本上げに来なかったと、達雄はえらい剣幕でした」

「父はそんなこと全く話してくれませんでした」

「達雄と光雄君の考え方は、私から見ても全く異なりました。大学生だった達雄より、将来を見据えて洋裁の専門学校に通っていた光雄君の方が冷静でしたね。彼は怒りも悲しみも表すことなく、淡々とテーラーの世界へ入っていきました」

フジサキの話を聞いて、俊也は「あぁ、父だ」と奇妙なほど腑に落ち、もし同じ境遇に陥っても、自分も似たような反応を示すだろうと思った。

「反対に達雄は自らを抑えられなくなっていきました。捕まった犯人が拘置所内で首を吊って、怒りをぶつける対象がなくなると、『親父は使い捨てやったんや』と極端な解釈で会社を恨むようになりました。そんなとき、清太郎さんに世話になっていた学生グループが京都の自宅まで会いに来たんです。彼らと関係を深めていくにつれ、いつの間にか達雄の敵は対立する左翼集団になりました。そのころから反帝とか、反資本主義なんかを口にするようになりました」

七四年と言えば学生運動も下火になり、連合赤軍のあさま山荘事件も起こった後、ということぐらいは分かる。

「反資本主義を唱えるとき、達雄の頭にあったのは、おそらく清太郎さんが勤めていた会社だったと思うんです」

「しかし、実際に祖父を殺したのは過激派の連中ですし、逆恨《さかうら》みに近いと感じますが」

「やっぱり、光雄君の息子さんですね」

フジサキが笑い掛けたのを受け、堀田が俊也のグラスにビールを注いだ。

「さっき、事件に関する〝ピース〟の話をしたと思うけど」

言い換えれば、伯父と「ギン萬事件」との関わりを示すピース。一つは彼がイギリスと接点があること、あと一つは聞いていなかった。俊也がビールを注ぎ返すと、堀田がそれを口に含んでから言った。

「清太郎さんの勤めてた会社がギンガなんや」

「えっ」

俊也は堀田を見た後、フジサキに視線をやった。彼は仮面を着けるように笑みを消した。

「フジサキさん、今日お呼び立てしたのは、達雄さんとある事件との間に関わりがあるんやないかと思ったからなんです」

フジサキは取り分けたままになっている湯葉の刺身が載った小皿を見て、口を開かなかった。何か事情を知っている顔に思えた。

「フジサキさんは中学から大学まで、この京都でずっと達雄さんと一緒でした。私が調べた限り、何か知ってるとすれば、あなたしかいないと思っています」

上座の壁に掛かる京都の風景画が俊也の視界に入った。おそらく上から見た二寧坂《にねいざか》の石段だろう。商店の瓦屋根に囲まれるようにして、淡い色のシダレザクラが咲き誇っている。フジサキはその美しい絵の下で険《けわ》しい顔を崩そうとしなかった。

「最後に達雄さんと会ったのはいつですか？」

構わず堀田が迫ると、フジサキは一つ息を吐いて押し黙った。俊也はやはり身を切るしかないと腹を括《くく》った。胸の内で鳴り始めた警鐘に蓋をし「フジサキさん」と真剣な声音で呼び掛けた。

「先日、僕は自宅で妙な物を見つけました。古いカセットテープと黒革のノートです。ノートの大半は英文で、最後の方にギンガと萬堂製菓の基本情報が書かれてました――」

俊也はテープに幼いときの自分の声が入っていて、その文言と「ギン萬事件」の犯人の使った録音テープの内容が一致することも伝えた。しかし、世間が騒然となるほどの話をしているつもりなのに、フジサキはほとんど反応を示さなかった。変化に乏しい表情を見て、唯一の切り札が不発に終わるのではないかと気を揉んだ。全てを打ち明けた後もすっきりとした気持ちからはほど遠く、何かパンドラの箱を開けてしまったのではないかという恐れの方が強かった。

真っ直ぐ俊也の目を見たフジサキは、視線を外すと「そうですか……」と言ってボリュームのない髪に手を当てた。

「失礼します」

女将が皿を下げにきた。軽い肴ばかりだったが、締《し》めのご飯をもらうことにした。

再び三人になると、下座の二人は口を開かず相手の言葉を待った。

「実は……、達雄は一時、帰国してました」

隣から息を呑む気配が伝わってきた。俊也は堀田に先んじてフジサキへ問い掛けた。

「それはいつのことです？」

「八四年の二月。今でもはっきりと覚えてます。達雄から自宅に電話があったんです。イギリスにいるとばっかり思ってたので驚きましたが、こっちは久しぶりに酒が飲めると喜んでおったんです。でも、実際に会ってみると、何かこう、荒《すさ》んだ感じがして……」

フジサキの表情が歪むのを見て、俊也は重要な事実が明らかになる予感がした。自分の伯父のことだと思うと、身が強張った。

「楽な暮らしをしてるようにはとても見えへんかったから、冗談めかして『金貸したろか』って言うたんです。そしたらあいつ『金はいらんから教えてほしいことがある』って」

フジサキが俊也と堀田の強い眼差しを確認するように目線を上げた。

「達雄は五つの社名を挙げて、狙い目の株について聞いてきました。確かに私は金融関係の会社にいましたけど、全ての銘柄について知ってるわけじゃありません。なぜこのときのことをはっきり憶えているかというと、その挙げられた社の中に又市食品、萬堂製菓、ホープ食品があったからです。もちろん、後になって気付いたんですが……」

「あとの二社は、ギンガ、鳩屋と摂津屋のいずれかじゃないですか？」

「いえ、違いますけど、食品関係です」

堀田の問い掛けは即座に否定されたものの、俊也はその二社が食品関係であったことにリアリティを感じた。「ギン萬事件」において、犯人グループが最も活発に動いたのは初めの四社だ。伯父はそのうち三社の株を調べていた。しかも、ギンガの菊池社長が誘拐されるひと月前に。

犯行時、伯父は日本にいたのだ――。

「さらに四人の個人名を挙げて『この中に知ってる奴はいるか』と聞かれたんですが、そのうちの二人に聞き覚えがありました。正直言って、私が絶対に関わり合いたくない人たちでした」

「四人は全員男ですか？」

「ええ」

「聞き覚えのある二人とは誰のことです？」

堀田が迫ると、フジサキはメガネを取って目を瞬《まばた》かせ「それはちょっと……」と言葉を濁《にご》した。

「でも、三十年以上前の話ですよね？」

「いや……。堀田さんたちのことを信用しないというわけじゃないんですが、世の中どこで誰と誰がつながってるか分かりませんし、それに二人とも故人ですから捜しようがないと思うんです」

「非常にきな臭い事件ですから、気が進まないとおっしゃる気持ちはよく分かります。しかし、故人ならもう結構やないですか？　フジサキさんのことは決して他言しませんから」

堀田の押しの強さに惑いつつ、俊也は前を向いて頭を下げた。メガネをかけ直したフジサキは、また髪に手をやった。

「一人が暴力団員で、もう一人が利権屋です」

「利権屋？」

俊也が聞き返すと、フジサキは言葉を選ぶような表情を見せて唸った。

「まぁ、世の中にはどこから湧いて出てきたか分からん金があるんです。利権絡《がら》みの金はその最たるものです。人間は虚像を恐れるというか……。現代では通用しなくても、昭和の時代はその幻が金になりました」

フジサキは地雷を避けるような物言いに終始したが、俊也にも枠組みぐらいは想像できた。三十六年生きていると、理解できないことの一つや二つは経験しているものだ。

「その二人と株が結びついたので、私は達雄にやめとけと言うたんです。具体的な企《たくら》みは分かりませんけど、とにかく引いとけって」

頭に浮かべようとしてもシルエットさえ描けない伯父の、その闇色の顔に光が差そうとしている。あの「ギン萬事件」の犯人が目の前に浮かび上がろうとしていること

ずにいたのだ。

少なくともフジサキは知っていたのだ。知っていながらこの三十年余り、何も言えずにいたのだ。


「伯父は何と答えたんですか？」

「何も言わずに笑ってました」

その伯父のノートがなぜ家にあるのか。父は協力者だったのだろうか。

「ギン萬事件」には、計三人の子どもが関わっているとされる。それぞれの声を録音したテープが犯行に使われているのだ。自分を除く他の二人は誰の子で、今どこで何をしているのか。仮に伯父や父がその子どもたちを巻き込んだとしたなら、自分にも血縁者としての責任があるのではないか。先ほどの興奮は消え、ただ怖くなった。

「その二人の名前を教えてもらえませんか？」

堀田の声が負の方向へ渦巻こうとしていた俊也の思考を遮《さえぎ》った。

「いや、勘弁してください……」

当事者が死亡した三十年以上前の事件。六十三歳の分別ある男をこれほど恐れさせる存在とは一体何なのか。これ以上知っては危険だと心の声が自分を引き止める。だが、その一方でうやむやにできない気持ちも強かった。

「フジサキさん、初対面でこんな厚かましいお願いをするのは心苦しいんですが、僕はどうしても知りたいんです。なぜこのテープが家にあるのか。そして、なぜ僕の声が犯行に使われたのかを」

俊也が丁寧に頭を下げると、フジサキは眉間に皺を寄せて腕を組んだ。落ち着かない素振りで体を前後させ、しばらくするとため息を合図に腕を解いた。俊也と堀田はあえて口を差し挟まなかった。

フジサキは観念したように一つ頷くと、目を伏せたまま抑揚のない声で言った。

「ここから先、私は関与しませんが、一つだけお教えします。私の知人に、犯人グループの会合を見たという人がいます」

第二章

1

コンコンと、一定のリズムで不快な音が鳴る。

赤い座面の椅子に脚を組んで座る男が、社名の入ったボールペンのペン尻で紙箱を突き続ける。大日新聞社会部の会議室はいつもと変わりなく殺風景だ。中央に白い長机が長方形に組まれ、部屋の隅に予備の椅子が重ねられている。

味気ないのは構わない、と阿久津英士は思った。それより窓のないことが問題だ。駆け出しのサツ回りのとき、火事現場で野次馬の酔っ払いに殴られ、相手が暴行容疑で逮捕されたことがある。その際、被害者として三時間にわたり調書を取られたのが署の参考人室だった。当時は手書きで調書を作成していたため、若い刑事が書き損じるたびに一からやり直すという牧歌的なやり取りをしていた。被疑者ではなかったが、出入り口以外の三方を壁で囲まれた三畳の部屋は、精神的な圧迫が大きかった。

「で、結局収穫はなしか」

やるせないといった感じで七三の頭を振り、事件デスクの鳥居がわざとらしくため息をつく。阿久津はその傍らで直立していた。

「一つ確認やねんけどさ」

イギリス土産のヨークシャーティーの紙箱を無表情のまま小突き続ける鳥居は、阿久津にとっては生身の人間というより意思疎通の望めない妖怪だった。

「おまえはイギリスに取材に行ったんか、それとも紅茶を仕入れに行ったんか」

阿久津は黙ったまま微動だにしなかった。気の利いた絵画一つない正面の壁を見て、再び小窓でもあれば心が和《なご》むのにと思った。

「さぁ、どっち？　取材か紅茶か」

目玉だけを動かして部下を見上げる鳥居に、阿久津は破れかぶれに「紅茶です」と答えてやろうかと考えたが、唇が凍ったように動かなかった。「取材です」と声を絞り出すと、鳥居からは「ほぉ」とバカにしたような返事があった。

「じゃあ、これで企画の原稿一本書いてみるか？」

鳥居はボールペンを持つ左手の動きを止めることなく、利き手の中にあったＡ４用紙五枚の束を白いテーブルに放り投げた。阿久津が提出した取材メモだ。中身の大半はソーホーのパブで聞いた海外の企業家誘拐の概要と南米における人質解放の交渉テクニックで、いくら粘っても「ギン萬事件」にこじつけるのは苦しい内容だった。

ソフィー・モリスへの取材が空振りに終わり、阿久津はシェフィールド駅からコリンに抗議の電話を入れた。しかし、彼は「引き続き情報収集に当たるので期待してほしい」と嘯《うそぶ》き、さらに「今度日本に旅行しようと思うんだが、案内してくれないか」と言い出す始末だった。厚かましさに面食らう一方で、文句一つ言わずに観光案内を引き受けた自分は底抜けのお人好しだと呆《あき》れる。

シェフィールドから戻った翌日の昼にヒースロー空港へ向かい、再びドーハ経由の大移動の末に日本へ帰ってきたとき、阿久津は抜け殻のようになっていた。いくら難しい取材とはいえ、謎の東洋人の尻尾をつかむどころか、影さえ踏めなかった。結果を出すことがプロフェッショナルの前提なら、土産が紅茶の紙箱一つというのはあまりに情けない。

「まぁ、この内容やったら、せいぜい五、六行やな。高い取材費かけて、ええ？　おまえ一行なんぼの記者やねん。引退前の落合《おちあい》か」

阿久津は日ハム時代の落合博満《ひろみつ》が「ホームラン一本一億円」と揶揄《やゆ》されていたことを思い出し、なるほどどうまいことを言うと笑いそうになった。

「で、今後のビジョンは？」

「えっ、今後……」

「おまえ、まさかこんなしょうもない取材メモだけで解放されると思ってるんとちゃうやろな」

細い脚を組み替えた鳥居に「いえ……」と返したものの、やはり企画が終わるまで拘束されるのかと、絶望的な気持ちになった。

「ハイネケンがあかんかったら、次のネタや。何としてでも見つけてこい」

鳥居はそう言うとヨークシャーティーの箱を脇に挟み、いつものように勝手に照明を消して部屋から去った。陽の差さない暗い会議室で、今度はゼロからネタを探すことになったと、阿久津は頭を抱えた。

新鮮な空気を求めて文化部に戻ると、席に着いた途端内線が鳴った。

「阿久津さんですか？　経理部の岡田《おかだ》ですけど」

名乗られてもピンとこず、阿久津が曖昧な返事をすると、岡田は事務的な口調で「イギリスで購入されたプリペイド携帯のことで」と告げた。岡田が言うには、プリペイド携帯を買うより、自前のスマホの設定を変えて使った方が安かったのではないかということだ。

「自分のスマホを海外で使うと通信費がえらいことになるって聞いたもんですから」

「ですから設定を変えるんです。プリペイド携帯の購入費と電話料金を合わせると、割高になります」

「そうなんですか……」

「今回は仕方ありませんが、次回からは事前に相談してください」

岡田は一方的に話すと電話を切ってしまった。感じの悪い奴だと受話器を置き、午後の閑散としている部屋を視界に収めた。

「大変そうやな」

椅子の上で伸びていると、近くの芸能デスク席にいた富田が声を掛けてきた。

「これ、富田さんのせいですからね。何で断ってくれなかったんですか」

「そんなもん、鳥居さんの前では俺もおまえも一緒や。借りてきた猫」

猫と聞いて、「猫の手だけやのうて、鰯の胸びれでも借りたいぐらいでな」と言った鳥居の声が甦《よみがえ》った。そもそも鰯をロンドンに行かせること自体間違っている。

「阿久津君、おる？」

ドアが開け放たれた出入り口を見ると、背の低い禿《は》げ上がった男が首を伸ばしてキョロキョロしていた。あれは……と、思い出すのに十秒少々。阿久津は「水島《みずしま》さん」と声を掛け、出入り口へ向かった。

「あぁ、忙しいとこすまんね。ちょっと聞きたいことがあって」

阿久津は珍しい客もあるもんだと思った。水島が社会部で次長をしていたのは、確か七、八年前だ。それからのルートは定かではないが、今は関連会社へ出向している。駆け出しの姫路《ひめじ》支局のころ、サッカーワールドカップの取材で大阪社会部の応援に来たときに世話になった。それからもＪＲ福知《ふくち》山《やま》線脱線事故などの大きな事故や事件で大阪本社へ応援に行くたびに顔を合わせている。さほど親しくはないが、知らない仲でもない。

「ギン萬でイギリスに行ってたんやって？」

「えぇ、まぁ……」

阿久津は関連会社の人間が知っていることに動揺し、どんな噂が出回っているのか気に掛かった。

「ちょっと話きかせてよ」

「でも、フィッシュ＆チップスの話ぐらいしかできませんよ」

「何それ？　魚のポテチ？　まぁ、事務所寄っていってよ。ビールぐらいあるから」

陽のあるうちから酒かと面倒に思ったが、何かネタが拾えるかもしれない。阿久津は取材ノートとシャーペンを持つと、水島の背中についていった。

「大阪大日広告」は本社ビルの三階にあった。デスクが十台あるかないかの小さな事務所で、女性職員が一人残っているだけだった。水島は彼女に「ごくろうさん」と声を掛けると、奥にある「社長室」へ入って行った。阿久津も女性に会釈し、後に続く。

「水島さん、社長なんですか？」

「そうや。社会部出てから地方の支局長経由で広告局に行って、六十過ぎたら天下りや」

「六十過ぎてもゆっくりできないんですね」

称賛も同情も適さないような水島の経歴に何と言っていいのか分からず、阿久津は適当に応えた。社長室は見るからに窮屈で、とてもくつろいだ気持ちになれない。

「広告もいろんな稼ぎ方があっておもろいで。銭勘定のこともあるから、シビアやけど。まぁ、全部話しとったら日ぃ暮れるから、ちょっとそこ座っといて」

水島は自らの年齢も顧《かえり》みず「ビール取ってくるわ」と、はしゃいだ様子で部屋を出た。ギン萬のことを話したくて仕方ないらしい。しばらくすると缶ビール二本とオイルサーディンが載った皿を持って戻ってきた。阿久津は礼を言って受け取ると、缶のまま乾杯した。

「鳥居は怖いやろ?」

「ええ」

即答した阿久津に水島が笑った。

「そんな恐ろしい男でも『ギン萬』のときは高校生やねんから、えらい古い事件やで」

高校生の鳥居と聞いても、阿久津はうまく想像できなかった。生意気なガキだったに違いないが、当時の鳥居と口喧嘩しても勝てそうにないのが不甲斐ない。

「もう三十年以上経ってるのに、こうして人の記憶に残り続けるんやから、やっぱりすごい事件やったんや。発生から年末まで、八月に一回休んだだけ。元日もネタ元に電話かけまくってたからな」

水島が新聞記者お得意の「多忙自慢」を始めた。これだから社会部は嫌なんだと嘆息した阿久津だったが「一課担のサブ」という言葉が聞こえたとき、オイルサーディンへ伸ばす箸《はし》を止めた。

「一課担のサブ？　水島さん、当時府警ボックスにいはったんですか？」

「うん。一番ペーペーやけど。三船《みふね》さんの手下や」

三船と言えば「ギン萬事件」で特ダネを連発したとされる伝説の一課担キャップだ。面識はないが、今でも他社の若手記者にまでその名は轟《とどろ》いている。「犯人逮捕で抜かれたら社を去る」と辞表を持ち歩いていたという逸話は、いかにも昭和の事件記者らしい武勇伝だ。そんな男でさえ犯人に迫ることができなかったというのに、三十年以上経った今、文化部の腰の引けた記者に何かできるのか。

「五十三年テープについてはどう思う？」

「い、い、いや、あぁ、何かありましたね」

「君……、もうちょっと勉強せなあかんで」

パグのように額の皺を深くした水島は、コの字形デスクの奥へ行ってしゃがみ込んだ。キュルキュルと音がする引き出しから大きな紙袋を二つ取り出して、応接用のデスクに戻ってきた。

「それは……」

阿久津がパンパンに膨らんだ紙袋を指差すと、水島は待ってましたとばかりに中身をぶちまけた。書類やファイル、パンフレット、メモの切れ端などが雪崩《なだれ》を起こしたようにデスクの上を滑っていく。

「ギン萬の資料や。まだちょっと家にあるけど、大事なやつは大体揃ってる」

「何で社長室に置いてるんですか？」

「そら、企画するって聞いたからや。お呼びが掛かるかもしれんやろ？」

水島は重たい資料をわざわざ自宅から持ってきて、ナンパ待ちの女のようにこの社長室で待機していたのだ。しかし誰からも声が掛からず、いきなり社会部に行くのも気が引けるので、文化部の応援記者を入り口にした――というところだろう。

「昭和五十三年にな、ギンガの幹部にテープが送られたんや。声の主は関西弁の男で『知り合いの過激派にカンパしてくれ』と。『言うこと聞かんかったら、ギンガの製品に毒入れてばら撒くで』って脅したこととか、ギンガが取引先の買収……」

阿久津は水島の話に耳を傾けながら、使えそうなものはないかと、資料を確認していった。手書きのメモやノートが多く、乱れた字を判別しながら読み進めるのは思ったより面倒な作業だった。

「阿久津君、聞いてる？」

水島の不満そうな声に「ええ、もちろんです」と上の空で返事をした阿久津は、新聞記事のコピーを手に取った。「ストック・ジャーナル」という株の業界紙だ。阿久津が気になったのは「欧州筋の買い続く」という見出しだった。発行は一九八四年の一月。ギンガの株が上がっているという内容で「ロンドンを軸とした外人買いが増加」という一文が引っ掛かった。「外人買い」という言葉も時代を感じさせるが、やはり「ロンドン」が気になる。

「水島さん、この株の話ですけど、ロンドンが関係あるんですか？」

記事のコピーを受け取った水島は、短い原稿に目を通し「全然憶えてないわ」と、髪が残っている側頭部をかいた。

「まぁ、犯人は株で儲《もう》けたって話もあるからなぁ」

事件記者なら誰でも知っていることを呟くかつての一課担に、阿久津は「はぁ、そうですか」と薄い反応を示して、再び記事を手にした。この新聞が発行されたのは、ギンガの菊池社長誘拐の二ヵ月前。犯行の二ヵ月前に被害企業の株が上がり、そこにロンドンが絡んでいるかもしれない。

何かある——。

「それ、そんなに気になんの？」

デスクいっぱいにある資料の中で、自分が語るべき点が何もない記事に注目する後輩のことが、面白くないのだろう。水島は白けた様子で背もたれに身を預けている。

「社内に株のこと詳しい人いませんかね？」

「そら、おるやろうけど、この新聞社に直接連絡した方が早いで」

それもそうだと思った阿久津は缶ビールを飲み干し、「早速当たってみます」と言って席を立った。

「三十年以上前の事件やねんから、そないに急がんでも……」

切なそうに眉尻を下げる社長を一人置いていくのは忍びなかったが、阿久津は一礼すると遠慮なくドアを閉めた。

2

並木道に茂るそれが葉桜と気付くまで、幾分かの時間を要した。

大阪府摂津市。煙《けぶ》ったような雲の下では視界に収まるもの全てが色褪《いろあ》せて見えるが、水路脇に咲く彼岸花だけは、素顔に紅を引いたようなアンバランスな艶めかしさがあった。木々の枝やベンチにとまるカラスは、各々が思い出したように飛び立ち、行く手を阻むように低く舞う。気が滅入るような光景に、阿久津は苦笑するよりほかなかった。

近くの貨物ターミナルの駅から、電子音の発車メロディーが間断なく鳴り続ける。夏のロンドンよりはるかに蒸し暑い九月半ば、阿久津はカッターシャツの袖をまくってから、紙面で使う当てのない彼岸花の写真を撮った。

平日とはいえ、文化部のシフト上では休日だった。しかし、放送局と演劇を主担当とし、音楽と演芸をサブで回る阿久津は文化面の受け持ちが多いため、ギン萬の特集だけに集中することなど到底できない。必然的に休みが潰れ、本来ならビールでも飲みながら小説を読んでいるときに、こうして現場に足を向けることになる。

水島の資料にあった「ストック・ジャーナル」の記事だが、新聞社に連絡しても記者が特定できず、取材資料がないため解説も望めなかった。せめて「ギン萬事件」における株の動きを整理したいと思った阿久津だったが、三十年以上前の兜《かぶと》町《ちょう》の出来事を正確に説明できる取材対象がなかなか見つからず、この半月は各方面に依頼したインタビューの返事待ちという落ち着かない状況だった。

しかし、鳥居の監視の目がある限り何もせずに待つという選択肢はない。阿久津が休日に社会部に顔を出し、事件関連のデータベース記事に目を通していると、パフォーマンスと見破った鳥居に頭をはたかれた。

「事件の記事だけに目ぇ通すな。八四年と八五年の縮刷版見てこい」

一方的に仕事だけ増やして去って行くのは鳥居の常套《じょうとう》手段だ。三度目の年男が中坊よろしくペコペコするのは情けないが、いくら頑張ってもあの威圧感に抗うことはできない。

だが、実際に一千ページ以上ある分厚い本、しかも拡大鏡がなければ読めないほど小さな文字を目で追うのは至難の業《わざ》だった。メモを取りながらページを捲《めく》り「ギン萬事件」関連の記事をコピーしていると、ひと月分もこなせないまま集中力の限界がくる。次第に新聞広告に楽しみを見出すようになり「これがマダムヤンか」「名取裕子《なとりゆうこ》出過ぎやな」などと本筋と関係のない呟きが増えていった。中でもビデオの規格争いで、ソニーが「ベータマックスはなくなるの?」「答えは、もちろん『ノー』。」などという切ない問答を一面広告で展開しているのを見て、逆効果の恐ろしさを知った。

阿久津は二週間かけて二年分の縮刷版を読み込み、せめて主要な現場ぐらいは回っておこうと家を出たのだった。今歩いているのは摂津市と茨木《いばらき》市の境界付近で、いずれも大阪市から十キロ圏内にあるベッドタウンだ。阿久津も車で通過することはあっても遊びに来ることはない。

並木道を抜けると、今度は砂利《じゃり》道が続く。右手は草むらで視界が塞《ふさ》がれ、左手は等間隔に植わる枯れ木。昨日降った雨の名残りで、所々に水たまりができている。

　草むらから右手の視界が開けると、北東に延びる横並びの線路が数本見え、そのうちの一つに貨物列車が停まっていた。頭の中で安威《あい》川周辺の地図を描いた阿久津は、そろそろかと当たりをつける。左手へ視線を移すと、川と平行に流れる水路の向こうに四角い小屋を見つけた。心のざわつきに急かされて、気が付くと阿久津は砂利道を走っていた。

　水路を挟んで小屋の正面に立つ。コンクリートブロックを基礎とした粗末な壁。今の空色と同じ淡いグレーで、トタン屋根には七、八羽のカラスがとまっている。時代に取り残されたような佇まいに、三十一年前に撮られた水防倉庫の写真がそのまま重なる。三人組の男たちに拉致されたギンガの菊池政義社長はまさしく、この倉庫に閉じ込められていたのだ。

　倉庫の前には水路を渡る小橋があり、阿久津は赤茶けた鉄製の手すりの間を進んだ。橋を渡り切って生《お》い茂る雑草に足を踏み入れると、見たこともない透明な虫が数匹飛び立ち、その小さな音に反応するように屋根の上のカラスが羽ばたいた。

　倉庫の東側出入り口は雑草に覆われて、容易には近づけない雰囲気がある。勝手に入るわけにはいかないので、阿久津は脇を通って石段を上がり堤防へ出た。砂地を踏んで幅の広い安威川を望む。ゆったりとした川の流れを見ながら、近くの草陰で鳴くコオロギの声を聞いていると、大阪にいることを忘れそうになる。

「ようこんなとこ見つけたな」

阿久津は振り返って倉庫を見下ろした。北側へ回ると二階建てということがよく分かる。二階の窓の下にある、水防倉庫の名が入った看板の周りを黄色い蝶が飛んでいた。定説通り、この監禁場所は土地勘のある人間にしか見つけられないだろう。大人が泣き叫んでも誰も気づかない無人の地。

菊池社長が脱出したという両開きの扉を見てから、水路を挟んですぐ向かい側にある大阪貨物ターミナル駅を眺める。見張りのいない倉庫から自力脱出した菊池社長は、赤茶けた手すりの小橋を渡り、必死になってあの大きな駅の構内へ走り込んだのだ。

一九八四年三月十九日未明――社長拉致から約四時間後、ギンガ幹部宅に電話が入り、男が近くの公衆電話ボックスを見るように告げた。連絡を受けた大阪府警の機動捜査隊員が、電話ボックスで茶色の封筒を見つける。中に入っていたのは、現金十億円と金塊百キロを要求し、その受け渡し方法を記すタイプ打ちの紙。犯人グループは被害企業へ計七十一通の脅迫状を送っているが、その最初の一通だった。

大企業の社長を誘拐し、常識外れの金品を要求するという尋常ならざる犯行に、警察もメディアも混乱を来した。その象徴とも言えるのが、犯行から十時間以上経って締結した一回目の報道協定だ。報道協定は、主に誘拐事件の被害者家族が「警察に通報していない」と装うためのものだ。新聞が朝刊一面、社会面で、テレビがトップニュースで拉致を伝えた後の協定に、どれほどの効果があったのだろうか。

誘拐翌日の夜、犯人は菊池社長の肉声テープを身分証代わりにし、同じ幹部宅に四度電話を入れて、レストランへ現金を持っていくように指示するも、姿を現さなかった。

その肉声テープを録音したとされる倉庫で、犯人は社長の両手足を拘束し、粘着テープで口を塞ぎ、スキー帽を目深《まぶか》に被《かぶ》らせて視界を遮った。裸の上から黒いコートを着せ、菓子パンや缶コーヒーなどを与えているが、それは情というより生かしておくための最低限の処置と言えた。

発生三日後の二十一日午後二時過ぎ、国鉄大阪貨物ターミナル駅構内で黒いコートを着て線路を歩いていた菊池社長が国鉄職員に発見される。犯人から買い与えられていた衣服は身に付けていたものの、右手首からロープを垂らし、髪を逆立て、頬には痛々しい傷跡もあったという。逃げたら殺すと言われていたが、社長が一番気掛かりだったのは「長女も誘拐している」という犯人グループの虚偽の脅迫だった。決死の覚悟で倉庫を抜け出したものの、長女の身を案じる父親の心情を察すると、阿久津の胸は痛んだ。

あのとき、目前にある倉庫内でどんな会話が交わされていたのだろうか。菊池社長はその後に続く苦闘の日々を予見できていたのだろうか。阿久津は突然鳴り始めた草刈り機の音に驚き、遠く対岸へ視線を移した。作業服を着た男が、斜面に立って棒状の機械を左右に振っていた。或いは夏や暑さが残る秋ならば、目撃者の一人や二人はいたのかもしれない。

犯人は人質がいなくなっても、現金を要求し続けた。そんな中、四月八日に全国紙二紙と警察署に挑戦状が送られる。**【けいさつの　あほども　え】**から始まり**【つこうた　車は　グレーや】**などとヒントを出しながら、警察を揶揄する内容だった。これが全八十一通に及ぶ挑戦状の嚆矢《こうし》である。犯人グループは企業に送りつける「脅迫状」とマスコミなどへ向けた「挑戦状」を巧みに操って主導権を握っていく。

実際、警察やマスコミが犯人の本気を垣間見《かいまみ》たのは、四月十日夜の連続放火からだ。ギンガ本社の西端にある試作室とグループ企業のギンガ食品の車庫に停めていたライトバンが何者かに燃やされた。事態を重く見た警察庁は一連の事件を「広域重要指定事件一一四号」とし、各府県警が協力して捜査に当たるよう号令をかけた。犯人グループは脅迫状で「くら魔天狗《まてんぐ》」と名乗って現金を要求する一方、新聞各社には**【ギンガの　せい品に　せいさんソーダ　いれた】**とする挑戦状を送った。結果的に青酸ソーダ入りの菓子は発見されなかったが、各社が挑戦状の内容を報じた途端に、ギンガ製品の一斉撤去と株の下落が始まる。

阿久津は先ほど彼岸花を撮った小型カメラを手にし、さまざまな角度から倉庫の撮影をした。昭和の犯罪の遺物がこうして残っているのは、記者からすれば幸運というものだろう。新たな発見はなくとも、現場で風を感じ、虫の音を聞くうちに、確かに犯人はここにいたのだと実感するようになった。

犯人像を考察する資料を見ているとき、阿久津はよく「ギンガ原点説」という文字を目にした。他の五社への脅迫状は社長や幹部の宛名が名字なのに対し、ギンガだけ【政義え】などと名前を使っていること、菊池邸に押し入ったとき、一番侵入しやすい家事室の鍵を選んで奪ったこと、運転手の名前や有価証券報告書に載っていない業績を知っていること、本社の試作室を放火した際に一番燃えやすいところをピンポイントで狙っていること――などから、少なくとも犯人のうち一人がギンガと何らかの接点を持っていたとする説だ。取材メモを見る限り、この説を支持する捜査員や記者は少なくない。

冷たい小雨が落ちていたころから初夏へと季節が移ろっても、「くら魔天狗」はボディーブローのような脅迫を続けた。そして、犯人逮捕に執念を燃やす大阪府警は「ギン萬事件」の流れを大きく左右することになる一大作戦を決行する。

いつの間にか草刈り機の音が止んでいた。対岸にいた作業員の姿は既にない。

「だぁれもおらん」

寂しい風景とは裏腹に、阿久津は今、事件が描く円の中心にいるように感じた。あのとき、府警の捜査員と犯人グループの視線は、ここから車で十分もかからない、摂津市内の焼肉店に注がれていた。

一九八四年六月二日土曜日午後七時十分ごろ、現金三億円を積んだ白のカローラがギンガの本社を出発。午後八時前、犯人の指示通りに白いブレザーにズボンをはいたギンガ社員が焼肉店に入り、窓際の席に着いた。駐車場のカローラには社員と社員に扮した大阪府警の特殊班捜査員、さらにトランクの中で捜査員一人が待機していた。

午後八時十五分ごろ、店から約三キロ離れた淀《よど》川東側の「堤防道路」に車を停めていた若いカップルに三人組の男が近づき、一人が開いていた運転席の窓に水平二連の銃口を差し込む。犯人から「降りろ」と命じられた男性は元自衛官で、腕っぷしには自信があった。だが、男性が車から降りて銃の男と対峙するや否や、背後から現れた別の男から強烈な顔面パンチを浴びる。男性が倒れ込んだすきに、さらに別の男が女性を羽交い締めし、刃物で脅しながら用意していた車の後部座席に押し込んだ。

「騒ぐと女の命はない」

そう脅された男性は再び自分の車の運転席に戻り、後部座席に犯人二人を乗せた状態で、言われるがまま車を走らせた。

午後八時四十五分ごろ、犯人の命令で、一人焼肉店に入った被害者の男性は、白いブレザーの社員からカローラの鍵を受け取る。男性は店の駐車場へ向かい、車内で待機していた二人に降りるように言って、運転席に乗り込んだ。

犯人に言われた通り「堤防道路」へ戻るべくアクセルを踏み込んだ男性だったが、北へ約五百五十メートル走ったところで、突如としてカローラがエンストする。トランクの中にいた捜査員が、専用のスイッチを押したのだ。大阪府警はスイッチ一つでエンストし、トランクからでも外へ出られるよう車を改造していた。このような車をつくったことからも府警の意気込みが伝わってくる。

これは大阪府警捜査一課特殊班の威信を懸けた作戦だった。実はこの日までに、一度ギンガが裏取引に応じようとしたことがあった。ギンガは警察には黙ったまま、現金を指定場所まで運んだものの、犯人グループの瀬踏みであったため取引成立とはならなかった。ギンガはそれほど追い詰められていたのだ。この動きを読んでいた府警は、次は犯人が本気で金を奪いにくると、現行犯逮捕をシミュレーションして訓練を重ねていた。捜査本部は菊池社長を何とか説得し、精鋭部隊約三十人を焼肉店周辺に配置。怪しまれないよう妻や子どもを連れて客に成り済ます捜査員もいた。

警察庁広域重要指定事件、被害企業の苦境、前のめりになっている犯人側の状況。一九八四年六月二日は、重圧と好機が重なり合う決定的な焦点であり、大阪府警を代表する刑事たちの正念場だった。

しかし、ここから刑事たちは、数々の不運に見舞われる。

連絡の要となる無線が故障したせいでエンストを起こすタイミングが早まってしまい、路地へ誘い込んで全く同型の車とすり替えるという戦略が呆気《あっけ》なく潰《つい》えた。犯人がカップルを襲撃したのは淀川の東側だったが、川の西側を重点配備していた点もツキがなかった。さらに、傍受警戒のため無線連絡が禁じられた際、堤防近くにいた捜査員同士が大声で情報交換をしたため、近隣住民が喧嘩と誤解し通報。極秘作戦にもかかわらず、事情を知らないパトカーがサイレンを鳴らして現着し、不審車が逃げてしまった。猛スピードで走る不審車を特殊班捜査員が見つけて追跡したものの、ほんの数秒の差で国道の信号が赤になってしまい、交差点を渡り切った不審車が前方で闇に消えた。後にこの不審車は襲われた男性のものと分かる。

府警はあと一歩のところで犯人を取り逃がした。だが、現行犯逮捕のみが求められる極秘作戦においては、一歩も百歩も大差はない。女性が拉致現場から約二キロ離れた私鉄の駅前で無事に解放されたのは、不幸中の幸いだった。

結局、犯人とは無関係の男を確保しただけに終わり、泣きっ面《つら》に蜂とばかりに週明けの四日、全国紙一社が朝刊早版の一面で「ギンガ犯逮捕」の誤報を流す。唯一警察の動きを察知したという点ではスクープだったが、犯人逮捕とは程遠い結末だった。

この手痛い敗北の後、捜査は一層警察庁主導となり「一網打尽」の方針に拍車がかかる。一方、逮捕未遂劇を新聞で知ることになった他の大阪府警捜査員たちは、自分たちが蚊帳《かや》の外に置かれていたことに鼻白む。警察庁への対応と身内で鳴り始めた不協和音。大阪府警は内外からの圧に歪んでいく。

「ギン萬事件」に三つのピークがあるとすれば、菊池社長の誘拐からこの逮捕未遂劇までが第一のピークだと阿久津は考える。

写真を撮り終えた阿久津は、陰鬱《いんうつ》な風景に沈む倉庫をただ眺めた。周囲に人の気配はない。そんな漠然とした不安が漂う現場で、阿久津は確かなものを一つ得た。それは、時を越えてもなお感じられる事件の息遣いだった。

犯人は存在する。

至極当然な思いが深まるうち、阿久津の胸にロンドンで見た分厚い雲が広がった。

六月二十六日、「くら魔天狗」は突然、新聞各社に【ギンガゆるしたる】と〝休戦状〟を送った。そこに書かれていた自分たちの居場所。【チュウリヒ　ロンドン　パリの　どこかに　おる】【くら魔天狗を　つかまえに　ヨオロッパえ　いこう】――。

ギンガは許された。これで事件は幕を下ろしたと誰もが思った。だが、犯人グループは既に、次の標的へ魔手を伸ばしていたのである。

3

現場周辺を歩き回った後、阿久津は久しぶりに実家へ寄った。

きれいに掃き清められたタイル張りの玄関スペースには、夫婦のサンダルと傘立てがあるのみ。特に香《かぐわ》しいわけでもないのに、実家のにおいに安心する。

「ただいまぁ」

二年前に張り替えたリビングのフローリングに、取材バッグを置いた。気の抜けた声に反応して、台所にいた母の景子《けいこ》が振り返る。

「あんた、スリッパ置いとったのに」

久しぶりより先に、まず足元のことを気にする母に苦笑いを返し、手触りのいいモケット生地のソファーに腰を下ろした。目の前のテーブルに「和風ドールズハウス」という雑誌が数冊置いてあった。数年前から父が夢中になっている。

「これ、ハマってからだいぶなるよな？」

阿久津が同情を含んだ目で雑誌を指差すと、母は目尻の皺を深くして頷いた。人の良さそうな顔は昔からだが、ほうれい線や口元の皺がいつの間にか年相応のものになっている。

ネギのにおいが強い台所で、母がてきぱきと具材を切っていく。阿久津が「手伝おか？」と声を掛けると「指切られたら敵《かな》んから、座っといて」とあしらわれた。ダイニングのテーブルにはガスコンロがあり、黒い鉄なべが置いてある。母は阿久津が帰ってくると、かなりの確率で好物のすき焼きを用意する。

「おっ、帰っとったんか」

父の将司《まさし》が懐中電灯を持って入ってきた。痩身《そうしん》の父はいつ見ても猫背気味で、大抵はタックの入ったズボンの中にネルシャツの裾を入れている。

「お母さん、単三電池なかった？」

「あぁ、切れてたかもしれんわ」

母はまな板に向けていた視線を上げると「お父さん、糸こんにゃくを皿に移してくれへん？」とお願いした。父は「おぉ」と懐中電灯にはこだわらぬ様子で台所へ向かう。黙々とすき焼きの準備をする両親を見て、阿久津はのんびりとした似た者夫婦だと思った。社会人になると時間の経過が早く感じられるようになるが、二人ももう六十代半ばである。

自宅から車で二十分のところにある総合病院の門前薬局に勤めていた父は、特別な残業や忘年会などがない限り、晩ご飯を家で食べていた。碁盤の前で動かなかったり、熱心に釣り専門のテレビ番組を見ていたり、一人でいることを好んだ。家で仕事の話をしなかったのは、職場で自分を押し殺していたからではないかと阿久津は思う。決められたことは確実にやり遂げるが、それ以上のことには興味を示さない。熱心に勉強会に参加する割に、市販の薬の知識に乏しかったりするのは、いかにも父らしいエピソードだ。そう考えれば、予《あらかじ》め工程が決まっている和風ドールズハウスづくりは、父に打って付けの趣味と言える。六十歳を機に契約社員となり、昨年六十五歳になって職を退《しりぞ》いた。母は時折パートに出ることもあったが、最近は家事の傍ら夫がつくる住めない家を眺めている。

「イギリスはどうやった？」

ざるに入れた糸こんにゃくの水を切りながら父が尋ねた。

「あっ、紅茶ありがとうね。おいしいわ」

日本に帰ってきてから送ったヨークシャーティーのことだが、阿久津はボールペンの尻でコンコンと紙箱を突く鳥居の顔を思い出し、渋い紅茶を飲んだ気分になった。

「みんな示し合わせたみたいに無愛想なんや。レストランでもブスッとしてるのが多いし」

「何でやろね。にこにこしてた方がお客さん来るのに」

エリンギを切っていた母は、何がおかしいのか笑みを浮かべた。

「英士、ビール出してくれ」

父に言われて阿久津はソファーから立ち上がり、冷蔵庫へ向かった。缶ビール二本と母親用に麦茶が入ったガラスのポットをテーブルに置く。皿に敷かれた牛肉は美しくサシが入り、写真に収めたいほど華があった。

「これ、ええ肉やぁ」

「そうやろ？　そごうで見て一目惚れよ」

父が自慢げに言う。久しぶりに顔を見せる息子のために、わざわざ三宮《さんのみや》まで買いに行ってくれたのだ。阿久津は礼を言って父のグラスにビールを注いだ。

「よっしゃ、ほんならいただこか」

父の号令ですき焼きが始まった。母が鉄なべに油を引き、大きな牛肉を横たえる。醤油とザラメ砂糖をかけてジューとうまそうな音を立てる肉に、阿久津は喉《のど》を鳴らした。母が生卵の入った器に最初の一枚を入れてくれたので、すぐさま口の中に放り込んだ。柔らかい食感と甘み、生卵のとろみがたまらず、唸るしかなかった。

「うまいわっ」

喜びの声を上げる息子に、前に座る両親がそろって「もっと食べや」と目を細める。三十六にもなって何だが、阿久津は子ども扱いされるのが嬉しかった。

会話の中心は旬の食材と、親戚の子どもの近況だ。しかし、一番盛り上がるのは姉の息子、豪《ごう》の話である。二歳の甥《おい》っ子は、まだ会話は難しいものの、単語をつなげて意思表示するようになった。

「やっぱり女の子の方が早いねぇ。豪君は『せんべい、じぃじのせんべい』ばっかりよ」

母が祖母の顔になって笑う。

「今度、久しぶりに姉ちゃん家に行こうかなぁ」

「行って豪君と遊んだりぃや。たまには息子から解放されな、葵《あおい》もストレス溜まるわ」

姉は四年前に大阪市職員と結婚し、国際会議や学会の運営サポートをする会社を辞めた。阿久津のマンションから遠いこともないが、忙しさにかまけて半年以上会っていない。

両親は昔から政治や事件、文化、芸能に疎《うと》く、日々の暮らしを話題にしてきた。特に思春期のころは、三つ違いの姉とともに退屈を覚えていたこともあった。だが、姉に子どもができて、自身も念願の文化部に配属となると、波風の立たない生活のありがたみを理解するようになった。

大日新聞記者、という肩書きをブランドだと勘違いしていた学生時代。そこに入りさえすれば、人も羨《うらや》む存在になれると信じていた。だが、初任地の姫路支局で警察と地裁支部を担当し、夜討ち朝駆けで睡眠時間を削られ、抜かれては上司に頭をはたかれ、立ち入り禁止の刑事部屋に入っては怒鳴られる日々。しかしそのうち、訴状を取りに行った先で弁護士に鼻で笑われても、ヤクザ崩れのタレコミ屋に振り回されてもヘラヘラと笑っていられるようになった。今思えば自分を殺して生きるというのは、父親と同じだったのかもしれない。

三年で京都総局へ転勤となり、再び所轄回りを経験した後、大学や観光などの記事を書いて平穏を取り戻したのも束の間、京都府警本部捜査一課と三課を回るはめになって、本気で辞職を考えた。運よく半年で異動となったが、次は大阪社会部で所轄キャップを二年。忙しさと家庭的な将来性のなさから、京都時代に出来た彼女にもフラれて、お先真っ暗になった。

五年前に文化部へ流れ着いたときは、三十一歳にして既にくたびれていた。だが、それからは失恋を二つやり過ごした程度で、これといった不運はない。このまま文化部に居続けるのは無理にしても、せめて田舎の支局でのんびり過ごせたらなどと考えている。たまに飲み屋で「なぜ記者になったのか」「世の中に何を訴えたいのか」などと聞かれることもあるが、上手にごまかす技も身に付けた。家の模型作りはしないものの、立派な阿久津将司二世となって、今、口の中でとろける肉に満足している。

父親のように生きる、というのは決して嫌なことではなかった。神戸市北区《きた》。神戸といっても、すぐ近くに六甲《ろっこう》山地があるような自然豊かな地域に建売の五十坪。逃れようのない経年劣化はあるものの、数年に一度、部分的に改修すればさしたる不満は残らない。

「英ちゃん、明日は東京出張やろ？　今させられてる事件の仕事は、いつ解放されんの？」

母親のご多分に漏れず、景子も何より息子の健康を気にする。阿久津はビールを口に含んでから首を横に振った。

「年末企画やから年内いっぱい頑張ったら放免されるわ。ほんま貧乏くじ引いたで」

「そう言や、この家に越してきたんは、確かギンガ・萬堂事件の年やったで」

何気ない感じで父が言うと、母も思い出したように「そうやったわ」と同意した。

「もうなくなったけど、公民館の近くに駄菓子屋あったやろ？　あそこで英ちゃんが萬堂のお菓子を買うてきたことがあって、びっくりしたん憶えてるわ」

「全然憶えてないわ。他に印象に残ってることある？」

両親が同じように首を傾げる。

「友だちの知り合いがパートで萬堂の工場で働いてたけど、毒入りのお菓子を置かれたやつで、クビになってたわ」

母が気の毒そうに言う隣で、父が「あの挑戦状、関西弁やからだいぶ得してるで」と愉快げに話した。

合計で六社が脅迫被害を受けていたと阿久津が話すと、両親は「そうやったかもしれん」と思い出すように呟いた。

関西で起きた事件とはいえ、これが市井《しせい》に生きる人たちの距離感なのだろう。一方で生き証人よろしく河川敷に佇んでいた水防倉庫を頭に浮かべ、「ギン萬事件」が現実に起こった犯罪なのだと改めて思う。未解決事件が残す時代の足跡を辿るうち、記者生活に漣《さざなみ》が立ち始めた。果たして、ギン萬の何が自分を惹《ひ》きつけるのか。阿久津は説明のつかない興奮のやり場に困った。

明日は東京か、とグラス半分のビールを飲み干した後、無意識のうちに記者の頭になって、ネタが取れるかどうかを考えていた。

4

エレベーターが開くと、目の前が店だった。

和風家屋を模したエントランスは、中央に瓦の庇《ひさし》があり、左右に店名が入った白い提灯《ちょうちん》がぶら下がっている。戸は開け放たれ、中に見えるのは鍵付きの下駄箱とレジカウンター。よくあるタイプの大衆居酒屋だ。

取材アポを取るのに苦労し、また仕手《して》という未知の世界に触れる緊張感もあったためか、阿久津はやや拍子抜けした。笑顔で近づいてくる若い女性店員に「立花《たちばな》さんの名前で予約が入ってますか」と確認すると、店員は手にしていたバインダーを持ち上げ、一枚紙をめくった。

「あっ、はい。お待ちでございます」

「えっ、もう来られてるんですか？」

「はい。どうぞ、ご案内いたします」

約束の十分前だが、相手も時間に正確な人物らしい。

水島が持っていた記事のライターが見つからず、内容の解説とバブル前夜の仕手戦について詳しい人物、との方向に取材の主軸を変えたものの、なかなかインタビューに応じてもらえる人が浮かばなかった。最終的に東京本社経済部の記者が週刊誌人脈から見つけてきたのが、今から会う立花だった。

「お連れ様がお見えです」

掘りごたつの和室だが個室ではなく、仕切りは衝立《ついたて》があるのみ。幸い隣は無人で、その向こうでは学生の集団が騒いでいる。これなら多少きな臭い話をしても大丈夫だろう。

「あっ、これはこれは」

衝立側に座っていたのは、巨漢と言っていいほど横幅のある男で、体型の割には機敏に立ち上がった。

「本日はご無理を申し上げまして……」

名刺交換の後、上座の譲り合いをしたが「この体ですので」という相手の言葉に負けて、壁側の座布団に腰を下ろした。

「現在は貿易会社を？」

立花幸男《ゆきお》の名刺を片手に問い掛けると、彼は分厚い手を振った。大手なのか中小なのかも分からない社名の下に顧問とある。

「友人が経営してる小さな会社で、名義貸しみたいなもんです。もう隠居の身ですから」

「まだ隠居されるご年齢には見えませんよ」

「いえ、もう五十七ですので」

太ると老けるとよく言われるが、立花の場合はその丸みが年齢不詳の隠れ蓑《みの》になっている。短髪に白いものが混じってはいるが、肌艶はいい。

「立花さんは証券会社におられたんですよね？」

「ええ。五十のときに辞めました。体調を崩しましてね。兜町はきれいごとでは生きていけませんので、ちょっと疲れたというか。まぁ、それでもバブルとその前後も見てきましたから、一般的なことは答えられると思いますよ」

「すみません。株のことはズブの素人でして、すごく基本的なことをお尋ねすると思いますが……」

「いえ、構いませんよ。聞くところによると『ギン萬事件』関連だとか？」

「ええ。年末企画で未解決事件を扱うことになりまして、大阪本社では『ギン萬事件』を取材しています」

「ギン萬でしたら、やっぱり『マジック・タッチ』ですか？」

「マジック・タッチ」は八〇年代に登場した仕手集団で、萬堂株と鳩屋株を買い占めて売り抜け、巨額の利益を得たとされる。「株のくら魔天狗」とも呼ばれ、捜査線上に浮上したものの、警察は「シロ」と判断。だが、八五年に犯人が終結宣言を出した二ヵ月後、「マジック・タッチ」の代表が事務所で遺体となって発見され、兜町は騒然となった。死因が心不全であったことから、事件性を指摘する関係者もいたという。

「事件の関連本を読むと彼らが怪しいように思えるんですけど、実際のところ信憑性《しんぴょうせい》はあるんですか？」

「ない、ない。そんな有名な仕手筋ならパクられてますよ」

一蹴されてやや気が削《そ》がれた。実際に会ってプロの見立てを聞くと、本の内容が眉唾《まゆつば》だったのかと思えてくる。

阿久津は思い出したようにノートとICレコーダーを取り出した。録音について聞くとあっさり許可が出た。注文していた生ビールが届き、まずは乾杯した。

「そもそも、その仕手のイメージが湧かないんですが、彼らは何者なんですか？」

「ええっとね、構図で言うと、まず全体の流れを指揮する仕手本尊がいて、子分みたいなのが四、五人ぐらいかな？　でもまぁ、その仕手筋によって、まちまちですけどね。要は親分子分関係があって、彼らが金主《きんしゅ》を捕まえるわけですよ」

「株を買う金を出してくれる人ですね？」

「そうです。金主の次に玄人《くろうと》筋の投資家、最後はババを引かせる個人投資家です。これは会員とも言いますけど」

「つまり、後から参加する会員は損をするようにできていると？」

「ええ。完全なピラミッドですよ。仕手が買いまくって株価が上がるでしょ。まだ上がるよって情報を流す。すると会員がどんどん買いに入るんですけど、仕手筋が売り抜けて株価がドーンと下がる。損を出したまま、売るに売れない会員は塩漬けですよ」

「はぁ……。素人《しろうと》が手を出しちゃいけないことがよく分かりました」

「まぁ、私に百万預けてくれたら、三倍にしてお返ししますよ」

「三百万か……」

のジョッキ

「と言って金を集めるわけです」

立花の冗談にやっと場の空気が和んできた。頼んだ料理もひと通り揃い、ジョッキの方も互いに二杯目へ移った。

「仕手筋はいわば利益共同体です。知り合いに聞くと、儲けが一番大事だけど、株を自在に操る快感がやみつきになるそうです」

「その集団には若い人もいるんですか？」

「もちろん能力があれば。でも、口が軽い奴はNGですけど」

「そういう仕手筋の人は、何と呼べばいいんですかね？　仕手屋とか？」

「あえて肩書きをつけるなら、投資家ですかね。普段、いろんな人と酒を飲んで情報を集めて、銘柄と資金源を探す。金を引っ張ってきた奴が偉いという感じです」

「今もいるんですよね？」

「いますよ。ただ、ギン萬があった昭和の時代と違うのは、今は企業買収に金を出すんですよ。実際にはほとんど実体がないような『ハコ企業』を使って株式市場から金を集めてね、それで仕手戦に持ち込むんです。結局、会員がババを引くのは同じ構図ですけど。新エネルギー関連とか、結構怪しい会社が紛れてますよ」

「ギン萬のころは何と言うか……、より単純だったんですね」

「やっぱり、時代が違いますよ。昔は規制なんてなかったですからね。各証券会社のディーラーはみんな友だちで、夜に銀座《ぎんざ》、赤坂《あかさか》で集まって『明日はどの銘柄でいくか』を決めるわけです。平気で相場をつくるんですから。その詳報を仕手が入手するわけです。証券だけじゃないですよ。銀行もエグかった。ヤクザと一緒に地上げ交渉にいく行員もいたって聞きましたし」

ほんの数年前にも大手銀行が暴力団と融資取引していた事件があったことを思い出した。阿久津は同じサラリーマンでこうも違うのかと驚いたものの、新聞業界も外から見れば眉を顰められることの一つや二つはあるだろう。

互いのジョッキがイモ焼酎とスコッチのロックのグラスに切り替わるころになると、話題の中心が過去の経済事件の裏話に変わっていった。やがてそれは政治家の性癖やプロスポーツ選手の美人局《つつもたせ》事件といった〝下流〟へ向かう。

初めて耳にすることが多く、世に出ている情報など氷山の一角だと改めて痛感したが、楽しんでばかりもいられなかった。この内容で取材メモをつくるわけにはいかない。

阿久津はバッグから「ストック・ジャーナル」の記事を取り出した。ギンガの菊池社長が誘拐される二ヵ月前の発行で、ギンガ株が上がっていることを報じるものだ。

「欧州筋の買い続く」の見出しが立っている。

老眼鏡をかけてさっと記事を読んだ立花は口元に薄い笑いを浮かべ「なるほど」と

呟いた。

「その原稿の意味が分からなくて。何となく『ギンガの株はお買い得ですよ』と宣伝するような印象を受けるんですが」

「そうですよ。まぁ、こういう記事は珍しくありません」

「僕が一番気になったのは見出しの『欧州筋の買い続く』と本文の『ロンドンを軸とした外人買いが増加』という言葉なんです。ギン萬の犯人はよく挑戦状でヨーロッパへ行くというようなことを書くんですが、これと関係があるのかと」

同時にハイネケンのメモも思い浮かべていた阿久津だったが、立花がゲラゲラと笑い始めた。

「阿久津さん、これは百パーセント〝黒目の外人買い〟ですよ」

「黒目の外人買い？」

「黒目とは日本人、つまり日本人による買いです」

「その短い記事を読んだだけで分かるんですか？」

「当時の時代背景を考えると、そうなるんです。まず、昭和のこのころは、仮名口座がつくりたい放題だったという前提を頭に入れてもらって」

立花は一旦そこで言葉を切ると、唇を湿らせるようにイモ焼酎を飲んだ。

「これからいくつか例を挙げますが、恐らくこのどれかだろうと思います。よくあったのはね、香港にある日系証券会社の支店経由で、スイスの日系証券会社支店で売買するんです」

「それは外国を経由することで、足跡を消せるからということですか？」

「仮名口座でやりますから、もちろんそれもあります。しかし、香港もスイスもキャピタルゲインの課税がないんです」

「タックス・ヘブンというやつですか？」

「いえ、タックス・ヘイブンです。天国ではなく、回避地です」

なまくら刀の英検準一級の実力をさらしてしまい、阿久津は苦笑いするしかなかった。

「もしくは香港で直接売買するケースもありました。当時香港はイギリス領ですから〝欧州筋〟となるわけです。あとは直接外資の日本支店へ行って、香港経由のスイスというパターンもありました」

「なるほど……。で、この『ロンドンの外人買い』というのは？」

「香港からロンドンのシティへ金を流すケースもあったと思います。ただ、私の記憶ではスイスの方が多かったし、この記事も確信を持って書いてるわけじゃないはずです」

「そっかぁ……。おもいっきり日本人だったんですね」

「黒目のね」

何でもプロに聞かなければと痛感すると同時に、阿久津の中でハイネケンの存在がまた一つ小さくなった。ロンドンの中華街に住んでいる必要はないのだ。つながったと思った線が簡単に切れてしまった。やはり文化部記者の勘などこの程度のものだと自嘲する。

「ギン萬の犯人が、このギンガ株の釣り上げに関係した可能性もありますかね？」

「知識のある奴ならね。当時、日本はまだまだ東洋の端っこ程度の扱いですから、そもそも外国人は日本の株に興味を示してなかったですし、それに大蔵省も外国に腰が引けてて、外資マターに口を挟むことも考えられません。足跡を辿《たど》られずに自由に売買できたわけです」

額に玉の汗を浮かべる立花はネクタイの結び目を解き、焼酎のお替りを注文した。阿久津はギンガと萬堂の株価チャートを示し、両社とも事件前に株が上がっていることを指摘した。

「この値上がりは、犯人が仕手戦に持ち込んでいるということでしょうか？」

「何ともなぁ。こればっかりは分かりません。ただ、もし仕手筋が絡んでるなら、彼らは二段階に分けて売り買いしてると思います」

「二段階？」

「まずこの株が値上がりしてますよね。この八分目ぐらいのところで一回売りに入ります。それで元手を回収してしまうんです。金主には絶対損をさせてはいけないんで。でも、会員が群がっているのでまだ少し値が上がる。その頂《いただき》ぐらいのところで今度は空売りをするんです」

「ど素人で申し訳ないんですけど、空売りを説明してもらえますか？」

「株はね、一定の保証金を積むことで、まだ買ってもない株を売ることができるんです。実際に持ってない株を売るから空売り。値が高いときに売っているので、その後株価が下がれば、安い値段で買い戻せる。つまり、その差額が儲けになるってからくりです」

「要するに、株価が下がることを知っていれば、空売りを仕掛けられるってことですね？」

「そうです。挑戦状を出せば株価が下がるわけですから」

「犯人がギンガと萬堂の両方で空売りを仕掛けたとして、いくらぐらいの儲けが出せますか？」

「それは発行株数にもよるし、用意できる元手の金額、さっき言った保証金とか証券会社への手数料とかね、これにもよる。まぁ、派手に仕掛けてりゃ、何億かにはなったんじゃないですか」

勉強不足の記者にも嫌な顔一つ見せず、立花は答える。当時の仕手戦の枠組みが理解できた一方、これが犯人につながる情報にはならないことも分かっていた。だがもし「くら魔天狗」が仕手戦を仕掛けていたとしたら、誘拐やカップル襲撃などの粗暴な一面とは全く異なる顔を持っていることになる。

阿久津は知るほどに一筋縄ではいかない連中だとの印象を抱いた。その振り幅の大きさには、確かに人を惹きつけるものがある。

「兜町で『マジック・タッチ』以外に騒がれた筋ってあるんですか？」

「うぅん。そうだねぇ……」

ロックグラスに太い人差し指を入れて氷の表面をなぞる。兜町の天国と地獄を間近で見てきた立花の場合、記憶がピンポイントで三十一年前に飛ぶことはないだろう。金に魅せられ、身を滅ぼした人間の数だけ寄り道があるはずだ。だが、その血色のいい顔に浮かぶのは、何やら楽しそうな笑みだった。

「あのときねぇ、確か一つだけ妙な筋があったんだよねぇ。何だったかなぁ。大阪の企業舎弟か京都のパチンコ屋が金主だって噂がある……あっ、違うわ。複数の金主がいるって話だったたな」

「複数？」

「関西だよ。それは間違いない。いくつかの筋が結託して萬堂株を買い占めてるってね。ただ、兜町の噂は当てにならないし、それ自体が策略だったりするからね」

立花は箸で牛筋煮込みを突《つつ》いて「段々思い出してきた」と天井を睨《にら》んだ。

「一人ね、変な若い男がいたんだよ。一度飲み屋でその若い奴と一緒になったことがあってね、やたらと関西のアングラ情報に詳しいわけよ。感じのいい子だったんだけど、異様に頭の回転が速いから不気味でね。途中で店に電話が掛かってきて出て行って、先輩に『何もんですか』って聞いたら『分かんないけど仕手筋らしい』って」

「証券会社の人ではなかったんですか？」

「違う、違う。本当に見かけない顔だったから。確か大学が一橋《ひとつばし》だったな。あいつ、あの妙な仕手筋の一味だったんじゃないかなぁ」

「関西の事情に詳しいってことは、関西人ですか？」

「いや、関西弁は話してなかったよ。今、何となく顔の輪郭が浮かんでるんだけどなぁ。これをプリントアウトできないかなぁ。あっ、それとちょっと話に嘘が混じるんだよね。それで不気味だったのかもしれない。『マジック・タッチ』なんかより、あの若者の方がよっぽど怪しいよ。最初にも言ったけど、仕手の世界で名前が売れてる連中はね、『労多くして功少なし』ってのが一番嫌いなわけよ。たかが数億で社長誘拐したりしないよ」

原稿が書けるほどの情報ではないが、それでも阿久津は犯人の影を見た気がした。

一橋出の若者で、関西の地下人脈に詳しい人物。どこにでもいるとはとても言えない。この男が「黒目の外人買い」の正体なのだろうか。さらに闇が深まった気がして、阿久津はこの取材は果たして前進だったのかと自問した。

まだ生きているだろうか、と胸の内で呟き、薄くなり過ぎたスコッチを口にした。

5

曽根俊也と堀田信二は大阪府中南部の堺市《さかい》にいた。

南海《なんかい》電鉄の改札を抜け、南西へ一キロ弱。地図を片手に目的地へ近づくにつれ、街が日陰のような雰囲気を帯びる。焼鳥屋やスナックが入る雑居ビル、風俗店、寿司屋などが並び、平日の昼間からご機嫌な自転車の中年男たちとすれ違う。九月の第一週の陽は夏のものと考えて差し支えなく、俊也は斜めから浴びる日光に痛みを覚えた。

「宿泊　三千九百八十円」のラブホテルの角を曲がってしばらく進むと、俊也が「もうそろそろですね」と隣の堀田に話し掛けた。

小料理屋「し乃《の》」は、ベンツとランドクルーザーが停まるコインパーキングの前にあった。瓦屋根の下、漆喰《しっくい》の壁はひび割れている。午後三時過ぎとあって、まだ軒先には暖簾《のれん》がかかっていない。俊也は色濃い木製の引き戸に歳月を感じ、ここに犯人たちが集まったのかと、背筋が伸びる思いだった。

「事務所はあそこの角曲がったとこやね」

堀田がコインパーキングの隣にある鍼灸院《しんきゅういん》を指差すのを見て、俊也は額の汗を拭いながら頷いた。「し乃」に事務所があると分かったとき、二人で相談して開店前に女将を当たろうと決めたのだ。事前に電話して警戒心を抱かせるより、直接足を運んで顔を合わせた方が有利だと考えたのは堀田だった。

フジサキと会って一週間あまり。堀田と休みが合った今日、俊也は犯人たちが会合を開いたという店にやってきた。フジサキが言っていた暴力団員と利権屋など素人の自分にはたどりようもなく、見当もつかない。女将がどれだけ話してくれるか分からないが、伯父のことを憶えている可能性はある。

事務所は五階建て雑居ビルの二階にあった。一階は鉄板焼きの店で、上の階へはビル右端の錆《さ》びついた鉄製階段を使うようだ。俊也は堀田の後について階段に足をかけた。二階は狭い踊り場にテナントが向き合うような配置で、俊也は西側のドア横の壁に「し乃」と書かれたプレートを見つけた。顎《あご》先から滴《したた》りそうになっていた汗をハンカチで拭う。

「ここですね」

俊也の視線を受けた堀田は一つ頷くと、所々色が剝《は》げた鉄製のドアを軽くノックした。少し間を置いてから「はい……」と警戒心を滲《にじ》ませた声が返ってきた。

「失礼します」

堀田に続いて事務所の中に入る。逃げ出すように流れ出てきた空調の冷風が微かにカビ臭い。俊也がビルの外観から想像した通り、事務所は窮屈だった。

申し訳程度のカウンターの奥に事務机、あとはテレビとFAX付き電話、背の低い書棚に段ボール箱が数箱。向こう側にドアが見えるので応接室でもあるのかもしれない。

「どちら様で？」

小料理屋と聞くと着物のイメージがあったが、デスクの椅子に座っていた女性はグレーのワンピースだった。店が古いので高齢だろうが、細身で長い髪を一つにまとめ、化粧もしっかりとしている。相応に手や首の筋が目立つものの、整った面立ちだ。

「突然お邪魔して、大変恐縮でございます」

堀田がバッグのサイドポケットから素早く名刺入れを取り出したので、俊也もそれに倣《なら》った。

「こちらの女将さんでいらっしゃいますか？」

女性は戸惑いながら「ええ」と答えると、伝票で散らかった机から離れた。カウンター越しに名刺を受け取り、それぞれにさっと目を通した。

「今日は京都からお越しで？」

「ええ。昔の話でちょっと……。三十年ほど前に世間を騒がせました『ギンガ・萬堂事件』のことで……」

ギン萬のことを聞いた途端、女将は眉間に皺を寄せた。

「それで、女将さんのお店に事件の関係者が来たことがあると小耳に挟みまして」

「いやぁ、そんなあほな話ありませんわ。遠いところを来ていただいたのに、お気の毒ですが」

取りつく島もない様子で、女将が頭を下げた。難しい流れになったので、俊也も前に出た。

「名前は明かせませんが、ある人からここで『ギン萬事件』の関係者たちが会合を開いてた、と。それで……」

「何で関係者やと分かるんですか？」

言われてみれば当然の疑問だったが、フジサキの言葉を盲信していた俊也は、そんな基本的なことも考えていなかった。

「それも含めて教えていただきたく参った次第で」

堀田の言葉は何の加勢にもならず、女将は「すみませんけど」と再度頭を下げた。

俊也はその煩《わずら》わしそうな表情を見て気が引けたが、腹を括って事情を打ち明けることにした。

「もう少しだけ聞いてください。決して冷やかしで来てるんやないんです。『ギン萬事件』では、犯人が子どもの声を録音したテープを使ってるんですが……」

強引だという思いはあったが、俊也は事件の概要と犯行に使われたと思われるカセットテープが自宅で見つかったこと、それが幼いころの自分の声であること、さらには黒革のノートの内容が被害企業に触れていることも告げ、家族が事件に関わっていた可能性も包み隠さず話した。

「犯人が誰であるとか、そんなことに興味はありません。それに今さら素人が捜しても見つかるわけがないとも思ってます。でも、せめて自分の親が事件と無関係であると確認したいんです」

少し話し過ぎたかもしれない――。俊也は話しながら秘密が秘密でなくなる恐怖を覚えていたが、それ以上に生殺しのような現状に耐えられなかった。心の片隅にでも父親を疑う気持ちを残したくなかった。

女将は無表情ではあったが、さきほどまでの苛立ちは感じられなかった。

「今、お聞きしたことは胸にしまっておきます。こちらからは何も申し上げることはございませんので、お引き取り願えないでしょうか」

今度は会合について否定しなかったことから、俊也は可能性を感じた。

机に戻ってしまった女将に、これ以上掛けられる言葉はなかったが、俊也は「し乃」と犯人との関係をもっと知りたいと思った。

事務所を出て、錆びた階段を黙ったまま下りる。

「結局、名刺ももらわれへんかったね」

堀田が参ったといった感じで首の後ろに手をやった。ほとんど成果はなかったが、素振りに余裕が感じられるから不思議だ。

「店の方も覗いて行きませんか？」

ここしか手掛かりがない以上、俊也は諦めきれなかった。堀田は「いいねぇ」とおどけた顔で応じた。本人もそのつもりだったらしい。

再び店の前に立った俊也は、年季の入った引き戸をノックした。薄いガラスが揺れて音を鳴らしたが、返事はなかった。俊也は「すみません」と断って戸を開けた。油でも差しているのか、古い割には滑《なめ》らかに動いた。

入って右手に四人掛けのテーブル席があり、まっすぐ延びるカウンターには背もたれのある椅子が十脚ほど並ぶ。奥に階段があるので二階には座敷があるのかもしれない——そこで「関係者」の会合があったのだろうか。カウンターの上にはまだ皿がなく、照明も暗いままだった。カツオ出汁《だし》のいい香りが漂っている。

「すみません」

俊也がもう一度声を掛けると、カウンターの奥から「はぁい」と太い声が返ってきた。下駄履きの音が大きくなり、白い調理服の大柄な男が顔を出した。頭に紺色のバンダナを巻き、白いものが混じった無精髭《ぶしょうひげ》を生やしている。

「はい、何でしょう」

俊也が「板長さんですか？」と尋ねると、男は気さくに笑ってカウンターに両手をついた。女将とは違って話しやすそうな雰囲気があるものの、少しでも次につながる「何か」を聞き出さねばならない重圧が、俊也の身を強張らせた。事務所を訪ねたことは告げない方がいいと判断し、いきなり本題に切り込んだ。

「突然申し訳ないんですけど、ある人からここで『ギン萬事件』の関係者が会合を開いていたと聞いたもので……。どんな情報でもいいので伺えればと思って来たんです」

「えらい古い話を……。びっくりしましたわ」

板長は明らかに困惑している様子だった。俊也は焦って隣を見たが、堀田が励ますように頷いたので、落ち着きを取り戻すことができた。そして、自宅から「ギン萬事件」に関する英文のノートと自分の声が入ったテープが見つかったこと、ノートの内容、伯父のことなどを丁寧に説明した。先ほどより具体的に話したのは、冷やかしではないと信じてもらいたかったからだ。

「それは……大変なことですなぁ。でも、テープが出てきたからと言って、そのぉ……」

板長が口の動きを止めるのを見て、俊也はまだ名乗りもしていなかったことに気付いた。堀田と名刺を渡すと、女将と同じように「わざわざ京都から」と呟いた。

「本当に、どんなことでもいいんです」

半歩前に出た俊也に、板長は困ったようにバンダナをさすった。

「興味本位じゃなくて、僕にとっては純粋に家族の問題なんです」

俊也の切実な声音に、板長は何度か自分を納得させるように頷くと、眉間に皺を寄せて目を瞑《つむ》った。

「こんなこと、あんまり嬉しがって話すもんやないと思って黙ってたんですがね。まぁ、うちにはうちの事情があるというか……。でも、もう三十年も前の話やからね」

板長の心の揺らぎを感じ取った俊也の胸の内に、もう少しで状況が変わるかもしれないと期待が募った。

「お願いします。教えてくださいっ」

俊也と堀田は揃って頭を下げた。しかし、女将のことが気になるのか、板長は強く葛藤しているようだった。その女将が今このときにも来るかもしれないと思うと、気が気でなかった。

顔を上げた俊也が板長の目を見ると、彼は腕を組んで渋々といった様子で首肯《しゅこう》した。

「曽根さんのおっしゃる通りです」

フジサキの証言には一定の信憑性があると考えていたものの、実際に裏付けられると昂《たかぶ》るものがあった。

「会合は本当にあったんですね？」

板長は含みのある視線でそれを認めた。

「それはいつごろのことでしょうか？」

「ギンガの事件があった年の……秋ごろやったかな」

「一九八四年、昭和で言うと五十九年のことですね？　失礼ですが、当時から板長さんはこの店に？」

「ええ。もちろんまだ板長やなかったけどね」

後ろめたさの裏返しなのか、板長は苦笑いして言った。

「ちょっと、これを見ていただきたいんです」

隣で静かにしていた堀田がバッグからスッと一枚の写真を取り出して、カウンターに置いた。気の強そうな詰襟《つめえり》の男が写った白黒の顔写真。伯父は写真を撮られるのを嫌ったらしく、フジサキが持っていた中で一番年齢の高いものが、この高校時代の写真だった。

「その会合にこの顔の男はいませんでしたか？」

「えらい若いときの写真やね。私は人の顔を覚えるのは得意な方ですけど、さすがにこれは分からんなぁ。いや、あの会合のメンバーはね、頭に焼き付いてるはずなんやけど。この二階でね、わいわいやってはってね」

老眼なのか顔から写真を離して見る板長が、しきりに首を捻《ひね》る。俊也はなぜそのメンバーが犯人グループと分かったのか、そして暴力団員と利権屋のことまで聞きたかったが、堀田が別の質問を投げ掛けた。

「では、体が大きいのが一人いませんでした？　重量級の柔道の選手みたいな」

「あぁ、いましたね……」

「髪が天然パーマでくりくりと巻いてて、耳が潰《つぶ》れてる」

「そうやね。耳が潰れた大きい人は確かにおりましたわ。その人がね、焼酎のグラスを二回もひっくり返して、拭きに行ったん憶えてますわ」

よほどのことがない限り、三十年以上前の客のことなど憶えていないだろう。この上で集まっていたという犯人たちの存在が、より身近に感じられるようになった。

「こんにちは！」

カウンターの奥から若い男の声が聞こえた。

「あっ、すんません。仕込みの途中でして」

業者が食材を運んできたのかもしれない。ようやく板長が心を開きかけていただけに、俊也はその間の悪さに臍《ほぞ》を噛む思いだった。二人して礼を言うと、板長は軽く一礼してから奥へ消えた。

遠ざかる下駄の音を聞きながら、俊也は目の前にあった写真を見た。

髪は直毛で耳は潰れていない。曽根家の中では背が高い方かもしれないが、この写真の男がどんなに成長しても柔道の重量級にはならないだろう。

「さっ、そろそろ女将さんが来るかもしれんね」

堀田が回れ右をして戸を引いた。彼の頭に伯父ではない、そして自分の知らない誰かの顔が浮かんでいるに違いない。その男は恐らく「ギン萬事件」と関わりがある。「し乃」を出た後、店を振り返って二階の障子窓を見た。あの部屋で犯人たちは何を話していたのか。

視線を上げると、カラスが一羽、瓦屋根に止まっていた。カラスは俊也を一瞥すると、邪魔だと言わんばかりにしわがれた声で鳴いた。

6

スケジュール確認の話を終えて、受話器を置いた。

京都市内の工房に出向く時間を手帳に書き込んだ際、俊也は以前付き合いのあった縫製職人のことを思い出した。顔を見なくなってもう三年になるだろうか。

俊也が運営方針を改めたことで、付き合う職人も変わった。父がいたときは店で型紙を引き、仮縫いをして縫製もしていた。もちろん、俊也と父の二人で全部の注文を捌《さば》くことはできないので、頑固な父が信頼する三人の縫製職人にも外注してきた。彼らの特長は一着のスーツ全てを「丸縫い」できることだ。もちろん、職人も人間なので調子の波はあるが、ベテランになるとそれは漣《さざなみ》程度で、必ず一定以上のレベルに仕上げてくる。

現在「テーラー曽根」では、二十人ほどの職人が集まる工房に縫製作業を依頼している。パートごとに縫っていく分業だが、少人数が一ヵ所で仕上げるので、スーツのバランスが崩れることはない。設計図に当たる型紙もこの工房で調整してもらう。腕のいい職人が揃っていて、俊也は彼らの仕事ぶりに満足している。

だが、目の前でスーツが出来上がっていく喜びは、味わえなくなった。昔を懐かしむ思いは常に後悔と紙一重なのだろうが、今さら後には戻れない。「外職」だった三人のうち、一人は引退し、一人は昨年亡くなった。俊也が思い出したのは、音信不通になっている職人のことだった。いわゆる「イージーオーダー」に近い形へ舵《かじ》を切ると告げたとき、彼は「そうですか」とだけ言って、以後年賀状も届かなくなった。

この業界で生き残るため、避けては通れない道だったと今でも思う。だが、何十年と続いていた人間関係が断ち切られ、心に血が滲まなかったと言えば嘘になる。もう関係のない人だと割り切ろうとしても、油性のサインペンで書きつけられたように罪悪感が消えない。そして、何かの拍子に思い起こしては、自らを正当化しようとする気持ちが、胸の内でジタバタするのだ。

店のカウンターの奥に立って、俊也は触れたままになっていた受話器から手を離した。日曜なのでもう少し客足が伸びると思ったが、午前中に男性が二人、男女が一組来ただけだ。しかも、いずれも様子見だった。

九月も半ばを過ぎ、陽射しも幾分柔らかくなった。リモコンでクーラーの温度を一度上げる。手帳を閉じて腕時計を見ると、約束の午後二時に迫っていた。これから堀田が採寸にやってくる。冬に行くヨーロッパ出張のために一着つくってくれるのだが、イメージの詳細についてはこの前大阪へ行った帰りに居酒屋で聞いた。通常、初めての客の場合は着て行く場所や趣味嗜好《しこう》、仕事などを四十分ほどかけて丁寧に聞き取る。だが、父の代からの顧客である堀田は、既に分厚いカルテがあるため簡単な打ち合わせで済んだ。

俊也はその打ち合わせの後に聞いた話を思い返した。堀田が板長に質《ただ》した人物は、生島秀樹《いくしまひでき》という男だった。元々は京都の出身で、伯父の達雄と堀田が通っていた柔道教室の先輩に当たるらしい。堀田とはちょうど十歳、達雄とも八つ違いということで、子どものころはよくかわいがってもらっていたという。

「生島は元滋賀《しが》県警の暴力団担当で、確かヤクザとの癒着が問題になってクビになったはずなんや。警察を辞めてからのことはよう分からんねんけど、達雄さんとは付き合いが続いてたって、光雄から聞いたことがあってね」

堀田は初めから、もし達雄が事件に関わっているとすれば、生島も絡んでいる可能性が高いと踏んでいたらしい。また「ギン萬事件」で犯人が見せた粗暴な一面や引き際の鮮やかさは、犯罪のプロならではの間合いではないかとも言った。昔の関係者を当たってみると言った堀田の言葉に甘え、俊也はこの半月、相変わらず家族には内緒にして連絡を待っていたのだった。

「明日、採寸に行くわ」

昨晩の電話では特に生島に触れることはなかったが、俊也は堀田がこちらの都合も聞かずに予定を入れたことに何らかの進展を感じ取った。

バタバタと音がしたと思うと、すぐ後ろのドアが開いた。作業室から出てきた娘の詩織が、何のためらいもなく飛びついてきた。

「パパ、しぃちゃんキノコ持ってるよ」

よく見ると手のひらサイズの小さな手提げかばんを持っている。

「よかったなぁ。キノコ持ってんの」

俊也が頭を撫《な》でてやると、詩織はブンブンと首を横に振った。

「パパ、お仕事したらあかん」

「えっ、何でぇな」

「あ、あ、やめて。お仕事やめて。あかんの！」

二歳と五ヵ月。日に日に話すのが上手になっていく。ついこの間まで「肩車」と「カタツムリ」の区別もつかなかったというのに、今では十分に会話が成り立つ。俊也はしゃがんで目線を合わせ、大きな瞳で真っ直ぐに見つめてくる娘を抱き締めてやった。今朝は母の真由美が詩織の習い事のことで嫌味を言ったことが原因で、嫁姑の関係がいつもより不安定になっている。詩織はきっとそれを敏感に察したに違いない、ストレスが溜まって不機嫌なママの下を逃れてきたのだろう。

胃潰瘍で吐血した母は退院したその日から絶好調で、達者な口で病み上がりの扱いを拒んだ。それどころか入院前より自己主張が激しくなっている観があり、妻の亜美も遠慮なく応戦している。

「いっくよー」

詩織は手提げに入っていた小さなキノコのおもちゃを五つ、豪快に床にぶちまけた。傘の部分を押すと音が出るビニール玩具で、小児科へ行くたびにもらってくる。詩織はそれを拾っては、表からは見えないカウンター内側の棚に並べ始めた。キノコと言えば、先日は買ったばかりの袋入りのしめじを持って家の中を歩いていた。なぜしめじを持っているかは本人も分かっていないらしく、ただ散歩のお供にしているのだった。

「チャッチャ、チャッチャちょうだい」

「お茶飲むの？」

詩織が頷くのを見て、俊也は立ち上がってドアが開いたままになっている作業室の中を覗いた。中央のアイロン台が目につき、地の目の歪みが大きい生地が一本あるのを思い出した。考え事をしたのはほんの一瞬だったが、気が付くと詩織が室内に入って、段ボール箱の上にあった紙パックのお茶を手にしていた。

あのお茶は古い――。

「詩織！」

咄嗟《とっさ》に思い出した俊也が怒鳴ると、詩織はビクッとして動きを止めた。駆け寄って紙パックを取り上げる。大声で泣き始めた詩織の肩に手をやって「このお茶は飲んだらあかんやつやねん。ポンポン痛なるよ」と諭すように言った。口にする前でよかったと安堵し、紙パックに目をやった。

それを見るうち、古いニュース映像が頭に浮かんだ。空になったスーパーの陳列棚。青酸ソーダ入りの菓子を棚に並べた犯人たちは、多数の子どもの命を薄氷の上に晒《さら》したに等しい。そんな事件に父が関わっていたかもしれないと思うと、恐怖心が胸の内を迫《せ》り上がった。

あのノートとテープが、なぜ電話台の引き出しにあったのか。無関係でありたいと願う一方、それは難しいのではないかという諦めに近い感情も芽生《めば》え始めていた。

「どうしたん？」

呑気な口調の亜美が階段を下りてきた。詩織は俊也に怒られたことが怖かったらしく、亜美の下へ駆け寄って太ももに抱きついた。

「古いお茶を飲みかけたんや」

俊也が紙パックを掲げると、亜美は青い顔をして詩織を抱き上げた。このような日常の〝すき〟にある危険は、両親のどちらか一方が悪いということはない。それ故《ゆえ》次に続ける言葉が難しく、嫌な沈黙が流れた。

「ごめんください」

店の方から聞こえた堀田の声が救いとなり、亜美は詩織を抱いたまま階段へ向かった。俊也は紙パックを室内のゴミ箱に捨てることで気持ちを切り替え、頬を緩ませてから店へ出た。

「ようこそ、お待ちしておりました」

アンティークデスクの前にある椅子を勧めると、堀田は手土産《てみやげ》の紙袋を差し出した。

「ここの焼き菓子ね、真由美ちゃんが好きやから」

俊也は礼を言ってそれを受け取ると、対面の席に着いた。ジャケットの生地は、ホーランド&シェリー。インナーのカッターシャツもオーダーだろう。堀田は今日も自らによく合ったスーツを着ている。

「考えたら光雄が亡くなって、俊也君とこで背広をつくってないねんね」

「ええ。ですからご注文いただいて、ほんまに嬉しいです」

堀田のスーツをつくるのは、仮縫いや型紙の作業を工房に任せるようになってから初めてとなるため、親しき間だからこその緊張があった。顔を突き合わせ、ボタンの数や位置、襟《えり》の太さ、ポケットのカットなどデザインに関する詳細を詰める。俊也は話していくうちに堀田がテーマにしているのは「さりげなさ」だとつかんだ。

二十分ほど打ち合わせをした後、採寸に入った。ジャケットを脱いで中央の姿見の前に立ってもらう。柔道経験者だけあり、筋肉質で厚めの体をしている。事前に昔のサイズを頭に入れてはいたが、間が空いているので改めてしっかりと測り直すことにした。全身十八ヵ所に素早くメジャーを当てていく。上着のポイントは胸回りと肩。腕を回したときの滑らかさを計算に入れ、アームホールを測る。パンツのポイントはヒップだ。ウエストは調整可能だが、臀部《でんぶ》は後戻りがきかない。着心地と見た目の面で、ヒップの計測が極めて重要だ。

「だいぶ太ったでしょ？」

堀田が照れたように言うと、俊也は大げさに首を振った。

「いえいえ、四十代の方でもここまで引き締まってません」

「俊也君もだいぶ口が達者になったね」

堀田が嬉しそうに笑った。実際はお世辞と本音が半分ずつといったところだ。確かに以前の計測値よりサイズは大きくなっているが、特にウエストとヒップには努力の跡が見られる。

続いてピン打ちに入る。ゲージと呼んでいる試着用ジャケットを羽織ってもらい、体のラインに沿って針を刺していく。力を抜いて立ってもらい、服に入る皺を確認する。ここがテーラーとしての腕の見せ所だ。堀田の場合は利《き》き腕の右腕が下がっているので、一つ針を刺しては身を引いて全体を確かめる。時折動いてもらって、針の位置を数ヵ所修正した。ほとんど雑談もせず、根気を要する作業は三十分に及んだ。

「これで大丈夫です。お疲れ様でした」

「いや、ありがとう。俊也君こそ疲れたでしょ」

堀田の気遣いに礼を言った後、俊也は作業部屋の西隣にある給湯室へ向かった。そして、インスタントコーヒーを淹れ、マグカップ二つとコースターをトレイに載せて堀田のいるアンティークデスクまで戻った。

「仕上がりが楽しみやなぁ」

俊也は「ご期待に添えるよう頑張ります」と答えたが、ここからは工房の仕事になるため、ほとんど出る幕がなかった。テーラーとしての矜持《きようじ》が疼いて一抹の寂しさを覚える。ピン打ちしたゲージを思い出し、久しぶりに型紙を引きたくなった。

「ところで、例の件やけど」

マグカップをコースターの上に置いた後、堀田がジャケットの内ポケットに手を入れ、写真を一枚取り出した。色褪せたカラーのワンショット写真で、柔道着姿の大柄な男が力を誇示するように腕を組んでいる。畳の上に立っているので恐らく道場だろう。俊也は縮れた短髪と潰れた耳を見てハッと顔を上げた。

「この人、小料理屋で堀田さんが聞いてはった……」

「そう生島秀樹さん、ね。多分、『し乃』におったはずや」

俊也はデスクの端にあったメモ用紙とボールペンを手前に引き寄せた。メモの準備が整うのを待って、堀田が生島の経歴を語り始めた。

「京都出身で達雄さんや私と同じ柔道教室に通ってたっていうのはこの前言うたね？生島さんは高校卒業後、一九六三年に滋賀県警に就職したんや」

「警官やのにあの会合にいたんですね……」

「厳密に言うと、ちょっと違うねんけど。まぁ、順を追って話すわ。巡査部長時代の七三年に所轄の刑事課に配属、七七年に警部補になって、翌年に県警本部の暴対に配属された」

「暴対ってヤクザを取り締まるとこですよね？」

「そう。警察の内部監査で生島さんが暴力団から金品を受け取ってたことが発覚するんや。本人は仕事の一環やったと言い張ってたみたいやけど、実際、何件かガサの情報が漏れてたことがあるらしい。ちなみにこれは逮捕も書類送検もせず、もちろんマスコミに発表もせずに内々で退職させた。これが八二年のこと」

俊也は必死にメモを続けたが、堀田は全てが頭に入っているようだった。それに口ぶりから警察に詳しいということが分かる。

「つまり『し乃』にいたときは、既に警察にはいなかったんですね？」

「その通り。警察ＯＢやね」

「でも、この短期間でよくこんなに調べられましたね」

「父が元京都府警の刑事でね。それで私も柔道教室に通ってたわけ」

「それは知りませんでした」

「父は家に後輩を連れてくることが好きやって、何人かは今も私とかろうじてつながりがあってね。その後輩の人たちに滋賀のことを聞いてもらってん」

堀田は笑ってマグカップに口をつけた。

「警察を辞めた後、生島さんは京都の警備会社に勤めてたらしいねんけど、どこの会社かはっきりせえへん。滋賀に妻子がいたのは間違いないみたいやけど」

「伯父とは交流が続いてたんですよね？」

「この前フジサキさんが言うてたけど、そのころ達雄さんはロンドンにいたからね。頻繁には会うてへんはずやけど」

伯父との関係がもう少しはっきりすれば、会合のあった日に伯父が「し乃」にいたかどうか分かるのではないか、と俊也は思った。

「一つ奇妙な話を聞いてね」

堀田の声音が変わったので、俊也はペンを握ったまま身構えた。

「ある日を境に、生島一家が神隠しにあったみたいに姿を消したって言う人がおってね」

「神隠し……」

久々に聞いたその言葉の不気味さに、俊也は堀田の目を見て固まった。

「生島さんには当時、中学三年生の長女と小学二年生の長男がいたみたいなんや。ひょっとしたら、長女の中学時代の学校関係者に会えるかもしれんねんけど、俊也君も一緒にどう？」

俊也には堀田が何を調べようとしているのかが分かった。「ギン萬事件」関連の本やドキュメンタリー番組によると、犯人が録音テープに使ったとされる子どもは三人。うち一人の未就学児は自分だと考えていいだろう。残る二人は十代の少女と小学校低学年ぐらいの男児と言われている。

実際に子どもたちがいなくなったと聞き、俊也は改めて事の重大さに動揺した。そして、自分の家族との関わりを想像すると、外でノートやテープについて話すことがかなり危険だと思えてきた。

「堀田さん。いろいろお願いしている身でこんなこと言うのは何なんですけど……」

俊也が言い淀むと、堀田は「構へんよ。何でも言うて」と穏やかに促《うなが》した。

「僕はこれ以上……、知ってもいいんでしょうか？」

堀田はしばらく言葉を選ぶような間を取り、俊也に目を向けた。

「冷たい言い方になるけど、それは俊也君が決めることや。後悔のないようにしてくれたら、私はそれでいい」

曽根家の疑惑をこのまま宙ぶらりんにしていていいのだろうか。俊也の心は再び揺れた。

子どもたちは今、生きているのか——。中学三年の姉と小学二年の弟。年齢的には完全に一致する。

第三章

1

ものの五分もしないうちに、室内はソースのにおいで満たされた。

「大阪大日広告」の社長室で、阿久津英士は水島と向き合っていた。二人の前にはそれぞれ、舟皿に載ったたこ焼きがある。お供はもちろん、缶ビールだ。

「たこ焼き食べたの久しぶりですけど、やっぱりうまいですね」

「そうやろ？　俺は外側が硬くて、中が柔らかい、この食感のたこ焼きが好きなんや。生地も出汁のええ味が出てるし」

たこ焼きみたいな頭をして力説する様はなかなか面白かったが、粉もんの講釈などどうでもいい。文化部にいるところを内線で呼び出されてのこのこやってきたのは、小腹を満たすためではないのだ。

東京取材から一週間。多少株についての知識はついたが、今さら推測だらけの記事など書けない。犯人グループに仕手筋がいたのなら、せめて輪郭ぐらいはつかみたかった。立花が話していた若い仕手筋も実際に事件に関わっていたかも分からず、手繰《たぐ》り寄せる糸すら見つからない。

「黒目の外人買いなぁ。香港で買っても〝欧州筋〟とは恐れいったで」

「可能な手口が分かったというだけで、犯人グループには近づけずです」

「まぁ、そう焦りなさんな。こういうのは口当たりのいい酒と一緒で、後になって効いてくるから」

「そう願いますわ。結局、顔がはっきりしてるんは、この男だけですもんね」

阿久津は資料にあるキツネ目の男の似顔絵を指で弾いた。大きなフレームのメガネの奥にある、小さく細い釣り目、情が感じられない薄い唇、くせ毛の黒髪。アジア人の中年男によくいる風貌と言えるものの、やはり一重のキツネ目だけは何らかの意思を持っているようで印象的だ。子どものころから怖いイメージを持っていたが、今似顔絵を見ても不気味に思える。

「この男は今、どこで何をしてるんでしょうね？」

「日本におらんかもな」

水島はたこ焼きを頬張り、もごもごと口を動かしながら「もう生きてるかも分からんで」と付け加えた。

社長誘拐に端を発し、本社とグループ企業の連続放火、犯行当日に無関係の男女を襲撃して連絡係《レポ》に仕立てた現金奪取未遂事件、青酸ソーダ混入を示唆《しさ》して全国に広がった製品撤去の波。真綿で首を絞めるような犯行の粘着性に、誰もが犯人のギンガに対する強い恨みを感じ取ったはずだ。だが、発生から約三ヵ月、犯人は突如としてギンガに〝許し〟を与える。何の目的で一企業をこれほどまでに苦しめたのか。世間が首を捻る中、水面下では新たな被害者の悲鳴が上がっていた。

一九八四年六月二十二日、「くら魔天狗」が報道機関にギンガとの休戦を知らせる四日前、大阪府内の又市食品に**【ゆうこと　きかへんかったら　ギンガと　おなじめに　あうで】**と五千万円を要求する脅迫状が届いた。自らが模倣犯でない証に、水防倉庫内で録音されたとされる菊池政義社長の肉声テープも同封されていた。又市は警察の指示に従い、犯人の言う通りに新聞広告を出して、取引に応じる構えを装う。

精鋭部隊と称された大阪府警捜査一課特殊班にとって、六月二日の逮捕未遂劇と同じ轍《てつ》を踏むことは許されなかった。同月二十八日午後八時すぎ、又市食品幹部の自宅に犯人から電話が入った。

「高槻《たかつき》の西武《せいぶ》デパートの三井《みつい》銀行の南の、市バスおりばの観光案内板の裏」

年齢不詳の女性の声が録音されたテープを一方的に流される。当時、市民はおろかマスコミ関係者ですら誰一人として知らなかった、犯人対警察の攻防の幕が切って落とされたのだ。雨が降る中、又市食品社員に扮した捜査員が現金の入ったバッグを持って国鉄高槻駅へ。電話から十分あまりで、指定の場所から封筒に入った〝指示書〟を発見する。

——高槻駅から京都駅行の各停電車に乗り、進行方向に向かって左側の窓を開け、白い旗が見えたら現金入りのバッグを投下せよ——という旨のものだった。

「その電車の中から現金入りの鞄《かばん》を落とせっちゅう犯人のやり方は、黒澤明《くろさわあきら》の『天国と地獄』そのものやで」

阿久津が又市関連の資料を読んでいることに気付いた水島が、黙っているのに耐えられないといった感じで口を開いた。

「ええ、確かに。ご丁寧にも指示書の封筒に切符まで入れてるんが、計画的というか」

「遊びやと思ったら、本気やったもんな。信じられへんで、こいつら」

運び役の捜査員は小型無線マイクを通して捜査本部とやり取りし、二つ挙げられていた各停電車のうち、時間の遅い方を選んで乗り込んだ。そして「後ろから二両目の○印のところへ座れ」という指示を無視し、先頭車両の座席に腰を下ろした。犯人が乗っていれば、捜し回るという判断からだった。

その術中にはまった人間が一人いた。三十五〜四十五歳の男で、身長百七十五〜百七十八センチ。目つきが鋭く、がっちりとした体格で威圧感があった。電車内で警戒に当たっていた捜査員は、黒い傘と新聞紙を持ち、光沢のあるグレーのスーツを着たその男が、何かを確認するように後ろから前の車両に移動する様を本部に連絡する。

それがキツネ目の男だった。男は左手の腕時計を右手にはめ替えたり、ズボンのポケットに入れていた千円札をカッターシャツのポケットに入れたりと不審な動きを繰り返した。車内では他に、ずっと無線機を触っていたという男も目撃されていて、仲間へのサインだった可能性もある。

出発から十分もしないうちに、捜査員は外で白旗が振られているのを目撃する。だが、気付かないふりをしてバッグを落とさなかった。ちなみに、七センチだけ開くという電車の換気窓をトリックに使い、犯人が現金奪取に成功するという『天国と地獄』の名シーンについては、現実に手口を模倣した事件もいくつか起こっているが、いずれも失敗に終わっている。

二両目にいたキツネ目の男は、先頭車両でバッグを抱えて座る捜査員を見続けていた。午後九時前、電車が終点の京都駅に着くと、現金運び役の捜査員は一旦改札を出てから再び高槻駅方向へ戻る電車に乗った。キツネ目の男は捜査員を尾行し続け、トイレにまでついていき、同じ電車に乗り込んだ。

どう考えても犯人一味としか思えない男の行動に、現場の特殊班捜査員は二度、職務質問の許可を要請した。だが、焼肉店での逮捕未遂劇以降警察庁が主導権を握り、

「一網打尽」を唱える捜査本部はこれを却下。運び役の捜査員が高槻駅で降りると、男もそれに続き、今度は改札を出た捜査員を追うことなく、京都駅へ向かう各停に乗った。京都駅では突然逆行したり、振り返って周囲を見渡したりするなど尾行を警戒し、改札を出てから人ごみに紛れて消えた。

「やっぱりここで職質すべきやったんですかね？」

阿久津が聞くと、水島は缶ビールに口をつけながら「うん、うん」と二度頷いた。

「動いてる事件は、現場の人間が判断すべきなんや。見てない以上、不審者の異様さは分からんやろ」

「尾行って案外うまいこといかんもんなんですね」

「そら、電車からずっと同じ奴が追い掛けることはできひんし、交代要員も限られとる。それに加え、相手が尾行を警戒しているとくれば、成功の見込みなんか低いで」

警察はまたしてもあと一歩のところで不審者を捕えることができなかった。電車内でキツネ目の男を見た捜査員たちは、つり革を持つ男の隣に立って目視で背の高さを測り、男の靴底の厚さも確認し、それを差し引いて身長を割り出している。似顔絵も目撃者の皆が納得する出来だったといい、キツネのＦＯＸから「Ｆ」と称して行方を追うことになった。

犯人グループはこの後も又市に脅迫状を送り、車で現金を運ばせたが姿を現さなかった。その際、事前に用意させた地図とは反対方面に車を向かわせるなど警戒の跡も窺えた。そして七月九日に【ヨオロッパ　え　いく　よって　らい年　また　れんらくする】と言い残し、又市食品への脅迫が終わる。

阿久津は資料から目を離し、コの字形デスクの奥にある小窓を見た。水島に呼び出されたときには日が暮れかけていたが、今やすっかり夜である。あと一週間もすれば十月で、この時期はテレビ局の番組改編期でもあり、文化部記者として書くべき原稿が溜まっている。「ギン萬事件」の企画も早く糸口ぐらいは見つけないと、あっという間に年末になってしまう。

最初、水島が紙袋から出したときは宝の山だと思った資料も、いい加減な噂や目撃証言の類《たぐい》が多く、今使い物になるネタは少ない。阿久津はこれまで乱れた字の解読が難しいと避けていたノートの束に手を伸ばした。社名入りノートの表紙には「ギンガ」や「五十三年テープ」などのタイトルが書かれているもの、単に番号を振ってあるものなど統一感がない。そのうち、表紙に何の表記もない一冊が気になり手に取った。

ミミズが這ったというより、のた打ち回っている字を見て強いストレスを感じたが、根気よく紙をめくっていった。真ん中辺りに何か貼り付けてあるのを見つけ、そのページへ飛んだ。「マル対逃亡！」の大きな字に目がいく。そこに×印だらけの住宅地図が貼り付けられていた。

「マル対って、誰か怪しい奴でもいたんですか？」

マル対は警察の隠語で「捜査対象者」のことだ。最後のたこ焼きに爪楊枝を伸ばしていた水島は手を止め、阿久津の持っているノートを覗き込んだ。

「あぁ、それ……。あっ、そうや！　それ、惜しかったんや。そこにヤマネって書いてるやろ？　そいつが犯人の無線を傍受してたかもしれんのや」

犯人グループは無線で連絡を取っていた節があり、四件目のホープ食品事件では舞台となった滋賀県で県警の無線も聞いていた。精通する人間が関わっているというのは定説だ。

一九八四年十二月に、北海道のアマチュア無線家が、標準語と関西弁の男による不審なやり取りを傍受。五件目の被害企業鳩屋に触れ「やっぱり鳩屋の方では金は払わんちゅうとんのけ」などの発言があったため、捜査本部では一時注目していたことがある。

阿久津がその北海道の件かと聞くと、水島は頭を振った。

「ちゃうちゃう。俺が見つけたんは名古屋のトラック運転手や。聞き込みで得た証言で『ギン萬関連で犯人の無線を録音した奴がおる』と。サツもつかんでなかった。ホープ事件の前のやり取りをしてたって聞いたんや」

「すごいネタやないですかっ。うちの新聞も当時、トラック運転手に無線マニアが多いって、書いてますし」

眉唾だと思ったが、一応ヨイショしておく。

「そうなんや。それ、辿るのにごっつい時間かかったんやで。名古屋市内の路上にいるのを見つけて聞かせてくれって頼んだら、あっさり『いいですよ』って言うやないか。むしろ『聞いてくださいよ！』みたいなノリやったんや。こっちは特ダネやって大喜びで。でも、『その前に寄りたい所があるから、ここで待っててくれ』って言われて、俺も紙面空けてもらわなあかんから、公衆電話まで走ったんや」

「ひょっとして、その男から目ぇ離したんですか？」

「離した言うても、ほんの三十秒ほどやで。幸い近くに電話があったんや。それに住宅地やから人ごみに紛れることもないと思って。受話器置いて急いでヤマネの後を追ったら……」

「おらへんかったんですね？」

「そうや。ほんで片っ端から玄関のベル鳴らして聞いて回ったんや」

ノートに貼り付けられた住宅地図の「×印」は、この聞き込みの結果なのだろう。地図のコピーがあるということは、後になってもう一度訪れたということなのか。水島の悔しさが伝わってきたが、阿久津は一つ重要なことに気付いた。

「水島さん、この地図によると、男が曲がった角の先は行き止まりですよ。公衆電話がこの丸印の所でしょ？　それやったら、ヤマネは水島さんが最初に声を掛けた道に戻って来んと、どこへも行けんでしょ」

「そうやねん。それが不思議なんや」

「これ、ほんまに行き止まりやったんですか？」

「それは確かや。何回も確認したからな。ほら、これ大きい運送屋やろ？」

水島の言う通り、行き止まりの壁は運送会社の裏手に当たり、抜け道はなさそうだ。

「その壁って高かったんですか？　乗り越えて逃げたとか？」

「無理、無理。この部屋の天井よりだいぶ高かったからな。そもそも乗り越えられるんやったら、泥棒が入り放題やろ」

「じゃあ、ヤマネはどこへ消えたんです？」

「分かっとったら捕まえてるわ」

「そら、そうですね」

愛想笑いを浮かべて相槌を打ったものの、阿久津の胸の内では答えが出ていた。

ヤマネは自ら袋小路に入り、元いた道にも戻っていない。ならば考えられることは一つ。この×印のついた民家の住人のうち、誰かが嘘をついたということだ。

耳の奥でこもるように聞こえる走行音が、微かに乱れている。

2

突然目の前が真っ暗になり、「ドンッ」という音とともに車体が揺れた。新幹線がトンネルに入り、車窓からの穏やかな景色が遮断された。自由席のシートにもたれ、やや鼻白んだ阿久津は束になったA4用紙に視線を落とす。自由席を選んだのは、イギリス、東京と連続して取材が空振りだったことに、鳥居が「経費泥棒」と嫌味を言い続けるからであり、先日、海外でのプリペイド携帯購入を咎めてきた経理部の岡田対策の意味合いもあった。あの男なら「平日のこの時間ですと、自由席でも座れませんか」などと平気で言ってきそうで怖い。

阿久津が持っているのは、犯人グループが企業に送った脅迫状とマスコミや警察に送った挑戦状計百五十二通のコピーだ。水島が「三船さんの受け売りやけど」と断って、話してくれたことを思い出した。

一連の事件で犯人側が主導権を握ったのは「くら魔天狗」が脅迫状と挑戦状を見事なまでに使い分けたからだ。挑戦状では「ひょうご犬警」などと警察を揶揄し、カルタ遊びやテレビCMのコピーを利用し、巧みな関西弁が時に笑いを誘い、犯人たちの凶悪性を薄めた。そして、当時警察の不祥事が大きく報道されていたことも無関係ではない。警察をからかうことは反権力の象徴であって、特に関西では強いものや規律正しいものを笑いの種にすると市民ウケがいい。

挑戦状が犯人の陽性の表れとすれば、脅迫状は陰性のそれだ。犯人たちは挑戦状を送付する裏で、企業には間髪を容れずに脅迫状を送りつけた。企業は基本的にイメージダウンにつながる情報を隠す習性があり「くら魔天狗」は表に出ないことを十分承知の上で、悪意を剝き出しにした言葉で脅している。マスコミ各社が脅迫状の写しを手に入れるのは、事件終結後のことだ。

「犯人らは捜査ミスの内容を必ず挑戦状に入れて『頼りないお巡りさん』を印象づける。警察と市民を離間させて、犯人側に共感を覚える方へ持っていきよるんや。察庁まで出てきて失敗が許されへん状況の中、一般大衆の目はどんどん冷ややかになっていく。『くら魔天狗』は実際、えげつない連中やねん」

事件を肌で感じ続けていた水島の分析は、さすが的を射ている。

新幹線はいつの間にかトンネルを抜けていた。阿久津の目は、萬堂製菓の関西販売本部へ送りつけられた最初の脅迫状の上にあった。

【会長　社長は　さろてきて　生きたまま　えんさんの　ふろに　つけて　殺したる】

これが「くら魔天狗」の本性だ。あの陽気な挑戦状の裏で、企業はこれほど暴力的な言葉で脅され続けていたのである。

又市食品の休戦状から約二ヵ月。犯人グループは第三の標的に萬堂製菓を選んだ。八四年九月十二日に送付された脅迫状には〝身分証明書〟である菊池社長の肉声テープ、青酸ソーダを混入した萬堂製のミルクキャラメルなどを同封。一億円を要求し、応じる場合は新聞広告を出せ、というものだった。

同月十八日、予め「くら魔天狗」が指定していた大阪府守口《もりぐち》市内のレストランで社員に扮した捜査員が待機する中、犯人は萬堂製菓関西販売本部に電話をかけ、男児の声を録音したテープで指示書の在り処を示した。同市市民会館近くの陸橋の下に向かうとまた指示書があり、運び役の捜査員はその言葉通り、約七百メートル離れた美容院の向かいにあったポリ容器の中を覗く。現金入りのバッグをポリ容器に入れて帰るようにと書かれた指示書に従い、捜査員は役割を果たして立ち去った。だが、犯人は現れなかった。

二十日の朝刊で全国紙の一紙が「萬堂製菓へ脅迫状」とスクープ。報復は翌月の七日から始まる。犯人は報道各社に【全国の　おかあちゃん　え】と、挑戦状を送った。

【しょくよくの　秋や　かしが　うまいで　かしやったら　なんとゆうても　萬堂や

でわしらが　とくべつに　あじ　つけたった　青さんソーダの　あじついて　すこしからくちや】

同日午前十一時四十五分ごろ、ギンガの菊池社長宅からわずか六十メートルの兵庫県西宮市内のコンビニで【どくいり　きけん　たべたら　死ぬで】という紙が貼り付けられた萬堂製菓の缶入りドロップが発見されたのを皮切りに、大阪、京都、兵庫のスーパーやコンビニ計七店舗で同様の被害が相次いだ。実際に青酸ソーダが検出されると、消費者はパニックに陥った。スーパーやコンビニという身近な場所に死に至る毒があり、自分の子どもがそれを口にするかもしれないのである。

翌日以降は名古屋、東京と被害が広まり、同月二十二日までの間に十五店舗、NHK大阪放送局を含めると十六ヵ所に毒入り菓子や青酸ソーダの錠剤がばら撒かれ、比類なき殺人未遂事件へと発展した。

阿久津が考える「ギン萬事件」の三つのピークのうち、二つ目がこの青酸菓子のばら撒きだ。これにより、事件が大企業という川の向こうの話ではなくなった。

一連の殺人未遂事件で、警察はある手掛かりをつかんでいた。青酸ソーダ混入の嚆矢となった西宮市内のコンビニの防犯カメラが、不審な男の姿を捉えていたのである。野球帽、メタルフレームのメガネ、ベージュかグレーのスーツに裾の広いズボン。身長は百七十センチ前後で小太り、パーマが伸びたような髪型をしている。ビデオテープに収められた男は、落ち着きなく店内を回った後、菓子コーナーへ向かい、不自然に上体を反らして缶入りドロップがあった棚に手を伸ばす——。

警察が十月十五日にこの映像を公開すると、街頭テレビでも男の様子が流れた。当時はまだ、キツネ目の男の似顔絵が公になっておらず、市民が見る初めての容疑者だった。

商品撤去で工場が製造休止に追い込まれ、パート従業員の解雇、株価の大幅な下落と、萬堂製菓はみるみるうちに痩せ細っていった。

同月末、犯人グループは【わしらの　ちから　よお　わかった　やろ】と脅迫状を送り、全国紙へ新聞広告を出すように指示。その後も同様の指示が二度続き、十二月以降は犯人からの連絡が途絶える。

「むちゃくちゃやな……」

無意識のうちにつぶやいていた阿久津は、隣に座る男の視線を受けてうつむいた。

翌八五年、散発的に嫌がらせはあったものの、二月二十七日、犯人グループはマスコミ宛ての挑戦状で【萬堂　ゆるしたろ】と終結を宣言した。

卑劣な犯人による「お許し」は、企業にとって何よりの朗報であった。本社にいた幹部が「おめでとう！」と声を張り上げたことは、ならず者の胸三寸で歴史ある企業が翻弄《ほんろう》されるという不条理、そして、百六十九日にわたる苦渋の日々を物語る。現にこれを機に萬堂製菓は息を吹き返すが、あと五十日終結宣言が遅ければ倒産していたとも言われている。

青酸菓子をばら撒いた後、犯人側の動きが鈍ったように見えるが、事件は次の段階に差し掛かり、今度はホープ食品に刃が向けられていたのである。特に、一億円を奪おうと最後の賭けに出た「くら魔天狗」と、関西・東海の二府四県に網を張り、最大の捜査態勢を敷いた警察がせめぎ合った八四年十一月十四日は、「ギンガ・萬堂事件」の天王山であり、昭和の犯罪史に残る一日となった。

新幹線のチャイムが鳴り、阿久津は前方ドアの上部にある電光掲示板を見た。「次は名古屋」と表示されている。A4用紙の束をバッグにしまい、座席のリクライニングを元に戻した。

可能性が低いことは分かっていた。発生から三十年以上経った大事件とあらば、調べ尽くされ、書き尽くされている。しかし、既報の焼き直しなど鳥居に通用するわけもなく「新たな事実」だけがトンネルの終わりを告げる光なのだ。ハイネケン誘拐と仕手筋の関係者については、いずれも見つけられなかった。だがもし、犯人の声が録音された無線の交信記録が手に入れば一発逆転、骨太の事件原稿が出来上がる。

乗りかかった船ということもあるが、阿久津は罠のエサに吸い寄せられるように、この未解決事件の深みにはまりつつあった。それに、何よりあの偉そうな鳥居の鼻を明かしてやりたかった。名古屋などロンドンに比べればご近所さんだ。

　新幹線から降りると、タイミングを見計らったようにスマートフォンが振動した。芸能デスクの富田からだ。

「おう、忙しいとこすまんなぁ」

　能天気な声を聞くとホッとし、またイラッとくる。

「エビフリャー食うたか？」

「それ、都市伝説って知ってます？」

「知ってるよ。名古屋ではエビフライのことをエビフライって言うからね」

「そら、そうでしょ。エビフライやからエビフライって言うんです。で、これ、何の電話なんですか？」

「あっ、そうや。女優の篠原美月《しのはらみづき》、インタビューＯＫやって」

「えっ、ほんまですか！」

「三日後やから、早めに写真部に連絡した方がええで」

「篠原美月って事務所どこでしたっけ？」

「知らん。米朝《べいちょう》事務所ではないやろ」

「忙しいから切りますわ」

　毎年、春と秋の番組改編期は、大物芸能人や美人女優にインタビューする機会が増える。篠原美月は十月で四十歳を迎えるが、未だ美貌は健在だ。十代のころから既に人気があったので、二十年以上第一線で活躍していることになる。中学時代からファンだった阿久津は、彼女の主演ドラマのほとんどを見ていて、ずっとインタビューを回してくれと富田に頼んでいたのだ。このところ色気のない事件取材が続き気が滅入っていたので、明るい知らせに胸が弾んだ。

ＪＲ名古屋駅の構内に出ると、名鉄の改札を通って本線の急行に乗った。途中で一度乗り替えて南へ向かい、目的地の最寄駅には新幹線を降りてから三十分強で到着した。駅舎と一体となっている市営駐輪場の前に立つと、すぐに住宅街だと分かった。

九月下旬になって多少過ごしやすくなったとは言え、まだ昼の陽は夏を引きずっている。阿久津はスーツのジャケットをショルダーバッグに引っ掛け、カッターシャツの胸元をパタパタと動かして気休めの風を送った。

シャッターを下ろしたタバコ屋に塗装工場。進むにつれて市営住宅の棟が目立ち始める。下町なのは分かるが、肩を組むように軒が連なる大阪とは密度が違う。木造住宅も少なく、記憶に残るような建物が見当たらない。

建築事務所の前で足を止め、水島から借りてきたノートを開いた。三十一年前、ここは建築事務所ではなく「太平荘《たいへいそう》」というアパートと自転車屋、雑貨屋が並んでいた。その雑貨屋の前に公衆電話があったようだ。電話の位置から三十メートルほど行ったところに丁字路が見えるのは、今も一緒である。

阿久津は丁字路まで歩き、左へ曲がった。突き当たりの運送屋は跡形もなく、先の信号がない交差点までアスファルトの道が通っている。無論、事前にグーグルマップで確認していたが、実際に様変わりした風景を突き付けられると愕然としてしまう。もう別の街と言ってよかった。

「こんなコインパーキングばっかりつくって、どないすんねん」

道路は車がぎりぎりすれ違えるほどの幅で、両脇にあるのはほとんどが民家とマンションだ。丁字路から昔あった運送屋までは五十メートルもない。ノートの住宅地図と照らし合わせながら表札を確認していく。

結果、二つあったアパートは駐車場とマンションになっていて、民家の数や形も変わっていた。マンションを除く十四軒の中で、名前が一致したのは三軒。そのうち一軒が小さな電器屋だった。青く焼けた元アイドルのポスターが目に入り、阿久津はどうやって暮らしているのだろうなどと余計な心配をした。カウンター奥の居間から出てきてくれた七十代ぐらいのおじいさんに話を聞いたが、得るものはなかった。

店を出た阿久津に残された選択肢は、道路を挟んで南北に一軒ずつ。まず、南側の家に向かったが、インターホン越しに対応した女性に「二年前に越してきたばかりだ」と言われて、早くも万事休すとなった。

十四軒のうち、十二軒の住人が替わっていた。家は一生の買い物ではないのか。賃貸マンション住まいの阿久津は「何のための三十五年ローンや」と吐き捨てるように言って、北側の家の前に立った。

最後の「木村《きむら》」さんに賭けるしかない。黄土色の塀はひび割れがあるものの、庭の木の枝はしっかりと剪定《せんてい》してあってすっきりしている。門は昔ながらの低い鉄門扉。インターホンもカメラがついていない。建て替えはなさそうだ。タイル張りの段を上がってインターホンを押すと、間を置かずに落ち着きのある女性の声が返ってきた。

「お忙しいところ恐縮です……」

取材意図を説明すると、女性は「ちょっと待ってくださいね」と言って、すぐ表に出てきてくれた。阿久津よりやや年上のようだが、明るくて感じのいい人だ。女性はパーカにジーパンというラフな格好で、玄関ドアから門までの三、四メートルのタイル張りの通路を小走りで近づいてきた。

「突然すみません」

阿久津がお辞儀をして名刺を渡すと、女性はそれを眺めて「大阪からいらしたんですか」と感心するように言った。

「お役に立てるか分かりませんが、昔のことでしたら父に聞いてみますね」

「お父様はずっとこちらに？」

「ええ。主人の父なんですけど、築四十年以上なので」

これは期待が持てると笑顔を見せると、女性も微笑んで「少しお待ちください」と通路を引き返した。通路左手の庭は、キュウリが生《な》っている小さな菜園や数種の鉢植え、物干し竿とニスの光沢が鮮やかな手作りのようなベンチが一脚あるだけで、広々としている。去年の夏、実家の庭で花火をした際、甥っ子がはしゃいでいた光景を思い出し、久しぶりに会いたくなった。

「あっ、どうぞいらしてください」

いつの間にか玄関ドアが開いていて、笑みを浮かべた女性が手招きしている。これは一発逆転があるかもしれないと、阿久津はすぐに門の錠に手をかけて中に入った。

線香のにおいがする玄関で革靴を脱ぐと、縁側の方へ案内され、襖《ふすま》が開け放たれた八畳ほどの和室が見えた。真ん中に漆《うるし》塗りの座卓がある。女性は阿久津を分厚い座布団に座らせると「お茶をお持ちしますね」と言って、部屋を出た。

座卓は梅の花が描かれ、上品な艶があった。部屋の隅にある仏壇もよく磨かれていて、あの奥さんが働き者であることがよく分かる。

「失礼」

作務衣《さむえ》を着た年配の男が、縁側とは逆の襖を開けて入ってきた。ゆっくりと歩いて座卓まで来ると、緩やかなズボンのタックを少し引っ張って、阿久津の対面に腰を下ろした。

「突然、お邪魔して申し訳ありません」

人が替わるたびに頭を下げるのが聞き込みというやつだ。居住まいを正す阿久津を見て、男は「木村由紀夫《ゆきお》です」とだけ言った。側頭部に残った髪は白く、顔には厳めしい深い皺が入っている。

女性が湯呑みを持ってきた後、早速本題に入った。

「昭和五十九年のことなんですが『ギンガ・萬堂事件』は憶えていらっしゃいますでしょうか？」

「あぁ、ええ。お菓子に毒を入れたやつですね」

「はい。今、その事件を取材していまして……」

複雑になるので無線のことは出さず、当時の住宅地図を示して水島の話を再現した。

「確かに森岡《もりおか》さんの店の前に電話があったな」

森岡とは昔あった雑貨屋のことだ。二十年ほど前まで運送屋があり、東への道が行き止まりだったことも確認した。はきはきといった様子ではないが、木村の記憶はしっかりしている。

「そのヤマネという男は、丁字路を曲がってこの付近一帯に来たはずなんです。この運送会社の壁は高かったということなので、言わば袋のネズミです。つまり、この丁字路と運送会社の間にある、民家に隠れたとしか考えられません」

阿久津は一旦言葉を区切り、木村の顔を見たものの、表情からは何も読み取れなかった。

「失礼ですが、木村さんはヤマネという男の知り合いではありませんよね？」

「ヤマネ……」

木村は思い出すように目を瞑ったが、しばらくして首を振った。

「いや、分かりません。あなたは、誰かから聞いて、私のところへ来られたんですか？」

「いえいえ。何も手掛かりがないので、一軒ずつ回るしかないと思いまして」

「そうですか。残念ながら知りませんな」

「新聞記者が訪ねてきたことはどうでしょう」

「それもちょっと、記憶にないですなぁ」

期待した分、失望が大きかった。わざわざ家に上げてくれたのは、単なる親切心だったのだ。阿久津は感情が表に出ないよう注意し、温くなった茶を啜った。

「あの庭のキュウリ、おいしそうですね」

「あぁ、あれね。やっぱりスーパーで買うものよりおいしいですね。大きいしね」

女性がお茶のお替りとおかきを持ってきたので、帰るタイミングを逸してしまった。阿久津は中学教師をしていたという木村の話を聞きながら、名古屋までの交通費を請求しようかどうか悩んだ。

せめてエビフリャーでも食べて帰ろう。

3

大阪のビル群が霞んで見える。

空にも気が滅入りそうな分厚い雲がかかり、思わずため息が出そうになる。高層階にあるこの会議室は、空気が澄んでいれば六甲山を望むこともできるが、今日は諦めた方がよさそうだ。

「もうそろそろ来られます」

番組宣伝部の短髪の男が、きれいな笑みを見せて言った。思えば、この男とＤＶＤを見ているときに富田から連絡があったのだ。あの夏の日を境に生活が一変してしまった。

「わくわくするなぁ」

カメラバッグの前に跪《ひざまず》いて、一眼レフのレンズを交換している写真部のカメラマンが話し掛けてきた。会社の年次では二つ上で、年齢は五つ上。陸上自衛隊出身の変わり種で、竹を割ったようなさっぱりとした性格だ。

「そっか、美月世代ですよね」

「自衛隊におるとき、美月ちゃんの笑顔にどれだけ励まされたか。笑うと優しそうに目がなくなるやろ？　頑張ってあんな奥さんもらうんやって、シャベルで穴掘ってたんや」

「ほんで夢はかなったんですか？」

「うちの奥さん見たことなかったっけ？　あれ、完全なるパグやで」

「完全にパグやったら、もうパグやないですか」

緊張を軽口でごまかしながら、憧れだった女優の登場を待つ。そう言えば水島の額にもパグのような皺が入る、というどうでもいい情報を思い出した阿久津は、気持ちを切り替えてノートに箇条書きした質問を読み返した。原稿に必要な二十五項目と、会話が盛り上がったときのために用意している七項目。三十分の取材時間では恐らく半分も聞けないので、頭の中で優先順位を確認する。

「失礼しまぁす」

中年の黒縁メガネをかけた男が、部屋に入ってきた。阿久津は立ち上がってカメラマンとともにドアの方へ向かった。

「ありがとうございます。こちら大日新聞の阿久津記者です」

番組宣伝部の男が間に立つ。阿久津とカメラマンが黒縁メガネのマネージャーと名刺交換し終えると、篠原美月が女性二人と部屋に入ってきた。

「よろしくお願いしまぁす」

顔の小ささと細さに驚いて、息が詰まった。文化部に来て五年が過ぎ、それなりに芸能人とは会ってきたつもりだったが、篠原美月は群を抜いて美しかった。

「大日新聞の阿久津と申します」

立ったまま向かい合ったとき、篠原は上目遣いに微笑んだ。テレビで小さいと思っていた目は実際見ると大きく、脱力しそうなほどいい香りがした。ノースリーブの水色のワンピースが明るい表情によく合っている。隣のカメラマンが名前を言うだけにもかかわらず噛んでしまい、場の雰囲気が和んだ。

ドラマは人気の医療系で、主人公である腕のいい女性外科医が結婚、出産によって、病院内での自らの立場が弱まり、仕事と家庭の両立に苦しむ。そんなとき、主人公が我が子の異変に気付き——というあらすじだ。

ワークライフバランスとジェンダーの問題を貪欲に取り込み、社会派のドラマを目指すということだが、テレビ局から事前に貸し出された二話分の収録を見る限り、制作陣の取材の浅さと俳優陣の線の細さにげんなりした、というのが正直な感想だ。篠原美月も熱演しているものの、苦悩する表情に迫力がない。

医師に抱いているイメージが変わったか否か、役作りはどのようにしているのか、撮影秘話など大体聞くことは決まっている。インタビューは順調に進んだが、予定調和の枠に収まる面白みのない会話だった。

途中、阿久津は篠原が明らかに手を抜いて話していることに気付いた。愛想はいいものの、質問に対して最低限の答えを返すのみで、表情も「明るく美しい」の一点張りだ。もちろん、これが一般的な女優のインタビューで、これまではそれに何の不満も抱いていなかった。だが、今日は彼女が話すごとに虚しさが募る。

「僕もたくさんCDを持ってますが、アイドル時代は歌手活動とお芝居の仕事の両立が大変だったのではないかと思います。女優として活躍されている今、昔と比べて意識の変化はありますか？」

「そうですねぇ。アイドルや女優という肩書きというんですか？　私はあまりそんなことに興味がないというか、意味ないかなって。その都度《つど》目の前のお仕事に一生懸命向き合ってきましたので」

「女優というお仕事をされるにあたって、これだけはやり通す、もしくは絶対にこれはしない、というような、核の部分の考えを伺いたいんですが」

「難しい質問ですねぇ。でも何だろ、自然体でいたいって気持ちはありますね。格好つけても無理なものは無理というか。ありのままの私を見ていただきたいですね」

阿久津は「なるほど」と相槌を打ちながらも「自然体」で務まる仕事とは一体何なのかと思い「無理なものは無理」と言える人生がこの世にいくつあるのかと自問して、上滑りする会話に辟易《へきえき》した。

三十分を消費しないうちに二十五の質問を終え、特別に用意していた七項目をその場で捨てた。インタビューを切り上げ、曇り空を背景にした写真撮影に入った。

「すみません。ちょっとよろしいでしょうか」

黒縁メガネのマネージャーが近づいてきて、先ほどの「肩書きに意味はない」と言った部分を柔らかく表現してほしいと言ってきた。

「本人はそんなつもりではないと思うんですが、万が一、冷たい印象を与えてしまってはと。篠原自身はああいう明るい性格ですので」

「了解しました。肩書き云々はあまり重要ではありませんので、目の前のお仕事に一生懸命だったというところを使います」

「もう、さすがですね。蛇足でございました。どうぞ、よろしくお願いします」

カメラマンから指示がなくとも、篠原はどんどんポーズを変え、表情をつくっていく。あれも一つの才能だと思い、映像メディアのインタビューだともう少しマシな答えが返ってくるのだろうかと考えた。しかし、それも詮ないことだと結論付け、ノートを丸めて太ももを叩いた。

取材を終え、カメラマンとテレビ局を出るとき、玄関ホールで顔なじみのスポーツ紙の記者とすれ違った。

「あっ、阿久津君久しぶりやね。今日は何の取材？」

「篠原美月のインタビューです。秋ドラマの」

「あぁ、彼女結婚するって話あるねんけど、何か言ってなかった？」

「えっ、そうなんですか？」

「まぁ、そんな質問できんわな。ちょっとガセっぽいし。ほな、またね」

阿久津はあの場で結婚の話をしていたらどうなっていただろうと想像してみた。頬を引きつらせる周囲の大人たちの顔が目に浮かぶ。だが、特に面白いとも思わなかった。今日はどうも気持ちが乗らない。

午後四時すぎ。テレビ局の前でカメラマンと別れると、久しぶりに甥っ子の顔が見たくなった。阿久津はスマホを取り出して姉の番号を呼び出した。

足元に転がってきた青いカラーボールを拾い上げると、すごい勢いで足音が近付いてきた。

「ちーだい、ちーだい」

丸い顔の豪が阿久津を見上げて手を伸ばしてくる。あぐらをかいて太ももの上に座らせ、ボールを渡してやる。嬉しそうにえくぼをつくる顔につられて笑ってしまう。

「また重たなったな」

髪をくしゃくしゃと撫でてやると高い声を上げ、再び台所の方へ向かって走り始めた。買ってきた絵本に見向きもされないのは切ないが、元気な姿を見ているだけで気持ちが晴れていく。

「ただいまぁ」

エコバッグを提げた葵がスーパーから帰ってきた。

「カレーにするわ」

「おっ、やったぁ」

姉のカレーは出汁がきいた和風テイストで、阿久津の好物だ。ひと息つく間もなく、葵が台所で忙しそうに動き始める。

「急にごめんな」

「旦那が出張やから、ちょうどよかった。ずっと二人やから疲れんねん」

「幼稚園はあかんねんな」

「二歳はまだ預かってくれへんねん」

家事をしながら、暴れ回る子どもの相手は疲れるだろう。神戸の実家がもう少し都市部にあれば気軽に帰れるが、交通の便が悪いところに子どもを連れて行くのはひと苦労だ。旦那の実家も和歌山《わかやま》で、基本的に両家の祖父母に来てもらう形で何とか凌いでいるらしい。

三つ違いの姉とはほとんど喧嘩した記憶がない。おっとりした性格で反抗期がなく、外大を卒業後はドイツ語の能力が買われ、主に国際会議運営の手伝いや通訳として働いたが、よく務まったものだと弟としては不思議に思う。

葵が圧力鍋でつくったカレーと自家製のキャベツのピクルス、サラダをテーブルに並べている間、阿久津は豪をテーブル付きの子ども椅子に座らせ、ポケットが付いたプラスチックのエプロンを着けてやった。豪が早速、テーブルをガンガン叩いてカレーを要求する。

「こいつ、ほんま元気やな」

「すごいで。何ぼこけても泣かへんから」

皆で「いただきます」と手を合わせ、早速カレーを口にする。出汁のおかげで辛口のルーに深みが出ていて、自ずと唸ってしまう。

「ほんまにビールええの？」

「この後、一応会社に戻って仕事してるフリせなあかんから」

「最近忙しそうやね」

「前に電話で言うたけど、社会部の企画も兼務してるから」

「イギリスもそれで行ったんでしょ？」

「そうや。時間ないときにタクシーの運ちゃんが道間違えるし」

阿久津はシェフィールドまで行って情報を得られなかったことや甘すぎるヌードルの話をして姉を笑わせた。母が笑うのを見て、豪も楽しげに声を上げる。

「また働きに出たいと思うことないん？」

瞬く間に平らげた阿久津の皿を持って、葵が立ち上がった。炊飯器のご飯をよそうと、米が浸るほどカレーのルーをかけてくれた。

「語学の力が落ちてるから、もったいないなって思うねんけど、自分の時間がないんよね。幼稚園に行ってくれたらだいぶマシやろけど」

「でも、幼稚園って終わるん早いんやろ？」

「だいたい二時ぐらいかな？　家のことしてたらあっという間やと思う。夏休みも長いし」

独り身の気楽さが染み付いている阿久津は、いくら多忙といえど自分のために時間が使えない日常など考えられなかった。

「育児って大変やねんな」

カレーまみれになっている息子の口の周りを拭きながら、葵が笑う。

「毎日のことやし、腹立つこといっぱいあるけど、昨日までできひんかったことが急にできるようになったり、たまにやけど優しくしてくれたり、感動することも多いねん」

「このころの記憶がないっていうのは酷やな。憶えとったら、みんなもっと親孝行するんちゃう」

「ほんまそうやね。でも、脳が発育中やから面白いことたくさんするんやろうね。大人やったら、あんな心から嬉しそうな顔できひんし、全力で泣かれへんもん」

先ほどまで大人しくご飯を食べていた豪は、スプーンでプラスチックの皿を叩き始めた。葵がスプーンを取り上げると「ちーだい、ちーだい」と手を伸ばし、奇声を上げて泣きだした。

「俺は、無理やなぁ」

「大丈夫やで。慣れてくるし」

機嫌が直らないので、葵は豪の両手をタオル地のハンカチで拭いてから抱き上げた。それでも、母親のシャツに涙と鼻水をこすり付けて泣き続ける。

「自分の時間もほしいけど、やっぱりこの子がおらん生活っていうのがもう、想像できんようになってしもた」

食事の後、豪はリビングでアンパンマンのＤＶＤを見始めた。このときばかりは静かになる。ダイニングテーブルで食後の紅茶を飲む。阿久津のイギリス土産だ。

「じゃあ英ちゃんは年末まで忙しいんやね」

「イギリスだけやなくて、東京、名古屋の取材も空振りやったからね。何かネタ見つけないと、怖いデスクに一生嫌味言われるわ」

「『ギンガ・萬堂事件』っていうたら、お菓子の箱がフィルムで包装されるようになったん憶えてるわ」

「それまでそうやなかったん？」

「裸の箱のまま売ってたよ」

「ようお菓子に毒入れよったよな。キツネ目の男が怖いって印象しかなかったけど、最近は取材のせいで、ひと目でええから犯人の顔を拝みたいって思うようになったわ」

「犯人もそうやけど、私はあの子どもの声が録音されたテープが気になるわ。未だにはっきり記憶にあるもん」

「あぁ、あれも不気味やな」

「人の親になって思うけど、普通の神経やったら、自分の子どもをあんな事件に巻き込もうなんて考えへんよ」

「そうやなぁ。僕もお姉ちゃんもその子どもと同世代やで。関西やし、どっかですれ違ってたかもね」

「ほんまに。犯罪に加担してるって意識はあったんやろか？」

阿久津は豪の方を振り返った。食い入るようにＤＶＤを見ている幼子を見て、今さらながら犯人の冷酷さがひしひしと感じられた。そして、意識の中で犯行グループの陰に隠れていた「子ども」という存在が、次第に大きくなっていった。

案外、この国のどこかでありふれた生活を送っているのかもしれない。そう思う一方、まともな暮らしを送ることができたのかという疑念も湧いた。「ギン萬事件」の十字架を背負う人生。

姉の家という予想外の場所で、少し事件に近づけた気がした。

当時の子どもたちなら、まだ生きているかもしれない。

4

密室状態となった会議室は人いきれでむっとしているにもかかわらず、寒々とした空気が流れていた。

中央の長方形に組まれた長机の席には、事件デスクの鳥居、大阪府警担当キャップ、府警捜査一課担、大阪社会部遊軍、経済部の記者ら十二人が座り、阿久津や社会部所轄回り、神戸、京都両総局から出席している記者は出入り口付近に並べられた椅子に腰かけている。窓のない、空調も切られた小部屋で二十人弱の人間が呼吸をしているのだ。空気が淀むのも無理はない。だが、真のストレス源となっているのは、あの男しかいない。

「で、今日は何の集まりやねん。年末企画に向けての決起集会か。ええ？　おかしいやないか。決起集会は一ヵ月半前にやったはずやで」

上座の鳥居が睥睨《へいげい》するような視線で一人ひとりの顔を見回す。ここでは百戦錬磨の府警キャップといえど、一生徒に成り下がる。誰も口を開く者はなく、たまに気まずそうな咳払いが聞こえるのみ。この社会部の小部屋が取調室と化している。

昭和・平成の未解決事件を追う年末企画「深淵の住人（仮）」の臨時会議。今朝、鳥居から各記者にメールが一斉送信され、招集をかけられた。盆明けから準備を始め、十月を目前にしても各自目ぼしい成果がないのだろう。午後八時開始の会議の冒頭「どうしてもやる気が出ん奴は挙手をしてほしい」と静かに切り出す鳥居に、出席者全員が慄然《りつぜん》とした。

取材班が一人ずつ経過を報告していったが、新事実は皆無に等しかった。刑事も大方が定年を迎えて話しやすくなっている反面、記憶が曖昧で、保秘捜査の至りか各捜査員の持っているのは断片情報が多かった。企業側も大日ＯＢの記者につないでもらっても、接触するのがやっとで一様に口が重い。中には未だマスコミに不信感を持ち続けている人間もいるという。

「おい、阿久津。おまえは人一倍交通費を使ってるんやから、是が非でもネタ獲ってこいよ」

「……はい」

「そんなに旅行が好きやったら添乗員にでもなれ」

誰かこの男にパワハラという言葉を教えてやってくれと思ったが、皆下を向いてひたすら時間が過ぎるのを待っている。

「よし、今日がほんまの決起集会や。泣いても笑ってもあと三ヵ月弱。石にかじりついてでも特ダネを拾ってこい。以上」

解散の声がかかると、沈没船から逃げるネズミのように会議室から記者が捌《は》けていく。阿久津もこれ以上鳥居に絡まれないよう素早く階段まで移動し、階下の文化部へ向かった。今夜はこれから篠原美月の原稿を仕上げなければならない。

自販機コーナーで紙コップのカフェラテを買い、自分のデスクまで戻った。同じビルだが、流れている空気は大阪と屋久島《やくしま》ほどの差がある。

「おっ、事件記者のお帰りや」

デスクの冷やかしに、他の芸能担当記者から同情の視線を浴びせられる。

「富田さん、もし、知ってたらでいいんですけど、『ギン萬事件』の犯人に心当たりありませんか?」

「誰やったかなぁ。ここまで出てきてんねんけど」

富田が手刀で軽く喉を叩いているのを見て、阿久津はあほらしくなってドカッと腰を下ろした。ノートパソコンで社内メールを確認すると、異動希望調査票の提出について連絡が入っていた。調査票はただ行きたい部署をチェックするような簡単なものではなく、その理由やこれから取り組むテーマなども記述しなければならない。鳥居に絞られた後ではとても書く気になれず画面を閉じた阿久津だったが、そもそも希望部署や調べたいテーマが一つもないことに愕然とした。頭の中にあるのは消去法としての文化部。振り返ればこの五年、自らの意志で企画書をつくったことが一度もなかった。

「あっ、そうや。荷物届いとったで」

富田がキャスター付きの椅子を滑らせ、デスク席の真後ろにある本棚から小包を一つ手に取った。たまに記事についての手紙やはがきをもらうことはあるが、小包が届くことは珍しい。

「犯人からちゃうか?」

富田の軽口に付き合わず、阿久津は小さな段ボール箱を受け取って自分の席に戻った。椅子に座って箱に貼り付けられている送り状を見た。

木村由紀夫――。

見覚えがあると思ったのも束の間、名古屋市南区《みなみ》という住所が目に入って、すぐに聞き覚えの間違いだと気付いた。先日の聞き込みで、家に上げてくれたあのお年寄りだ。忘れ物でもしたかと、ガムテープをはがす。まず、新聞紙に包まれた物を取り出した。

「おっ、うまそうなキュウリやんけ」

木村家の庭で見た立派なキュウリが三本入っていた。おいしそうだと言ったことを憶えていてくれたようだ。阿久津は何やら気恥ずかしかったが、突然訪問した記者のためにわざわざ送ってくれた親切が嬉しかった。

「この前、名古屋で聞き込みをしたおじいさんからです。仕事の収穫はなかったんですけど」

「やっぱり昔の人は律儀やな。一本くれや」

阿久津は手にしていた一本をデスク席へ放り投げた。見事にキャッチした富田は、しげしげとキュウリを見て「これは塩振って丸かじりやな」とニヤついた。

新聞紙に包《くる》まったキュウリをデスクに置いた阿久津は、箱にあった白封筒とプラスチックケース入りのCDを取り出した。CDの表面は白く、何の表記もない。

封筒の中は手紙のようで、数枚の便箋《びんせん》が折り重なっていた。開いて見ると「阿久津英士様」と青いインクで宛名が記されていた。万年筆で書かれたであろう達筆の文字は、容易に読みこなせない厳めしさがある。カフェラテが入った紙コップを手にした阿久津は、慎重に文字を追っていった。

——阿久津さんがお話しされていたヤマネなる男は恐らく、山根治郎《やまねじろう》のことだと思われます——

その一文を読んだとき、驚きで呼吸が止まった。紙コップを置いて両手で便箋をつかむ。

それは詫び状だった。名古屋の自宅で木村が教職に就いていたことは聞いていたが、山根が教え子であるとの告白には心底驚いた。

木村は山根が中学二、三年のときの担任で、札付きの悪だった少年の扱いに苦労したこと、卒業後も面倒を見ていたことなどが書き連ねてあった。

——当時、山根は二十七歳と立派に成人しておりましたが、自動車の窃盗容疑で指名手配され、トラック運転手の職を失っていました——

警察から所在を尋ねられ、初めて指名手配の事実を知り、身を案じているところに本人が飛び込んできたということだ。真面目な木村はまず、警察への出頭を最優先と考え、水島に嘘をついて引き取ってもらったらしい。

――水島記者に虚偽を申し上げたこと、この三十年あまり、ずっと申し訳なく思っておりました。水島記者が二度目に来られたとき、私は留守にしておりまして応対できませんでした。本来ならご連絡差し上げなければならなかったところですが、決心がつかぬまま今日に至った次第です――

阿久津が帰った後、現在は栄《さかえ》でスナックを営んでいる山根に連絡し、無線の記録を探すよう依頼したということだ。

――同封のCDには、水島記者がおっしゃっていた無線のやり取りが収録されているそうです。あれから山根は改心し、子宝にも恵まれ幸せな家庭を築いております……――

「ええっ」

阿久津は立ち上がってCDを手にした。会ったこともないおっさんの改心などどうでもいい。無線だ。犯人の交信記録だ。慌ててプラスチックケースを開け、CDをノートパソコンにセットした。iPodのイヤホンを抜いて、これもパソコンのジャックに差し込む。音声が自動再生される。

〈この交信は、昭和五十九年十一月四日のものです〉

気味の悪い人工音声が聞こえた。「ザー」と耳障りな雑音が鳴る。次に生身の人間の声がして、会話が始まった。交信記録に全神経を集中させていた阿久津は、ハッとしてデスクの上にある事件ノートを開いた。一連の事件を時系列にまとめたものだ。録音時間は二分五十秒。阿久津はしばらく宙を見つめていたが、手紙が途中だったことを思い出し、荒々しく便箋をつかみ取った。

報道する際は山根を匿名にしてほしいという木村のお願いの後、「以下は山根からの手紙でございます」として、突然文章が途切れた。次の便箋を見ると、明らかに別人と分かる拙《つたな》い字が連なっていた。

阿久津英士様

私は名古屋の栄でスナックを経営しております山根と申します。昭和五十九年の冬、大日新聞の記者さんから逃げた男です。

私が記者の方の前から姿を消したのは、警察の手から逃れるためでしたが、他にも理由がありました。自分はちんけな車泥棒でしたが、ワルにはワルなりの意地があったというか。知り合いを売れば男がすたる、といったバカバカしいものです。

以前一緒に〝仕事〟をしたことがある、金田哲司という在日の男（読み方は「かねだてつじ」です）がいます。正確な年は分かりませんが、自分よりはかなり年上で、盗んだ車をうまくさばいてくれました。彼とは一度しか仕事をしてませんが、気持ちのいい男です。

話が分かりにくくてすいません。無線の話に戻りますが、男二人が会話してますよね。そのうちの関西弁の方の男。この男の声が、その金田にそっくりなんです。声だけじゃありません。話し方や笑い方までほぼ同じです。自分はバカだから酔っ払ったときにスナックでそのことを話してしまって、それがあの記者さんの耳に入ったみたいなんです。当時、自分は一度でも一緒に仕事をした仲間を売りたくなくて、記者さんから逃げました。でも、正味の話それがよかったのかどうか分かりません。もう時効ですし、金田も生きてはいないでしょうから、正直に話します。それにしても三十年以上経って、同じ会社の記者さんが話を聞きにくるなんて、信じられない気持ちです。

金田のことで憶えているのは背が低くて猫背。髪が薄いことぐらいです。それとあと一つだけ。大阪の堺に「し乃」という小料理屋があって、ここの女将と金田ができてました。一緒に仕事をしたときに、飲みに連れて行ってもらって、女将さんがすごくきれいな人で記憶に残っています。

自分は今、曲がりなりにも真っ当に暮らしてますんで、記事にされるときは、どうか名前だけは書かないでください。子どもにも苦労かけっぱなしでして、最近やっとまともに話してくれるようになったところです。

分かりにくい文章ですいません。時効になってからじゃ遅いかもしれませんが、記者さんのお役に立てば嬉しいです。大変なお仕事でしょうが、お体には気をつけてください。

追伸　三十年前の記者さんに反省しているとお伝えください。よろしくお願いいたします。

山根　治郎

手紙を読んだ阿久津は、思わずフッと息を漏らして笑った。あれだけ靴底をすり減らしても得られなかった第一級の情報が、ある日ポンと、小包にして届けられるのである。事件取材とは何と気まぐれなものなんだろう。

一つ、スイッチが入ったような感覚を味わった。

ＣＤと手紙、ノートを手早くまとめると、阿久津は「ちょっと上行ってきます」と断って走り出した。いつもは憂鬱な気持ちで足をかける階段を一段飛ばしで駆け上がっていく。大フロアに飛び込んで「鳥居さん！」と声を掛けた。悪名高い事件デスクに弾んだ声を掛ける物好きは誰かと、社会部のみならず他部署の記者からも一斉に注目を浴びる。

鳥居の隣に立った阿久津は束の間呼吸を整え、ケースに入ったCDを掲げた。

「無線の交信記録です」

「誰のや？」

先ほどまで会議に出席していたメンバーだけでなく、近くにいる記者たちも集まってきた。阿久津が「名古屋で聞き込みをした家からです」と手紙を渡すと、素早く便箋に目を通した鳥居は、山根直筆の文章を読んで眉間に皺を寄せた。

「それ、セットしてみぃ」

鳥居の目の前にあるデスクトップパソコンにCDを入れて音量を上げる。木村の手紙が順番に取材班の間で回されていく。

〈この交信は、昭和五十九年十一月四日のものです〉

人工音声が鳴ると、経済部や運動部の記者たちも周囲の輪に加わった。フロアが静まる中「ザー」と雑音が響く。

〈聞こえてますか。牛若丸《うしわかまる》、こちらテン丸〉

〈はい。良好です。テン丸、こちら牛若丸〉

〈例のコピーの件、場所明かすのはOKですか、どうぞ〉

〈コピーは京都ですか、どうぞ〉

〈京大前の店です、どうぞ〉

〈セルフですか、どうぞ〉

〈はい。店員やる気なしで鼻毛抜いてます〉

〈（笑い声）お任せします〉

　ここで雑音が続く。テン丸が関西弁、牛若丸が標準語を話している。山根の手紙によれば、テン丸が金田哲司ということになる。記者たちのどよめきが波紋のように広がっていく。

〈ホープの仕込みはどうですか。牛若丸、こちらテン丸〉

〈事前の売りは手控えます。底値の買いです。派手にやると、もうそろそろ足つきます、どうぞ〉

〈了解。元手は大丈夫ですか、どうぞ〉

〈また頼んでみます、どうぞ〉

〈ユーさんの機嫌が悪いと聞きました、どうぞ〉

〈誰の情報です？〉

　再び雑音が鳴る。ホープの名前が出てきたとき、記者の輪がさらにざわめいた。警戒心の薄さが妙に生々しく、これがあの「ギン萬事件」の犯人なのかという興奮が社会部に渦巻き始めた。

〈阪神ダメでしたね〉

〈もう済んだことはええねん。来年は牛若丸やで〉

〈(笑い声)優勝しますか、どうぞ〉

〈日本一や〉

社会部で耳を澄ましている記者からも笑い声が漏れる。テン丸の言う牛若丸とは、八五年のシーズンから指揮を執ることになっていた吉田義男《よしだよしお》監督が、現役時代に「今牛若丸」と言われていたことによるものだろう。実際、八五年のシーズン、阪神タイガースは二十一年ぶりの優勝を果たす。その〝予言〟が関西の記者たちを笑わせたのだ。

続いて、牛若丸が初来日したコアラを見に行くことや「週刊文春《ぶんしゅん》」の連載「疑惑の銃弾」から渦中の人となった三浦和義《みうらかずよし》と飲んだことがあるという話を披露し、テン丸が茶々を入れる展開となる。

〈あぁ、これちょっと移った方がええかもしれんな〉

〈どうしたんです〉

〈あかんな。これ、聞かれとるかもよ〉

〈了解。そりゃ、まずいですね〉

〈ほな、また後で〉

テン丸が傍受に気付き、交信が終わった。鳥居が停止ボタンをクリックし、雑音が消えるとあちこちで「うーん」と唸り声が聞こえた。

「まず、テン丸が金田ということやな？」

鳥居に聞かれた阿久津が頷く。

「テン丸は四十以上の声で、牛若丸は二十代から三十代ってとこか」

「ええ。僕もそう思います」

「手紙によるとテン丸が自動車盗。牛若丸は株関係、仕手筋かもしれん」

「信憑性はありそうですか？」

「そうやな……。しょうもないことやけど、鞍馬《くらま》天狗に剣術を教えられたのが牛若丸っていうのは分かるんやけど、テン丸ってなんや？」

阿久津が首を傾げ、周りの記者も苦笑いを浮かべる中、府警キャップが恐る恐るといった感じで、手にしていたクリアケースを挙げた。

「昔、こてんぐテン丸っていうアニメを見てて、その主人公が鞍馬テン丸っていうんです」

場の空気が張り詰めていたので、かなり大きな笑いが起こった。「ちょっと憶えてるわ」「ジェネレーションギャップ感じるんですけど」などと、記者連中が口々に話す中、鳥居だけが真面目な顔でグーグルの検索バーにマウスポインタを合わせた。

「これやな。『ベムベムハンターこてんぐテン丸』。テレビ放映が八三年の五月から十月。あながち的外れやないかもな」

鳥居に言われると、何でも一定の説得力を帯びる。

阿久津はさらに信憑性について考えた。自ら掘り起こしたネタということもあり、この交信記録を難航する取材の突破口にしたかった。

「僕が一番気になったのは、コピー屋の件です。テン丸の言う通り、犯人は挑戦状の中で京大前にある百万遍《ひゃくまんべん》のコピー屋を使ったと打ち明けています。店にあるコピー機の感光ドラムの傷と挑戦状の傷跡が一致していることから、警察は犯人がここを使ったと見ていました。セルフサービスという点も間違いありません」

阿久津は一旦言葉を区切って、自作の事件ノートを示した。

「この無線が傍受されたのは、八四年の十一月四日、ホープ食品に脅迫状が送られたのが同月七日、百万遍のコピー屋について明かす挑戦状は、二十四日に新聞社へ送られました。時系列に矛盾はありません」

気が付けば、記者の数は三十人近くに膨れ上がっていた。昭和史に残る未解決事件。その犯人のものかもしれない声が三十年以上経って見つかったのである。静まり返った場の空気は、大スクープにつながる予感の表れに思えた。

「みんな手分けして金田哲司の情報収集や。倉庫の段ボールひっくり返すんと三船さんのところにある資料、堺の小料理屋にも当たらなあかん。本部回りは、ネタを当てられるサツ官をリストアップしとけ。タイミングはこっちから言う。よしっ、仕事にかかろう」

鳥居が大きく手を叩くと、取材班が一斉に動き始めた。

「とりあえず、僕も倉庫に行ってきます」

阿久津が背を向けると「その前に」と、呼び止められた。振り返って首を傾げる部下に、鳥居はため息をついた。

「一応、水島さんに教えてやれ」

「あぁ、そうか」

「おまえ、完全にネタの出所を忘れてたやろ」

「はぁ……」

「おっさん、喜ぶぞ」

阿久津はソースのにおいが充満する社長室で、たこ焼きを突《つっ》く水島の顔を思い出した。最短でも二時間コース。だが、鳥居の言うように恩義はある。三秒ほど悩んだ後、阿久津は決断した。

「また今度にします」

5

タクシーの運転手が「もうそろそろですかね」と言った後にメーターが上がった。ワンメーターでは心苦しく、ちょうどよかったと思ったところで「大島《おおしま》」の表札を見つけた。のろのろと走っていたタクシーが止まると、隣の堀田が音もなく運転手に千円札を差し出した。自動ドア側に座っていた曽根俊也は頭を下げて車を降りる。

「僕が出しますんで」

俊也が財布を出すと、堀田はとんでもないといった表情で首を横に振った。

「それより、もう時間ぎりぎりやで」

腕時計を見た俊也は、針が約束の二時を指しているのに驚いた。JR京都駅で堀田と待ち合わせをし、石山《いしやま》駅で京阪《けいはん》電鉄に乗り換え目的地の最寄に来るまでは、時計をちらちらと確認していたはずだ。タクシーに乗ったときは五分前には着くだろうと安心していたが、車内で考え事をしているうちに思ったより時間が過ぎていた。たかが五分のことだが、面会を申し込んでおいて遅刻はまずい。

「では、お言葉に甘えます」

堀田がインターホンを押すと、すぐさま「はい」と女性の硬い声が返ってきた。

「本日、お約束をいただいた堀田と曽根でございます」

「あっ、はい。少々お待ちください」

周辺は新しい家が多かったが、大島家はその例に漏れていた。胸の高さもない低い塀に、欠けた瓦が載っていて、粗末な鉄門も塗装が剝げている。猫の額ほどの庭は雑草が伸び放題で、剪定されていない低木の硬そうな葉はくすんだ色をしていた。敷地は二十坪ほどだろうか。白い外壁も鮮やかさはなく、二階の雨戸は赤く錆びている。

色の薄い木製ドアが開き、水色のカーディガンを羽織った女が顔を出した。お辞儀はしたものの笑みは見せず「どうぞお入りください」とか細い声を出した。

「では、失礼します」

堀田が外から門の錠を外して敷地に入り、後に続いた俊也が錠を下ろす。玄関は少しだけ魚のにおいがし、灯りが点けられていないため小さな靴脱ぎ場は薄暗かった。正面に急勾配の階段があって、隣の奥まったところにすりガラスの入ったドアが見えた。

「狭いところで申し訳ありません。あちらの部屋でお待ちください。あっ、ちょっと暗いですね」

白髪交じりの髪を後ろで束ねた女性が、玄関にあったスイッチを押すとオレンジ色の豆球が鈍く灯《とも》った。女性はもう一度「あの部屋です」と、向かって左手にある襖を指差した。

堀田が襖を開けると、イメージ通り古い畳の和室だった。中央に何も載っていないテーブルがあり、手前に座椅子が二つ。右手は天井すれすれの高さの洋服ダンスとそれよりやや低いガラス棚、丸椅子付きの三面鏡があり、部屋に入る前から圧迫される。外観から活気のなさが伝わってきたが、この和室を見た俊也は、部屋自体が長年の生活に疲れているように感じた。

二人して座椅子に正座した。菊の柄が並んだ赤い座布団は弾力がなく、冷たかった。

「本当に辛気くさい所で申し訳ありません。母と二人暮らしで、若い人がいないから」

両手で盆を持って入ってきた女性が対面に膝をつき、布のコースターとお茶の入ったグラスを俊也たちの前に置いた。

「お母様はどちらに？」

「向こうの居間におります。年寄りで耳も遠いので、ご挨拶はご容赦願えれば」

堀田の問い掛けに慣れた様子で答え、続けて「どうぞ楽になさってください」と足を崩すよう勧めた女性だったが、自らは赤い座布団に正座した。

「これ、つまらない物ですが」

洋菓子の詰め合わせが入った紙袋を手渡した俊也に、女性は大げさなぐらい礼を言って受け取った。

「本日はお時間をいただき、ありがとうございました。ヨシノさんからご紹介いただきまして参りました堀田と曽根です」

俊也たちの名刺をテーブルに置いた女性は「大島美津子《みつこ》です」と言って頭を下げた。堀田から現役の中学教師と聞いていたが、名刺を交換するつもりはないらしい。それとも持っていないのか。いずれにせよ、相手との距離を感じた俊也は居住まいを正した。

「堀田さんはヨシノさんとは？」

「いえ、直接の知り合いではなく……」

この家に辿り着くまでの経緯は俊也も詳しく聞かされていなかった。何度か「知人」という言葉を使った堀田の話を聞き、細い糸を必死に手繰り寄せてくれたことが分かった。

仕事がある中でそこまで骨を折ってもらったことには深く感謝している。しかし、俊也の中ではまだ「前進」と「撤退」の間で天秤が揺れていた。家族のことを他人に打ち明けることが、日に日に怖くなっていた。

「ヨシノさんから、生島さんのことでいらっしゃったと伺いましたが」

「はい。大島先生は生島望《のぞみ》さんのご担任だったと聞いておりますが、私は子どものころ、彼女の父親の秀樹さんと同じ柔道教室に通っていました」

大島美津子が慎重に頷く。訪問の真意を聞くまでは構えを解かないようだ。

「私たちは今、この隣にいる曽根俊也君の伯父に当たる、曽根達雄という人を捜しています。達雄さんもかつて、私と同じ柔道教室に通っておりまして、秀樹さんにとてもかわいがられていたんですね。先ほどお話ししました知人たちに話を聞いていくと、不思議なことに二人とも昭和五十九年、一九八四年ですね。この年に行方が分からなくなってるんです」

相槌を打っていた美津子は動きを止め、俊也の方を見てから視線を逸らした。

「しかも、秀樹さんの方は本人だけでなく、ご家族も同時に行方不明になったと聞くに及び、あまり楽観的に構えていられないのではないか、と。そこで当時の生島家と接点をお持ちの先生に、お話を伺えないかと考えたんです」

美津子はうつむいて黙り込み、しばらくして俊也に目を向けた。

「曽根さんの伯父さんは、何をされていた方なんですか？」

「実は私も最近まで知らなかったんですが、活動家のようなことをしていたそうです」

「活動家？」

俊也は祖父の清太郎の事件から簡単な流れを説明し、達雄が新左翼の活動家として過ごし、二十代後半からはイギリスに住むようになったことを話した。

「伯父を最後に見たのは、中学から大学までの同級生で、それが八四年の二月です。そのときは帰国していたようです」

「そうですか……」

美津子が疲れた横顔で縁側の方を見る。汚れたガラス戸の向こうに雑草が生い茂っている。

「私は望ちゃんが中学三年のときの担任です」

二人に向き直った美津子が、意を決したような表情で話し始めた。しかし、教壇に立つ者とは思えないほど力のない声だった。

「望ちゃんは物静かな生徒でしたが、心《しん》があって、どの教科にも苦手意識を持たない珍しい子でした。勉強が好きで、特に英語の成績は抜群でした。将来は映画の字幕翻訳家になるのが夢でして、よく私に洋画の話をしてくれってせがみに来て……」

ここで言葉を詰まらせた美津子は、いつの間にか握っていたハンカチで目尻を拭った。

「ごめんなさい。本当に慕ってくれたんで。当時は私も二十代半ばで、おしゃべりしてて楽しかったんです。それに、彼女のことは特別気にかけていたから」

「なぜでしょう?」

堀田が質問を差し挟むと、彼女は言葉を選ぶように少し間を取った。

「彼女が中学一年生のとき、お父さんがお勤めを……滋賀県警にいたことは?」

「ええ、存じてます。八二年に退職した理由も分かっています」

「私は退職理由までは知りませんが、何らかの不祥事だろうと噂になって。そういうことを子どもに言う親は必ずいるもので」

「少し脱線しますが、望さんには年の離れた弟さんがいましたね?」

「ええ。聡一郎《そういちろう》ちゃんといって、七つ違いでしたか」

「お母さんの名前と年齢は分かりますか?」

「千代子《ちよこ》さんです。年はすみません、今パッと出ないですけど、二階に当時の書類がありますので確認はできます」

「ありがとうございます。どの情報が突破口になるか分かりませんので、厚かましいお願いですが、拝見できれば幸いです」

家族構成や名前を憶えていることからも、生島一家の失踪がこの担任教師に与えた影響はかなり大きいのだろうと俊也は察した。

「実際、お父さんのことについて心ない噂が飛び交ったことはありますが、人の噂も七十五日でそのうち誰も何も言わなくなりました。私が受け持った中学三年のときは、友だちもいて毎日楽しそうに通ってました」

「生島さん一家の行方が分からなくなる前に、望さんに何か変わったことはありましたか？」

俊也は堀田に聞き役を任せ、音を立てないようにバッグからノートとボールペンを取り出した。記憶を呼び起こそうと顔の皺を深くしていた美津子は、俊也のボールペンを見てハッとしたような顔をした。

「あのぅ、私は望ちゃんのお父さんが仕事をお辞めになって、経済的な面でも心配しておったんです。千代子さんは専業主婦でしたので、一家の収入が絶たれるわけじゃないですか？　どうされるんだろうと気になって」

「学費や給食費の滞納というようなことは？」

「いえ、一度も。それどころか、三年生になってしばらくしたころなんですけど、望ちゃんがブランド品のシャーペンを持ってきてたことがあって。あれ、イヴ・サンローランやったかしら。びっくりして『どないしたん、それ』って聞くと『お父さんが買《こ》うてきてくれた』と」

「秀樹さんは警備員でしたよね？」

「ええ。それと一学期の終わりごろやったと思いますが、放課後に私のところに来て『高校生になったら留学できるかもしれん』って」

「それはかなり家計の負担になりそうですね」

「でも、そんなこと言えなくて。『どこの国がいいですか？』『やっぱりアメリカですかね？』って目を輝かせてる女の子に、冷や水を浴びせるわけにはいきませんし。嬉しい反面、何かすごく嫌な予感がして……」

美津子のその予感は秋になって的中することになる。ペンを走らせていた俊也は気が重くなった。

「行方不明になる前に、その兆候はありませんでした？」

「いいえ、全く。むしろ、明るいぐらいで」

少しでも父や伯父に関するヒントが落ちていないかと、関連書籍を繰り返し読んだ俊也の頭には、複雑な事件の年表が粗方《あらかた》出来上がっている。

一学期の終わりと言えば、七月の下旬辺りだろうか。「ギン萬事件」二件目の又市と次の萬堂脅迫の狭間で、一時的に活動が緩やかになったころだ。そのころはまだ、娘を海外留学に行かせようとするほど余裕があったということになる。わずか三、四ヵ月で事態が急変した……。

「そういうことでしたら、実際に望さんが登校されなくなって驚かれたんじゃないですか？」

「そら、もうとんでもないことが起こったと思いました。少なくとも私のクラスでは皆勤賞でしたから、望ちゃんの無断欠席が信じられなくて。事故にでも遭ったんじゃないかと、ご自宅に電話し続けたんです。でも、一向につながらなくて」

「自宅へは？」

「もちろん、その日のうちに伺ったんですが、鍵が掛かっていて留守のようでした。それであの嫌な予感を思い出して、何かとてもよくないことが起きたんやと」

あれから四半世紀以上経っているというのに、美津子の顔は色を失くしていた。よほどショックな出来事だったに違いない。生島家がどんな造りかも分からないというのに、あたふたとして様子を窺う彼女の姿が俊也には想像できるような気がした。

「それはいつのことですか？」

「忘れもしません。八四年の十一月十四日です」

「十一月十四日……」

俊也は思わず声を出していた。十一月十四日は、四件目のホープ食品事件での現金奪取未遂の当日だ。そして「くら魔天狗」が犯行の舞台に選んだのが、この滋賀なのだ。まさにその日に、生島一家が忽然《こつぜん》と消えてしまった——。

黙り込んだ男二人に、美津子が怪訝な顔をした。

「どうかされました？」

「警察沙汰にはならなかったんですか？」

堀田が外堀を埋めるように尋ねた。

「それが……。地元の警察署に連絡した校長が、いくらおかしいと訴えても『夜逃げでしょ』って取り合ってくれなかったそうです。滋賀県警ですし、多分、望ちゃんのお父さんの過去が影響してるんじゃないかって、校長が話してました」

報道協定が結ばれていたため、警察が犯人の拘束に失敗したことは十二月十日になって明るみに出る。ひと月後なら、生島家の失踪と事件を結び付けて考える人間がいたのではないか。

「あの、すみません。先生は『ギンガ・萬堂事件』を憶えておられますでしょうか?」

確かな心構えがあったわけではないが、俊也は話し始めていた。美津子は「もちろん、憶えています」と頷いた。

「その十一月十四日には、ホープ食品が脅迫された事件で、犯人グループの一味が滋賀に現れているんです。僕はこの『ギン萬事件』と生島さんの関わりについて疑念を持っています」

美津子は次の言葉を待つように、曖昧に首を傾げた。

テープと黒革のノートのことを話そうか俊也は迷った。打ち明けずとも質問は続けられる。しかし、子どもたちがいなくなったという重たい事実が、恐怖心を後ろめたさに変えようとしていた。このまま何も語らずに帰ることは、彼らを見殺しにするようで卑怯に思えた。

「自分の伯父が事件に関係しているかもしれません」

俊也は恐れを飲み込み、これまでの経緯を話した。そして、大阪の小料理屋で生島らしき男が犯人グループと酒杯を交わしていた可能性について触れた。

「では、生島さんは『ギンガ・萬堂事件』の犯行に関わっているということですか？」

「まだ分かりません。しかし、僕の伯父同様グレーの人物であることに違いはありません。当時、この事件関連で噂されていたことはないですか？」

自分でも早口になっていることは分かっていたが、俊也は次第に昂っていく気持ちをうまく制御できなかった。前に座る美津子は薄く紅を引いた唇を嚙むと、記憶を掘り起こすように目を閉じた。

「地元の話ですし、話題にはなりました。そうですね……、生島さんの夜逃げは怪しいと、生徒の間で噂されたことがあって、叱ったことがありました」

「先生としては、何をバカなという感じだったんですね？」

俊也の問い掛けに答えず、美津子はまた縁側の方に目をやった。事件当時二十代半ばなら、還暦まであと少しの猶予があるはずだが、その佇まいから漂うのは明らかな倦怠《けんたい》だった。本来少しずつ消費される若さを、早送りをして失ったようにも見える。

もう一度この部屋を見回した俊也は、自分が母親と二人で暮らす光景を想像し、あまり思い浮かぶ絵もないまま憂鬱を覚えた。それは親に対する好き嫌いの感情といった類の話ではなく、家庭の中に光があるか否かという問題だった。大人たちが皆、全力で詩織の幸せを願う曽根家は、やはりこれからの家族なのだ。一人でも多くの顧客を得ようと試行錯誤するのも、一皿でも多く食卓に並べようと料理に手間をかけるのも、引き継ぐ者の存在が大人たちの背中を押している。

よく考えれば、美津子は母の真由美と同世代の人間である。このひと世代前の家族は、消化試合のような雰囲気を引きずりながら、小さくなっていく灯火《ともしび》をただ見つめているのかもしれない。

「ほんまはこんなこと言うたらあかんのですけど」

我に返った俊也は、湿った声のする方に視線をやった。

「望ちゃんのお父さんはやっぱり、独特の雰囲気やったから、ひょっとしたらって思ったことはあります」

美津子はそれだけ言うとまた黙ってしまった。あえて肯定して見せたのは、かわいい教え子を不幸せにした生島秀樹に対する怒りではないかと俊也は思った。

「その後、望さんから連絡はないですか？」

「ええ。一度も。あの日を境に急にいなくなってしまったから、未だに信じられなくて。望ちゃんのことは今でも夢に見るんです。学校やカフェで洋画の話をしてて、私は内心で『あぁ無事でよかった』と思ってる。でも、目ぇ覚めたらいっつも、現実を突き付けられて胸が痛くなるんです」

美津子は再びハンカチで目尻を押さえた。

「家庭の事情やったら、子どもはどうしようもないやないですか。もう、かわいそうで。まして、事件に巻き込まれたんやとしたら、不憫《ふびん》で不憫でならないです。会えなくてもいいから、せめて幸せに暮らしてますって便りがほしい……」

そこまで話すと涙が止まらなくなり、美津子は両目にハンカチを当てて動かなくなった。感情を露《あら》わにする女性に掛ける言葉を見つけられないまま、俊也は傍観者になるよりほかなかった。そしてそのとき初めて、出された茶に口をつけていないことに気付いた。

第四章

1

南海電鉄の最寄で、阿久津は電車を降りた。

大阪に住んでいても、中南部にある堺にはあまり来たことがない。だが、スマートフォンを片手に十分ほど歩くと、さして迷うこともなく目的地に着いた。朝から降り続く小雨が、靴だけでなくズボンの裾まで濡らしている。何年記者をしても雨の日の取材は憂鬱で、雑多な街に癒しを求めるのも無理があった。

傘を差したまま小料理屋「し乃」の店舗を見上げる。漆喰に入る二本のひびは一階の庇の地点で重なり合い、漫画に出てくる雷のような形を描く。ガラスの入った木製の引き戸は、客を招き入れる気があるのかと疑いたくなるほど古びている。

昨日、社会部で無線のやり取りを聞いた後、阿久津ら数人の取材班は、倉庫と呼んでいる資料保管室で「ギン萬事件」関連の段ボール箱をひっくり返し、書架のファイルを片っ端からチェックした。ここに残っていたのは企画に必要ないと判断された情報で、被害企業の関連会社の記録や可能性が低いと判断された犯人像のメモなどだ。
取材班の一人が金光　哲《キムグアンチョル》と書かれたA4サイズの封筒を見つけ、中に金田哲司に関するザラ紙一枚の手書きメモが入っていた。

住所「兵庫県川西《かわにし》市内」職業「トラック運転手」勤め先「不明」生年月日「昭和十五年六月九日」家族関係「妻子あり？」備考「無線の知識あり」「窃盗前科三犯（冒陳、訴状、判決文未入手）」「自動車盗のプロ。大阪・北摂《ほくせつ》、京都南部に土地勘あり」――。

箇条書きの雑なメモに過ぎず、ひと目で分かるギン萬との関連は無線と土地勘のみ。「し乃」関係の記載はなかった。封筒まで作っておいて、資料の少ない点が引っ掛かる。新聞社といえど、大昔の事件となると案外整理されていないものだ。金田のデータも散逸している可能性がある。阿久津はザラ紙の情報に、山根が知らせてくれた「小柄で猫背。髪が薄い」という一文を加えて頭に叩き込んだ。

問題は「当て方」だ。突然新聞記者がやって来て、三十年以上前の男について聞くのである。しかも、彼女が金田と「ギン萬事件」のつながりを認識していたかどうかも確証がない。もし、知らないのなら、今さらながら彼女自身の過去に汚点を残すことになる。それでも、手にしているカードはこの一枚で、他の選択肢はないのだ。

阿久津は短く息を吐くと、歩みを進めてまだ暖簾のかかっていない引き戸に指をかけた。

抵抗なくスライドしていく戸の向こうは、開店前とあってまだ薄暗かった。テーブル席一つに長いカウンター。決して広くはないが、窮屈でもない。

「すみません」

声を掛けてからやや間があって「はぁい」という男の声が返ってきた。硬い床を打つ下駄の音が近づき、大柄な男がカウンターの奥から出てきた。調理服と頭のバンダナとのバランスは妙だったが、無精髭を生やした丸い顔とバンダナとの相性はよかった。

「はい、何でしょう」

「こちらの板長さんでしょうか？」

「ええ。宴会のご予約ですか？」

男は愛想よく笑って調理台に両手をついた。

「いえ、私、大日新聞の記者なんですが」

阿久津が名刺を渡すと板長は「おっ、取材で？」と喜んだ。いい人そうだが、思ったことがすぐに口から出る性分らしい。

「女将さんにお聞きしたいことがありまして、今お店におられますか？」

「いや、今の時間は事務所ですね」

「事務所？」

「ええ。もうそこですわ。前にパーキングがありまっしゃろ？　その隣にある鍼灸院を曲がったらすぐに、一階が鉄板焼き屋のビルが見えますから、その二階です」

「ありがとうございます。早速行ってみます」

「よろしくお願いします。ええように書いてくださいよ」

店を出ると板長から教わった通りに進んだ。二分とかからずに雑居ビルを発見し、右側にある鉄製階段を上がる。向かい合う二つのドアのうち、西側の壁に「し乃」のプレートを見つけた。控えめにノックして反応を待った。

「どうぞ」

落ち着いた女性の声がしたので、静かにドアを開けた。

小さなカウンターの奥にある事務机の椅子に座っていた女性が、阿久津を見て怪訝な顔をする。黒いブラウスにグレーのジャケット。長い髪を後ろに束ね、涼しげな面立ちをしている。

「すみません。私、大日新聞の記者なんですが、女将さんでいらっしゃいますか？」

「そうですが……」

カウンターまで来た女将に名刺を渡すと、阿久津は仕事中のおとないを詫びた。

「文化部の記者さんなんですね」

「ええ。実は今、人捜しをしておりまして、こちらの女将さんが情報をお持ちかもしれないと伺いまして」

「はぁ……」

「金田哲司さんとおっしゃる方なんですが」

女将は一瞬にして表情を強張らせた。当たりの反応だ。名刺を持ったまま黙っているので、阿久津は言葉を継いだ。

「金田さんがこちらの料理屋さんの常連だったと聞きまして」

「誰からお聞きになったんです？」

「それが、別の記者が聞き込んできたもんで」

阿久津が取材源についてさらりとかわすと、女将は鼻白んだ表情をした。

「確かに一時期金田さんにはよう使《つこ》てもうてましたけど、大昔の話ですから」

「それはいつごろのことですか？」

「さぁ、よう憶えてませんわ」

「女将さんと金田さんが特別親しかったという人もいまして」

「誰がそんなええ加減なこと言うんやろか。金田さんが何かしたんですか？」

阿久津は白を切るならブツけてみてもいいと判断した。本当に関係がないならないで、遠慮する必要もなくなる。

「女将さんは『ギンガ・萬堂事件』を憶えておられますか？」

「もちろん憶えてますけど、何ですか、最近犯人が出てきたんですか？」

「いえ、うちの新聞社の方で未解決事件を特集する企画がありまして、その一環です」

「そしたら、金田さんが犯人ということ？」

「いえいえ、まだまだ糸を手繰っていく過程の段階でして」

「とにかく、私はお役に立てませんから」

女将が「まだ何か」といった感じで阿久津を見た。プレッシャーを感じたものの、何も得られずに引き返すこともできなかった。

「事件とは関係なしに、金田さんについて教えていただきたいんです。ご職業とか家族関係とか」

「さっぱり憶えてませんわ」

「最後に店に来られたのはいつごろですか？」

「そんなん、分かりませんって。お客さんは金田さんだけと違うんですよ。店開ける前に済ましとかなあかん仕事があるんで、この辺でいいですか？」

質問の順番を間違えた。事件より先に金田のことを聞くべきだったのだ。返事を待たずに事務机に戻った女将が、往生際悪く突っ立っている阿久津を見て、眉間に皺を寄せた。

「もう、ほんまに話すことありませんから」

視線すら合わせてくれなくなり、阿久津は力なく踵《きびす》を返した。


高層マンションの隣に平屋の飲食店が続き、再び背の高いオフィスビルが現れる。けんもほろろに追い返された取材から六日。阿久津は「し乃」から約三十五キロ離れた兵庫県川西市の国道を走っていた。緑豊かな街のはずが、車から見えるのは統一感のない建物が並ぶ殺風景な景色。巻き込み確認をしてから左折する。国道から外れると途端に道が細くなる。

社用車のホンダ・フィットのカーナビが示す目的地までの距離は二百メートル。一方通行でもないのに、車がすれ違えるか否か微妙な道幅だ。歯科医院の傍を過ぎてあと五十メートル。前方に「ドリームオート」の黄色い看板が見え、同色の幟《のぼり》が四本、風に靡いていた。フロントガラスに値段表示のある小型車が十台ほど並び、奥のプレハブ前には「ドリームレンタカー」の立て看板。カーナビが目的地に到着したことを告げる。

敷地にスペースがあったものの、それが来客用の駐車場なのかが分からず、阿久津は低速で中古車店を通り過ぎた。信号を越えたところに運よくコインパーキングを見つけて車を停め、歩いて引き返す。暦の上では完全に秋だが、ジャケットを羽織る気が失せるほど陽射しが強い。

足を進めながら、六日前に堺の街を歩いていたときと同じことを考えた。どのように当てればいいのか。「し乃」の失敗を繰り返さないために、事件のことを持ち出すのは最後にしようと決めていたが、今ごろになって新聞社が金田を捜す口実が見つからない。前科三犯の自動車盗。誰が聞いても犯罪絡みの取材だと分かるだろう。過ちを繰り返したくないとの思いが、現場に弱い記者の足取りを重くする。

鳥居から連絡があったのは昨日の午後十一時半すぎ。自宅マンションでうたた寝をしていたときにスマートフォンが鳴り「金田の同級生が見つかった」と、こちらの都合にお構いなく一方的に個人情報を読み上げられた。

秋山宏昌《あきやまひろまさ》。金田と同じ在日二世で現在七十五歳。川西市内で中古車販売会社を経営していたが、十五年ほど前に長男に家業を継がせた。今は同じ場所で運営しているレンタカー事業の手伝いをしているということだ。金田とは小中学校の同級生で、こちらの方は前科なし。

先ほど見たプレハブの前まで来ると、名刺入れを取り出して中に声を掛けた。

「はい、はい」

軽い調子で小太りの男が顔を出した。見たところ五十歳前後で、二重瞼の大きな目に愛嬌がある。

「レンタカー？」

「いえ、大日新聞の記者なんですが、秋山宏昌さんはおられますか？」

名刺を受け取った男は「えっ、おやじが何かしたんですか？」と、さらに目を大きくした。家業を継いだ長男とはこの人のことだろう。

「今、人捜しをしてまして、その方が宏昌さんの同級生と聞いたものですから」

「おやじの同級生やったら、早よ見つけな死んでまうで」

男の冗談に作り笑いを返したが「で、誰捜してんの？」と聞かれて言葉に詰まった。金田の名前を出したが最後、肝心の同級生に会う前に追い払われる可能性もある。だが「直接聞きます」と言ったのでは角が立つ。ノートを見るふりをして時間を稼いだ阿久津だったが、結局「金田哲司さんです」と答えるはめになった。

「金田のおっちゃんかいな。また懐かしいなぁ。今、何してはんの？　あっ、そうか。捜してはんのか」

長男の惚《とぼ》けた返答に、阿久津は救われる思いだった。

「ちょっと待ってや。おやじ、今、家にいるねん。ここに呼ぶわ」

「いえっ、こちらから伺いますから」

「かまへん、かまへん。歩いて十八秒のとこやから」

　また冗談を口にした男はデスクの上にある電話に手を伸ばした。クリーム色の絨毯が敷かれた六畳ほどの事務所で、デスクの奥に書棚があり、開け放たれた戸の近くに来客用のテーブルとソファーがある。

「あっ、お父さん。僕です。寝とった？　いや今ね、大日新聞の記者さんが来てはるんよ。そう、記者、記者、新聞記者。そう。それでね、金田のおっちゃんのことを捜してるって言うからね、ちょっとこっち来てくれへん？　はぁい、待ってます」

　丁寧な言葉遣いが意外で「おやじ」が「お父さん」に変わっていたのも面白かった。

「すぐ来るってよ。上がって待っといて。俺、車の掃除せなあかんから」

　阿久津が靴を脱いで上がるのと入れ替わるように、長男が外へ出た。絨毯は思ったよりフカフカで、革のソファーも座り心地がよかった。鞄からノートを取り出し、愛用のシャーペンを載せてテーブルの上に置く。

　事件のことを持ち出さずに、多少強引でも金田の人となりについて聞いていこう。眉間に皺を寄せる女将の顔が脳裡をよぎる。ここ五年ほど経験していなかった頑なな取材拒否の姿勢。お膳立てされた現場に慣れていたことを痛感した。今度は結果を出さねばならない――。

「あっ、こんにちは。秋山です」

いつの間にか近くにいた年配の男が、ゆっくりとサンダルを脱いでいる。豊かな白髪と対照的に浅黒い肌の持ち主だ。秋山はビニールでコーティングされた紙袋を傍らに置くと、対面に胡座をかいた。老人性色素斑や首や手に浮かぶ筋を見て、金田が生きていればこんな年なのかと、改めて歳月を感じた。

「あの、ソファーに座られますか？」

「いや、かまへんねん。こっちの方が楽やから」

やや見下ろす形になるのが気になったものの、阿久津は名刺を差し出した。

「金やんのこと捜してるんやろ？」

「ええ。秋山さんが小中学校の同級生だったと伺いまして」

「終戦後すぐの何にもないときからね。板金工で一緒に働いてたこともあったし。まぁでも、もう何十年も連絡ないわ」

「最後にお会いしたのはいつごろですか？」

「憶えてへんわ。いつやったか……、うちの長男がもう働いてたと思うけど。昭和の最後の方かな」

「昭和六十年代に入ってましたか？」

「分からんなぁ……」

「総理大臣とか……、あっ、阪神が優勝したときは一緒にお祝いしましたか？」

「ワシ、南海ファンやってん」

「……そうですか。南海がダイエーになったときは、どうです？」

「ダイエーに売ったんが昭和六十三年や。南海は昭和で終わりやから。そのころはもう、金やんは逃げとったんちゃうか」

「逃げとった？　どういうことです？」

何の苦労もなく魚の方から網に飛び込んできたようで、阿久津は驚きと戸惑いが入り混じった声を上げた。

「今ごろ金やんを捜すってことは犯罪絡みやろ？」

あまりにストレートな物言いに気圧され、阿久津は考える間もなく「ええ」と頷いていた。

「車盗むんがうまかったからな。言うとくけど、ワシは悪いこととしてへんで。ただ、見て見ぬふりや」

「正直に申し上げますが、秋山さんのおっしゃる通り、もしかしたらですね、金田さんがある事件の事情を知っておられるかもしれないと思いまして……」

「そんな回りくどい言い方せんでもええがな。金やんはワルやねんから。で、その事件っていうのは何ですか？」

相手のペースで会話が進んでいるとの自覚はあったが、決して嫌な流れではない。

阿久津はこの波に乗ろうと決めた。

「『ギン萬事件』なんですが」

「あぁ、はいはい」

「何か知っておられるんですか？」

「もうだいぶ前やけど、一回刑事が訪ねてきたことがあってな」

「ギン萬関連で？」

「そうや。もう忘れてしもたけど、車のこと聞かれたで」

新聞社に資料があるぐらいなので、刑事が聞き込みに来ていてもおかしくはない。

だが、実際に話を聞くと、たとえあまたのうちの一人だとしても、金田はいい筋なのではないかと思えてくる。

「金田さんから事件のことについて何か聞いたことはありますか？」

「ギンガの社長が倉庫から出てきたやろ？　あのとき、テレビのニュース見ながら、ワシが『怪しいなぁ』って言うたんや。『何で倉庫に見張りがおらんねや。これ、裏取引やっとるぞ』って。そしたら、金やんが『そんなうまいこといかんわい』って言いよった」

メモを取る手が止まった。事実、この後になって犯人グループは放火や脅迫状でギンガを追い込んでいく。裏取引が成立していれば、説明がつかない〝尾ヒレ〟だ。

「他に聞いたことはありますか？」

「いや、憶えてない」

「先ほどの質問に戻りますけど、最後に金田さんと会ったのは『ギン萬事件』の最中でしたか？」

「どうやろなぁ」

「日航機墜落事故がありましたね？　あの事故の話を金田さんとしたことはありますか？」

「いや……。記憶にないな。でも、話してて忘れてるだけかもしれん」

今一つ詰め切れないことにもどかしさを覚えた。何かもう一つか二つ、次につながる情報が引き出せそうな感触がある。

「秋山さんは、金田さんが事件に関わっていると思っておられますか？」

「まぁ、十中八九間違いないやろな」

断定するような口調に、阿久津は腹の底がカッと熱くなった。

間違いない。秋山はまだ何か知っている。

「それはなぜですか？」

前のめりになる阿久津を一瞥してから、秋山はプレハブの外を見た。そして、ほんの数秒の間を置いてから目線を戻した。

「記者さん、もし、金やんが見つかったら、教えてくれますか？」

「はい。ご連絡します」

通報云々について考える前に条件反射で答えてしまっていた。秋山は紙袋からアルバムを取り出した。表紙が青い布で、年季が入っているものの立派な代物だ。

「金やんはゴンタやったけど、人殺しはせん。昔からそういう線を一本引いとった」

青酸菓子のばら撒きも一歩間違えれば人殺しだが、阿久津は相槌を打って先を促した。

「もう時効やし、とりあえず死ぬ前に顔拝みたいんや」

記憶がしっかりとしていて淀みなく話していたが、アルバムを手渡す段になって、秋山はさすがに疲れた表情を見せた。秋山が開いたページには八枚の写真があり、釣り仲間と思《おぼ》しき男たちの姿があった。日付の表示はないものの、色褪せ具合から随分昔に撮られたものと分かる。

そのうちの一枚が集合写真で、ジャンパーやたくさんのポケットがついたベストを着た男たちが笑顔を見せていた。前列の四人がしゃがみ、後列の四人が立っている。阿久津の注意はまず、前列の中央で大きな鯛を持っている男に向けられた。髪が薄く、小柄で日焼けしている。

「その鯛を持ってるんが金やんや。隣はワシな」

確かに秋山の面影が残っていた。髪も黒々としていて、まだ四十代ぐらいにしか見えない。

「何か気付かへんか？」

「ん？　何がです？」

「後列の一番右端に立ってる男を見てみ」

それまで前列にしか目がいかなかったが、言われた通り後列の右端に視線を移す。

そして、頭一つ背の高い男の顔を見た瞬間、阿久津は吸い込んだまま息が止まりそうになった。

キツネ目の男――。

架空の生き物が目の前に姿を現したような感覚。服装こそ違えど、薄い唇も丸みを帯びた輪郭も髪の量もメガネの大きさも全てが似顔絵と同じだった。そして、何よりもメガネの奥の小さな釣り目……。顔のパーツは定規で測ったかのように正確な配置で、同一人物としか言いようがなかった。自然と鼓動が速まり、鋭く悪寒が走った。

「これ、警察には……」

「見せてへんよ。まだ時効やなかったから。こんなもん見せたら捕まるやん」

阿久津の目は、ただ一人笑みを湛《たた》えぬ男を捉えたまま動かなかった。いや、動けなかった。蛇に睨まれた蛙さながら、紙焼きされた数センチの男に呑まれそうになる。

キツネ目の男は、存在したのだ。

2

阿久津は一週間前に歩いた道を早足で進んだ。

昨日の延長のような秋晴れと同じく、キツネ目の男に辿り着いたという興奮の余韻もまた、胸の内を満たしている。

あの後、社会部に帰った阿久津は、事件デスク席に例の集合写真を滑らせた。百戦錬磨の鳥居も文句のつけようがなかったらしく、すぐに近場にいる取材班を招集して緊急会議を開いた。

「俺もいろんなキツネ目の男を見てきたけど、これは似てるんやなくて一致や」

声は小さかったものの、そのやる気に満ちた表情から会議室にいる全員に鳥居の昂りが伝わったはずだ。キツネ目の男は犯人グループで、唯一顔が明らかになっている人物である。生きたまま捕まえることができれば言うことなしだが、生死が確認できるだけでも大スクープだ。

「キツネ目の男の名は、金田《かねだ》貴志《たかし》こと金貴成《キムクイソン》」

阿久津が取材メモを読み上げると、十人あまりの記者がどよめいた。あの似顔絵の男に初めて名前がついたのである。

「ただし、秋山氏に言わせると、どうもこれは眉唾のようです。金田哲司の親戚と言っていましたが、それまで一度も聞いたことがなく、哲司も貴志の家系については詳しく知らなかった、と」

あの釣りに行ったのが一九八三年の秋ごろ。秋山と貴志はそのときが初対面で、あとは二、三回酒を飲んだのみ。関西弁を話していたこと、哲司と体格にかなりの開きがあることなども付け加えた。

「以上の状況から、金田貴志は偽名の可能性が高く、哲司の仕事仲間と思われます」

せっかくついた名前が偽物と言われ、記者たちは落胆の声を上げた。その後は秋山氏から聞き込んだ金田哲司の経歴を報告。中学卒業後、十以上の職業を転々とした金田哲司の足跡を辿ることが取材の最優先事項となった。

会議が終わった後、鳥居から残るように言われた阿久津は、てっきり褒めてもらえるものと思っていたが、事件デスクの口から出たのは「ウラ取らなネタ取ったことにはならんからな」というさらなる追い込みだった。

いつもなら愚痴の一つでもこぼしていただろうが、阿久津の気持ちは前を向いていた。警察が目にしていない写真を手に入れ、犯人のうち一人はほぼ人定ができている。うまく糸を手繰れば、事件記者なら誰もが夢見る大物が釣れるかもしれない。

それを平凡な文化部の記者がやってのける。想像するだけで痛快だった。

小料理屋の前まで来ると、阿久津はジャケットを羽織った。まだ暖簾はかかっていない。タイムリミットはあの女将自身だ。

「すみません」

阿久津が引き戸を開けると、カウンターの中にいた板長が、大皿を台に上げるところだった。

「おっ、この前の記者さん？」

「何度も申し訳ありません。大日の阿久津です」

「聞いたで。何や事件のこと調べてるんやって？　てっきり店の取材かと思ったのに」

「本当に申し訳ないです。今日は折り入って、板長さんに話がありまして」

「あかん、あかん、あかん。女将から事件のことは話すなって、きつく言われてるんや」

構えられるのはある程度織り込み済みだった。勝負はここからだ。大皿の中を見た阿久津は「流れ」を感じた。

「それ、鯛のアラですか？」

「真鯛や。うまいでぇ」

阿久津はカウンターに近づくと、大皿の隣に写真を置いた。

「この鯛はどうですかね？」

写真を手にした板長は老眼なのか、腕を伸ばしてピントを合わせた。そして、苦笑といった感じで口元を歪ませた。

「こんな写真、どっから見つけてくんねん」

「釣るのに時間がかかりまして。この鯛を持ってる男が金田哲司さんです。女将さんとお付き合いしていたと聞きましたが」

「……、さぁ」

板長はとぼけた表情でバンダナを触った。

「後列の右端に、キツネ目の男がいますが、この店に来たことは？」

「……、ほんまや」

再び写真を手にした板長は、思わず内心の声が漏れたといった塩梅《あんばい》で呟いた。

「今から聞くことは、板長さんの独り言です。もちろん、女将さんに伝わることはありません。何とか冴えへん記者のために一肌脱いでやってください」

阿久津が深々と頭を下げると、板長の唸り声が聞こえてきた。

「正直、三十年前の話やし、構へんのちゃうかとは思ってるんやけど……」

阿久津は気弱そうに眉毛を下げる板長の顔を見据え、ためらいの原因はやはり女将ではないかと推察した。

「板長さん、僕も前に名刺渡してますし、是非信用していただきたいんですけど、取材源の秘匿は僕らの仕事の鉄則です。身内の方への義理も分かります。でも、このギン萬は、特に僕ら関西人にとっては諦めたらあかん事件やと思うんです」

「敵わんな……」

阿久津は困り果てた様子の板長に顔を近づけ「実際、新たにこんな写真が出てきてるんです」と迫った。

板長は「分かった、分かった」とばかりに、胸の前で両手を振って降参のポーズを取った。

「これが最初で最後やで。俺も女将さんにはずっと世話になってるんやから」

「ありがとうございますっ」

写真をカウンターに置いた板長が、後列の左端にいる小柄な男を指差した。

「ちょっと気になるんが、この左の若い男や。この人にも見覚えがあるんやけど」

刈り上げで、確かにこの中では一番若く見える。

「それは、この金田哲司さんと一緒に店に来られたということですか？」

「まぁ、特徴のない顔やし、ええ加減なことも言われへんから」

「いえっ、何でもおっしゃってください。お願いしますっ」

阿久津が再び頭を下げると、ため息とともに「一回しか言わへんから、よう聞いときや」と諦め半分の声が返ってきた。

「『ギン萬事件』があった年の秋や。何月かは思い出せんねんけど、とにかく夏でも冬でもなかった。ここの二階の座敷を借り切ったグループがあって、俺、聞いてしもたんや」

「聞いた？」

「当時はまだ下っ端やったから、よう二階に注文を取りに行っててな、その秋の日も、俺が二階の座敷の料理運んだり、皿下げたりしてて。座敷の中がえらい盛り上がってたんや」

「座敷には何人ぐらいいたんですか？」

「七人」

「えらいはっきり憶えてはりますね。そこにこの写真の二人は？」

「おった」

「キツネ目の男も？　それ、ほんまですか？」

阿久津がカウンターに身を乗り出した。

「最初で最後っていうのはそういう意味や。俺は見たらあかんもんを見てしもたんやな」

先ほどまでとは打って変わり、板長は得意そうにバンダナをさすった。これは話したい人の顔だと、阿久津の直感が働いた。

「この刈り上げの兄ちゃんもおったような気がするんやけどなぁ」

「三十一年前のことやのに、すごい記憶力ですね」

ヨイショすると、板長は満更でもないように笑った。

「昔から顔覚えるんは得意やねん。ずっと厨房におる言うても客商売やし、お客さんにも挨拶しに行くしな。まぁ、そんなことはどうでもええわ」

二階を指差した板長は「忘れもせんで」と言って話を続けた。

「どんどん酒を持ってこいってことやったから、頃合いを見計らって銚子を持って行くんも俺の仕事やった。二階に上がって襖越しに、歌っちゅうか、川柳みたいなもんが聞こえてきて」

「川柳?」

「そうや。『言い訳は　任しといてと　一課長』『カラスにも　あほうあほうと　バカにされ』とか、いろいろや」

その奇妙な五七五を聞いて、すぐに「新春けいさつかるた」につながった。自分たちの牙を隠すため、挑戦状で巧みに警察をからかうのは「くら魔天狗」の常套手段だ。犯人が流した文書を何度も読み返している阿久津は、一九八五年一月に新聞社へ送られた挑戦状を思い浮かべた。

犯人たちは**【わしら　正月　おんせんで　かるた　つくった】**と、「あ行」から「さ行」まで、それぞれの文字を頭に十五の〝けいさつかるた〟をつくって挑戦状に記した。そのうちの二つが**【いいわけは　まかしといてと　1課長】【からすにもあほうあほうと　ばかにされ】**である。事件を解決できない警察の捜査一課長とローラー作戦で大規模に聞き込みをしても一向に成果が上がらない捜査手法を揶揄したものだ。他には**【キーキーと　ヒステリおこす　本部長】【すきなんや　わしらけいさつ　すきなんや】**などと言いたい放題だった。このユーモアが煙幕であることに国民が気付くのは、もっと後のことだ。

「ほんまに盛り上がってたから、入るタイミングを逸してしもて、しばらく聞いてたんや。一課長の意味が分からんから、最初は上司の悪口でも言うてんのかな、と思てたんやけど……」

「あの挑戦状が明らかになってから分かったんですね？」

「まぁ、金田さんは女将さんのいい人やったし、よう憶えとって、それであのときのやつやって」

阿久津は「いい人」という言葉に少し粘り気を感じたが、それよりも「新春けいさつかるた」が、この店の二階で作られていたということに興奮を覚えた。

奥にある幅の狭い階段を見て、男たちが座敷に上がっていくところを想像する。錯覚に過ぎないことは分かっていても、現場にいることで犯人の息遣いが聞こえてきそうだった。

「あとは手打ちがどうのこうの言うてたなぁ」

「手打ち？」

「うん。内容は分からんねん。でも、手打ちって言葉を冗談みたいに使《つこ》てた記憶があるねん」

「喧嘩でもしてたんですかね？」

「それか、時代劇でよう言うてるやん。『手討ちにいたせ』とか。だから、企業に嫌がらせをする意味かもしれんな」

「なるほど……」

「いずれにせよ、その川柳みたいなやつとキツネ目の男で、俺の中では真っ黒やってんけど」

「つまり、女将さんは『ギン萬事件』の被疑者と交際していたと？」

「まぁ、そう言わんといてくれ。もうとっくの昔に時効になったし、正確には分からんけど、事件の後はさっぱり顔見せんようになったから」

言葉とは裏腹に、板長の表情には薄い笑みが浮かんでいた。先ほど耳にした「いい人」という湿った声が甦り、阿久津は目の前の男が、女将に複雑な感情を抱いているのではないかと勘繰《かんぐ》った。

三十年の沈黙は、世話になった身内を守るという義理の為せる業だったのかもしれない。だが、阿久津にはその義理が良心とは結びつかなかった。あの薄い笑みは彼のささやかな意趣返しであり、その結果浮かび上がった解放感ではなかったか。「ギン萬事件」は昭和史でも最大級の未解決事件だ。自分がその犯人を見たというのなら、当然「王様の耳はロバの耳」の理容師の心境だろうし、時効を迎えてから事情を聴きにきた阿久津は、告白に使われた「深い井戸」だ。

「グループの中で他に知ってる男はいましたか？」

「いや、名前が分かったんは金田さんだけ」

さらにメンバーの特徴を尋ねようとしたとき、板長が「しっ」と人差し指を唇に当てた。

「女将さんが来た」

一瞬にして強張った相手の顔を見て、阿久津は耳を澄ました。確かに小さな足音が店の方へ近づいてくる。身を屈《かが》めた板長はカウンター奥の切れ目を指差して囁《ささや》いた。

「あんた、裏口から出て行ってんか。それと、もうここには来たらあかんで。女将さんは異様に勘が鋭いから」

3

静かな室内で、時折紙をめくる音がする。

阿久津は資料のノートを置いて、伸びをしながら上体を背もたれに預けた。全面ガラスになっている社会部会議室のドアから、人影まばらな編集局の大フロアに目をやった。この三連休中に、関西各地で開かれているアマチュアスポーツの成績が、メールやFAXで続々と流れてくる。パソコンからプリントアウトしたA4用紙やFAX用紙の束が、経済部と運動部の間にある大机に集まる中、アルバイトの女性たちがノートパソコンに向かって黙々と成績を打ち込んでいる。

祝日の月曜、会議室には休日返上の男たちが三人いて、うち一人は部外者だ。部屋の中央に四つの長机を合わせて場所をつくり、その上に段ボール箱やらファイルやらを置いて、資料の回し読みをしている。

午前中の遅い時間帯に顔を揃えたものの、いつの間にか夕方の五時を回っていた。腹の虫が騒ぎ始めた阿久津は、今日のランチはコンビニのおにぎり二つだけだったと思い出した。

「えらい余裕かましてるやんけ」

鳥居の声がして、阿久津は反射的に姿勢を正した。

「相変わらず厳しいなぁ」

水島の茶々入れのおかげで、少しだけ緊張の糸が緩む。部外者とは彼のことだ。

「阿久津君はよう頑張ってるやないか」

「こいつにはかかった経費分は働いてもらいますからね。何せコスモポリタンですから、彼は」

鳥居は、イギリスの取材が空振りに終わったことをまだネチネチやるつもりらしい。しかし、阿久津にすればそれなりのネタは取ってきたという自負がある。

金田哲司と若い標準語の男による無線のやり取りを手に入れたのは、小さな可能性に賭けて名古屋まで出向いた成果であるし、金田の同級生からキツネ目の男の写真を入手した上、「し乃」で犯人グループが会合を開いていたことまでつかんだ。中でも「新春けいさつかるた」をネタに盛り上がっていたという点は、読み物としても面白い。

もちろん、全ての材料を自分一人で集めたわけではないし、歳月が経って関係者たちが話しやすくなっていることは事実だ。だが、無線の記録、容疑者の写真、会合の証言は、それぞれが立派な特ダネで、十分に原稿は完成する。鳥居にしても少しぐらいは労《ねぎら》いの言葉をかけるべきだと阿久津は思った。

だが一方で、まだまだ先へ行けるという手応えも感じていた。人間関係は点ではなく線だ。金田哲司から広がる線は必ずどこかで誰かとつながっている。根気よく一つひとつの可能性を潰していくしかない。

「その板長が言うてたテウチはどっちの意味やろうなぁ」

水島が裏紙の上にある柿の種を口に放り込んだ。「ギン萬事件」の取材に嬉々としているように見える。顔も髪のない頭も血色がいい。

「手討ちにしてくれるってノリやないですかね。酒が入って、大企業と警察を手玉に取ってる気にでもなったんでしょう」

阿久津の意見に、水島が「きゃつら、だいぶ調子乗ってたからな」と同調した。いつものように細い脚を組んでいる鳥居は、手持ちのファイルをポンとデスクの上に放った。

「犯人グループが七人おったことも考えなあかん。三人でも派閥をつくるんが人間って生きもんや。A、Bの二班が何らかの理由で仲違いしてて、その手打ちの酒やったかもしれん」

風見鶏の水島が「なるほど一理ある」と頷く。確かに、企業情報に精通し、車を盗む技術に長け、無線の知識があり、仕手戦にも詳しいとすれば、幅広い能力が求められるわけで、一つのグループと考える方に無理がある。「くら魔天狗」は狡猾さと粗暴さを併せ持つ双頭の怪物と見る方が自然かもしれない。

「まぁ、そのバンダナ板長も何か思い出すかもしれんから、もう一回当たるべしやな」

鳥居に言われるまでもなく、阿久津もそうするつもりだった。「世話になった」とは言いながらも、板長は女将に対し何らかの屈折した感情を抱いているように見えた。表情や話しぶりから、腹に一物もないとは考えにくい。足音に気付いたときの強張った顔が、ひび割れた関係の証だ。来るなとは言われたが、それだけが本音でないことも分かっている。

「それにしても水島さん、当時はイケイケどんどんですね」

鳥居がデスクのファイルを指差した。事件関係の新聞記事のスクラップだ。

「そらもう、裁判なんて縁遠かったし、いい意味でも悪い意味でも元気やったわな。政治ネタと経済ネタが弱い関西ジャーナリズムの性とも言える。事件もんで勝負やから、ノーガードの打ち合いや」

「これだけの大事件を未解決に終わらせてしまった警察が、一切の総括をしてないこともおかしいけど、スクープ合戦に明け暮れて、劇場型犯罪の舞台を提供したマスメディアも、当時の報道について何ら結論を出せてない」

「特ダネ至上主義」を首から下げて歩いているような鳥居が意外なことを言う、と阿久津は思った。

「昭和の時代は新聞の責任が今よりもっと重かった。言うたら悪いけど、俺らテレビの役割は娯楽やと思ってたもん。ニュースと言えば新聞よ。特に地方ではその傾向が強かって、ギン萬当時は大阪府警担当でボックスを宛てがわれてた放送局はＮＨＫだけ。民放は大部屋でレクすらなかった。そのＮＨＫにも抜かれた記憶がないからな」

水島は誇らしげだったが、実際、阿久津が子どものころ、近所に新聞を取っていない家などなかった。

「今は紙の新聞に速報性を求める人はあんまりおらんと思うけど、俺が府警回りやったときは、何よりも『他社より早く』や。特オチなんかやらかしたら、間違いなく左遷やで」

水島の上司で大阪府警担当キャップの三船が、スーツの内ポケットに辞表を忍ばせていたというエピソードを思い出した。

「そら、ノーガードの打ち合いになりますね」

阿久津の言葉に、水島は笑って頷いた。

「強迫観念そのものや。よそが書く前に載せなって、段々自制心がなくなるから、そのうち質より量の勝負になる。しかもギン萬関連の紙面は果てしなく空いてるわけや。朝夕刊を何ヵ月もつなぐのは至難の業やで」

「今は随分あっさりしてますな」

珍しく鳥居が笑って相槌を打った。

「無理に書く必要もないで。ひと月ぐらい打ち続けたら、載せる価値のあるネタなんかなくなるもん」

或いはその諸々の反省が今、水島をこの場に留まらせているのかもしれない。記者になって十年以上経つというのに、阿久津は未だ社会と向き合う心構えができていなかった。今、仮に同じような犯罪が起きたとき、挑戦状を載せない勇気を持てるだろうか。犯人が場所を指定して「菓子に毒を入れた」と言ってきたとき、見なかったふりをすることなどできるだろうか。載せないことで子どもが毒菓子を食べてしまったらどう責任を取ればいいのか。

企業に脅迫状が届いた場合はどうか。それを書かないことで裏取引に応じると犯人が考え、接触してくる可能性が高まる。当然逮捕できる確率が飛躍的に高まるため、それも一つの「社会正義」だろう。しかし、民間企業の社員である自分たちに、情報を隠す資格などあるのだろうか。

「分からない」というのも「考えなくてはならない」というのも、正直な阿久津の答えだった。

「俺はテレビが強くなったんもギン萬からやと思ってる。お菓子を標的にしたやろ？

自分の子どもが被害に遭うかもしれんと考えたら、主婦はテレビ見るわな。必然的にワイドショーで取り上げる。ビデオの男が動いて見えるし、子どものテープも声が聞ける。新聞にできんことがテレビにはできるんや」

先輩記者二人の間にしみじみとした空気が流れているのは、それぞれの古き良き新聞を思い出してのことか、それとも年々存在感を薄める業界の現状を嘆いてのことなのか。阿久津には忖度《そんたく》できなかったが、一つ言えるのは、この企画を担当していなかったら、報道のあり方にまで意識が回らなかったということだ。

長時間の作業に、そろそろ集中力が切れてきた。だが、鳥居を置いて先に帰るとはなかなか口にできない。

「せっかくの休日出勤やし、焼肉でも行こか」

水島の呑気な声に、阿久津は「おっ、いいですね」とすぐさま反応した。外に出るきっかけが焼肉というのはなかなか筋がいい。疲れた体が肉を欲している上、酒が入るとそのまま解散の可能性が高まる。祝日なのでさすがに戻って仕事はないだろう。

「ん？」

焼肉に釣られなかった鳥居が、手にしていた写真に顔を近づけた。仕手関係の封筒に入っていたものだ。何か発見したらしい。

「どうしたんですか？」

「阿久津、秋山さんから借りた釣りの写真持ってきてくれ」

言われた通りに手渡すと、鳥居は二枚の写真をデスクの上に並べた。

「やっぱり一緒や」

水島も立ち上がって、椅子に座る鳥居の傍らに立った。カッターシャツのポケットに入れていた老眼鏡をかける。

「何が一緒なんや」

「釣りの写真の後列、キツネ目の男と反対側にいる刈り上げの男。板長が見覚えあるって言うてたんやろ？」

「ええ。『し乃』の会合にいたかもしれんって」

「これ見てみぃ」

もう一枚は草野球チームの集合写真だった。上下白のユニホームでサイドの二重ラインとアンダーシャツがエンジ色、帽子は黒。胸にある派手な刺繍《ししゅう》はアルファベットのようだが、字が崩れていて判読できない。写真が入っていた封筒に証券会社の社名が入っているので、職場のチームということだろうか。

「これ、ちょうど九人やで」

水島が言うように、スコアボードのあるグラウンドを背景に、前列の四人がしゃがみ、後列に五人が立って写っている。メンバーは若者と中年の混合で、体型も肥満、痩身を交えていかにもアマチュアといった感じがする。いずれにせよ、会社の人間と野球をするというのは、文化系の阿久津にとって想像もできない休日の過ごし方だった。

「人間は立ち位置にも癖が出るんかもしれんな」

鳥居は左右の人差し指をそれぞれの写真の上に置いた。いずれも後列の左端に写っている男だ。

「あっ、ほんまや！」

水島の声が聞こえると同時に、阿久津は息を呑んだ。ユニホームの方は帽子で髪が隠れていたが、確かに刈り上げの男と同じ顔をしている。体格も小柄で、まず同一人物と見て間違いないだろう。他に釣りのメンバーとの重複はないかと探したが、左端の男だけだった。

「これ、どこの会社や？」

「東京の中堅です。今もあるかどうかは分かりませんが」

「このグラウンドは東京なんやろか？」

「ちょっと分からないですねぇ。撮影者も写真をもらってきた記者も不明ですし。裏にも記載なしです」

「この刈り上げ君は証券マンか」

「でも、人数がギリギリですからね。助っ人の線も十分あるでしょう」

二人の会話を聞きながら、阿久津は点が線になりそうな予感を抱いた。やはりこの男も「し乃」にいたのかと思った瞬間、頭の中で無線の声が甦った。

〈**事前の売りは手控えます。底値の買いです。派手にやると、もうそろそろ足つきます、どうぞ**〉

年齢、標準語、東京の証券会社、株、金田哲司の知り合い……。これは無線の男──牛若丸ではないのか。そう思った瞬間、阿久津の頭の中でもう一つのフックが掛かった。東京で会った立花の話だ。兜町で噂になった怪しい仕手筋。そこに気になる人物がいる。阿久津は目を閉じて懸命に海馬《かいば》を刺激した。

若い男、一橋大学、関西弁ではないが、関西のアングラ人脈に詳しい、兜町に出没、虚言癖がある……。浮かんでくる箇条書きの情報が、刈り上げの男に吸い込まれていく。記者生活の中で何度か覚えた、この焦点に光が集まっていく感覚──。

「ちょっ、ちょっと、すんません」

阿久津は草野球の写真を指で挟むと、先ほどまで自分が座っていた椅子に戻った。バッグの中からデジタルカメラを取り出し、接写する。SDカードをパソコンに挿入して、立花の携帯電話を鳴らした。

「あっ、立花さんですか。以前、取材でお世話になりました大日新聞の阿久津です。

えぇ、すみません祝日に電話しまして。今、少しだけ話せますか？　……、ありがとうございます。突然で恐縮なんですが、前に教わったメールアドレスに写真を一枚送ったんで、ご覧になっていただきたいんです……」

4

上向きの矢印が点灯し、下に表示される数字がどんどん大きくなっていく。

誰もいない高速エレベーターの中で、阿久津はひと月ほど前に立花を訪れたときとは手持ちのカードの数が違うと考えていた。出す必要がある情報と不必要なもの、出していい情報とそうでないもの、許されるギリギリのラインはどこにあるのか。直前になってもまだ、答えは出ていなかった。

立花の携帯を鳴らしてからちょうど十日。メール添付の写真を見て折り返しの電話を入れてきた立花は、かなり興奮していた。

「ビンゴだよ、ビンゴ！　野郎、草野球チームなんて入ってたのかよっ。こんなの、どこから見つけてきたの？」

立花はすぐにこの証券会社を当たってくれたが、連絡が取れた三人はいずれもこの男のことを憶えていなかった。いや、正確に言えば、この男のことだけを憶えていなかった。知らない人間が同じユニホームを着て、一緒に写真に収まっているのである。不気味なことこの上ないが、これで刈り上げが証券会社の社員でないことが判明した。

それから約一週間かけ、立花が写真を片手に兜町人脈から捜し出した人物が、今から会うニシダという男だ。異常なほどの取材制限が、阿久津の心をナーバスにしていた。身元に関する質問はNGで、録音、撮影は一切禁止。時間は十分、取材はこれ一度きり。立花とニシダも直接の知り合いではないため、正真正銘やり直しの利かないインタビューである。

接触の場所はJR飯田橋《いいだばし》駅近くのホテルの一室。立花とニシダが先に部屋に入って待機しているという。駅からの道すがら、阿久津は質問の優先順位を組み立て、同時に差し出すカードを頭に浮かべては消した。

二十一階でエレベーターが止まった。外へ出て左の通路に目をやり、壁の数字を読んでから右に視線を振った。旅行予約ウェブサイトの定着で、宿泊費の相場などあってないようなものだが、一応ハイクラスにランクされるシティホテルだ。廊下は適度に明るく、幅も広い。

踏み心地のいい絨毯を進んでいく。指定された角部屋の前に立ったのは午後三時五分前。短く息を吐いてから、静かにドアをノックした。数秒の空白の後、立花の声で

「どうぞ」と返ってきた。

ドアを開けてまず感じたのは薄暗さだった。奥の遮光カーテンが閉められている。そのカーテンの前辺りにひょろりと背の高い男が立っていた。長めの白髪で、隣に並ぶ巨漢の立花とのコントラストが際立ち、ごった煮の兜町を象徴しているようにも見えた。

部屋は広めのツイン。事前に借りてきたのだろう、部屋の中央に椅子が向い合せに置いてあった。阿久津とニシダは互いに歩み寄り、名刺交換の代わりに握手を交わした。意外だったのは先方が笑みを湛えていたことだ。百七十五センチの阿久津より少し頭の位置が高い。

「大日新聞の阿久津です。本日はご無理を申し上げまして……」

「いえ、こちらこそ、大げさなことをしてしまい恐縮しております。詳しいことは申し上げられませんが、あまり人前に出られない事情がありまして。失礼ながらニシダというのも仮の名です」

どんな海千山千が出てくるかとおっかなびっくりだったが、常識的で穏やかな人物らしい。そんな男が抱える「人前に出られない事情」とは何かと気にはなったが、時間制限がある中では無駄な考えだった。

「早速ですが、この写真の男性についてお尋ねいたします」

席に着くなり、阿久津はノートを開いて質問を始めた。立花はそのまま窓際にいるようだ。

「この後列左端の男、彼の名前を教えてください」

「ヨシタカ、ヒロユキです」

漢字を確認して「吉高弘行」とノートに書いた。

「吉高さんとニシダさんはどういったお知り合いですか？」

「大学生だったころの彼に、株を教えたのが私です。何度か組んで仕手を仕掛けたこともあります」

「彼は今どこにいますか？」

「知りません。三十年以上連絡を取っていません」

このまま吉高の人定の線で進むか、事件に照準を合わせるか。阿久津は後者を選んだ。

「ご存じかもしれませんが、私は今『ギン萬事件』の取材を進めています。三十年以上前というと、ちょうど事件のあったころかもしれません」

ニシダが割とはっきり頷くのを見て、直球を投げることにした。

「ニシダさんは吉高さんが『ギン萬事件』に関わったとお考えですか？」

右手の指で尖った顎を触ったニシダは、一度窓の方に視線をやった。首の長い男がそうすると、鶴のように見える。阿久津は言葉を補足しようか迷ったが、ここは待つことにした。

「可能性は十分あると思います。少なくとも『マジック・タッチ』よりは」

窓際に立つ立花が頬を緩めた。彼も同じようなことを言っていた。

「それはなぜですか？」

「吉高君が事件前に食品関係の銘柄を調べていたからです。ちょっといつもと筋が違うので妙に思っていたのですが、その中にギンガ、又市、萬堂、ホープ、鳩屋、摂津屋、全てが入っていました」

「全て……」

グレーだった心証が黒く染められていく。やはり、黒目の外人買いは吉高だったのか。

「吉高さんがいた仕手筋とはどういうグループなんです？」

「私も詳しくは知りません。これは本当です。ギン萬事件の少し前ぐらいから、彼は段々私を遠ざけるようになりました。理由は単純で、他に居場所を見つけたからだと思います」

「知っている限りのことを聞かせてください」

「仕手本尊は不明、子分は三、四人。全員口が堅いのは間違いないでしょう。あと知っているのは、吉高君以外のメンバーに東大出の女がいたことです」

「その女は何者です？」

「分かりません。この業界で高学歴であることは大した目印にはなりません。吉高君より年上で、関西人ではない。私が聞いたのはこれくらいです」

「その仕手筋の金主は誰ですか？」

「複数いるんじゃないですか。ほぼ関西系だと思いますが。吉高君の主な金主はウエヒガシタダヒコです」

すぐに漢字を確認して「上東忠彦」と記して丸で囲む。そして、すぐに無線の記録で聞いた「ユーさん」は、イニシャルだと気付いた。

「この上東さんは何者ですか？」

「ご存じないですか？」

意外な問い掛けに、阿久津は正直に首を横に振った。こういうときに、自らが文化部の記者だと痛感する。

「建設関係の利権屋です。再開発事業なんかあれば、ほぼ百パーセント彼が一枚嚙んでます」

「上東さんは今？」

「亡くなっています。都市銀行の幹部連中も彼には挨拶を欠かさなかったぐらいでした」

「他に金主はいませんか？」

「分かりません。しかし、昔、アングラマネーと言えば、暴力団系、半島系、宗教系でした。ヤクザは企業舎弟が金を持ってましたし、九〇年前後には韓国マネーが五千億あるとも言われてました。さらに新興宗教は桁が二つほど違う。これほど巧妙に姿を消す仕手本尊ですから、やはり金主が上東一人とは考えにくい。メンバーそれぞれが相当の金主を捕まえてたと思います」

残念ながら吉高と上東以外、話に具体性がない。謎の仕手筋についてはそろそろ天井が見えてきた。阿久津は何のカードをいつ切るかを考えながら、正面の男を見据えた。

「吉高さんと三十年以上連絡を取っていらっしゃらないとのことですが、間接的に噂を聞いたというようなことはありませんか？」

「いえ、全く。恐らく……、こんなことは言いたくないですが、この世界で姿を消すということは、しくじったということです。生きていることを願うばかりですが」

「ニシダさんと吉高さんが知り合ったきっかけは？」

「それは申し上げられません」

ぴしゃりと遮られ、阿久津はここでカードを切ろうと決めた。リスクはあるが、一度きりの取材という条件が背を押した。

「これを見ていただきたいんです」

バッグの手帳から一枚の写真を取り出す。金田哲司が一人で写っているものだ。予想通り、立花が近づいてきた。

「この人に心当たりはありませんか？」

「いえ……」

ニシダの隣で立花も首を傾げる。金田の情報は取れそうもない。阿久津はやはりキツネ目の男の写真を出さなくてよかったと思った。出したが最後、大日の特ダネがマスコミ各社に漏れるのは間違いないだろう。

腕時計を見た。約束の時間まで残り四分を切っていた。たまに廊下から音が聞こえる程度の、乾燥した静かな部屋で阿久津は決断を迫られていた。

無線の音源を聞かせるか否か。録音時間は二分五十秒。標準語の男が吉高であると確認するのに十秒。だが、大日が犯人の無線記録を持っていると他社に知られる可能性は十分にある。万が一、音源を見つけられ、先に書かれたら目も当てられない。

阿久津は久方ぶりに抜き抜かれの薄氷の上に立った。もう一度腕時計を見てから、今日の成果について考えてみた。吉高と上東の名前。吉高の仕手筋にいた東大出の女。

足りない、と思った。

もうニシダに会うこともないのだと思うと、阿久津は踏ん切りがついた。バッグからICレコーダーを取り出すと、立花が慌てて「阿久津さん、録音はちょっと」と早とちりした。

「いえ、この取材の声は録ってませんし、録るつもりもありません。ニシダさんに聞いてもらいたい会話があるんです。よろしいでしょうか？」

ニシダは目に困惑の色を浮かべた後、しっかりと頷いた。

「お二人にお願いしたいんですが、今からお聞かせするこの音声については一切他言無用に願います。お約束いただけるでしょうか？」

立花とニシダは互いに目を合わせてから、阿久津を見て首肯した。

「これから男二人の会話を流します。よく声を聞いてください。いきます」

〈この交信は、昭和五十九年十一月四日のものです〉

人工音声が聞こえると、前の二人から身構える気配が伝わってきた。「ザー」と雑音が静寂をかき消す。

〈聞こえてますか。牛若丸、こちらテン丸〉

〈はい。良好です。テン丸、こちら牛若丸〉

牛若丸の声が聞こえた瞬間、ニシダが阿久津の目を見て首を縦に動かした。

裏が取れた。これが吉高弘行の声だ。そして、彼が犯行に関わっている可能性が高まった。

百万遍のコピー店のやり取りの後、雑音が鳴る。

〈ホープの仕込みはどうですか。牛若丸、こちらテン丸〉

〈事前の売りは手控えます。底値の買いです。派手にやると、もうそろそろ足つきます、どうぞ〉

〈了解。元手は大丈夫ですか、どうぞ〉

〈また頼んでみます、どうぞ〉

〈ユーさんの機嫌が悪いと聞きました、どうぞ〉

〈誰の情報です？〉

再び雑音が響く。阪神タイガースに続いて、コアラと「ロス疑惑」へと話題が移り、テン丸が傍受を察して二人が通信を終了したところで、レコーダーの停止ボタンを押した。

再生中、一言も発しなかったニシダと立花が息を吐いて、張り詰めていた空気に再び流れが戻った。

「阿久津さん、写真のときも思ったけど、よくこんなの見つけるね」

立花の質問は感想か探りか。どんな情報が金に結びつくか分からない兜町人脈を持つ男に対し、阿久津は笑って礼を言うに止めた。二人ともテン丸が金田哲司だと勘づいたかもしれない。

「この標準語の若い男、牛若丸は吉高さんの声ですか？」

「はい。ほぼ間違いないと思います。声も口調も吉高君のものです」

「ホープ食品の株の話が出てきましたが、随分警戒しているようでしたね」

「どうしても身元を隠して売買したい場合は、何よりも引き際が肝心です。ホープ食品は何件目でしたっけ？」

「四件目です」

「でしたらそれまでの三社で思ったほど利益が上がらなかったのかもしれません。本来引くタイミングのところで、まだ売り抜けを考えてますから。もちろん、達成のラインをどこに引くかにもよりますが」

「ニシダさんのお話を伺った感じでは、かなり腕のいい人間が集まった仕手筋に思えるんですが」

「儲けは出ていると思います。ただ、どんな約束で金主から元手を引いているかです。特に中央は金がかかりますから」

「中央？」

阿久津が聞き返すと、立花が「飯田橋からだと、有楽町《ゆうらくちょう》線で南へ三駅」と助け舟を出してくれた。

ニシダが腕時計を見たのを確認し、阿久津は立花と目配せした。タイムアップだ。ノートとレコーダーをバッグにしまった阿久津は、立ち上がるとまた、ニシダと握手を交わした。二人はこの場に残るようなので、一人で部屋を出た。

下りのエレベーターを待つ間、阿久津はスマートフォンで有楽町線の路線図を検索した。飯田橋から南へ三駅。「永田町《ながたちょう》駅」の文字を見たとき、大きな壁を前にしたようでため息が出た。それは壁というより、ブラックホールといった方がしっくりくる。

三十年前の記者たちも、或いはここまで辿り着いていたのかもしれない。そして、彼らをして闇に光を当てられなかったのなら、自分に出る幕などない。昭和史に残る大事件の犯人たちに辿りつけるかもしれないと思っていた自らの甘さを痛感した。平成の、この時代に生きる記者として、ここからできることなどあるのだろうか。阿久津は答えの輪郭すら描けないまま、エレベーターに乗った。

5

出掛ける直前になって、詩織が靴下を脱ぎ始めた。

「こらっ、何でそんな意地悪するの！」

亜美が叱りつけると、詩織は祖母の真由美を見てニヤリと笑った。どうやらいたずらの楽しさを覚え始めたらしい。真由美が詩織のそばにしゃがみ、「しぃちゃんはお利口さんやねぇ」と笑い掛けた。息子と義娘には口うるさいが、孫のことになるとふにゃふにゃになる。

亜美は二人の隣に膝をつき、娘が脱いだばかりの靴下を手にした。

「いやっ。バァバがはく、バァバがはく」

詩織は祖母にはかせてもらいたいようだ。

「もぅ、勝手にしっ！」

朝早くからお弁当の用意をしていた亜美は、寝不足のせいかいつにも増してイライラしていた。「そんなに怒らんでもええのにねぇ」と言って孫に靴下をはかせる義母を無視し、ダイニングテーブルの上にあった弁当箱を手にした。

曽根俊也は敏感に八つ当たりのリスクを察し、子どものお世話セットが入ったバッグや丸めたレジャーシートを持って玄関へ向かった。ガレージは店の正面玄関のちょうど反対側にある。俊也はハッチバックの背面ドアを開けて荷物を積んだ。不機嫌な妻が助手席に座り、母がその真後ろに腰を下ろす。その隣のチャイルドシートに詩織を座らせ、ベルトを締めた。

いつも通り慌ただしい朝になったが、目標にしていた時間に出発できた。「テーラー曽根」の定休日。俊也たちは京都市内の水族館に向かった。水族館は動物園と並ぶ、詩織のお気に入りスポットだ。

「あっ、これ郵便受けに入ってたよ」

信号待ちしているとき、亜美が自分のバッグから白封筒を取り出した。角張った特徴的な字で、住所氏名が記されている。差出人の名はなかった。

「誰から？」

亜美が封筒を覗き込む。俊也が首を傾げると、亜美は「怪しぃ」と言って笑った。リュックを後ろに積んでいたので、とりあえず上着の内ポケットに封筒を入れた。

三年前にできたばかりの水族館は工夫を凝らした展示が人気で、土日祝日は周辺の駐車場が確保できないほど混雑する。しかし「テーラー曽根」の定休は平日ということもあって、詩織はいつも施設内を自由に走り回っている。

「オーシャンショウブ！」

入り口すぐのところにあるゾーンは、京都の川の流れをイメージした淡水の水槽が並ぶ。詩織のお目当てのオオサンショウウオは、水槽の隅に十四以上折り重なっているので、遠目には大きな石にしか見えない。

「今日もいっぱいいるねぇ」

詩織が感心したように言って、水槽の前にへばりつく。

「詩織は変わってるねぇ」

亜美がオオサンショウウオの塊《かたまり》を見て眉を顰める。俊也もなぜ二歳の子どもが、こんな茶褐色の華のない生き物に夢中になるのかが分からなかった。

「しぃちゃんは偉いね」

孫が何をしても支持する真由美が目を細める。オオサンショウウオと同じく、詩織は目の前でしゃがんだまま動かない。キリがないと思った俊也は、詩織を抱き上げて先へ進んだ。

アザラシとオットセイを見た後、ペンギンゾーンで水槽越しに写真を撮る。この後、イルカショーを見に行き、出口近くにあるスーパーボールのガチャガチャをした。いつもと同じパターンだが、詩織は飽きることがないらしい。

正午近くになっていた。水族館は広大な公園に組み込まれていて、前には芝生広場がある。秋晴れで風が心地よく、家族連れがレジャーシートを広げるほか、学生がフリスビーをしたり、ギターを弾いたりしてはしゃいでいる。

俊也と亜美が一緒にシートを敷き、三段重ねの弁当箱の風呂敷を解いて、それぞれの蓋を開けていく。牛肉のしぐれ煮のにおいが鼻孔をくすぐり、すぐに反応して腹が鳴った。

「しぃちゃんおにぎり食べる」

子ども用につくった小さなおにぎりを一気に三つも手にしたので、大人たちが笑った。

「詩織、一つずつ食べていって」

亜美の小言など気にするふうでもなく、今度は卵焼きに手を伸ばす。

「ちゃんとフォーク使って」

母娘の小さなバトルは家の中だけではない。子どもといると食べ物に集中できないが、おかげで退屈もしない。

詩織は満腹になると、芝生の上を裸足で駆け出した。俊也は娘を捕まえて靴下と靴をはかせると、子ども用のサッカーボールで一緒に遊んだ。途中で加わった亜美がとんちんかんな方向へボールを蹴ると、詩織は嬉しそうに声を上げて追い掛けていった。

心から楽しそうに笑っている娘の顔を見ていると、胸の内が温かくなってくる。休みの日ぐらい家でゴロゴロしたいという気持ちもあるが、あの笑顔に敵うものはない。仕事も軌道に乗り、かわいい子どももいる。若いころはつまらないと思っていた平凡な幸せが、今はありがたかった。

俊也がシートの方を見ると、母がぼんやりと水族館を眺めていた。昔は自分と走り回って遊んでくれていたと思うと、母も年を取ったと感じて寂しくなった。表情に疲れが見え、俊也の目には顔色が悪いように映った。喉元すぎれば——というやつで、夏に血を吐いたことをつい忘れてしまう。声を掛けようと近づくと、先に詩織が真由美のもとへ走り寄った。

「ばぁば、しぃちゃんお医者さんしてあげる」

二歳の子どもにも伝わるものがあったのだろう。詩織は先ほどガチャガチャで出てきたスーパーボールを聴診器代わりにして、真由美のお腹に当てた。月に一、二回、小児科へ連れて行くうちに覚えたのだ。

「ありがとう。しぃちゃんは優しいねぇ」

頭を撫でられた詩織は喜んで「これ、あげる」と、気前よく祖母にスーパーボールを渡した。

「お母さん、大丈夫?」

俊也が声を掛けると、真由美は頷いて立ち上がった。

「ちょっとトイレ行ってくるわ」

「しぃちゃんも行く!」

亜美が引き止めたものの言うことを聞かず、結局、女三人でトイレに行くことになった。

俊也はシートの上に胡座をかいて、ペットボトルのお茶を飲んだ。ひと息ついたところで、車の中で亜美から受け取った白い封筒のことを思い出した。上着の内ポケットから封筒を取り出す。差出人の名がなかったが、消印の「堺」の字を見て胸騒ぎがした。自分と堺市との共通点と言えば「し乃」しかない。

一度、前方を見て三人の姿がないことを確認すると、俊也は慎重に封を切った。封筒の筆跡と同じ角張った字で「曽根俊也様」とある。差出人はやはり「し乃」の板長だった。便箋一枚で時候の挨拶もなく、「一つお知らせしたいことがあって」筆を執ったという。

――十月に入って、新聞記者の方が二度、店に来られました。彼も「ギン萬事件」を取材しているそうです。驚いたことにあの「キツネ目の男」の写真をお持ちでした――

俊也は息を呑んだ。新聞記者が取材している……。

一瞬の思考停止の後、痛んだ胃から逆流するように迫《せ》り上がってきたのは、紛《まぎ》れもない恐怖心だった。新聞記者が事件の真相に迫ろうとしている。なぜ今になってと自問したとき、ある可能性に気付いて寒気がした。

あのテープとノートのことが、どこかから漏れたのではないか。

俊也は早鐘を打つ胸を手で押さえて、無理に呼吸を整えた。やはり不用意に話すべきではなかったのだ。

三人が戻ってこないか前方を見ながらも、俊也の頭は回り続けた。

情報網ではとても太刀打ちできない。プロの記者が組織力をもって調べれば、自分の住所などすぐに突き止められるのではないか。現に彼らはもう「キツネ目の男」の写真を入手しているのである。

これまでの自分は過去を追う者だった。だが今、瞬時にして追われる者へと反転し、気持ちがついていかなかった。記者によって全てを暴かれることを想像した俊也は身震いした。発汗した手で便箋を持ったまま、何も持っていない左手を拳にして膝の上に置く。シートの上にあるスーパーボールが目に入り、何としてでも詩織を守らなければならないと思った。

板長が俊也と堀田のことを記者に話していないということがせめてもの救いだった。板長は——記者に電話して情報を得るのも、一つの手かもしれません——と書いてあったが、とてもそんな気持ちにはなれなかった。

——同封のものは、その記者さんの名刺です——

俊也は和紙でくるんであった薄い包みを恐る恐る開いた。そして、実際に名刺が出てきたことで退路を断たれた気がした。

俊也は食い入るように名刺を見て〝追跡者〟の名を確認した。

大日新聞文化部記者　阿久津英士――。

6

キャラメルの甘い風味の後に微かな苦みがある。普段、あまりコーヒーを口にしないが、これはうまいと思った。

俊也はマグカップをテーブルの上に置き、少し離れたところにいる河村和信《かわむらかずのぶ》を見た。スーツのズボンを手にしている河村は、丁寧かつ素早い手つきで〝仕事〟を確認していく。時折、右手の指でひょいっと老眼鏡を上げる様を見て、あぁそうだったと懐かしく感じた。

十月半ばの柔らかい陽が、仕事部屋の窓から差し込んでいる。河村はかつて「テーラー曽根」の発注を受けてスーツを縫っていた「外職」だ。三年前、俊也が経営方針を変えてから電話をかけても居留守を使われ、年賀状すら返ってこなくなった。

昨日、俊也が契約している職人の工房に立ち寄った際、河村が二ヵ月前に引退したことを聞いて、自宅を訪ねようと決心したのだった。こぢんまりとした家だったが、この作業部屋だけは広かった。作業台とアイロン台、顧客のカルテで埋まる壁一面の棚、使わなくなったハンガーが入った段ボール箱が置いてあっても窮屈には感じない。

「コーヒーはどう？」

急に声を掛けられ、俊也は少し言葉に詰まり「おいしいです」とありきたりの返事しかできなかった。熟練の職人を前に、未だ緊張が解けなかった。

「コーヒーメーカー買《こ》うたんや。嫁さんの淹れるコーヒーが一番おいしいと思ってたけど、こっちの方がうまいわ」

先ほど、河村の妻が一年前に亡くなっていたことを聞いて、俊也はショックだった。幼少のころから父に連れられて河村の仕事場に来ている。河村夫妻がまだアパートに住んでいたころからだ。丸顔の優しい奥さんだった。二人に子どもがなかったので、俊也はかわいがられたのを憶えている。

「お仕事を辞められたと伺ったので」

「あぁ、もう年やから。目が見えんのに加えて、思うように手が動かんようになった」

考えてみれば三十年以上、河村はスーツをつくり続けてきたのだ。日々、商売を続ける難しさに悩んでいる俊也は、頭が下がる思いだった。それと同時に、六十五歳の男やもめが、これからどうして暮していくのだろうかと心配になった。

河村は作業台の上にプレスのきいたズボンを置き、今度はポールに引っ掛けているハンガーのジャケットの前に立った。

スーツは堀田がオーダーしたものだ。生地はハリソンズ・オブ・エジンバラの「クリュ・クラッセ」。しなやかな肌触りと適度な光沢が特徴で、俊也自身、この生地のスーツを持っている。深みのあるグレーには大人の落ち着きがあるものの、裏地のダークブルーはパンチが効いていて、チェンジポケットや袖口のボタンを重ね付けするなど遊び心も忘れなかった。

俊也がここにスーツを持ってきたのは、父の親友で大切な顧客である堀田のオーダーということもあるが、何より河村に認めてほしかったからだ。時代に背を向けるように俊也との連絡を絶った職人に「いい物はいい」と言ってもらいたかった。

河村はスーツについては一言も漏らさず、〝仕事〟の確認を続ける。彼の技術や心構えに敬意があるからこそ、その言葉が怖かった。

「このお客さん、スポーツやっとった？」

俊也が頷くと、河村はジャケットをしげしげと見つめて「これ、堀田さん？」と言った。

「分かるんですか？」

ジャケットにはネームが入っていない。驚いて聞き返すと、河村は「体型といい、センスといい、堀田さんって感じやわ」と言って笑った。俊也はその顔を見て「テーラー曽根」で見習いをしていたときのことを思い出した。

ある予備校講師の服をつくったのだが、どうしても肩に入る皺が消えなかった。あれこれ試してみても皺が取れない。問題が起きても自力で解決するよう父に言われていたので、俊也はこっそり河村のもとへ向かったのだ。

話を聞いた河村は、ティッシュペーパーを一枚、箱から抜き出した。

「これが引っ張って入る皺、これが捩《よ》じれて入る皺、ほんで生地が余って出る皺がこれや」

河村は指先でティッシュペーパーを器用に動かして三種類の皺をつくった。それを見た俊也が「捩じれてできた皺やと思います」と答えると、型紙の切り方を教えてくれた。そして実際、言われた通りに型紙を変えると、魔法をかけたように皺が消えたのだ。俊也はこれが職人かと感嘆し、以来仕事に対しさらに謙虚な気持ちを抱くようになった。

俊也が仮縫いを止めたのは、これまで多くの服をつくってきて、皺の入り方のパターンを熟知しているからだが、その原点にはこのときの河村の教えがあった。そして、それがのちに河村が離れていく原因になったのは皮肉としか言えなかった。

「光雄さんは俺の恩人でね」

河村はハンガーを手にするとジャケットを外し、作業台にあったズボンを引っ掛けた。

「俺の家は元々酒屋やってんけど、親父が亡くなった後に店を改装してテーラーを始めたんや。当時二十七歳やった。でも、何にも考えんと店開いてもやっていけるわけないわな。それは今も昔も変われへん。何年かして借金が嵩《かさ》んでどうしようもなくなったから、泣く泣く家と土地を売ったんや。職も住むとこも無くなったけど、自分と母親とで食べていかなあかんかった。そんなとき、光雄さんが『店開くから』って声を掛けてくれたんや」

「父とは同じ洋裁学校でしたっけ?」

「そう。年は俺の方が何ぼか上やけど、同級生や。自分の店を畳んでからは、お直しとか細々やってたから、注文がようさん来てほんま助かったわ。何回か前借りしたこともあるしな。何よりスーツを縫えるんが嬉しくてしゃあなかった。一着丸縫いできたからな」

河村はスーツをカバーに入れ、チャックを上げた。

「開店当初は金銭的に苦しかったと思うんや。でも、光雄さんはずっと俺を使ってくれた。倉庫みたいなテナントで、二人してああでもない、こうでもないって話し合って、たまには一緒に生地を探しに行って。当時はしんどかったけど、楽しかったわ」

河村は懐かしそうな顔を見せた後「ほんま、ええ人から早く亡くなるな」と言って、ため息をついた。

親の優しさは、亡くなってから気付くことが多い。自らの子どもだけでなく、仲間のテーラーから感謝されている父のことが誇らしかった。そして改めて、父と「ギン萬事件」との間に距離を感じるのだった。

河村がスーツの入ったカバーを持ち上げたので、俊也は立ち上がってそれを受け取った。

「男ぶりが上がる、ええスーツや。これやったら、どこに出しても恥ずかしない」

「ほんまですか！」

俊也は嬉しさのあまり、大きな声を出してしまった。

「洋服に関しては嘘つかれへんからな。俊也さん、もうあなたの時代やから、筋が通ってると思ったら貫《つらぬ》き通しなはれ」

心のこもった言葉に、俊也は目頭が熱くなった。店を今の形にしたことに後悔はなかったが、この三年間、ずっと河村の影に怯えていた。

これでやっと本当のスタートが切れる。胸の支えがおりて、スーッと体が楽になった。

ここ一週間、「し乃」の板長の手紙、特に新聞記者の名刺のことが頭から離れなかった。朝まで熟睡できることはなく、ベッドの中で何度も寝返りを打った。いつ阿久津英土が目の前に現れてもおかしくない。静かな夜に一人で考えごとをしていると、雪だるま式に悪い考えが膨らんでいく。詩織は地元の学校に通えるだろうか。「テーラー曽根」の看板を下ろさなければならないのだろうか。

グーグルで阿久津を検索しても顔写真は一つも出てこず、ただ過去の記事が表示されるのみ。芸能系の記事が多くヒットするが、数年前には大阪で起こった事件・事故の原稿も書いている。姿が見えない分、気味が悪く、新聞記者の友人が一人もいないため、敏腕で情の薄い記者像が日に日に大きくなっていった。

自分でも気付かぬうちに、俊也は昔から知っている河村に頼りたかったのかもしれない。彼から父のことを聞いて安心したかったのかもしれない。

今日、河村から自分の仕事を認められて、俊也は少し落ち着きを取り戻した。初めから自分にできることは決まっていたのだ。家族を愛し、妥協のないスーツをつくる。

一介のテーラーにできることは、それだけだ。

第五章

1

背の高い防音壁が、意思を持って開いたような錯覚に陥った。

灰色の雲の下、鮮やかな緑の稜線が視界の領域を満たす。紅葉とは無縁の山々を前に、時速八十五キロを保って、名神《めいしん》高速上りの左車線を走る。京都東の出口を過ぎると、新たな街に入ったような気がした。

十一月十四日。この日、阿久津英士はどうしても現場に足を運びたかった。三十一年前の今日、ここで事件が起こったという事実を体の芯に叩き込みたいのだ。

阿久津の気持ちが駆り立てられるのは停滞する取材が原因で、東京でニシダと接触してから半月以上も有力情報が得られていない。

あれほど苦労して聞き出した固有名詞が、二つともフックにならなかったことは想定外だった。少なくとも上東忠彦は関西地下人脈につながると踏んでいただけに、阿久津のショックは大きかった。「ご存じないですか?」というニシダの口振りから、かなりの大物との印象を持ったが、まず鳥居がその名を聞いてもまるで反応を示さなかったときから嫌な予感はしていた。「再開発事業に一枚噛む」「都市銀行にも顔が利く」「建設関係の利権屋」。これほどきな臭い背景がありながら、マル暴と半島のアングラ系アンテナに引っ掛からないのは、特にこの関西においては説明がつかない。

一昨日になって、ようやくあるところから名前が出てきたものの、人定には程遠い情報だった。大阪府警捜査二課の元刑事が持っていた出資法違反事案の古いチャート図。消費者金融とのつながりを矢印で示されていた人物こそ上東忠彦だったが、立件できずに終わった事案だけに彼が果たした役割も不明で、生年月日すら書いていなかった。

――あれはえせ同和やったんちゃうかな。入札関係でもよう名前聞いたけど、パクるような話は聞かんかったで。本人は同和地区の出身でも何でもない。上東っちゅうのも偽名やったんちゃうかな――

取材メモにあった捜査二課OBのうろ覚えの話は、手掛かりとしてはあまりに心許なかった。今でこそほとんど聞かなくなったが、昭和の時代には人権を看板にして金をかき集めていた輩が少なからずいた。それに肝心の上東まで偽名とくれば、却《かえ》って真相から遠のいた気すらする。

鳥居に発破をかけられるまでもなく、阿久津はもどかしかった。金田、キツネ目の男、吉高、上東――。確かに特集の基準を満たす情報は得られている。だが、この中の誰とも接触できていない以上、記事は憶測の域を出ていない。

年末の連載開始まで、ひと月あまり。特捜も入っていない仕手筋の闇を解き明かすのは難しく、犯行に関わった者全員の相関図を完成させるのは不可能に近いだろう。しかし、本当に何もできないのか。阿久津はもう一度、現場を回ることから始めた。

社用車のフィットが大津《おおつ》サービスエリアに到着した。小型車用の駐車場が大方埋まっていたことには面食らったが、何とか空きを見つけて車を停める。外へ出ると、まず見晴らしのよさに目を奪われた。

北東へ扇形に広がる琵琶湖《びわこ》の景色が、このサービスエリアの目玉なのだろう。新しいベンチが計八つ。広い間隔で設置され、今はその全てが利用客で埋まっている。記念撮影する中国人客も数組あり、レストランや売店が入る建物も、まるで経年劣化の跡がなく美しい。高速道路の休憩所は、今やちょっとした観光地になっていた。

「感じて琵琶湖！」と書かれた地図の前まで来ると、阿久津は柵に手を置き、無言のまま湖を眺めた。曇り空ではあったが、微かな陽の光を反射する水面を白い遊覧船が進み、少し離れた地点で同色の帆を張るヨットが数艇、風に身を任せて浮かんでいる。

三十一年前にもこの美観は存在し、人々の目を楽しませていたに違いない。そして、キツネ目の男もまた、そのうちの一人かもしれなかった。

八四年十月上旬から下旬にかけて起こった、萬堂製品への青酸ソーダ混入による無差別殺人未遂事件。前例のない展開に新聞は連日一面で報道し、テレビもワイドショーで取り上げたり、特別番組を編成したりして国民の耳目を集めた。無論、週刊誌がこのお祭り騒ぎに便乗しない道理はなく、犯人グループは次第に「消費者の敵」として語られるようになる。

だが、皮肉なことに「くら魔天狗」にとっては、世間のパニックが格好の隠れ蓑になっていた。萬堂製菓の被害に焦点が当たる中、彼らは裏で新たな標的に牙を剝いていたのだ。

秋が深まる十一月七日、大阪市内のホープ食品幹部宅に一通の脅迫状が投げ込まれる。「ホープ食品事件」は、警察と犯人による事実上最後の攻防戦で、その序章となった脅迫状は長文だった。開始のホイッスルにしては間延びしていて、その文面の前半は幼い虚勢、後半はこと細かい指示であった。

【おまえの　会社　つぶすの　かんたんや　わしら　てっぽうも　ピストルも　マイトも　えんさんも　せいさんも　もってる　けいさつ　ピストル　だけや　わしらの方が　つよい】

犯人の指示の概要は、▽古い一万円札を用意し、バッグ二つに五千万円ずつ入れる

▽総務課員二人を、現金を積んだ白色のワゴン車に乗せる▽十一月十四日午後七時半に、京都市内の和食レストランで連絡を待つ▽関西の道路地図と京都、大阪の北摂地域、兵庫県の阪神間の地図を総務課員二人に持たせる▽同日午後八時に大阪府吹田《すいた》市内の出張所に連絡する▽十一月九日か十二日の午後八時に同出張所に電話する。金を出すなら指定の文言を言え――など。ここでも犯人たちは、菊池社長の肉声テープと青酸ソーダ入りのホープ製品のシチューを同封している。

ホープ食品の幹部は、奈良県内の同社研修所に集まって対応を協議。九日午後三時ごろに大阪府警へ届けた。その約五時間後に脅迫状にあった通りの電話が出張所にかかり、社員が指定の文言を告げて、警察指揮下の偽装裏取引が始まった。

一方、十三日午前一時十五分には、人質なき異例の報道協定が締結。判断が妥当であったか否かは、未だに意見が分かれるが、この捕物に懸ける警察の並々ならぬ気迫と被害企業の疲弊を考慮し、何より消費者の安全を取り戻すためには犯人逮捕が必須との結論から、メディア側も締結やむなしに傾いたのだ。

阿久津は府警ボックスに詰めていた水島から当時の話を何度も聞かされ、繰り返し取材メモも読んでいたため、三十一年前の「あの日」がまるで自分の記憶のように鮮明であった。

一九八四年十一月十四日午前十一時、捜査指揮を執る大阪府警は、報道協定下の記者へ向け捜査態勢を発表した。大阪・京都両府警と兵庫・滋賀・愛知《あいち》・岐阜《ぎふ》の四県警合わせて、捜査員計九百二十四人、車両計二百八台。一つの脅迫事件に対し、空前の規模の人員と装備を用意したのである。記者たちも八ヵ月に及ぶ夜討ち朝駆けで疲弊していた。彼らは警察の本気を感じ取り、各々が「犯人逮捕」の予定稿を頭に描いて〝その日〟に臨んだ。

大阪府警本部の二階は、全国紙五紙、通信社二社、ＮＨＫの計八社のボックスがあり、その向かいに広報室、隣の大部屋は普段、民放記者に宛がわれていた。大部屋の前には、記者が仮眠をとるベンチが並ぶ。しかし、この日劇場となったのは、ボックスの隣にあった会議室だ。ここに五、六十人の記者が詰めかけ、異様な熱気の中、スピーカーから流れる実況中継を待った。

大阪府警捜査一課長ら幹部が四階の総合対策室に入って約三時間後の午後六時十分、スピーカーから「現金輸送車がホープ本社を出発しました」とアナウンスがあり、長い一日が始まる。現金輸送のワンボックスカーには、総務課員に扮した特殊班捜査員と運転技術に長けた機動捜査隊員が乗車。いずれも三十代後半の精鋭だった。

約四十分後、輸送車は京都市内の和食レストランから約三百メートル離れた待機場所に到着。捜査員たちが客に扮して入店し態勢を整えた後、午後七時半前、駐車場に輸送車を停めた現金運搬役の特殊班員が店に入った。

午後八時二十一分、犯人は予告通りホープ食品の出張所の電話を鳴らす。受話器を握る同社幹部の耳元に流れたのは、幼い男児の声だった。

「京都へ向かって、一号線を、二キロ、バス停城南宮の、ベンチの、腰掛けの裏」

テープの再生は四回繰り返され、計一分十六秒で電話が切れた。大阪府警本部二階の会議室のスピーカーを通して「犯人から架電中」の情報が伝えられると、記者たちはどよめき、ボックスで聞いていた者たちも続々と集まるようになる。会議室に飛び込んできた府警参事官が、大勢の記者たちを前に、電話のテープは子どもの声だと告げると、すぐに走り去った。

警察対「くら魔天狗」の天王山の火蓋が切られたのだ。

午後八時半すぎ、犯人の指示があった城南宮バス停のベンチの裏に、茶封筒が貼り付けてあるのを運搬役の特殊班員が発見する。中には指示書と名神高速の大津サービスエリアの図が入っていた。特殊班員が胸元の超小型ワイヤレスマイクに向け、小声で指示書を読み上げる。

【おまえら　みはられとるで　名神こおそくどおろ　京都南インターに　はいれ　名ごや方面え　じそく85キロで　はしれ】

文面はさらに、サービスエリアの身体障害者用の駐車場に車を停め、観光案内板の裏に貼ってある手紙の通りにしろ、と続く。

この脅迫状の文面を聞いたとき、多くの捜査員は天を仰いだ。

大量の人員と車両を確保し、報道協定によって犯人逮捕への地盤を固めたかに見えた捜査本部だったが、実は一つの大きな不安を抱えていた。まだほとんど普及していなかったデジタル無線の配置先である。警視庁が持っていた無線機二十台を借りていたが、数が足りなかった。だが、もっと深刻な問題は当時全国に四台しかなかった「臨時中継機」を一台しか借りられなかったことだ。

犯人グループは事前に、京都から西方面の地図を用意するよう指示していたので、警察は生駒《いこま》山《やま》の上にこの中継機を置いた。もし東京にある残り三機のうち一機でも借りられていれば、比叡山《ひえいざん》の上にも設置できた。つまり、犯人が輸送車を東西どちらに振っても、盗聴の恐れのないデジタル無線で迅速かつ正確に連携が取れていたのだ。

「結局、東京の奴は国を守ることしか考えとらん。奴らはまず政治で物を考えよる。関西で何ぼ大きな事件が起きたっちゅうても、所詮は刑事事件という軽視があった。そうやなかったら、何で中継機を三機も東京に残しとかなあかんねん」

酒に酔った水島が吐き捨てるように言ったことは、今も続くこの国の現実だった。大阪といえど、一地方都市に過ぎないのだ。

この腰の引けた姿勢が、結果的に取り返しのつかない失態へとつながる。

本部は苦肉の策で、比叡山の上にアナログ無線を持った捜査員を置き、町の至る所にいる同僚へリレー形式で情報を送るようにした。

そして、まんまと裏をかかれたのだ。用意させた地図と逆方面に輸送車を誘導するという手口は、七月の又市食品事件でも使われ、十分予想される動きだった。要するに、二機の臨時中継機は必須だったのだ。

阿久津は売店やレストランが入る建物へ向かった。出入り口へ続く階段前にちょっとしたスペースがあり、キャスター付きの台に載せた八ッ橋を売っていたり、串焼きやフランクフルトのワゴン販売があったりして、利用客の目を引く。観光案内板はその奥、トイレの前にある鉄格子に取り付けられていた。

「滋賀の観光をもっと楽しく!」と、地図の絵の周りに写真付きで名所が紹介されている。もちろん当時の物ではないが、念のため写真に収めた。裏へ回ると、小さい啓発ポスターが四枚ほど額入りで掲示されていた。案内板の位置が変わっているので、ここに指示書が貼られていたわけでもないのに感慨深いものがある。それと同時に微かな違和感を覚えた。だが、気持ち悪さが残るのみで、それが何なのかはっきりとした輪郭を描けなかった。

阿久津は来た道を引き返し、並んでいる三つの電話ボックスを見た。実は三十一年前、ここ大津サービスエリアで緊急事態が発生していたのである。

現金輸送車がサービスエリアに到着する十分ほど前、先行隊の特殊班員が、夜にもかかわらずサングラスをかけた不審人物を発見する。公衆電話の受話器を手にしていたが話している様子はなく、観光案内板を凝視している。近付くと、サングラスの男が振り返った。その顔を見た特殊班員は、雷に打たれたような衝撃を受けた。

キツネ目の男だった。

銀縁のメガネが薄茶色のサングラスに替わってはいたものの、あの特徴的な釣り目までは隠せない。黒っぽいジャンパーと帽子。服装も全く異なるが、身長と年齢は一致する。特殊班員は確信した。なぜなら、彼は又市食品事件のとき、電車の中でキツネ目の男を見た捜査員の一人だったからだ。

「職質したい！」

車に戻った特殊班員は無線マイクを強く握り締めた。重要な犯行現場に二度も現れた。十中八九、犯人グループの構成員だ。警察が現認している唯一の被疑者であり、ここで取り逃がすと二度と顔を拝めない。

それは現場にいる他の捜査員も同じ気持ちだった。その実力で日本警察の最高峰と謳われた大阪府警捜査一課特殊班の面子《メンツ》を叩き潰した男が今、目の前にいる。犯人が挑戦状を出すたびに向けられる国民の冷ややかな視線、警察庁の管轄下で物一つ言えぬ現状、府警内部から聞こえる嘲笑。人一倍プライドが高い彼らは忍びに忍んだに違いない。

だが、そんなことよりも前代未聞の規模で青酸菓子をばら撒き、口にするかもしれない子どもたちを人質に取った犯人をこのまま野放しにはできない。「絶対にパクったる」と胸に誓い、現場に入った刑事たちの執念は、阿久津の想像を絶するほど強いものだっただろう。

しかし、職務質問は認められなかった。警察庁の方針はあくまで「一網打尽」。慎重な犯人はこれまで、現金奪取を試みるとき、必ず一度は瀬踏みをした。それは犯罪のプロとしての基本だが、今回は最初から金を取りにきた。犯人グループの内部で何らかの焦りがある——。捜査本部はそこにツキを感じ、強気で押した。現行犯で逮捕できる、と。

それは本当に正しかったのだろうか。

水島が悔しさを滲ませて話していたことを思い出した。

「ビデオの男の映像公開にしろ、ローラー作戦にしろ、警察庁主導の公安的手法の捜査は、犯人の動きを止めてしまうんや。『一網打尽』で職質を禁じたのも裏目に出た。警察官は組織内の水の中でしか生きられへん。だから現場判断で職質ができんかった。上の判断を仰ぐことで、最終的に『ワシが決めたんとちゃう』という安心感を得られるんや」

阿久津も同じ意見だった。結果論と言われようが、キツネ目の男に職務質問していれば、流れは変わっていただろう。人には必ず「敷鑑《しきかん》」がある。仮にキツネ目の男が黙秘を貫いても、彼の身元を特定できれば、人間関係の糸を手繰ることができたはずだ。二度も現場に現れた男に中途半端な尾行をつけることが正解だったのか。可能性の一つをそんなに簡単に捨ててよかったのか。

サービスエリアを南東に移動した阿久津は、駐輪場の奥にちょっとした通路を発見し、その先に下向きの急な階段があることに気付いた。幅約一・二メートルの窮屈な階段は、中央に錆びた手すりが走って左右を隔てている。

ここだ……。

薄暗く陰気な感じがする階段を一気に駆け下りた。傾斜の調整か、途中で平らな部分がある百十段の階段。この距離で三つの街灯は、少々心許ない。夜になるとさらに視界が悪くなるだろう。

階段の下にはフェンスの仕切りがあったが、戸が開け放たれていた。三ヵ所に貼り紙があり、この階段が関係者用通路であることを示していた。フェンス外の駐輪スペースに原付が三台。目の前は黄色いセンターラインが引かれた県道だった。

阿久津は県道側から階段を見上げた。サービスエリアから抜け出すことは十分可能だ。

あの日、捜査員が職質を希望し却下された後、別の刑事が尾行したものの、キツネ目の男は恐らくこのルートを使って闇に紛れた。今、同じ場所に立っていると思うと、水防倉庫でもそうであったように、犯人の息遣いが感じられて周囲を見回した。

一方の現金輸送車は、観光案内板に貼ってあった指示書に従い、草津《くさつ》パーキングエリアへ向かう。同パーキングエリアのベンチ裏には、おなじみの茶封筒が貼り付けてあった。

【これ　みたら　すぐ　うごけ　なごやの　方え　じそく60キロで　はしれ】

犯人は高速道路の左側の柵に白い布が見えたら車を停めるように言い、その布の下にある空き缶の中を見て、入っている手紙の通りにしろと指示する。

先行班が草津パーキングエリアから東へ五キロの地点で白い布を発見。輸送車は午後九時二十三分に草津パーキングエリアを出た。白い布の真下は県道が走っていたので、現金投下の可能性があった。

息詰まる頭脳戦もいよいよ佳境に差し掛かる。白い布発見の一報に、大阪府警本部に詰めていた記者たちも固唾を飲んで事態の推移を見守った。犯人逮捕か現金奪取か。

午後九時四十分ごろ、警察が白い布の半径一キロ以内の範囲で、人員と車両の配備を完了。時間稼ぎのために時速約四十キロで走行していた輸送車は、五分後に現着した。運搬役の二人は懐中電灯を片手に車から降り、高さ約二メートルのフェンスに布が括りつけられているのを確認。だが、肝心の空き缶がなかった。

「空き缶がありませんっ」

「車線上も探せ！」

「車がすごいスピードで近づけません！」

「必ずどこかにある。徹底的に調べろ！」

現場の捜査員と対策室の幹部は、無線で嚙み合わない怒鳴り合いを続けた。雨の降る中、二人は地面に這いつくばるようにして探したが、空き缶は出てこなかった。

午後十時二十分、捜査打ち切りが決定し、輸送車は現場を離れた。後に布はカッターシャツの切れ端で、同日午後八時五十分から同九時十八分の、二十八分間に取り付けられたことが判明する。実はこの「午後九時十八分」に、高速道路の下では全く別のドラマが始まろうとしていた。

白い布があった地点から約五十メートルの県道に、犯人が乗っているライトバンが停まっていたのだ。その運転席の窓に懐中電灯の光を当てたのは、滋賀県警の機動警察隊員だった。

「突然すごい大きな音がして、最初はね、何かが店にぶつかったと思ったたって。父はそう言ってましたね」

「ぶつかった？」

「ええ。表の自販機か何かに。でも、後にね、車のドアをおもいきり強く閉めた音かもしれんと」

「それは犯人が？」

「だと思います。ドアを『バン！』って。警察も事情聞きに来てましたし、もちろんマスコミの人も。最後は数年前に週刊誌の人が電話かけてきてましたね」

タバコ屋の店主はまだ若く、阿久津と同年代だった。店はアーケード商店街の南端に位置する。昔は薬局も兼ねていたが、今はタバコのみの販売で、先代は二年前に他界したという。

2

JR草津駅近くにあるこの商店街は、昼間からシャッターを下ろす店も多く、お世辞にも活気があるとは言えない。それはどこの地方都市にもある光景だが、今いる元薬局の店舗前だけは特別だ。とりわけ「ギン萬事件」を追う記者にとっては。

斜めから入る陽が、白抜きで「たばこ」と書かれた赤い立て看板を気怠そうに照らす。角地にある店には三つのドアがあり、開いているのは中央のタバコ屋のもののみ。以前は薬局だったであろう右側のドア、自動販売機とポスターで埋められた左側の引き戸は、既に人を受け付けていない。

事件当時の住宅地図を用意していた阿久津は、直当たりする前に周辺の商店を確認していった。結果、三十一年前の店が案外残っていることに気付いた。

行き来する自転車がゆっくりとしたスピードですれ違う。阿久津は店主に礼を言ってから、写真撮影を始めた。高速道路を主な舞台にして展開した現金奪取のせめぎ合いは、意外なことに、この何の変哲もない商店街を着地点にした。三十一年前の夜、犯人はここでライトバンを乗り捨てたのだ。

輸送車が草津パーキングエリアへ向かって名神高速を走っていたころ、滋賀県警の機動警察隊のパトカーが県道に停まる不審車両を発見した。このとき、パトカーには三人が乗車していたが「名神高速とインター付近には近づくな」という指示があったのみで、ホープ食品事件については知らされていなかった。

件《くだん》の県道は幅約五メートルと狭い上街灯もなく、夜間の交通量も少ない。パトカーは白いライトバンに横づけし、助手席から懐中電灯で運転席を照らした。光の輪の中に浮かんだのは、無精髭をはやし、頬がこけた四十歳ぐらいの男。前が紺色で側面が黄色のセーターらしきものを着て、がっちりとした体型だった。帽子をかぶり、イヤホンをしていた。不意に照らされ、男は天井に頭を打たんばかりに飛び上がったという。

　急発進したライトバンをパトカーはサイレンを鳴らして追跡。名神高速の高架下トンネルを東へ抜けるとすぐに右折して、当時の栗東《りっとう》町営下戸山《しもどやま》住宅地を通り抜けて再び名神高速の高架下トンネルを今度は西へ潜り、草津市街へ向かった。

「止まれ！　止まれ！」

　不審車の約三十メートル後方で、パトカーの助手席に座る巡査がマイクで叫び続ける。ライトバンは真っ暗な田園地帯、雑木林、暗い小路を信じられないほど高度な運転技術で進む。草津川沿いの堤防道路から小さな橋を渡って対岸の道へ。旧宿場町の落ち着いた街並みを時速約八十キロの暴走車が突っ走り、サイレンを鳴らすパトカーが続く。だが、追跡開始地点から西へ三・七キロの三叉路《さんさろ》で、機動警察隊はライトバンを見失う。この間、不審車両のブレーキランプが灯ったのは、たったの一回だったと言われている。

　阿久津は東海道と中山道《なかせんどう》の分岐点に当たる三叉路の真ん中で住宅地図のコピーを広げた。先ほどまでいた元薬局からは、旧草津川のトンネルを抜け約三十メートルの距離だ。

川がなくなったのか……。

草津川は「ギン萬事件」時効の二年後に廃川となっている。阿久津は止まった川の流れに時の流れを感じた。地図を見る限り、近くにあと一つ三叉路があったものの、表記のある階段は廃川の影響で通行止めになっていて、近づくことができなかった。或いはここで見失ったのかもしれない、とまだ見ぬ三叉路を地図の上で睨む。その後、再び元薬局の前に戻った。

先代の店主はドアが閉まった音と記憶していたが、放置されていたライトバンは運転席のドアが開け放たれ、エンジンがかかったままだった。機動警察隊が車両を発見したのは午後九時二十五分。名神高速を走る輸送車が、草津パーキングエリアを出た直後だった。

その後、緊急配備中に自転車に乗った不審な男らが職務質問から逃亡しているが、いずれもライトバンの男とは別人とされる。滋賀県警が大阪府警の捜査本部へ「参考までに」と事の顚末《てんまつ》を報告したのは、午後十時二十分ごろ。特に大阪府警の反応はなかった。

午後十一時四十五分に草津署周辺九署の緊急配備が解除されたものの、ライトバンの位置と白い布との距離を調べ直した結果、二キロだった判断が五十メートルに変わり、五分後に再び緊急配備。だが、時既に遅しであった。

ライトバンの遺留品は計十四種、二十五点。バッグや帽子、小型クリーナーのほか、特筆すべきは改造無線機があったことだ。警察無線が傍受できるようにしてあり、発見当時は滋賀県警の周波数にセットされ、スイッチがONのままだった。体毛は見つかったが、指紋は検出されず。後にライトバンは盗難車だったことが判明する。

そして、この八四年十一月十四日が「ギン萬事件」の最後、第三のピークだと阿久津は考える。警察が犯人に最も肉薄した日だと言っていい。

警察は勝者なき戦いの敗者となった。本来なら翌日の朝刊に一部始終が掲載されるところだが、大阪府警は失望して怒りを露わにするマスコミに頭を下げ、報道協定の延長を要請。「ライトバンを追跡したのは普通のパトカーなので、犯人は未だ偽装裏取引に気付いていない」というのが彼らの理屈であった。マスコミ在阪八社の社会、報道部長の緊急会議は激論の末、協定の延長を決めた。

だが、現金奪取未遂事件から一週間後、左翼系新聞が国鉄大阪駅前で号外を配布。事件と報道協定の内情を暴露した。現代ならSNSにより一気に記事が拡散したかもしれないが、ネット社会の到来前は良くも悪くもメディアが情報を制御できた。発行部数の少なさと社会的影響力を考慮して警察とマスコミはこの報道を黙殺する。

犯人側は十一月二十四日、在阪の全国紙三紙に挑戦状を送付した。その中で、京都・百万遍のコピー店を利用したと明かした上、一ヵ月以内に大阪、もしくは兵庫の会社と裏取引すると予告。また、犯人は同じ日に、週刊誌上で「脅迫を止めるなら自分が一億二千万円を出す」と呼び掛けた作家へ手紙を送り【わしら　こじきや　ない】【金　ほしければ　金もちや　会社から　なんぼでも　とれる　金の　ない　もんから　金　とる気　ない】と半端な義賊を気取り、最後に【わしらの人生　くらかった　くやしさばかり　おおかった　わしらがわるく　なったのも　みんな世の中わるいんや　こんなわしらに　だれがした　あすはわしらの　天下やで】と締めくくった。

結局、十二月十日発売の月刊誌が事件を取り上げることが分かり、同日、なし崩し的に報道協定が解除。マスコミ各社はうっぷん晴らしのごとく警察の「大失態」と報じ、事情を知らなかった滋賀県警機動警察隊のライトバン追跡を「取り逃がし」と表現した。犯人側は一週間後に在阪報道機関に送った十三通目の挑戦状で、大阪府警を揶揄するとともに【マスコミかて　えらそうな　こと　ゆえへんで　まえの　報道きょうてい　あれ　なんや　報道のじゆう　の　じさつ　やないか】と批判した。

翌年の一月二十六日、ホープ食品の工場長の自宅に脅迫状が投げ込まれ、現金二億円を要求。指定日の同月二十九日、社員に扮した捜査員二人が犯人の指示通りに大阪府豊中《とよなか》市内の喫茶店で待機した。しかし、同社名古屋支店の電話で流された子どものテープの声が雑音で聞き取れず、動くことができなかった。後に大阪市営地下鉄の出入り口シャッターや同市内のビルに指示書が貼り付けてあったことが判明する。

二月二日、犯人は脅迫状にてホープ食品への取引中止を宣言。結局、四件目の企業からも何も得られなかったことになる。

阿久津は元薬局の店舗前に立ち、自分のデジカメで撮影した画像を見ていた。撮り残しはないかと、次々と画像をスライドさせている間も、無意識のうちに事件のことを考えていた。

奴らはツイていたのだ。デジタル無線の件しかり、警察の連携ミスしかり。城南宮のバス停のベンチ裏に何かを貼り付けていた男が、京都府警の捜査員に目撃されていたという話もある。だが「大阪府警の事件」ということで、男は尾行されなかったという。

デジカメをバッグにしまった阿久津は、近くのコインパーキングに停めてある社用車に向かった。旧宿場町の街並みを歩いているとき、先ほど大津サービスエリアで覚えた違和感を思い出した。そして「滋賀県警」という言葉が浮かんだ瞬間、ハッとして足を止めた。

頭の中で再生されたのは「ギン萬事件」を題材にした、あるドキュメンタリー番組の映像。滋賀県警の捜査員がベンチに座り、指示書を貼り付ける動作をしている。同番組で新たに発掘された事実。高速道路上の仕切りは大阪府警だったにもかかわらず、実は滋賀県警が大津サービスエリアや草津パーキングエリアに捜査員を極秘潜入させていたというものだ。映像を見ていた阿久津は「自分たちのシマは自分たちで守る」とする刑事の意地に感銘を受けたが、今気になるのはそういった抽象的なことではない。証言そのものに引っ掛かりを覚えた。

それは二つの〝事実〟のズレだった。

阿久津は「違う」と漏らすと、車まで全速力で走った。前へ進むごとに心の声が大きくなっていく。違う、違うのだ。取材バッグのベルトが肩からずり落ちるたびに、元の位置に戻す。しかし、そんな煩わしさなどどうでもよかった。

約二百メートルを走り切り、コインパーキングに入った瞬間、リモコンでロックを解除した。運転席を通り過ぎ、後部座席のドアを開けて取材バッグを放り投げる。咳をしながら呼吸を整え、資料入れにしているボストンバッグのファスナーを開けた。ファイルやノートをかき分けて取り出したのは一冊の黒い本だった。帯にキツネ目の男の似顔絵がある。この本は、反響のあったドキュメンタリー番組を大手出版社が書籍化したものだ。番組の内容がそのまま本になっている。

ちょうど真ん中辺りに、ホープ食品事件で滋賀県警が実施した知られざる捜査がまとめられている。阿久津は、大津サービスエリアで「キツネ目の男を見た」という県警捜査一課の刑事に関する記述を注意深く読んだ。この捜査員は大阪府警の先行班がサービスエリアに到着する前から警戒態勢を取っていて、まず、レストランでキツネ目の男を目撃する。跡をつけると、キツネ目の男は尾行確認のために、入ったばかりのトイレでUターンしてすぐに戻るというような不審な動きを続けたという。そして、男は屋外のベンチに座り、ひと目で犯人だと分かるような行動をとる。捜査員は「一所懸命何かを貼っている状態が確認できた」と言っている。

阿久津はこの本の巻末にある事件の時系列表を見た。十一月十四日の午後八時五十七分の箇所には「大津サービスエリア着。高速道路周辺案内図板の裏に指示書」。

「やっぱり……」

阿久津はもう一度刑事の回想部分を読んだ。彼はキツネ目の男が「ベンチの裏」に指示書を貼っていたと話していて、ページをめくるとベンチに座る捜査員が当時の状況を再現している白黒写真が載っている。だが、実際指示書が貼り付けられていたのは、いわゆる「観光案内板」の裏だったのだ。

このズレは何だ――。

本を読み返しても、この相違点に触れている部分はない。もちろん番組がＤＶＤ化された本編映像にもそのような解説はなかった。この矛盾はどう説明すればいいのだろうか。

キツネ目の男がベンチの裏に指示書を貼るふりをして、その後に観光案内板の裏に移動したのか。しかし、城南宮のバス停ベンチにあった最初の指示書に、既に「観光案内板の裏を見ろ」と書いてあるのだ。キツネ目の男がわざわざ目立つように、ベンチで不審な動きをしても、捕まえられるリスクが高まるだけである。これは尾行を確認したトイレでのUターンと明らかに質の違う行動だ。何度考えても説明がつかないのである。

では、この刑事が嘘をついているのか。目立ちたいがために、テレビカメラの前にしゃしゃり出てきたのか。それは考えにくい、と阿久津は思った。彼は三十一年前、上司に同様の状況を無線で報告している。このような重大事件で虚偽の報告をする可能性は極めて低い。

本を持ったまま後部座席に腰を下ろした阿久津は、目を閉じて背もたれに体を預けた。そのまま数分頭を整理した後、可能性が一つの枠の中へ収斂していった。その答えに阿久津は身震いした。予想だにしなかった、犯人側の動き。

キツネ目の男は、二人いたのではないか――。

スマートフォンを手に取り、事件デスクの直通番号を押す。相手を威圧する「大日新聞社会部」の声が聞こえる。

「阿久津です。あのっ、笑わないで聞いてほしいんですけど……」

鳥居が相手ということもあり、事実を積み重ねできるだけ理路整然と考えを話した。相槌一つ打たない事件デスクに気圧されながらも、懸命に持論を展開する。そして、最後に「キツネ目の男が二人いるのではないか」と結論付けたところで、「ちょっと待っとけ」という鳥居の声と受話器をデスクに置く音が聞こえた。

素早く紙をめくる音がする。阿久津は今さらながら、自分の脈がかなり乱れていることに気付いた。二百メートルも全力疾走したからではない。闇を照らす光を手にしたかもしれない、という興奮に、どっぷりと浸かっているのだ。

「やっぱりそうや」

やや強張った鳥居の声がして、阿久津はすぐに「何がです？」と聞き返した。

「当時の取材メモによると、大阪府警は最後までキツネ目の男の似顔絵公開を渋っとった」

意外かもしれないが、あの有名な似顔絵が公開されたのは一九八五年の一月十日。ホープ食品事件の約二ヵ月後だ。

「似顔絵は大阪府警が最後まで隠しとったらしい。察庁は知ってたかもしれんけど、他の府県警にはギリギリまで見せてない、と」

「えっ、滋賀県警にもですか？　この刑事がキツネ目の男の顔を事前に知らなかった可能性がある、と？」

「そういうことや。不審者やから尾行した。つまり、ベンチの男が別人の可能性もある」

そのとき、阿久津の頭に別の光の筋が見えた。

指示書も二枚あったのではないか――。

3

曇ったフロントガラスの向こうで、オレンジ色の街灯がぼやけて見える。

季節は確かに冬へ近づいていた。車内は密閉されていたが、コートとマフラーだけでは頼りなかった。

午後九時過ぎ。エンジンを切ったホンダ・フィットの運転席で、阿久津は欠伸《あくび》を噛み殺した。夜討ち朝駆けの日々を過ごすのは、大阪社会部で所轄キャップをしていたとき以来、五年ぶりだ。やはり、何度経験してもきついものがある。三十代半ばの体には負担が大きく、加齢を実感するが、それよりも精神的なダメージが大きかった。警察だけに限らず、取材は基本的に人間関係である。面識のない人間が訪れても歓迎されることはまずない。追い返されるか、あしらわれるか二つに一つ。

今日はどっちだ。

虚しい日々を送るうちに、いつもの自分に戻りつつあった。

キツネ目の男が二人いて、指示書も二通あったのではないか、という仮説を立てた六日後の週末。阿久津は段々その考えが突飛で現実離れしたものだと思い始めていた。

鳥居に電話した翌日から、大日新聞大津支局近くのウィークリーマンションを借りて裏付け取材を始めた。無論、社会部事件デスクからの指令である。今は大津支局の二年生の女性記者に手伝ってもらい、「ギン萬事件」に関わったOBを中心に当たり続けている。朝は一人だが、夜は三、四人の家を回る。だが、結果は散々だった。

「んな、あほな」

ここ六日で一番聞いた言葉である。元刑事たちにそう言われるたびに、阿久津は自分が荒唐無稽なことを尋ねている気になった。

前方に大きな光を感じた。車のヘッドライトが対象の家の前を照らしている。阿久津は手のひらで少しだけフロントガラスを拭いた。エンジンをかけたまま止まっている車から男が降り、ガレージの伸縮門扉を開けた。小柄な男だ。

車が駐車場に入るのを確認して、阿久津は表に出た。外の風はさらに冷たかった。伸縮門扉を閉めている男に声を掛ける。

「すみません、時田《ときた》さんでいらっしゃいますか？」

振り返った男が驚いた顔を見せて「そうやけど」と警戒する様子で答えた。髪はほとんどが白く短い。資料には一九四八年生まれと書いてあったが、年相応といった感じだ。

「突然、恐れ入ります。大日新聞の阿久津と申します」

名刺を渡して「ギン萬事件」の取材をしていることを告げる。時田はホープ食品事件で捜査に加わった刑事の一人だ。

「あぁ、あんたか。変なこと聞き回ってる記者は」

「変なこと？」

「キツネ目の男が二人おるとか、どうのこうのと」

時田の顔には嫌な笑みが浮かんでいた。既に阿久津の噂が刑事ＯＢの間で広まっているということだ。あまりいい流れとは言えない。

「そんなあほなことは、まずないで。漫画とちゃうねんから」

時田は阿久津が当てる質問を既に把握しているようだった。本日三軒目の夜討ちも失敗に終わった。

「あんた、文化部なんやろ？　何でこんなことしてんの？」

文化部の記者など相手にできるか、といったところか。だが、今後のことも考えて年末企画のことを丁寧に説明する。これ以上、妙な噂が出回るのも困る。

「寒いから風邪ひかんように気ぃつけや」

時田がドア奥に消えるのを見送ってから車に戻った。今日はもう、打ち止めだ。

ノートパソコンの電源を入れ、メールボックスをチェックする。新着五件のうち、英語の件名が一つあった。

——About my beautiful journey——

ロンドンのコリンからだった。「私のすばらしい旅について」というタイトルからバカバカしい内容なのが分かる。案の定「とうとう日本へ旅立つ決心をした」コリンが「日本の芸術的なポルノスターに会える場所」を探しているとのことで、阿久津に案内役を依頼するものであった。「このすばらしい旅が成功するか否かは、サムライ・アクツ次第」らしい。そして、AV女優を紹介してほしい一心からか「シェフィールドの話は嘘ではない。ソフィーは今も中国人と住んでいる」というデタラメまで書く始末。何でそんな面倒くさいことを引き受けなければならないんだと鼻で笑う一方、日本を見てコリンがどんな反応を示すかを観察するのは、案外楽しいかもしれないとも思った。

もう一通「藤嶋《ふじしま》です」という件名のメールも気になった。クリックして文面を目で追うと、シェフィールドの大学で世話になった男子大学生からだと分かった。ソフィー・モリスの居場所を教えてくれたさわやかな青年だ。藤嶋優作《ゆうさく》という名前らしい。

日本に戻ったときに新聞業界についての話を聞かせてほしい、という内容で、本人の連絡先が記載してあった。

偶然〝イギリス人脈〟からのメールが重なり、少し息抜きになった。だが、さすがに今すぐ返事を書く気力は残っておらず、ノートパソコンをバッグにしまう。続いて車のエンジンをかけた阿久津は、吹き出し口から流れてきた冷たい風に顔を顰めた。サイドブレーキを下ろし、ギアに手を触れようとしたとき、ジャケットのポケットの中でスマートフォンが震えた。応援でついてもらっている大津支局の二年生記者からだ。

「あっ、お忙しいところすみません。岸谷《きしたに》です」

岸谷玲子《れいこ》の澄んだ声に「お疲れさま」と返す。年次に開きはあるが、無理を言っているのは阿久津の方なので、極力丁寧に接している。

「今、刑事さんのご遺族のお宅にお邪魔してるんですが……」

家に上がっているのか、と阿久津は純粋に驚いた。今どき、記者を家に上げる刑事や家族はほとんどいない。しかも「ご遺族」ということは、玲子の社歴から考えると初めて当たった可能性が高い。それで家にまで入ってしまうのだから、大したものだ。

「少し気になる手帳が出てきまして」

「遺品の手帳ということやね？」

「はい。ちょっと見ていただきたいんです」

「今から、行ってもいいの？」

「ええ。阿久津さん、大津市内ですよね」

現在地を伝えると「それなら十五分もあれば」とすぐに返ってきた。奈良《なら》の出身らしいが、二年の勤務生活で大津の地図が頭に入っているらしい。遺族宅の住所を聞き取った阿久津は、電話を切ってからカーナビに目的地を入力した。所要時間は十二分。県人口の半数が住むという湖南《こなん》地域だ。

運転中、相性が悪いはずの空腹と眠気が同時にやってきた。ラーメンと栄養ドリンクでエネルギーを補いたかったが、夜遅くまで先方を待たせるわけにもいかず、気が急《せ》いた。

ほぼカーナビが弾き出した時間通りに遺族宅に到着した。ガレージにあった二台の車は、トヨタのクラウンと日産のマーチ。マーチのナンバーを見て、玲子の社用車だと分かった。後輩はちゃっかり駐車場まで借りていた。

家はなだらかな三角屋根で横幅があった。五十坪はあるだろうが、見たところ一階がない。ガレージの左横に、阿久津の背の高さほどの白い門があり、門から玄関まで階段が延びている。パーキングを探す余裕がなかったので、駐車場の前に車を停めた。白い門の横に聞いていた通り「中村《なかむら》」の表札。その真下にあったインターホンを押した。返事より先に階段上のドアが開き、遠目からでもがっちりとした体型だと分かる男が姿を現した。

「夜分に申し訳ありません。大日新聞の阿久津です」

「あぁ、遠いところをわざわざ。車はそこに置いといてください。どうぞ」

中村の言葉に甘えて路上駐車させてもらい、阿久津は門を開けて階段に足をかけた。

玄関で出迎えてくれた中村は見たところ四十前後で、季節外れのTシャツ一枚であった。逞《たくま》しい腕には幾本もの筋ができている。阿久津が再びおとないを詫び、名刺を手渡すと「お役に立てればいいんですが」と白い歯を見せた。

靴脱ぎ場の左端にはサンダルや少し汚れたスニーカーなどが五足ほど並んでいて、上がり框《かまち》の前に小さなパンプスが揃えてあった。玲子のものだろう。傘立てに金属バットがあるのは護身用か、それとも野球少年の息子でもいるのか。

決して新しくはないが、清潔で気持ちのよい住まいだった。フローリングも細かな傷はあるものの、掃除が行き届いている。中村は玄関先の廊下を進み、右手のドアを開けた。

「少し散らかってますが」

コートとマフラーを腕に、取材バッグを肩にそれぞれ引っ掛け、阿久津はスリッパを履かずに靴下のまま歩いた。幸い緊急の滋賀暮らしが始まったため、下着類は新しいものを買い揃えていた。この黒い地味な靴下も、今日下ろしたばかりだ。

リビングはダイニングとの仕切りがなく、広々としていて三十畳はあるだろう。照明も三つあり、リビングのものはシャンデリアだった。

「あっ、お疲れさまです」

グレーのパンツスーツ姿の玲子が立ち上がって、ペコリと頭を下げた。リビングにある大きなL字形ソファーの前にガラスのローテーブルがあり、そこにノートやメモ類、写真などが雪崩を起こしている。あれが捜査資料だろう。

その玲子の後ろで、小柄な女性が丁寧にお辞儀した。

「妻です」

中村は気恥ずかしそうに奥さんを紹介した。ストレートの長い髪が印象的で、落ち着いた雰囲気はあるものの、阿久津は自分より若いのではないかと思った。

「この度は夜分にお邪魔しまして申し訳ありません」

「いえいえ、どうかお気遣いなさらずに。コーヒーを淹れ直してきますね」

防寒具を載せたバッグを傍らに置き、阿久津はソファーに腰を下ろした。布張りだが、クッション性がよかった。

「素敵なお宅ですね」

阿久津の対面にアームチェアを運んできた中村は、それに座ると「この前リビングをリフォームしたんですが、息子がいますので、あっという間に汚れると思います」と嬉しそうに話した。

「お子さんは野球を？」

「ええ。よく分かりましたね。今、小学六年で、塾より球を追い掛けている方が性に合ってるようです」

「すばらしいですね。自分が運動音痴なもので、スポーツができるっていうのは羨ましい限りです」

社交辞令の合間に、玲子が「中村さんは社長さんなんですよ」と割り込んできた。中村は「いえ、吹けば飛ぶような……」と手を振ったが、満更でもなさそうだった。その後も玲子は、彼が経営するバーが滋賀県内に二店舗、京都府内に三店舗、さらに現在は大阪の梅田《うめだ》にも出店準備中であることを話し、嘘か真《まこと》か「自分も行ったことがある」と続け「内装に雰囲気がある」だの「グラスがお洒落」だの言って、企業家の心をくすぐった。

なるほど、これはネタが取れる記者だ。

阿久津は嫌味にならない程度にヨイショする玲子の聡明さに感心した。やや浅黒いが、見方を変えれば健康的で、パッチリとした二重瞼の目にも愛嬌がある。

「お待たせしました」

奥さんがリビングのテーブルに、三人分のカップとミルクなどを置いた。上品なソーサーの上で湯気を立てるコーヒーから、心が和むようないい香りが漂う。資料が散らばっていても、テーブルが大きいので窮屈さがない。阿久津は「金持ち喧嘩せず」が分かったような気がして、ほんの少し口の端を上げた。

「ちょっと、ショウちゃんの様子を見てきますね」と言った奥さんに、中村は軽く手を挙げた。野球に夢中になっている息子のことだろう。

場が落ち着いたところで、阿久津は早速手帳のことを切り出した。

「あっ、これです」

テーブルの上から玲子が取り上げたのは、手帳サイズのノートだった。隅が破れている黄ばんだ表紙に「S59.2〜60.1」とサインペンで書かれている。

パラパラと捲ると、水島の取材ノートのように難解な鉛筆書きの字が並ぶ。まとめるというより、聞いたことをそのまま記録しているような感じがする。たまに手書きのチャート図も出てくるが、暴力団関係の情報が多い。

「お父様は暴対ですか？」

「ええ。所轄の刑事でして」

息子から意外な答えが返ってきた。阿久津はてっきり、滋賀県警本部の捜査一課とばかり思っていた。署の規模にもよるが、所轄の暴力団担当は刑事課か刑事二課に所属し、管内の組事務所の情報収集に当たっている。なぜ「ギン萬事件」に所轄の暴対刑事が出てくるのか。

「気になったのは、ここなんです」

玲子が阿久津の持つノートを指差した。

見開きが白紙になっている。いや、正確に言えば、左上の日付の欄にだけ「11.14」の数字が入っていた。そして、明らかに字を消した跡が残っている。阿久津は表面を光に照らして、微かに凹んだ部分を解読しようとしたが叶わなかった。

「あかんなぁ……」

「鉛筆でこすってみます？」

中村の提案に、玲子が待ってましたとばかりに「いいんですか？」と身を乗り出す。中村がすぐに立ち上がり、ダイニングにある電話台から六角形の鉛筆を手に取った。

「私は不器用なんで、阿久津さんがやってください」

礼を言って鉛筆を受け取った阿久津は、一度玲子の方を見てから、指揮者がタクトを持つように持ち替えた。力を抜いてゆっくりこすり始める。「サササ……」という小気味のいい音がして、手帳が薄く黒くなっていく。

「微妙、ですね……」

玲子の感想に阿久津は唸った。見開きの左側は真ん中辺りに「京都」、右側は下の方に「もぬけ」の字が浮かんだ。

「京都、もぬけ、ですか……」

中村も釈然としない様子だった。鉛筆を持っただけで責任を感じた阿久津は「京都にアジトでもあったんかなぁ」と強引な解釈をしてみせた。隣の玲子は首を捻ったが、正面のアームチェアに座った中村が「なるほど……」と漏らした。

「この日の夜のことって、さすがに覚えてませんよね」

「いやぁ、分かんないですね。母も父より先に亡くなっていますし、弟は私より小さかったので」

阿久津は刑事の父がいつ亡くなったのかも知らないことに気付いた。改めて聞くのも間が抜けていると思い、この状況を何とか次につなげられないかと考えた。玲子は諦めきれないのか、黒くなったノートの表面を光に照らしている。

「中村さん、当時、お父様と仲良くしておられた刑事仲間の方はおられませんか？」

質問の意図を察した様子の中村が、無言のまま頭を抱えて真っ白な天井を見た。阿久津は言葉を挟まず、答えを待った。

「そうですね……。一人、心当たりがあるんですが」

ダメ元のお願いだったが、意外な反応が返ってきた。

「その人も署の暴力団担当の方ですか？」

「いえ、その方は県警本部の暴対です。元々は父の部下だった人で、父を慕ってくれてまして、今でも私のお店によく来ていただいてるんです」

「最近、会われたのはいつですか？」

「えぇっと、五日ほど前ですかね」

これは脈あり、だ。

再び目を合わせた阿久津と玲子は、申し合わせるでもなく、深々と頭《こうべ》を垂れた。

4

エアコンが吐き出す風の音が聞こえるほど、場が静まり返っていた。

午後七時まで三分を切った。中村家のリビングにいる阿久津は、L字形のソファーに座り、長い指でシャーペンを回していた。

隣に玲子、その奥に大津支局の男性記者が座っている。〝書記係〟として応援を頼んだ八年生記者だ。離れたダイニングテーブルの椅子に中村が一人、腰掛けている。

彼のスマートフォンが鳴ると、阿久津が彼の隣に座るという段取りだ。

　昨日の夕方、中村から連絡があり、話していた父親の後輩の刑事が電話取材に応じてくれることを聞いた。だが、その刑事がまだ現役ということもあって、取材にはかなりの制約がかけられることになった。

　まず、その刑事の氏名を含む個人情報に関する質問はＮＧ、録音の禁止、電話は中村のスマートフォンを使い、画面に表示される登録名も仮名にするという徹底ぶりだ。制限時間は特に設けられていないようだが、それは相手の胸三寸。切られたら終わりである。相手の顔が見えないという点で、東京であったニシダのインタビューより難しいものになる。頷いたり、首を横に振ったりという動作すら確認できないからだ。ＹＥＳ／ＮＯの感触を得るのもひと苦労である。

　録音ができないということで〝書記係〟を二人にしたのだが、いくら筆記よりキーボード入力の方が速いとはいえ、瞬時に話者が替わる会話のやり取りは記録が困難だ。阿久津は事前の打ち合わせで、二人に「ひらがなでいいから、とにかく実際の話し言葉をできるだけ拾ってくれ」と依頼した。

「そろそろですね」

　ダイニングから中村が話し掛けてきた。静かに着信を待つという独特の緊張感に、表情が強張っている。彼の父は管理職にはならず、所轄の刑事で警察官としての職務を全うしたという。その息子がバーの経営者とは畑違いもいいところだが、刑事の不規則な生活や母が先に亡くなったことなどが、中村の人生の選択に影響したのかもしれない。しかし、こうして骨を折ってくれている点を考えると、自らの父の人生を顧みたいとの思いもあるのだろう。

着信音が鳴った。

阿久津はとっさに腕時計を見た。午後七時一分。後輩二人に目配せして立ち上がる。中村がスマホの画面をスライドする。

「もしもし……、はい。先日はどうもありがとうございました。いえ……、はい、今日は本当にご無理を言ってしまって。……はい、もちろんです。それは強く言っておりますので大丈夫です」

中村と目が合ったので、阿久津はノートとシャーペンを持ってダイニングへ向かった。隣の椅子に座ると、中村はテーブルにスマートフォンを置いて、通話をスピーカーに設定した。画面に表示されている「山田《やまだ》さん」は仮名だろう。

阿久津はリビングにいる二人を見た。ソファーに横並びで座る二人は、ノートパソコンのキーボードの上に手を置いている。彼らは阿久津の方を向いて頷いた。

チャンスはこの一回という重圧はあったが、ニシダと会ったときのような緊張はなかった。ようやくサツ回り時代の勘を取り戻し始めたのかもしれない。愛用の黒いシャーペンをギュッと握る。

「この度はご無理を申し上げましてすみません。大日新聞の阿久津と申します」

「あぁ、初めまして。こちらはちょっと、名乗れないもので」

「では、仮に山田さんでいかがでしょう？」

隣で中村が頬を緩めた。

「山田さんは中村刑事の後輩の方だと伺いましたが、一九八四年当時も同じ部署におられたのですか？」

本人に関する質問はＮＧと聞いていたが、ニシダの取材を経て、もう少し厚かましくてもよかったのではないかと反省したのだ。それに加え、最初の受け答えと、現役の警察官ということを考慮し、山田は常識的な人間だろうと推測できた。答えられない質問を差し挟むことで、相手に罪悪感を植え付けられないかとの計算も働いた。

「それは……、ご勘弁ください」

「しかし後輩ということは、どこかでは配属先が一緒だったんですよね？」

「まぁ……、そうですね」

「中村さんは暴対畑ですが、山田さんはどうです？」

「暴対だけじゃないですけど……」

「でも、暴対が長かった？」

「……はい」

山田の声は明らかに年配の落ち着きがあった。阿久津は今のところ主導権を握りつつある、との感触を得ていた。

「一九八四年十一月十四日、ホープ食品事件の話を聞きたいんですが、まず、山田さんはこの事件の捜査に加わってましたか？」

「えぇ、どう答えましょうか、表向きは参加しておりません」

「つまり滋賀県警から参加した八十三人の中に、山田さんの名前はないと？」

「ということになります」

「それは中村さんもですか？」

「はい」

「表向きとおっしゃいましたが、裏とは何です？」

「まぁ、いろいろと」

抽象的な質問では前に進めない。阿久津はほんの一、二秒の間、頭をフル回転させた。仮説を当てるしか突破口はなさそうだ。

「四年前にテレビのドキュメンタリー番組で『ギン萬事件』が取り上げられていましたが、ご覧になられましたか？」

山田が放送局の名を告げ、阿久津が「そうです」と返す。

「ええ、見ました。ＤＶＤも持ってますよ」

山田の声が少し笑いを含んだので、阿久津も合わせて笑った。

「そこに何人か滋賀県警の元刑事さんが出ておられましたが、私が気になったのは大津サービスエリアのシーンなんです」

「大津サービスエリア……」

「はい。そこで刑事さんがベンチに座って、キツネ目の男が『一所懸命何かを貼っている状態が確認できた』と、はっきりおっしゃっています。しかし、実際に指示書が見つかったのは、観光案内板の裏であって、ベンチではないんです」

山田からの返事はなかった。

「そして、キツネ目の男の似顔絵ですが、これは大阪府警が公開のギリギリまで隠していたはずなんです。つまり、事前にキツネ目の男の顔を知らなかった可能性がある、ということです」

「…………」

「山田さん？」

「はい。聞こえてます」

「私が申し上げたい可能性は二つ。一つ目はキツネ目の男が二人いたのではないかということ、そして二つ目が、指示書が二通あったのではないかということです」

ここまで言って、阿久津は自らの先入観に気付いた。別の一通は指示書でなくてもいいのだ。中に何が書かれていたかは分からない。

「言い直します。私は事件当日、大津サービスエリアで、キツネ目の男ではない犯人グループの一味が、ベンチの裏に手紙、もしくはメモのようなものを貼り付けたのではないかと思っています」

電話がつながってから、初めて長い沈黙が訪れた。このまま電話を切られるのではないかと気が気でなかったが、阿久津は相手の言葉を待つことにした。芯の出ていないシャーペンを軽くノートに打ちつけ続ける。

「事件の前日、私と中村さん、それとあと一人の刑事、計三人にそれぞれ連絡が入りました。どこから、というのは申し上げられません」

「その三人の方は皆、同じ職場ですか？」

「申し上げられません」

「皆、暴力団関係の部署ですか？」

「……そうです」

「分かりました。続きを聞かせてください」

「もし、犯人グループが、現金輸送車を滋賀方面に振った場合、出動できるよう待機せよ、と。そのときの集合場所も車両も決められていました」

腹の底がカッと熱くなった。金田哲司の同級生、秋山宏昌のもとを訪れたときも同じだった。キツネ目の男の写真を見る前のことだ。未知の世界への扉が開かんとするこの感覚。

「実際、連絡があったのは何時ごろだったんですか？　ちなみに、輸送車が大津サービスエリアに到着したのが午後八時五十七分、出発が午後九時三分、草津パーキングエリアに着いたのが午後九時二十分です」

「詳しくは覚えていません。九時半から十時というところじゃないでしょうか」

「三人が集合して車に乗り込んだのは何時ですか？」

「連絡があって十分以内には」

「つまり、お三方とも集合場所近くで待機されていたんですね」

「はい」

「行き先は京都ですね？」

鎌をかけると、山田はあっさり「そうです」と答えた。

「中村さんの捜査メモですが、事件当日の欄に『京都』『もぬけ』とありました。山田さんたちが向かったのは、京都にある犯人グループのアジトではないんですか？」

連続で鎌をかける。知ったような口を利いて答えを誘導するのは本来、褒められたやり方ではない。だが、阿久津には手持ちのカードがこれ一枚しかなかった。再び黙り込んでしまった山田に対し、祈るような気持ちで言葉を待った。

「連絡は中村さんにありました。そして中村さんが、私とあと一人の待機場所に電話してこられたのです。三人一緒にいるところをもし同僚に目撃されたら、勘ぐられますから。事情は車に集合してから聞きました」

そこで言葉が途切れたので、阿久津が「事情？」と合いの手を入れた。

「中村さんに聞いたのは『これから特命で京都に行く。大津サービスエリアで犯人の一人がメモを落としたらしい』と」

「メモを落とした？」

「はい。要するに、観光案内板の裏にあった指示書とは別に、メモが落ちていた、と」

「どこに落ちてたんですか？」

「キツネ目の男が消えたとされる、一般道へつながる階段付近です。しかし、中村さんが言うには、キツネ目の男とは別の男が落とした可能性が高いということでした」

阿久津はあの薄暗い急な階段を思い出した。そのメモはベンチの裏に貼ろうとしていたものだろう。そして犯人グループの別の人物が、故意か過失かメモを落とした。

「メモの存在について、大阪府警は把握しておりません。入手の経緯については聞いてませんが、私と同じような特命を受けた滋賀県警の人間が手に入れたんではないでしょうか」

「それは、あのテレビに出ていた人たちとは別のルートということですね」

「はい。あれは一課ですから」

「特命を受けたのは、暴対系ですね」

「……はい」

「メモには何が書かれていたんですか」

「私が知っているのは、京都の住所だけです。タイプ打ちの文言が犯人のものやというのも聞きました」

「それで、京都へ向かわれたんですね？」

「はい」

阿久津は自分が高揚していくのが分かった。リビングから聞こえるキーボード入力の音もどんどん大きくなっていく。

八四年十一月十四日は、この滋賀を舞台に三つの物語が同時並行で進んでいたのだ。現金一億円を巡る警察と「くら魔天狗」の攻防、高速道路の下で繰り広げられたライトバンの追跡劇、そして、山田たちが極秘に動いた京都のアジト急襲。前の二つの現場では犯人が逃げ切った。では、この最後の現場はどうなったのか。

「なぜ大阪府警に連絡されなかったのですか？」

「申し上げられません」

「メモにあったのは、京都のどこですか？」

「……南部です」

「府の南部、市の南部」

「……やめときます」

「では、結果を教えてください。その京都のアジトに犯人グループはいましたか？」

「いませんでした。お察しかもしれませんが、中村さんが『もぬけ』と書いたのは、もぬけの殻という意味だと思います」

「アジトはマンションですか？」

「マンションではないですが、詳しくは申し上げられません。鍵はこちらで勝手に開けました。室内は明らかに急いで出て行ったような雰囲気でした」

「身元を特定するような物が一つもなかったんですか？」

「食器など残っていた物を押収しましたが、京都府警にも仁義を切ってませんので、早めに撤収する必要がありました」

「身元を特定するような物はどうですか？」

阿久津は同じ質問を繰り返した。どうしても引っ掛かる点があったからだ。

「押収物から指紋が出てきたんじゃないですか？」

この取材の山場だった。アジトには誰がいたのか。

「どうですか、山田さん、指紋が出たんじゃないですか?」

「すみません。もうお話しすることはありません」

「その答えだと、我々はお認めになったと判断しますよ」

阿久津が語気を強めると、山田は黙り込んでしまった。電話の向こうは不気味なほど静かで、耳に入るのは微かな息遣いだけだった。

「……あなたたちは『取り逃がし』って書きましたよね」

例のカーチェイスのことだとは分かったが、意外な答えに阿久津はとっさに反応できなかった。責めるような口調に戸惑いもあった。

それからまた沈黙が続いた。山田の心中に渦巻いているのはマスコミへの怒りか、それとも真実を話すことへのためらいか。言葉一つ間違えられない綱渡りの状況に、阿久津は発汗する手のひらを握り締めた。

「無念です」

電話が切れ、「ツー、ツー……」と不通を知らせる音がした。

突然、目の前に幕を下ろされ、阿久津の鼓動は動揺して速まった。山田が残した台詞が頭の中に響く。絞り出すように言った「無念です」の一語には、刑事の悔しさが滲んでいた。

一度きりの取材が終わった。

中村の視線を感じていたが、阿久津は敢えてそちらを見ずに天を仰いだ。この十分と少しで、山田から得たものとは何なのか。大津サービスエリアにいた別の人物とは誰か。なぜ、彼はアジトの住所を書いたメモを持っていたのか。

手打ち、という板長の言葉が浮かんだ。

犯人グループは既に一枚岩ではなかったのではないか。あのメモはリーク……。

阿久津は中村に礼を言ってノートを閉じた。

「いやぁ、父がこんな仕事に関わっていたとは……」

リビングの記者たちもダイニングにやってきた。二人が中村と会話している間、阿久津は最も気に掛かった点が、やっとはっきりした気がした。

滋賀県警は、なぜ事前に暴対系の特命チームを組んでいたのか。身内にも秘さなければならない理由とは何なのか。疑問点がはっきりすると、さほど難しい問題ではなかった。阿久津は閉じたノートを見て胸の内で呟いた。

知っている人間の指紋が出てきたのだ――。

5

壁に掛けられた写真には、水面に浮かぶ数艇のヨットが写っていた。

考えてみれば、詩織を海に連れて行ったことがなかった。そして自身も、もう何年もビーチに行っていないことに気付いた。

「前に海で泳いだのは何年前ですかねぇ」

写真を見ながら曽根俊也が呟くと、隣の堀田が笑った。

「あれ、琵琶湖やで」

「あっ、そうなんですか」

言われてみれば水平線は見えず、向こう側にはビルが建ち並んでいる。その一言で、俊也は滋賀に来ていることを実感した。

大津市内の喫茶店。近ごろはどこを歩いても開放感のあるお洒落なカフェが店を構えているが、いつしか今いるような「純喫茶」には縁遠くなってしまった。

自分がなぜここにいるのか、俊也は未だ理解できないでいた。自らの胸の内がこれほど見えないことは、かつてなかった。家族を守りたい、もう事件に関わりたくない、という思いは紛れもないものだ。だが、俊也は堀田から電話をもらったとき、考える間もなく「ついていきます」と答えていた。迷いが生じたのは電話を切った後だった。それが生島秀樹の子どもが気掛かりなのか、父の無実を確認したいという気持ちなのかは、よく分からない。

いずれにせよ、これで最後にしようと心に決めていた。

カウンター奥のマスターは「純喫茶」を象徴するような、蝶ネクタイにベストという装いだった。コーヒー豆の香りが心地よく、可もなく不可もない音量で流れるエルガーも雰囲気づくりにひと役買っている。

俊也たちは、店の奥にあるテーブル席の下座に腰掛けていた。平日の午後とあって、客はカウンターに年老いた女性がいるだけだった。出入り口ドアに背を向けているため、たまに振り返って待ち人が来ていないかを確認する。俊也はこの落ち着かない時間帯が、あまり好きではなかった。

生島望の担任だった大島美津子から堀田に電話が入ったのが四日前のことだ。美津子は別のクラスに望の親友がいたことを思い出し、連絡先を教えてくれたという。早速、電話を入れたところ、大津市内に住む彼女がこの喫茶店を指定したらしい。

天地《あまち》幸子《さちこ》。

俊也はまだ、その親友の名前しか知らない。単なる昔話で終わるなら、それはそれでいい。だが、堀田は「電話の様子が少しおかしかった」と気になることを言った。

或いは生島家失踪に関して、何らかの事情を知っているかもしれない。俊也は家族に嘘をついて家を出る際、全身が強張っていることに気付いた。この滋賀行きが墓穴を掘る結果になる可能性もある。

ジャケットの袖をずらして腕時計を見た。約束の二分前。

袖を元に戻したとき、カランコロンと懐かしい音がして、俊也たちは振り返った。出入り口のドアを開けて中へ入ってきた女性が、真っ直ぐ奥の席を見つめていた。紺色の地味なコートを着た女性が一礼したので、俊也たちも頭を下げる。彼女はマスターに会釈した後、足音を立てずに近づいてきた。

「天地さんでいらっしゃいますか？」

堀田が尋ねると、女性は小さな声で「はい」と返した。上座を勧めると、幸子は素直に向こう側へ移動し、コートを脱いで小さなハンドバッグとともに隣の椅子に置いた。

「この度は急にお呼び出しをしてしまいまして……」

詫びを入れた堀田が自己紹介を済ませると、簡単に俊也のことを話した。幸子はひと通り聞き終えると「だいたいのところは大島先生から伺っております」と言って、俊也を見た。テープやノートのことも承知済みということだろう。

幸子は肩口まである髪に緩いパーマをかけ、身なりもきれいにしている。小柄で細いため若い印象を受けるものの、望と同い年なら四十五、六歳ということになる。子どもを捜している感覚だが、実際には望は自分より十も年上なのだ。

人数分のコーヒーが届けられるまで、幸子は自らのことを話した。現在まで独身で、母と二人暮らし。週休二日。妹は結婚して長野《ながの》にいるらしい。勤務先は大津市内の百貨店の婦人服売り場。自分の稼ぎと母の年金で何とか暮らしているという。そんなギリギリの生活をしているようには見えなかったが、余計な質問は差し控えた。

「では、私たちが生島さん一家を捜している理由もご存じなんですね？」

堀田が確認すると、幸子は小さく頷いた。ここまで笑み一つこぼさず、かなり緊張しているのが分かった。

「望のことは……、私に原因があるんです」

突然の告白に、俊也は息を呑んだ。隣の堀田も驚いた素振りを見せた。

「私と望は小学三年のときに同じクラスになってから、ずっと一緒でした。習い事のピアノとそろばんも同じ教室に通い、家族のことから好きな男の子のことまで、お互いのことは何でも知ってました」

「お父さんの秀樹さんとも面識はあるんですね？」

「はい。家に遊びに行ったときに何度も会っています」

「どういう印象をお持ちですか？　率直な意見を聴かせていただきたいのですが」

今日も堀田が聞き役に回るようだ。俊也はバッグからノートとボールペンを取り出し、記録を始めた。

「怖い感じの人でした。だから、遊びに行ったときにおじさんがいると、少しがっかりしていました。騒ぐと怒られるので。何かこう……、危なっかしい雰囲気があって」

幸子は秀樹に対し、美津子と同じイメージを抱いていた。何をしでかすか分からない〝気〟を発する人物なのだろう。

「生島さんのご一家がいなくなって、さぞかし驚かれたでしょう」

堀田の問い掛けに、幸子は返事をせずにうつむいてしまった。そして、唇を嚙み締めた後、意を決したように話し始めた。

「実は私、ずっと望と連絡を取っていたんです」

「えっ」

俊也は思わず声を漏らしてしまった。「その後」を知っている人物に会うのは初めてだ。一体生島一家に何が起こったのか。予想だにしなかった展開に、心拍数が高まる。

「それは、一九八四年十一月十四日以降も、ということですね」

「はい。向こうから電話をかけてくる、という形で」

「そうですか。いや、びっくりしました。どこからお尋ねしましょうか。時系列でお話しいただく方が、整理しやすいですかね」

「では、順を追ってお話しします。今からするお話は、全て望から聞いたものです。まず、十一月十四日の朝ですが」

幸子はそう言うと咳払いし、ブラックのコーヒーを口に含んだ。

「その朝、望とお母さんの千代子さん、弟の聡一郎君が食卓についてましたが、秀樹さんの姿はありませんでした。でも、連絡もなしに帰ってこないことが多かったみたいで、いつものことやと思ってたらしいんです。それで、みんながご飯を食べ終えるころになって、男の人が二人家に来た、と」

「二人、ですね?」

問い掛けた堀田を見ず、幸子は俊也に視線をやった。

「そのうち一人は、ソネさんという方らしいです」

「ソネ……」

伯父だ。やはり曽根達雄は事件に関係していたのだ。心の準備をしていなかったので、唐突に出てきた親族の名に俊也は狼狽した。確認しなければならないことがあるというのに、ほとんど頭が回らない。

「もう一人はヤマシタという名前だったそうです」

新しい名前だ。「山下」だろうとは思ったが、俊也は一応「ヤマシタ」と書いた。

「千代子さんが二人を家に上げたのは、ソネさんとヤマシタさんのことを知っていたからだそうです」

俊也と堀田が頷くと、幸子は先を続けた。

「二人とも『すぐに出る準備をしてください。事情は車で話します』と。後は『しばらく帰ってこられないので、そのつもりで荷物をまとめてください』とも言われたそうです」

十四日の朝と言えば、当然ながらまだ現金輸送車は出発していない。犯人グループはかなり前から動いていたことになる。

「荷物をまとめる時間は、ほんの十分ほどだったようです。制服も置いていくように言われ、追い立てられるように家を出て、望たちはヤマシタさんが運転するワゴン車に乗りました。ソネさんが千代子さんに何やら小声で話していたみたいですが、ラジオの音がうるさかったこともあって、最後列に座っていた望や聡ちゃんには、あまり聞こえなかったようです。ただ、話の途中から、千代子さんが頭を抱え始めたそうで……」

生島一家は奈良市内の一軒家に連れて行かれ、しばらくここで身を隠すように言われる。そこはヤマシタの愛人の家で、別れ際、曽根は千代子に分厚い封筒を渡したという。千代子は子どもたちに「すぐに帰れる」と話したが、望は信じていなかった。

「望から電話があったのは、十一月の下旬ごろでした。今、奈良の知らないおばさんの家に住んでいる、と。内緒でかけているようでした。もうずっと泣いてました。それから週に一度ぐらいのペースで電話がかかってくるようになったんですが、望から、世間に知られたら父親が迎えにこられなくなるから、私の親にも黙っといてほしいと言われました。ですから、夜に電話が鳴ったら、極力私が出るようにしたんです。父や母が出ると切っていたようです」

望は日に日に態度が悪くなっていくヤマシタの愛人を恐れていたという。千代子がいないところで、蹴られたこともあった。一家は段々、居《い》た堪《たま》れなくなる。そして、愛人の女が封筒の金をくすねようとしたところを千代子が見つけて喧嘩《けんか》になり、決定的な亀裂が走った。

年が明けてすぐ、望たちはヤマシタの車で兵庫県南部の都市へ向かう。海に近い工業地帯で、近くには遊郭跡があり、下町から活気を差し引いたような独特の雰囲気の街だったという。建設作業員の家族寮に転がり込んだよそ者一家は、夜になると寂れた個人商店で花札が始まるような街で浮き上がってしまった。

子どもたちは学校に通うこともできず、特に望は得体の知れない男たちにちょっかいをかけられるようになる。曽根からもらった金は早々に底を突き、千代子は繁華街までバスで通いながら、スナックで働き始めた。寮にいることが怖かった望は、母について店の手伝いをするようになる。唯一、聡一郎だけが地元の子どもたちと遊ぶようになっていた。

「望は電話でずっと『勉強したい』って泣いてました。映画が好きで字幕翻訳家になるのが彼女の夢でしたから。あんなにおかしくなってしまう前は『留学させてもらえるかもしれん』ってめっちゃ喜んでたのに……」

担任の大島が話していた通りだ。よほど翻訳家になりたかったのだろう。留学への希望を胸に勉強に励んでいた少女は、突然夜逃げのように家を追われ、酒場の手伝いをさせられる日々を過ごした。その理不尽さに俊也の胸は痛んだ。だが、幸子の悲しみはその比ではないだろう。涙で言葉を詰まらせながら、彼女は話し続けた。

「ある日、特に落ち込んでるときがあって。でも、いくら聞いても何があったかを話してくれませんでした。ひょっとしたら、男の人に乱暴されたんちゃうやろかって、めちゃくちゃ心配になって、しつこく問い質したんです。そしたら……。『ギン萬事件』の話を始めて……」

話が核心に向かう予感に、ボールペンを持つ俊也の指に力が入った。

「犯人が流したテープの声が『私の声やねん』って。でも、私ニュース見てなかったし、どうやって聞いたらいいか分からんかって、確かめることもできませんでした。

ご存じの通り、当時はネットも何もありませんでしたから。お父さんの秀樹さんが、望と弟の聡ちゃんの声を録音したって」

いつの間にか幸子の目が、俊也の方へ向いていた。その視線の強さは複雑な感情を示していた。「ギン萬事件」の犯人に利用されたという点において、俊也は望や聡一郎と同じ被害者と言える。だが、同時にまるで異なる人生を送ってもいた。一方は自宅に住むことさえままならなくなって漂流し、もう一方は仕立てのいいスーツを着て目の前に座っている。

知りたかった声の主が分かったというのに、驚きや興奮よりも先に強い罪悪感に苛まれた。そして、救いを求める気持ちで、彼らの行く末を祈った。生きていてほしいと心の底から思った。

「望が登校しなくなって、しかも家族みんなでいなくなったと分かってから、中学校では大騒ぎになりました。私も電話をもらうまでは心配で堪りませんでした」

「電話をもらったことを本当に誰にも話さなかったんですか？」

「はい。家族にも。言ってしまうと望たちに恐ろしいことが起こってしまう気がして。でも、黙っていることが苦しかった……」

望からの電話は段々少なくなっていき、彼女がいないまま卒業を迎えた。幸子は苦悩することに疲れ、そんな中で高校生活が始まった。

「望からの電話が少なくなっていたのは気になりましたが、段々彼女と連絡を取っていることが特別なことと思えなくなってきて。変な言い方ですけど、深刻な状況に慣れてしまったんです」

「どんな会話をされてたんですか？」

「電話の向こうの望は常に絶望していました。それが延々と続きます。スナックの客といつまで経っても迎えにこない父親の悪口です。言葉遣いも段々と荒れていってしまって。正直言うと彼女の話を聞くのが苦痛になって、このままじゃ彼女がダメになってしまうと思いました。それで、高校一年の夏休み前、私はどうしても会いたいって望に言い張りました」

「で、実際、お会いになったんですか？」

「会う約束はしました」

幸子の暗い口調に、俊也は不安を覚えた。

「それはいつのことです？」

「八五年の七月下旬です。大阪の心斎橋《しんさいばし》で会うことにしました。彼女が冗談で道頓堀《どうとんぼり》の『ギンガの看板』の前で待ち合わせしようって」

観光名所になっているネオンサインだ。現在はＬＥＤになっているが、両腕をＹの字に挙げる白いランニングシャツ姿の陸上選手の絵は、大阪を象徴するものの一つである。シャツの真ん中には赤字で「ギンガ」と記されている。

「彼女は来なかったんですか？」

「はい。その三日前に電話したときは、明るくはないですけど、取り乱した様子もなかったんですが……。昼に約束をしてたんで、私は夜の八時まで待ちました。でも、彼女は来ませんでした。家に帰るとき、嫌われたかもしれんと思って、つらくて堪りませんでした。でも、やっぱり心配でした。電話のことがバレて、望に何か嫌なことが起こったんじゃないかと。とにかく電話で声だけでも聞かせてほしかった。連絡先を知らないことが、もどかしくて……」

「それ以降、彼女から電話は？」

堀田の質問に、幸子は目を真っ赤にして泣き始めた。隣の椅子に置いたバッグからハンカチを取り出し、目尻を拭って鼻をすすった。俊也は静かに息を吐いて、彼女の告白に備えた。

「次に電話があったのは、その年の十月です。望からではなく、千代子さんからでした」

また涙を拭き、乱れた呼吸を整えた後、幸子はつらそうに口を開いた。

「すごく明るいおばちゃんやったのに、別人みたいに声が掠れてて……」

それから幸子はきつく目を閉じ「『望が亡くなった』って……」と絞り出すと、声を押し殺して泣いた。

俊也は苦しくなって、お冷を口に含んだ。頭の片隅に最悪の事態を描いていたというのに、幸子の言葉が胸に刺さって苦しかった。一方、彼女は涙で言葉を途切らせながらも、少しずつ話を前へ進めた。

千代子によると、望は幸子と待ち合わせをした二日前、つまり、電話をした翌日に亡くなっていた。幸子はなぜ三ヵ月も経ってから連絡するのか、と怒った。そして、何か事情があるのだと思って、その話を信じなかった。

「千代子さんが『望は殺されたんかもしれん』って言ったのを聞いて耳を疑いました。なぜ、望がこんな逃亡生活を送らなければならなかったのか、お父さんの秀樹さんがどこへ行ったのか。私ははっきり分かりませんでしたし、望が話すまでは聞かないでおこうと決めてました。でも、このとき初めて、前に望が言っていた『ギン萬事件』の話が本当だったんじゃないかって、実感したんです」

電話口の千代子は、望が亡くなった当日のことを打ち明けたという。

その日の昼、住んでいた家族寮に望から電話があった。「男の人に追い掛けられている」という娘の言葉を聞いて、血の気が引いた。望は震える声で「警察に言うていい?」と母に問うたという。

「そんな危険な状況でも、迷惑がかかったらあかんと思って親にお伺いを立てる、望はそういう子なんです。大人になってからでも、私は千代子さんの電話のことを忘れられません。子どもの、望の健気《けなげ》さを思うと胸が詰まってしまって……」

幸子は濡れたハンカチで何度も目を押さえた。その後も、自らを罰するように告白を続けた。

千代子は望に通報するように言い、居場所を聞いて急いで部屋を出た。

しかし、望はどこにもいなかった。救急車のサイレンが聞こえ、千代子に直感が働いた。音の鳴る方へ懸命に走ったが、救急車はどんどん遠ざかっていく。気持ちだけが急いて考えがまとまらないまま徘徊していると、マンションの駐車場に人だかりができていた。近づくにつれ、血に染まった地面が大きくなっていく。現場には警察の姿もあり、ピンセットで何かをつまんでいた。千代子は混乱し、その場を離れた。今の光景と娘を結び付けようとする頭を何度も殴ったという。

「千代子さんはどうしていいか分からず、辺りを歩き回ったそうです。すると、公園で一人の少年がお腹を抱えて倒れているのが見えて、すぐに聡ちゃんだと気付きました。慌てて駆け寄って助け起こすと、お母さんの顔を見た聡ちゃんが泣きじゃくって『姉ちゃん、死んだぁ』って……」

俊也は耳を塞ぎたくなった。真相に迫りたいという思いより、逃げ出したい気持ちの方が大きかった。娘を持つ身として、耐えられない話だった。堀田も言葉を失っていた。

「聡ちゃんは倒れている姉を見て走っていったそうです。そしたら、どこに隠れていたのか、突然男に体を持ち上げられ、車に乗せられて……。車内で頰をビンタされ、おもいきりお腹を殴られたみたいです」

男は「静かに暮らせ」「お母ちゃんも死ぬで」とすり込むように耳元で繰り返し、聡一郎を車から放り出したという。

俊也は小学校低学年の子どもが殴られる様を想像し、どんなに怖かっただろうかと思うと、心がかき乱された。望の死も受け止めきれないまま、無意識のうちにボールペンをノートの上に置いていた。

「私は千代子さんに『そっちへ行きます』と言ったんですけど、彼女は『あかんねん。もう捜さんといて。ごめんね。ほんまごめんね。勘忍してね』って電話を切ってしまいました。それ以来、今に至るまで連絡はありません」

下座にいる男二人は何も言えず、ため息をついた。堀田も幸子の話す事件の裏面史に圧倒されているようだった。テープの件然《しか》り、青酸菓子の件然り。「くら魔天狗」は企業だけでなく、子どもにも牙を剝《む》いたのだ。

「警察に言おうかと何度も迷いました。でも、もし千代子さんと聡ちゃんに万一のことがあったら、と考えると踏みきれませんでした。それまで黙っていたことを知られるのも怖かった。すごく卑怯で、弱い人間なんです」

使いものにならなくなったハンカチをテーブルに置いて、幸子は両手で涙を拭った。

「一番最初に電話をもらったとき、親に話していれば、望は助かったかもしれない。警察が助けてくれたかもしれない。私が彼女を見殺しにしたんです。私は……、間違ったんです」

それから幸子は泣き続け、会話することすらままならなくなった。およそ三十年の間、誰にも打ち明けられずに苦しみ続けた。事件が多感な少女に落とした影は、あまりに暗い。

大島美津子から見せてもらった一枚の家族写真が脳裡をよぎる。夏祭りの会場。背景は提灯が並ぶ矢倉で、美津子と生島夫妻、薄紅色の浴衣を着た望と青い甚平姿の聡一郎が写っていた。会場で偶然会ったのだろうか。わざとカメラから目線を外しておどける幼い聡一郎に対し、ショートカットの望は聡明そうな面立ちで微笑んでいる。きれいに鼻筋が通った美形だ。その少女の顔が恐怖に歪む様が頭に浮かび、胸が圧《お》されて苦しくなった。

悪魔だ——。

俊也は胸中で犯人に向けて吐き捨てた。伯父がその悪魔と関わっていたと思うと、震えがくるほどの怒りが込み上げた。同時に、水族館で笑っていたときの詩織の顔を思い出し、両手を拳にして強く握った。

憤りの裏面にある恐れが、俊也を激しく混乱させた。

6

きざみうどんの器を空にした俊也が、コップの氷水を飲み干した隣で、堀田が肉うどんをすすっている。駅の構内にある立ち食いそば屋は、平日の昼間とあってスーツ姿の男が目立つ。

「行こか」

いつの間にか箸を置いていた堀田はそう言うや否や「ごちそうさま」とおばちゃんに声をかけて自動ドアを開けた。そのまま背を追う形で駅の改札を出た。地下鉄に乗るものとばかり思っていたが、堀田はタクシー乗り場へ向かった。

「しんどいから車で行こ」

ご飯を食べたと言っても、立ち食いだ。少しでも座りたいのだろう。今週末からヨーロッパ出張へ向かう堀田は、河村のお墨付きをもらったスーツをいたく気に入ってくれ「早くこれを着てロンドンを歩きたい」と頬をほころばせていた。その笑顔がいくらか慰めにはなったものの、厚意に甘えるのもここらあたりが限界かもしれないと俊也は思った。

タクシーで南を目指す。その車中、俊也は午前中の聞き込みを思い返した。滋賀で天地幸子に会って四日。出張前に堀田が時間をつくれるのは、今日が最後だった。俊也の店も定休日ということもあり、午前中から望たちが住んでいたという兵庫県南部の都市へ向かった。しかし、何も収穫はなかった。

一棟だけ廃墟となった建設会社の寮を見つけたが、生島一家が住んでいた所なのかが分からない。周辺はポツポツと個人商店があるものの、所有者不明の空き地があちこちにあり、路上にはほとんど人の姿がなかった。落書きのような手書き看板の大衆食堂や青空コインランドリーを見たのも初めてで、街には時が止まったような空気が流れていた。

そこからケバケバしい下町の繁華街への移動手段はバスのみ。スナックでは恐らく源氏名を使っていたと思われるため、三十年前に若い母娘で働いていた店はないかと尋ね回ったが、最初の店でマスターが言った「そんなケース何ぼでもある」という答えが全てを表していた。結局、勤めていた店を特定することもできなかった。

次につながる情報がもたらされたのは、二人で不毛なスナック回りをしていたときのことだ。堀田が望の担任だった大島美津子に、天地幸子に会った旨を報告した際、美津子は「生島千代子の実家の住所が分かるかもしれない」と話していた。そして、今日の昼近くになって彼女から連絡が入り、急遽京都に向かうことになったのだ。

タクシーの窓から流れる景色を見ていた俊也は、疲れを覚えて軽く目頭を押さえた。

「何があったんやろな……」

反対側の窓の外を眺めていた堀田がつぶやいた。俊也は生島家の〝朝逃げ〟の件だと察した。未だ秀樹の安否に関しては不明で、ワゴン車で伯父の話を聞いた千代子が頭を抱えた、という点が気になった。

「生島秀樹はどこに消えてしまったんでしょうね？」

「恐らく、生島の身に何かあったんやろね。それで達雄さんと仲間のヤマシタが一家に知らせに行った」

「不可解ですよね。何で逃げないとあかんかったのか。犯人グループが仲間割れでもしたんでしょうか？」

「多分、そんなとこやろね。ずっと外国におった達雄さんに怪しい人脈なんかないやろから、ポイントは生島やと思う。確か板長によれば『し乃』で会合があったんは、八四年の秋やったよね？　その後、生島とグループの誰かとの間に、トラブルが生じたんかもしれん」

では、生島望を追い詰めたのも、そのグループの誰かということか。俊也は堀田の考えを聞きたかったが、疲れの滲む横顔を見て、一旦口を閉じた。

「この辺で」

運転手がハザードランプをつけたのと同じタイミングで、堀田が千円札を二枚出した。今日も先に払われてしまった。俊也は苦笑いし、素直に礼を言って車を降りた。

京都市の南部。「テーラー曽根」から車で二十分ほどの距離だ。俊也はまずその近さに驚いた。

犯人が聡一郎に脅しをかけた時点で、千代子は身を隠す意味がなくなった。それに加え娘を失った精神的苦痛を考えると、実家を頼る可能性は決して低くない。

聡一郎が同じ市内に住んでいたかもしれない。

二人を明暗に分けるなら、何も知らずに育った自分は「明」で、住む家を追われ、家族まで失った彼は「暗」に違いない。姉の死を目撃したとき、聡一郎は八歳、もしくは九歳の少年だった。もし、伯父が生島に事件を持ちかけていたとすれば、或いはそれに父が何らかの形で関わっているなら、詫びるべきだと思った。自分にできることは限られているが、せめて謝りたかった。

同じ市内であっても、俊也がこの辺りに来ることはあまりない。自宅兼店舗なので元々行動範囲が狭いのだ。出掛けるとすれば工房か銀行、それに若手経営者の寄合ぐらいだ。堀田から住所を聞いて、スマートフォンのアプリでナビ機能を起動させた。

区画整理があったのか、道路は比較的新しい。しかし、色のついた案内の矢印に従って進むと、狭い道路の住宅密集地に入っていった。車一台分あるかないかの道幅で、木造の長屋やアパートが軒を連ねる。それは路地と言った方がよく、狭いにもかかわらず汚れたブルーシートで覆ったバイクが放置されていたり、プラスチックのバットが転がっていたりする。

午前中に訪れた街と同じく、この辺りも空き地が点在し、許可があるのかどうか分からないが、緑のフェンスの向こうでは洗濯物が風に靡いている。

錆びたトタン屋根がついた外付け階段のアパート。その隣にある木造二階建てが生島、旧姓井上《いのうえ》千代子の実家だった。剝き出しのガスメーターの近くに、ハンドルカバーがついた自転車が一台、停めてある。側溝に沿って三つあるプランターの花は萎《しぼ》み、何の花なのかも判別がつかない。

ガラスの引き戸の右上にかかる表札に「井上」とある。堀田がブザーを鳴らした。しばらく間が空いて「はい」と怠そうな返事があった。

「すみません、生島千代子さんの件でお尋ねしたいことがありまして」

重たい足音がして、すりガラス越しにサンダルを履く体の輪郭が浮き上がった。引き戸が開くと、眉間に皺を寄せた太った女が顔を見せた。

　堀田が再び千代子の名を出すと、女は「だいぶ前にこの家を出て行ったまま、どこにおるかも分かりません」ときっぱりと言った。そして、千代子の両親は既に他界し、代わりに親戚の自分が住んでいると事情を話した。この女性は千代子の父の弟、つまり叔父の娘なので、千代子の従妹に当たる。

「今さら千代子に何の用なんです？」

　従妹の女は、疑うような視線を隠そうともしなかった。

「その出て行かれたのは、いつごろのお話でしょうか？」

「ちょっと複雑でね」

「実は私たちが知りたいのは、夫の生島秀樹さんのことなんです。決してご迷惑はお掛けしませんので、ご存じのことをお話しいただけないでしょうか」

　堀田は「刑事時代の生島に世話になった」と、もっともらしい話をして、情報を引き出そうとした。その紳士的な雰囲気に警戒心が薄れたのか、女は引き戸に手を触れたまま話し始めた。

「阪神が優勝したときあるでしょ？　ちょうどあのとき、急に聡一郎を連れてここに帰ってきたんよ」

　リーグ優勝と日本シリーズ制覇の時期にさほど開きがないので、八五年の秋とみていいだろう。

「もう、むちゃくちゃなんやから。ここに住んでたあの子の両親から『何で望がおらんねや』って聞かれて、一言だけ『死んだ』って。信じられへんやろ？　亡くなった経緯も話さへんし、葬式も勝手に済ませたって言うし。お骨だけ持ってるねん。親はカンカンになってな。そら、当たり前やろ？　私も聞いたときは、開いた口が塞がらんかったわ」

千代子の父は個人で電器店を営んでいたが、このときは既に夫婦で年金生活を送っていたという。元々生島との結婚に反対していた両親は、聡一郎を置いて出て行くように迫った。どのように生計を立てるつもりだったのかは分からないが、とにかく娘が許せなかったのだろう。

千代子はひと月ほどすると、ここから徒歩圏内のアパートに住まいを移したという。この従妹は正確な住所を知らなかったが、俊也がスマートフォンの画面を示すと「よく見えない」と言い、一度家の中に入った後、古い京都市の地図を持って戻ってきた。

「大体この辺って聞いてるけど」

住宅地図ではないので漠然としていたが、ここから一・五キロほどの距離があった。周辺で聞いて回るしか手はないだろう。

「いずれにしても、私たちはもう千代子と縁が切れてますので」

まった。

　しかし、千代子が聡一郎と京都で暮らしていたことを確認できたのは大きかった。テープの男児は、二人とも京都に暮らしていたことになる。

　従妹の女に教わった場所へ向かう途中、堀田がホームセンターの前で足を止めた。

「前は建設会社があったと思うんやけど」

　新しい石畳の道路沿いにある、あまり大きくはないホームセンター。駐車場のスペースは三十台分ぐらいで、店舗入り口付近に数種の長い板が立て掛けられ、少し離れた園芸エリアではポインセチアなどの色目の濃い花が並んでいる。

「俊也君、ちょっとこのホームセンターが気になるから調べてみるわ」

　堀田には何か心当たりがあるようだったので、俊也は別行動をとることにした。三十年前に越したというアパートに、現在も母子が住んでいる可能性は限りなく低いものの、少しでも前に進むしかなかった。

　千代子の実家から十五分ほど南に歩いて目的地周辺に着いたが、情報が曖昧なため、どこから手をつければいいか分からなかった。先ほどの路地裏のような狭苦しさはないが、活気のない間延びした街だ。目に入るのは車のない青空駐車場や介護施設。コンビニや小型マンションもあるにはあるが、流れている空気はどことなく古い。

木造アパートが見つからないので、俊也は店内の照明を落とした寂れた酒屋から聞き込みを始めた。だが、店主の男は「ちょっと分からんわ」と煩わしそうにするだけで、すぐに居心地が悪くなった。

早々に店を出て、やはり自分には記者のまね事はできないと肩を落とす。こういうとき、プロならどんな手を使うのだろうと、顔も知らない阿久津英士の存在を不気味に思った。

それからも年季の入った家を見つけてはインターホンを鳴らしたが、まずまともに応対してくれる人が少なく、気持ちが沈んでいった。そんな中、ある民家で一人暮らしの高齢の女性が、珍しく玄関先まで上げてくれた。背中は丸くなっていたが、意識ははっきりとしている。だが、木造アパートについては「ようさんあった」としか分からず、俊也の心は折れかかった。

狭い玄関で五分ほど話し、暇を告げようと上がり框から腰を上げたとき、近くのポールハンガーにビニール袋が引っ掛けられているのに気付いた。堀田が調べているホームセンターの店名が印字してある。玄関のゴミ入れにしているようだ。

「このホームセンター、結構行かれるんですか？」

「あぁ、汚いですね。すんません。それね、息子の趣味が木工で、よう行くんですわ。ちょっと離れてますし、用事もないですから、私は行きませんけど」

「あのホームセンターは、元々建設会社やったみたいですね」

特に何かを聞き出そうと意識したわけではなく、先ほど堀田から聞いたことが口をついて出た。

「あぁ、そうやったね。何かの会社やったね。燃えたんや、あそこ」

「燃えた？」

「そうそう。放火でね。気の毒に何人か亡くなってるわ」

事件が起きていた。堀田が気になると言っていたのは、これだったのだ。

「それは何年ぐらい前の話ですか？」

「もうだいぶ前やねぇ。二十年は経ってると思うけど」

俊也は礼を言って外に出ると、すぐに堀田に電話した。しかし、数回の呼び出し音の後、留守番電話に切り替わった。ここにいても埒《らち》が明かないと思い、ホームセンターへ向かおうとしたとき、スマートフォンが震えた。堀田からだ。

「あっ、俊也君。ごめん、ごめん、ちょっと人から話を聞いてたから」

「すみません。今、面白いことを聞いたんで、お伝えしようと思いまして」

「生島千代子の件で？」

「いえ、残念ながらそちらの方は。でも、堀田さんがおっしゃっていたホームセンターですが、その敷地で二十年以上前に放火事件があったようなんです」

だが、興奮して話す俊也に、堀田は「こっちもその件を調べてたね」と落ち着いた声で返した。やはり知っていたのかと思うと、やや気勢が削がれた。

「前に親父が刑事やって話したやろ？　昔の伝手《つて》を使って電話したら、ここらは以前、暴力団の青木《あおき》組が仕切ってて、私が言うてた建設会社は、そのフロント企業やと分かった」

暴力団と聞いて、話が現実味を帯びた。

「放火されたのは一九九一年で、組員が二、三人死んでるらしい。それで当時、妙な噂が流れたみたいでね。火をつけた組員と一緒に、中学生ぐらいの少年が逃げたみたいや、と」

「少年？」

「さらに、この会社に井上姓の女性社員がいたということでね」

俊也は混乱する頭を整理するため、一度根本から事実確認しようと思った。

「青木と生島はどういう関係なんでしょうか？」

「分からんけど、生島の奥さんと青木が知り合いやった可能性はある。暴対刑事の生島と暴力団の青木。京都と滋賀の違いはあれど、お互いに情報交換しててもおかしくはない」

「青木は『ギン萬事件』に関わってるんでしょうか？　生島望が亡くなってから、千代子がそこで働き始めたなら、少なくとも望を追い掛けていた連中と青木は無関係でないと変ですよね？」

「それもあり得る。でも、全く逆も考えられる」

「逆？」

「青木は『くら魔天狗』の内々で揉めた生島を消して、その妻に事務の職を与えて飼い殺しにした可能性もある」

堀田の口から「消す」という言葉が出たのも驚いたが、自分の夫や娘に危害を加えた人間の下で働くなど、俊也には考えられなかった。

「では、放火犯と逃げた中学生が、聡一郎ってことですか？」

「年齢的には一致する。青木にしたら、聡一郎を自分の組に入れてしまえば、千代子の口を封じることができるから」

俊也はこの突飛な仮説について、いま一度考えた。

殺人は後戻りのできない犯罪だ。何がきっかけで警察の捜査が始まるかは誰にも分からない。完璧な遺体処理も必要になってくる。それに対し、父親が「ギン萬事件」の犯人であるという十字架を息子に背負わせたくはない母の親心を利用し、さらに当面の職を与えて生活を保障し骨抜きにした方が手を汚さなくて済む。つまり、この母子を後戻りできない状態に追い込むということだ。

生活と息子を押さえてしまった方が確実だと考える暴力団のやり方は、理論上成り立つかもしれない。だが、自分の家族を死に追いやった人間に、暮らしを支えてもらうなど耐えられることなのだろうか。

そこまで考えて、俊也は聡一郎の心情を忖度した。子を想う母親には耐えられても、息子には我慢ならなかったのではないか。放火犯と一緒に逃げたのは、本当に彼なのではないか。

燃えた会社は現在、何事もなかったようにホームセンターになっている。俊也は先ほど見かけた園芸エリアの花々を思い出した。クリスマスを彩るため、鮮やかに咲いたポインセチアの紅い花が、記憶の中で紅蓮《ぐれん》の炎に重なっていく。

抑圧の中で思春期を迎えた聡一郎は、日々何を思って過ごしていたのだろうか。職場が焼け落ちたことで、母子家庭に影響があったことはまず間違いない。だが、見方を変えればそれは、人生をリセットするチャンスでもあった。

聡一郎を捜すことは、独りよがりな感情だったのではないか。彼も自分と同じく、そっとしておいてほしいのではないか。そして俊也は、自らが阿久津英士になっていたことに気付いた。

「堀田さん」

俊也は電話の向こうにいる、父の親友に呼び掛けた。堀田は深刻な声音に気付いたようで「はい」と硬い声で返事をした。

河村から父の話を聞いたときの気持ちを思い出した。自分のすべきことを考えると、もう心がついていかない。身勝手だとは思ったが、俊也は我慢できずに口を開いた。

「もう、おしまいにします」

第六章

1

向けられる視線の変化は、目ではなく肌で感じるものだと知った。

スーツの内側が蒸すようで、阿久津はネクタイを緩めてからジャケットを脱ぎ、椅子の背もたれに引っ掛けた。

社会部の会議室。窓のない小部屋に取材班の記者が約二十人。皆が阿久津のレポートに目を通している。無線や仕手筋など、阿久津がつかんだネタは大きい。今後もそれらの情報が犯人グループへつながっていく可能性があるため、年末企画は今皆が読んでいるレポートを中心に構成することになった。

企画の連載開始までひと月を切り、取材も終盤に差し掛かった。これまでの成果だけでも、かなりの話題になるのは間違いないだろう。だが、未だに「くら魔天狗」の全体像は見えず、課題は山積している。ラストスパートに向け、総力を挙げてグループの全容解明に突き進む。

取材班に発破をかけるため、記者を集めたというのに、肝心のボスがこの場にいない。午後八時の会議開始前、携帯を手にして社会部に戻ってきた鳥居は、府警キャップに進行するように命じて、自らはコートを着て外出した。何らかのネタを仕入れたのだろうが、相変わらず顔に感情が表れないので期待していいものか、よく分からなかった。

ホワイトボードには「金田哲司、金田貴志（仮名？　キツネ目の男）、吉高弘行、上東忠彦（仮名？）」と、各々の名前が書かれている。引き伸ばした釣りの写真も貼ってあるが、上東のものはまだ見つかっていない。

「盗難車を用意したのが金田。仕手戦、これは海外の日系証券会社もしくは外資系証券会社を使った可能性もありますが、相場を操作した一人が吉高、金主のうち一人が上東。キツネ目の男は二度、現場で目撃されていますが、役割は不明です。会合を目撃したという堺の小料理屋『し乃』の板長によりますと、参加メンバーは七人。このうち、写真のない上東はその場にいたかは分かりませんが、少なくともあと三人。この三人の人定ができれば、かなり取材が進むものと思われます」

年次に関係なく、他部署の記者たちが阿久津の話に聞き入っていた。交通費のことで鳥居からやり玉に挙げられていたときとは、まるで立場が違う。今や府警本部のサツ回りと同じく、中心メンバーの扱いだった。事件記者は「ネタを獲ってナンボ」の世界だ。

「まだビデオの男がおらんな」

府警キャップが言う通り、西宮市内のコンビニに青酸入りドロップを置いた「ビデオの男」は、ホワイトボードに貼られている釣りの写真の中にはいないようだ。

「ほかにも青酸ソーダを手に入れる奴、電話関係に詳しい奴……、七人でいけるやろか？」

一課担の疑問ももっともだ。阿久津もやや少ないように思っていた。

「主犯じゃないけど、指示書を貼るのだけ手伝ったとか、そういう人間もいるんじゃないですか？」

「それも十分考えられるけど、端役の人間が三十年以上も口を割らんというのは異常やで。これだけのことをやる犯人やから、やっぱり全員が〝正社員〟ちゃうか」

経済部記者の意見に府警キャップが答えた。その後も「警察官かOBの仲間が必要ではないか」「ギンガの元従業員に当たれないか」など次々と意見が出る。皆、鳥居がいないだけで水を得た魚で、熱気のある話し合いが続いた。

「じゃあ、そろそろ今日のメインイベントに移ろか。阿久津から滋賀の取材について話してもらうわ」

阿久津は立ったままレポートを読み、名神高速の大津サービスエリアにはもう一通の指示書、もしくは手紙があったのではないかと仮説を立てたことや、大津支局の岸谷玲子が中村を見つけてきたことを話した。

「中村氏は滋賀と京都でバーを経営していて、その父親は既に他界していますが、元滋賀県警の所轄刑事です。暴力団担当が長く、遺品の中に気になる捜査ノートを見つけたことが、取材の発端でした」

その後、阿久津は八四年十一月十四日の欄が不自然に消されていて「京都」「もぬけ」という字だけがかろうじて解読できたこと、中村刑事の後輩だった山田という仮名の刑事に電話取材したことを報告した。

皆、レポートに目を通しているはずだが、取材した本人が話すうちにざわめき始めた。犯人のアジトが京都にあり、滋賀県警の特命刑事数人が極秘裏に踏み込んでいたというのだ。これだけでも一面級のニュースである。

「特筆すべきは二点です。まず、犯行グループが仲間割れをしていた可能性があること」

「『し乃』の会合で板長が言うてた『手打ち』やけど、これはサービスエリアの件を指してるんか？」

一課担キャップが質問を挟む。

「アジトを密告しておいて、手打ちも何もないと思います。犯人グループには既に亀裂が入っていて、ホープ事件の前に表向き杯を酌み交わし、犯行直前に何らかのトラブルが発生して、大津サービスエリアに向かったと考えています」

「でも、仮にそのアジトがAグループのものとして、AとBは一蓮托生やろ？　Aが捕まったらBのこと歌うで。そこがどうも腑に落ちん」

一課担キャップの意見は、皆も同じようで多くの記者が頷いている。

「そうですね……。グループAがBのことを話せない事情が必要やと思います」

「そら、なかなか複雑な事情やな……」

厄介だというように両手を後頭部に回した府警キャップは、阿久津に続けるよう促した。

「もう一点は、アジトに踏み込んだ山田刑事が、指紋について明言しなかったことです。特命を受けたのは三人とも、マル暴担当の刑事です。ということは……」

会議室のドアが音もなく開いた。瘦身の七三の男が入ってきた瞬間、熱気が凍りついた。鳥居は「ご苦労さん」の一言もなく、ホワイトボードの前まで来ると、マグネットを取って一枚の写真を貼り付けた。

中華レストランと見られる店内の円卓の向こうで、スーツの男が小さなグラスを掲げている。豊かな黒髪と銀縁のメガネ。切れ者の雰囲気が漂う一方、すれた印象も受ける。少なくとも「被害者」の顔ではない。

「アオキリュウイチや」

　鳥居がホワイトボードに「青木龍一」と書いた。

「見たまんまのインテリヤクザ。京都で事務所を持ってて、いくつかフロント企業も抱えとった。先に言うとくと、五年前に病死してる。学歴は高卒やけど、その高校が兵庫県の名門私立や。こいつはとにかく数字に強い。『ギン萬事件』発生二年前に施行された改正商法で、企業が総会屋に便宜を図れんようになった。そこに目をつけて総会屋と企業の間に入ってひと儲けしてたらしい。ここから脅迫した企業の内部情報を手に入れてた可能性は十分にある」

　鳥居は挨拶も抜きに、重要人物について淡々と報告し始めた。確かに空気が張り詰めはしたが、阿久津をはじめ記者たちは彼の話に引き込まれた。

「こいつはハブや。金田哲司の盗んだ車を捌き、吉高とは京都のパチンコメーカーを金主にする仕手を仕掛け、大阪の再開発事業で上東の息のかかった業者を地上げに使ってる。キツネ目の男はよう分からんけど、他の三人とは接点がある」

　双頭の一方の頭だと阿久津は思った。だが、これで五人だ。全部で七人なら、五対二の仲間割れなのか。それとも頭は初めから青木一人なのか。

「サツは青木をマークしてなかったんですか？」

「ギン萬ではノーマークや。金集めはうまいけど、組自体は小さい。前科は京都府警が挙げた旧証券取引法違反の一犯のみ」

「フロント企業というのは？」

「主に不動産と建設会社、あとはよう分からんコンサルや」

府警キャップとのやり取りを記者たちがメモする。ここに来て青木の存在をつかめたのは大きい。

「あと一つ、耳よりな情報がある」

鳥居はそう言うと、阿久津を指差した。

「阿久津が滋賀で電話取材したやろ？　京都のアジトに踏み込んだ話。特命の刑事がみんなマル暴担当で、指紋が出てるかどうかっていう段階で慌てて電話を切った。当然広報もされてないし、察庁にも言うてない」

「先ほどその話をしようと思ってたんですが、滋賀県警のマル暴担当関係者が関与してたんじゃないかって」

「青木と付き合いのある刑事が一人分かった」

「滋賀ですか？」

「そう。イクシマヒデキや」

府警キャップの問い掛けに頷くと、鳥居はまたペンを手にして、ホワイトボードに「生島秀樹」と記した。

「生島は元滋賀県警本部の暴対の刑事や。灰汁《あく》の強い奴やったみたいで、八二年に収賄の疑いで、県警内で極秘に退職させられとる。ヤクザに情報漏らして、金もろとったみたいや。こいつが青木と付き合いがあったらしい」

「在職中からですか？」

「分からん。でも、生島は県警を追われてから、京都で働いてたという話もある。或いは事件のちょっと前に知り合ったのかもしれん」

「生島は今、どこにいるんです？」

鳥居は、尋ねた一課担キャップに向かって首を振った。

「今んとこ所在不明」

まただ。事件に関係したと思われる男たちは皆、足跡を消している。唯一、青木だけ生死が判明しているが、亡くなっている以上「一問一答」は取れない。

「京都のアジトから出てきたんは、生島の指紋ということですか？」

京都総局の女性記者が手を挙げて質問した。今後、彼女の取材はアジトの捜索がメインとなる。

「可能性は十分あるな」

続けてこの女性記者が「滋賀県警はなぜ黙っていたんでしょう？」と鳥居に尋ねた。

「まあ、その指紋が生島のもんやったとしても、ギン萬の犯人とまでは言えんから、滋賀県警は何も言わんわな。それより、この生島がつるんでた奴に、産廃業者がおったらしい」

よく一人でこれだけの情報を集められるものだと、阿久津は鳥居の力量に舌を巻いた。一体、何人のネタ元がいるのだろうか。腹立たしいが、偉そうにするだけのことはある。と、そこまで考えてようやく産廃業者の意味に気付いた。

「青酸ソーダが手に入る」

鳥居の声に、記者たちがどよめいた。生島とその知人で合計七人。いよいよ主役が揃ったことになる。だが、阿久津はなぜか釈然としなかった。青木をボスと仮定すると、残りの六人のうちに裏切り者がいたということだろうか。では「し乃」での会合は何を意味するのか。

鳥居の隣に立ったままの阿久津は、ホワイトボードに留められた青木龍一の写真を見た。

この男に反旗を翻したのは、誰だ。

2

年季の入った引き戸の前に立ち、辺りを窺う。自転車に乗ったおばさんと目が合ったが、彼女は気に留める風でもなくそのまま遠ざかっていった。

ここを訪れるのは三度目になる。ガラス戸の木枠に耳を当て、中の様子を窺《うかが》った。話し声も人の気配もない。もし、中に女将がいれば、しばらく当たることができないので失敗は許されない。

会議から二日。あれから取材班は生島の写真を入手し、産廃業者が「山下」という高校柔道部の後輩であることをつかんだ。青木と生島の写真を当てる。板長の確認が取れるか否かで記事の信憑性は大幅に変わってくる。

この緊張の日々もあと少しだと自らに言い聞かせ、阿久津は引き戸を開いた。抵抗なく動いた戸の向こうは薄暗く、無人であった。第一関門はクリアだ。

「すみませんっ」

いつものように「はぁい」と返事があり、下駄の音が近づいてくる。これも変わりなくバンダナに無精髭の板長は、わざとらしくうんざりした顔を見せた。感触は悪くない。こういうとき、無表情が一番困る。

「また、あんたか」

「厚かましくてすみません」

「一遍ぐらい、ちゃんと酒呑みに来いよ」

「この取材が終わりましたら、必ず」

「ほんまかいな。でも、こっちも『すみませんっ』っていう声で大体分かってたんやけどな」


板長の笑顔を見て、自然と頬が緩んだ。

「女将さんが来るかもしれんから、ちゃっちゃと仕事済ませや」

この前取材に応じたことで吹っきれるものがあったのだろうか。気遣いに感謝し一礼した阿久津は、早速二枚の写真をカウンターに置いた。

「この二人は会合にいましたか？」

ニヤリとした板長は写真を手にすると、毎度の老眼で腕を目いっぱい伸ばした。

「あぁ、あぁ、そうそう。この人や。ごっつい貫禄あってん」

青木の写真だ。

「ボス、みたいな感じでした？」

「そうやなぁ。あっ、でも確かに金田さんはこの人にペコペコしてたような気がする」

「もう一人はどうです？」

言うまでもなく、生島の方がより重要だ。イエスなら滋賀で電話取材した山田の話は現実味を帯び、全体像の割り出しにグッと近づく。何より特ダネになるという下心が疼《うず》いていた。ここまでギラギラした気持ちになるのは十三年の記者生活で初めてのことだった。

板長が腕を伸ばして写真を確認する。柔道着を着た生島が、道場で腕を組んでいるものだ。

「あっ、この人や……」

意外な反応に阿久津は前のめりになった。

「生島秀樹を知ってるんですか？　板長さんが知ってるのは金田哲司だけやと思ってましたが……」

板長は「いや、名前までは知らんかってんけど、ちょっとね……」とバツの悪そうな顔をした。自分の知らないところで何か動きがあったのかもしれない。嫌な流れを感じる。

「誰か……、他社の記者が来たとか、そういうことですか？」

「いや、記者やないねんけど」

「記者以外の誰か……、警察ですか？」

「いや」

「ひょっとして、事件の関係者？」

板長が言葉に詰まるのを見て、阿久津の鼓動が速まった。

何としてでも引き出さねばならない。

加害者か被害者か。脳を締め付けて可能性を探る。常識で考えれば被害者の線が濃い。企業の誰かが、当時話せなかった事情を打ち明けたのか。確かなのは生島に関する情報ということだ。

「その方は被害者ですか、それとも犯人に関係する人ですか？」

「あぁ……、いらんこと言うてしもた」

板長はかなり悔いている様子だった。

「お願いです。教えてくださいっ」

阿久津が頭を下げると、板長は大きく手を振った。

「あかん、あかん。さすがにこれは言われへん」

「お願いします。被害者か加害者か。生島さんの関係者ですか？」

「いや……、被害者でもあり、加害者の関係者でもあり……」

微妙な言い回しだった。被害者本人が加害者の関係者ということなのか。答えが返ってきたことでさらに複雑になった気がした。

「その人はいつごろ来られたんですか？」

「九月の頭やったんちゃうかなぁ」

「一人で？」

「いや、二人で」

「二人？　いずれも男性ですか？」

「まぁ、そうやな」

「その後は何回来られたんですか？」

「いや、その一回だけや」

「生島さんの関係者ですね？」

「…………」

「元警察官ではないですか？」

「いや、ちゃうけど、こんなん答えとったら、いつか言うてまうやん。終わり、終わり。この話はしまいにして」

板長はわざとらしく厨房の方を見た。押しの一辺倒では逃げられてしまう。同時に、この好機を逸すれば次はないという重圧が両肩に伸し掛かる。女将というタイムリミットがある中で、阿久津は胃に鋭い痛みを覚えた。

「分かりました。では、話題を変えます。八四年の秋の会合ですけど」

ジャケットから釣りの写真を出して、三枚を横一列に並べる。

「この金田哲司さん、キツネ目の男、刈り上げの若い男、今日見ていただいたメガネのボスと生島さん。この五人の他に二人いたということですね？」

一度頷いた板長だったが「いや、ちょっと待って……」とうつむいてしまった。まさか、今さら人数が違うなどと言い出すのではないかと不安になった。企画の一発目で「犯人グループ特定」と少し大げさに展開しようという話になっている。だが、阿久津をはじめ取材班の中でも、七人では足りないのではないかという思いもある。

「九人やわ」

「はっ?」

「ごめん、九人やわ」

増えた……。急な展開に次の質問がすぐに思い浮かばなかった。

「よく憶えてるって言うてはったから……」

思わず非難がましい言葉がこぼれ、阿久津は自分でも慌てた。目撃者の勘違いなどよくある話だ。

「いや、すまん。顔は憶えてるんやけど、何で七人って言うたんかなぁ」

「それ、間違いないですか?」

板長はまた目を閉じて頷きながらカウントした。九回首を縦に振ってから「うん、今度は間違いない」と断言した。

「そうですか……」

「何か、俺、迷惑かけた?」

自分では気付かなかったが、困った顔をしているらしかった。先ほど聞いた男二人と新たに加わった犯人グループの二人。まさか同一人物ということはないだろう。限られた時間で四人に関する情報を引き出すのは不可能だ。

「さっき言うてはった男の人ですけど」

「さっき？」

「店に来たっていう。せめて彼らのことだけでも教えてもらえませんかね？　ヒントでもええんです。板長さんのお話ってことは完全に伏せますので」

犯人の二人も捨てがたいが、今接触できる二人の方が重要だと判断した。板長はしきりに唸っていたが、情けなさそうに眉根を寄せて阿久津を見た。

「あんたんとこに連絡ない？」

「私のところ？」

「うん。いやね、何かこう、なかなか深刻な事情があってな」

「その二人組の男性に？」

「そう。いくら大きな事件言うてもやで、三十年以上前の話を調べてる人らが、偶然同じ時期に、うちとこの店に来るなんて……」

いつ女将が来るか分からない状況で、何やら言い訳を始めた板長に苛立ちを覚えた阿久津は、タイミングを見計らって話を遮った。

「すみません、何でその二人が私の連絡先を知ってるんですか？」

「名刺をな、送ってしもたんや」

「名刺って、私のですか？」

「まぁ、そうや」

その後ろめたさがあって、今日はすんなり取材に応じてくれたのかもしれない。名刺なので確かに気持ちのいい話ではないが、腹を立てるほどのことではない。しかし、板長の申し訳なさそうな表情を見ているうちに、しばらくこの線で押してみようという気になった。

「それなら事情が違うというか、万が一、連絡がきたときに何も知らないというのは避けたいんですが」

「はぁ……」

「では名前までは聞きません。先ほどの話でしたら、一人が被害者で、一人が加害者の関係者ということですね」

板長が渋々といった感じで頷いた。

「被害者が企業関係者、加害者が生島さんの関係者、ですね？」

「いや……」

調理台に両手をついた板長が、うつむいたまま考え込んでしまった。悩んではいたが、まだどちらに転ぶかは分からない。断られた場合、次の一手が難しい。名刺の件で重圧をかけるのも限界がある。阿久津は祈るような気持ちで目の前の男を見つめた。

「名前は勘弁してもらいたいねんけど」

良心の呵責《かしやく》があるのか、板長は視線を逸《そ》らしたまま話し始めた。メモを取り出すと流れを止めてしまうような気がして、阿久津は一言一句を頭に刻み込もうと集中して耳を傾けた。

「九月の頭に年配の男と若い男が一枚の写真を持って来たんや。白黒の高校生の写真や」

「男子高校生？」

「そう。その二人は誰かから会合のことを聞いたみたいで、集まりの中にこの白黒写真の男はおらんか、と聞いてきたんや。さすがに高校生のときの写真見て判断できんかったから、知らんと答えたんやけど」

「関西人ですか？」

「京都や」

答えてから、板長はしまった、というように顔を歪ませた。

「二人とも京都ですか？」

「まぁ……そうや」

京都と聞き、阿久津は犯人グループのアジトを思い浮かべた。

「店に来た二人の年齢は分かります？」

「いやぁ、あんまり言いたくないねんけど……」

「それが分かったからと言って、特定できませんよ」

「年配の方は五十から六十、若い方はあんたと同じぐらいやと思うわ」

板長は渋々と言った様子で答えた。

「先ほど『深刻な事情』とおっしゃいましたが、だからこそ、板長さんは彼らに協力したんですよね」

いい流れだと思った阿久津は、相手が話しやすいように言葉を選んで距離を詰めた。ここが正念場だ。

「まぁ、その若い方がな、家の中からテープとノートが出てきたって言うて。そのテープっちゅうのが、犯人が脅迫に使《つこ》たテープらしいねん」

「えっ」

「犯人が企業に脅迫電話をかけるとき『あっち行け、こっち行け』っていう子どもの声が録音されたテープ流したやろ。その若い男によると、テープの声は自分のもので間違いないと」

子どもがいた……。生きていたのだ。この店に現れたのだ。

体が熱くなり、脈が乱れた。いつか聞いた姉の言葉が甦る。

「人の親になって思うけど、普通の神経やったら、自分の子どもをあんな事件に巻き込もうなんて考えへんよ」

何が何でも会いたい――。阿久津の興奮が伝わったのか、板長の表情が引き締まった。人に話すことで事の重大性を再認識した様子だった。

阿久津は気が急いて仕方なかったが、まずは事実を確認することだと、根気よく構えた。

「最初に示した白黒写真の高校生というのは？」

「その若い男の伯父らしい」

「一緒にいた年配の男は何者ですか？」

「若い男の親父の同級生らしい。そやからその伯父のことも知ってる口ぶりやった」

若い男がテープを発見し、父親の友人に事情を話した。父親には話せない訳があるのか、既に他界しているのか。これも理由は分からないが、二人は伯父が事件に関与していると推察した。阿久津は頭の中のフォルダーを高速で整理していった。一つ溢《あふ》れている情報――生島だ。

「生島さんはなぜ出てくるんです？」

「年配の方に聞かれたんや。柔道の重量級みたいな体で、耳の潰れてる男が、その会合におらんかったかって」

「生島さんとその年配の男性の関係は?」

「分からん」

「では、生島さんと〝伯父さん〟の関係は?」

「それも知らんな」

「ご覧になった白黒写真から、その高校生——つまり伯父さんですね、彼が会合にいたかどうか、本当に思い出せませんか?」

「いや、思い出せん」

手応えがない中で時間だけが過ぎていく。阿久津は必死に質問をつないだ。

「他に二人が言うてた、犯人と思しき人物はいますか?」

「いや、そもそもあの人らの目的は犯人グループそのものやなくて、身内が犯行に関わってるか確かめたいってことやから」

確かに板長の言う通りだ。自宅から「ギン萬事件」に使われたテープが出てきて、それが自分の声だったら……。

阿久津の中でにわかに変化が生じた。

東京でニシダにあったときに感じたブラックホールを前にしたような感覚。事件を追う記者として、阿久津は常に「犯人」に主軸を置いてきた。それはあまりに当たり前の考えだった。

しかし「なぜ今この事件を追うのか」という根本的な問いを前にしたとき、このまま当てのない犯人捜しをしていて事足りるのかが分からなかった。自分はこれまで必死に「過去」を追い掛けてきた。この事件に「現在」そして「未来」はないのか――。

「彼らの連絡先を教えてもらえませんか？　どうしても知りたいんです」

「それはあかん。勘弁してくれ」

「板長さん、もうこの事件はプライバシー云々のレベルを超えてます。そう思いませんか？　致死量の青酸菓子をばら撒いたんですよ？　国民や警察に唾を吐きかけ、さんざん楽しんで消えてしまったんです。何があったかを明らかにすることは、口幅《くちはば》ったいですが、社会正義です。犯人は許せない。一番罪なのは奴らが子どもを巻き込んだことです。巻き込まれた子どもに、もし、その子どもが不幸せなら、手を差し伸べることもできるかもしれない」

「ほんなら、こっちから一回連絡取ってみるわ。それで取材に応じてもらえるか聞くから。それでどうや？」

その若い男は記者が事件を追っていることを知っている。連絡がないということは、ＹＥＳの確率は低い。年配の男がついているなら尚更慎重な判断をするだろう。

「それに、ここに来た子は、立派に働いてたから」

「何をしてる人です？」

「テーラーや」

「テーラー？　あのスーツを仕立てる？」

「ええスーツ着とった。不幸そうには見えへんかったけど」

京都、テーラー、三十代。割れるかもしれない。タイムリミットが近づいてくる。

阿久津はできるだけ多くの情報を手に入れようと、詰めの質問に入った。

「ノートには何が書いてあったんですか？」

「ほとんど英語やったみたいやけど」

「英語？」

「そう。日本語の部分は『ギンガ』と『萬堂』のデータとか言うてたな」

「英語の部分には何が書かれてたんです？」

「オランダのビール会社の……」

「ひょっとして、ハイネケンですか？」

「そうそう。ハイネケンの会長が誘拐された話のことが書いてあって、それがギンガ事件のちょっと前の話なんやろ？　ほんで、当時その伯父がイギリスに住んでたから

『ノートは伯父が書いたもんやと思う』って若い方が言うとった」

「ハイネケン誘拐の何が書かれてたんです？」

「実際にオランダに行って、いろいろ調べてたみたいやけど、詳しいことは憶えてないわ」

高揚感が天井を打つと、人間の心は振り子の動きを見せるのかもしれない。異常な昂りと澄み切った心境は今、どちらも阿久津のものだった。

メモの〝東洋人〟は実在したのだ。一九八三年当時、イギリスからわざわざオランダに渡って事件のことを調べる東洋人がどれほどいたというのか。

「ソフィーは今も中国人と住んでいる」

コリンのメールを思い出し、頭の中で「中国人」を「日本人」に訂正する。

犯人グループの挑戦状の言葉が頭に浮かんだ。

ヨオロッパえ　いこう――。

3

ＬＥＤの青いイルミネーションが、忙しなく点滅している。

通りを挟んで対面にある雑貨屋のショーウインドウ。青く光るコードが蔦《つた》のように這うクリスマスツリーには、サンタクロースやトナカイ、雪だるまの小さな人形が飾り付けられ、床には雪綿が敷き詰められている。

クリスマスまであとひと月もあるのに。

曽根俊也は気の早いことだと冷めていたが、妻の亜美は店が殺風景だとこぼし、娘の詩織は「ツリー、ツリー」とうるさい。実際、ごちゃごちゃと飾り付けたクリスマスツリーはスーツを安っぽく見せる。かといって、地味なモミの木があっても邪魔なだけだ。

昔はクリスマスに心浮き立つものがあったが、いつの間にか正月に昼間から酒を飲んでいる方が楽しく思えるようになった。

「パパー、できたよぉ！」

作業部屋のドアが勢いよく開いて、詩織が飛び出してきた。カウンターの内側に立っていた俊也の膝に絡みつく。

「こらっ、お仕事中は入ってきたらあかんでしょ」

残念ながら、子どもの大声は仕立て屋の雰囲気に差し障りがある。普段は家の中で遊んでいるが、嬉しいことがあると、たまに言いつけを忘れるらしい。

詩織は悪びれる様子もなく、亜美のメガネケースを差し出した。中に魚のおもちゃや積み木が入っている。

「これ、ネットで買ってん」

想定外の言葉に噴き出してしまった。意味が分からないまま口走る娘を見ていると、怒る気が失せてしまう。きっと大人の会話を聞いて、音で覚えたのだろう。

「詩織はパソコンできんの？」

「はい。分かりましたぁ」

メガネケースを見せたことで満足したのか、詩織は再び作業部屋に戻り、ご丁寧にもドアを閉めてくれた。姿が見えなくなっても、かわいらしい残像が頭にあり、思わず笑みがこぼれる。

今日の来客は午前中に五人。うち二人がオーダーしてくれた。一人は常連の大学教授、もう一人は全国的にも知名度がある洋菓子店のパティシエ。一見《いちげん》だったが、スーツに関する知識は豊富で、なかなか手ごわい相手だった。採寸前の打ち合わせに時間がかかったものの、十分に意思の疎通が図れたとの充実感がある。

腕時計を見た。午後一時過ぎ。カウンターから出て生地棚の前に立ったとき、堀田はどうしているだろうかと考えた。予定では来週帰国するはずだ。生島千代子の実家を訪ねてから十日あまり。あの日「ギン萬事件」に関わらないと決めてから、俊也の心は軽くなった。堀田も何も言わずに自分の決断を受け入れてくれた。もちろん、なぜあのテープとノートが家にあったのかという不審は残ったままだ。しかし、河村から聞いた話が、父への疑念を薄れさせていた。

生地に触れようと手を伸ばしたとき、不意にドアが開いた。

冷たい風が頰を撫で、脳内の警戒ランプが灯る。これまで気配なくドアが開いたことなどなかった。第六感が非日常の展開を予言する。

俊也は出入り口の前に立つ男を見た。瞬間「あぁ、スーツを着潰している」と思い、普通の客ではないと判断した。それでも「いらっしゃいませ」と、自然に頰を緩められたのは、先代から商いを続けてきた歳月の賜物《たまもの》だろう。

ショルダーバッグを提げた男は人懐こい笑顔とセットのような無遠慮な様子で、つかつかと歩み寄ってきた。型崩れしたジャケットから名刺入れを取り出したとき、脳内の警戒ランプは激しく明滅し、アラームまで鳴っていた。

「大日新聞の阿久津と申します。突然お邪魔して大変申し訳ありません」

名刺を受け取ったとき、俊也の心臓は激しく波打っていた。ついに来るべきときが来たのだ。それはあまりに突然だった。

「少々お待ちくださいませ」

動揺を悟られないよう時間稼ぎに名刺を取りに行くふりをした。名刺ケースはカウンターの内側にあったが、無論、渡すつもりなどなかった。作業部屋へ入り、閉めたドアを背にして目を閉じる。大きく深呼吸して、取材を受けるか否かを考えた。或いは書かないでくれと頼んでみるか。先ほど膝に絡みついてきた詩織の顔を思い出す。

自分に守れるだろうか。

なぜ、もう関わらないと決めたすぐ後に、最も厄介な事態に直面するのか。俊也は自らの運のなさを呪いたくなり、無遠慮に店の敷居をまたいだ阿久津にも腹を立てた。

長く息を吐いてから、無理に笑みをつくった。ドアを開け、申し訳なさそうな表情を浮かべて、ドアの前まで戻った。

「ちょっと名刺を切らしてまして、曽根と申します」

阿久津は特段に気にする風でもなく「いえいえ」と言って手を振った。

同い年ぐらいだろうか。想像していたような強面の人物ではないが、隙のない雰囲気をまとっているようにも見えた。

「お忙しいところ申し訳ないんですが、少しお時間をいただけないでしょうか？　俊也さんにとって極めて大切なお話になると思いますので」

ファーストネームで呼ばれたことに違和感を覚えたが、すぐに理由に思い当った。この記者は伯父のことをつかんでいるのだ。記事化は避けられないかもしれないと思うと、心臓が乱れ打った。

「失礼ですが、初対面ですよね？」

俊也が牽制《けんせい》するように言うと、阿久津は親しげに笑った。

「ええ。不躾《ぶしつけ》で恐縮しております。しかし、伯父さまのことでお話がありまして」

「伯父ですか？　確かに亡くなった父に兄はいましたが、記憶にないので」

「お父様はお亡くなりになったんですか？」

俊也は余計なことを言ったと悔やんだが、表情に出ないよう頬を緩めた。

「ええ。それにしても妙な話ですね。なぜ私の伯父の話を？」

阿久津は少しためらいを見せた後、俊也の目を見て話し始めた。

「実は年末企画で『ギンガ・萬堂事件』を取り上げることになりまして、夏からずっと取材を続けています。その過程で、曽根さんの話を聞きつけまして」

「私がそんな大昔の事件に関係があると？　三十年以上前の話ですよ」

「私の名刺をお持ちではないですか？」

俊也は一瞬、言葉に詰まったが「知りません」ととぼけて見せた。板長がしゃべったのだと思うと、舌打ちしそうになった。

「ご自宅からテープとノートが出てきた、と伺いました。ノートは英文で、オランダのハイネケン会長誘拐事件について書かれていて『ギンガ』と『萬堂』に関する表記もある」

俊也は阿久津の視線が耐えられなくなり、目を逸らした。今になって、板長に打ち明けたことを激しく後悔した。

「テープは俊也さんの幼少のころの声が録音されていた。その文言が……」

全て書かれる――。

自分の声が「ギン萬事件」に使われたと、白日の下に晒されるのだ。あの犯人の身内だと知って、わざわざスーツをつくりに来る客などいるだろうか。それよりも、この先ずっと詩織を苦しめることになる……。パニックを起こしそうになった。

「お引き取りください」

これ以上我慢できず、阿久津を睨みつけた。

「いきなり店にやって来て、何を言うてるんですか。知りません。全部知りませんっ」

「今、私が話したことは事実ですか？」

これだけあからさまな拒否の姿勢を示しているのに、阿久津は引き下がろうとはしなかった。やはり、この男は記者なのだ。人当たりがよさそうだったのは、自分から情報を引き出すために過ぎない。

「もういい加減にしてくださいよ！」

俊也が怒鳴っても、阿久津は帰ろうとしなかった。じっと自分を見る目が怖くなって、俊也は相手の肩を思いきり突いた。阿久津がよろめくのも構わず、そのまま店の外に押し出した。

「いいですか。これが最後です。次、ここに来たら警察を呼びます」

阿久津は反論も頷きもせず、俊也の目を見続けた。胸の内を探ろうとする油断のない視線。俊也はドアの取っ手を握った。

「あなたの伯父さんに会ってきます」

狙い澄ましたかのような言葉に、俊也は動きを止めた。

この男は、伯父の居場所を知っているのか。伯父は生きているのか……。

聞いてみたいという衝動に駆られたが、すんでのところで堪えた。口を開いたが最後、阿久津は心の中に土足で踏み込んでくる。

「失礼します」

ギリギリの自制心を残してそう言うと、俊也は重たいドアを閉めた。

4

トラムが緩やかな石畳の坂を進む。

電車の中から街行く人々の服装を見て、改めて季節の移ろいを実感した。前にここに来たときは八月だった。ジャケットを取材バッグに引っ掛け、汗だくになりながら大学周辺を彷徨《さまよ》ったのだ。

十二月に入り、企画もいよいよカウントダウンに入った。曽根俊也に会い、取り乱した様子からテープの子どもだと確信した。現実に存在したのだという驚きはキツネ目の男の写真を見つけたときと同じだ。しかし、阿久津はあのときのような興奮を覚えることができなかった。人一人の、いや、家族の人生を狂わせてしまうかもしれないと思うと怖かった。それでも、記者として逃げるわけにはいかない。

「テーラー曽根」から戻った阿久津が俊也のことを報告すると、鳥居は頬を緩めた。実際、鬼の事件デスクが笑うほどのネタなのだ。自腹でもいいからイギリスに行かせてくれと頼み込むと、鳥居はいつもの冷たい表情に戻って言い放った。

「特ダネ取ってきたら、経費で落としたる」

同じ時間帯の深夜便で関空を出発したが、ルートは例のドーハ乗り継ぎで約二十時間。これまでの疲れが利子となって借金の一括返済を迫るように、ヒースロー空港からパディントン駅への列車内で鋭い悪寒が走った。幸い到着したのが日曜ということもあり、大学へ取材に行っても仕方なく、昨日はずっとホテルの部屋に閉じこもっていた。

今朝の目覚めは「中の下」といったところか。熱を測ったところでさしたる意味はない。行くしかないのだ。風邪で動けませんでしたと鳥居に伝える事態こそ「下の下」である。この寒気は冬の風のせいだと自らに言い聞かせ、できる限りの厚着をして早朝にホテルを出た。

これからのことを考えると、もう少しナーバスになってもいいのだが、気休めの風邪薬のせいか、いい具合にボーっとしている。今、阿久津の心にあるのは単純な旅情だった。よく晴れているシェフィールドの街並みを見て、大した道幅でもないのに開放的に思えるのはなぜかと考えていた。

大学前でトラムを降りると、強い風に吹かれた。

停留所を中心に、学生たちが東西に分かれていく。出張前に慌てて買った黒の革手袋をして、北西へ進んだ。一応地図のコピーはコートのポケットに入っているが、目的地までの道のりは頭に入っている。

レンガ造りのアパートメントが建ち並ぶ坂を上がり「クロックス・バレー・パーク」を目指す。ジャーナリズム学科ではなく公園を目指したのは、この前と同じ時間帯だったので、教授がまたあの公園にいるのではないかという推測が半分、もう一度美しい眺めを堪能したいという気持ちが半分だった。

ウェストン・パーク前の通りを歩いているとき、阿久津は「電柱だ」と思い当たった。通りに電柱がないのだ。それだけのことで随分視界がすっきりする。ミュージアム前の道を進み、マッシュルーム・レーンへ。しばらくすると左手の木々の間から例の〝ダム〟が見えた。

トラムの駅から十分ほどで「クロックス・バレー・パーク」の入り口に到着した。緑色の背の低い門は今日も開け放たれている。芝生の鮮やかさは夏と変わらず、丁寧に手入れされていた。芝生の北西にある柵の向こうで、男児二人がブランコに乗っていた。母親と思しき金髪の女が近くの短い滑り台に腰掛けて、少年たちを眺めている。

阿久津は南西にある池へ向かった。寒い日だったが、相変わらず釣り糸を垂れている男たちがいた。夏にいたメンバーと同一人物かどうかは分からない。しかし、茶色い三角屋根を持つ白いレストランも、池から店のテラス席までS字に芝生を刈った小路も、水面の輝きも何ら変わりはなかった。やはり、池の奥にどっしりと構えるあのレストランがあって初めて「クロックス・バレー・パーク」の風景は完成する。

阿久津は腕を組んで水際に立ち、ただ一つの例外——ソフィー・モリスの不在——について考えた。こうして当てが外れてみると、冬に外でサンドウィッチを食べなければならない理由はなく、自分がこの景色を目にしたいだけだったと、今はっきりと認識した。

次は仕事抜きで来よう。

あのテラスでギネスを飲みながら、お気に入りの小説を読む。英語の作品に挑むのも面白い。新聞社に入ってから、いつしか休日の過ごし方を忘れてしまっている。これも旅情かと、束の間の夏休みを夢見た後、来た道を引き返した。

入り口付近から歩いてくる細身の女性が目に留まった。女性は片手に大きなプラスチックのカップを持っていた。カフェで買ったコーヒーを相棒に、贔屓《ひいき》の公園で一服といったところか。体調面での不運をここで取り戻した気がした。

ソフィー・モリスは阿久津に気付くと、少しの間を置いて思い出したように笑った。彼女は歩みを止めずに、芝生のベンチを指差した。憶えていてくれたことにホッと胸を撫で下ろす。

二人はベンチの前で握手を交わすと、ほぼ同時に腰を下ろした。

「私のことを憶えてくれてたんですね？」

「ええ。ダイニチのジャーナリストだったわね。名前は……、ごめんなさい。忘れちゃった」

「もちろん、何度でも言いますよ、阿久津です。阿久津英士です」

「そうだったわ。アクツさん、ね」

「もしよろしければ、エイジで」

「今日も取材かしら、エイジ」

「ええ。笑わないで聞いてほしいんですが、同じ質問をしに来たんです」

「とても有益な仕事だわ。季節が変われば、私の答えも変わると、あなたは言いたいわけね」

「すみません。あなたとお付き合いをしていた、いや、今も交際している男性についての質問、という意味で同じです」

ソフィーはそこで初めてカップに口をつけた。

「続けて」

「前回と違うのは、私が中国人でなく、日本人について聞きにきたことです」

返事がなかったので、阿久津は話を先へ進めた。

「一九八三年当時、モリス教授は新聞社にお勤めでしたよね。お住まいはロンドンですか？」

「ええ。あなたの言う日本人と一緒にね」

「八三年の十一月、あなたの恋人はオランダにいましたね？」

「ヨーロッパ旅行って聞いてたけど。オランダにも行ったみたい」

「恐らく、彼はハイネケンの誘拐事件について調べ回っていました。日本に彼が書いたと思われる一冊のノートがあります。英文、イギリス英語でハイネケンのことを、そして日本の企業のことも書いているそうです」

阿久津は「ギン萬事件」の概要を手短に話した。この展開を想定し、予め英文をつくっていたことが役立った。

ソフィーは池を見たまま黙り込んでしまった。前回、一人の日本人記者の訪問により、彼女の胸の内に疑念が湧いたのは間違いないだろう。「当時、親しくしていた中国人はいません」の言葉に嘘はない。だが、誠意もない。たった一言、日本人だと話していれば、遠い東の端からやって来た記者は救われた。では、なぜそう言わなかったのか。

ソフィーは恋人の陰の部分に気付いていたのだ。彼の心の扉を開くのを恐れていたのかもしれない。

「差し支えなければ、モリス教授の恋人の名前を伺ってもよろしいでしょうか」

阿久津の言葉は力強かった。そして、それ以上に目で訴えた。必ず男に会って帰る、という意志を込めて。

ソフィーは大きなため息をついた。彼女は人生の半分以上の年月をその男と過ごしてきた。今、そんな当たり前の生活が根幹から揺らごうとしている。笑みが消え去った横顔からは、深い憂いが痛いほど伝わってきた。

ジャーナリストとして、教鞭を執っている。それは阿久津にとって切り札となる言葉であり、最も言いたくない台詞でもあった。彼女の職業倫理を信じて、相手を見つめ続けた。

「タツオ、ソネ。漢字は分からない。何度見ても憶えられないの」

呆けたような表情のソフィーに「ソネさんは今、家にいるんですか」と尋ねた。

「いえ、今日はヨークにいるの」

「ヨーク？」

具体的な距離感は分からないが、北の方のイメージはある。シェフィールドまで来て、また遠出することになるとは予想していなかったので、さすがに面食らった。だが、目の前に岐路はなく、真っ直ぐ前進の一手があるのみだ。

「ヨークのどこへ行けば会えますか？」

「平日は、旧市街地の書店を手伝ってるの」

阿久津がコートのポケットから取り出したメモとシャーペンを差し出すと、ソフィーはためらうことなく店の名前を書いた。

「もう見飽きちゃったけど、しばらくここの景色を見ているわ」

一人にしてくれという心の叫びを感じ取った阿久津は、立ち上がって頭を下げた。

そして、振り返ることなく歩いて緑の門を抜けた。たとえ後ろ姿でも、見てしまえば後ろめたさを感じる。真実は時に刃《やいば》になる。それが周囲の人間を傷つけてしまうこともある。しかし、それでも伝えなければならない。突き詰めれば「いい人」で終われる仕事などない。

トラムの駅へ向かう途中、阿久津にあるアイデアが閃いた。何度か頭の中で確認した後、悪い考えではないと結論付けた。革手袋を外すと、経理部の岡田に言われた通り海外設定にしているスマートフォンを取り出した。

プラットホームの階段を上がり、連絡通路を歩く。

途中で足を止めて、ホーム全体を見渡した。アーチ状の天井の頂付近は格子状の骨組みで、陽の光が降り注いでいる。全英で最も人気の観光スポットの一つ。その最寄駅にしては質素だが、飾り気のない光景に大人の落ち着きを感じた。

阿久津はバッグの中からガイドブックを取り出し、熱っぽい体を引きずって歩いた。半ばまどろみの余韻の中にいるのは、つい十分ほど前まで眠りに落ちていたからだ。

公園を去った後、シェフィールド駅からナショナル・レイルの長距離列車に乗った。五十分ほどの移動にファーストクラスを選んだのは、倦怠感に加え、腰まで痛くなってきたからだ。少しでも長く体を休めておきたかった。

犯人との接触は、事件記者にとって最大の勝負所だ。しかも昭和史に残る未解決事件の犯人である。大一番という言葉も決して大げさではない。無線の交信記録が手に入ったのも、滋賀県警の特命刑事に辿り着いたのも、粘りの取材が功を奏したと言えなくもないが、やはり阿久津は強い運を感じていた。前回イギリスに来たときには全く見えなかったレールが、目の前に延びている。強力な磁場に吸い寄せられるように、今、自分はレールの上を走っているのだ。

あまり力の入らない足で進むうち、情けないことに阿久津は駅の中で迷子になってしまった。大量の自転車が駐輪してある、プラットホーム横の階段を下りて歩いて行くと、青空駐車場に出た。この駅も改札がないようだ。東側の道路の向こうに城壁が見える。ガイドブックによると、この城壁は四キロあまり続き、途切れている地点が三ヵ所あるものの、現在でも旧市街地を囲っている。

城壁へ向かって駐車場を進んで行くと、フェンスの切れ目を見つけた。金網の戸が開け放たれている。戸には「NO STATION ACCESS」と書かれた看板が掛かっていたので、やはり進行方向を間違っていたようだ。しかし、開いていることをいいことに、阿久津はそのまま外へ向かった。階段を上がって道路に出ると、ようやく駅から脱した気分になった。

城壁には「バー」と呼ばれる六つの城門がある。ナナリー・レーンの歩道から見える「ミクルゲートバー」は左右対称の石造りで、黒ずみやひび割れまでも厳《おごそ》かに感じる。「ゲートバー」というと、門が重なっているように聞こえるが、「ゲート」は「通り」を意味する。

阿久津は背の高い城門を潜って旧市街地に入った。

ソフィーから聞いた書店の所在地は、既にスマートフォンで調べていた。このミクルゲート沿いにあり、城門から三百メートルほどのところに店を構えている。中世の街並みが残る旧市街地は、趣のあるレンガ造りの建物が軒を連ね、石畳の歩道は厚着した人で溢れていた。

このような別世界で犯人と対峙するのかと思うと胸が高鳴った。これまでの取材を思い、もう少し感慨に耽る時間がほしかったが、三百メートルの助走ではひと足ごとに目的地が近づいてくる距離感だ。

緩やかなカーブの途中で足を止めた。反対側の歩道から書店の様子を窺う。三角屋根まで赤レンガのこぢんまりした構え。二階に白い格子の出窓が二つ並び、その真上にも平面の窓が二つ。三階部分の平面の窓ガラスが、青空に浮かぶ雲を映している。一階のショーウインドウも左右に分かれ、右側は棚に入った本を展示し、左側は表紙が見えるよう正面を向けて並べている。淡いタッチの異国の風景画に出てきそうな愛らしい佇まいだ。

阿久津は革手袋を取って、右の手のひらを左胸に当てた。かなり鼓動が速まっている。何があっても食らいつこうと、開いていた手を拳《こぶし》に変えた。

車の切れ目を確認して、アスファルトの車道を渡る。間口の狭い出入り口の前に立ち、木枠のガラス戸を開けた。右手の壁一面の棚は本がぎっしりと詰まっていて、並べきれない本が段ボール箱の中に入って通路に置かれている。中央の長机の上、左の壁一面も全て書物で一分《いちぶ》の隙もない。

正面の木製カウンターは座り仕事に適した高さで、どっしりと重量感がある。L字に組み合わせるようにしたデスクの上にはレジとデスクトップパソコン。カウンターの向こうの小さな椅子に、主の姿はなかった。

うなぎの寝床の造りで、奥にも部屋が続いているようだ。

「Excuse me」

阿久津が声を張ると、奥の部屋から白髪の東洋人が姿を現した。その顔を見たとき、阿久津は大津サービスエリアにいたのは、この男だと確信した。そっくりというほどではないが、大きなメガネフレーム越しにある釣り目は、感情の読めないキツネ目だった。

「日本の方ですか?」

阿久津が問い掛けると、男は穏やかな声で「ええ」と返事をした。男が手にしていた本をカウンターに置いたのを合図に、歩み寄る形となった。相手が握手を求めたので、右手を差し出した。阿久津より二、三センチ上背がある。

「日本のどちらから?」

狂いのない関西弁のイントネーションだった。

「大阪です」

「あぁ、やっぱり。私も出身は関西でして」

「関西のどちらですか？」

「京都です」

「あぁ、いいとこですね。何となくこのヨークに似ている気がします」

「ええ。不思議なもんで、私もこの街にいると心が落ち着くんです」

男に警戒する様子は見られなかった。ソフィーから連絡がきていないのか。

「一人旅ですか？」

「ええ。観光地とはいえ、イングランドの北の街で日本の方にお会いできるとは嬉しいです。阿久津と申します」

男は笑顔のままで名乗ろうとはしなかった。阿久津は強引に「ええっと、何とお呼びすればいいでしょうか」と距離を詰めた。

「あっ、失礼しました。ソネです」

ビンゴだ。気付かれないよう静かに息を吐く。

「ソネさんはずっとこちらに？」

「ええ。もう長いですね」

「日本に帰ることはないんですか？」

「ないですね。もう何十年とイングランドにいますよ」

ソネは笑みを湛えたままだったが、少し空気が変わったような気がした。阿久津の方もそろそろ勘付くころだと思っていたので、動揺はなかった。

「何かお探しの本がおありで？」

「いえ、実はソネさんに用があって来たんです」

「そうですか。日本人にしては随分フレンドリーな方だなと思ってたんです」

微塵も驚いた素振りを見せない男に、阿久津はやりにくい相手だと思った。様子見はここまでだと判断し、名刺を手渡した。

「大日新聞の記者さんですか。はぁ、こんな遠くまで、また何で私なんかを？」

「三十一年前に起こった『ギンガ・萬堂事件』を取材していまして、最終的にここに辿り着いた次第でして」

頰に浮かんでいた笑みが冷たく引いていき、ソネは無言のまま阿久津を見つめた。かなりの圧力を感じたが、視線でその圧を押し返した。

「おっしゃっている意味がよく分かりませんが」

「ここへ来る前、ソフィー・モリスさんに会ってきました」

ソネは感情を押し殺すように口元を引き締めた。

「一九八三年の十一月にアムステルダムでハイネケンの会長が誘拐されました。この事件について、調べておられましたね？」

「…………」

「ソフィーさんによると、あなたはその時期ヨーロッパを一人で旅していた、と。もちろん、アムステルダムにもいらっしゃったと思いますが」

「…………」

このままだんまりを決め込まれると、自分の方が消耗すると考え、一枚目のカードを切ることにした。

「当てずっぽうで話しているのではありません。ソネさんの甥っ子さんがノートをお持ちです」

そこまで話して、ようやくソネは長い息を吐いた。

「俊也がそのノートを見たんですか？」

阿久津は、肩を怒らせ「いい加減にしてくださいよ！」と叫んだ俊也の顔を思い出した。

「私が訪ねると、かなり動揺していらっしゃいました。現在は『テーラー曽根』の二代目で、小さな娘さんもいらっしゃるそうです」

取材班で調べた事実を告げると、ソネは微かに口を開いた。阿久津は真っ直ぐ相手を見据えて言った。

「少し前まで俊也さんが、あなたを捜していた形跡があります。彼はテープの声が自分のものだということも知っているようです」

ソネは真顔のまま何度か頷き「あの子は何て言うてましたか？」と聞いてきた。

「あなたに関する記憶はない、と」

苦笑いしたソネは、先を促すように阿久津を見た。

「それぐらいです。感情的になられて追い返されました」

「阿久津さんはまた、あの子の所へ行かれるんですか？」

「分かりません。あなたのお答え次第です」

脅すようで卑怯に思えたが、一歩も引く気はなかった。

「私がここまで来たことからもお分かりになると思いますが、我々の取材はかなりのところまで進んでいます。『くら魔天狗』のメンバーは、ほぼ特定しています」

「そうですか……」

「この事件は決して個人的なものではなく、社会に与えた影響は極めて大きい。我々が事実を報道する限り、もはや秘して幸せになる人はいません。私は『ギン萬事件』は未解決にしてはいけない事件だと思っています。どうか、お話を聞かせてください」

阿久津はそう言うと、心を込めて頭を下げた。しばらくその姿勢を保っていると、ソネが意外なほど柔らかい声を出した。

「阿久津さんは、ヨークに来られるのは初めてですか？」

顔を上げた阿久津は、戸惑い気味に頷いた。

「外に出ましょう。ちょっと寒いでしょうけど、風は冷たい方が気持ちいいですから」

5

店を出てすぐ、車道が石畳に変わった。

旧市街地がさらに時計の針を巻き戻したように思える一方で、時の経過を感じさせる石造りの教会がパブに生まれ変わり、その対面ではスーパーマーケットが営業している。しかし、不思議と雰囲気は保たれたままだ。

午後一時を過ぎ、既に陽は傾き始めていた。夏至《げし》のころは午後九時過ぎまで明るいというのに、冬至《とうじ》に近づくと午後四時前に陽が沈む。夏の終わりと冬の始めに訪れた阿久津は、陽の長さでもイギリスを実感した。

ミクルゲートを進み、ウーズ・ブリッジに差し掛かった。橋からの眺めを見て、思わずため息が出る。ウーズ川の両岸には、赤レンガのホテルやレストランなど風情ある建物が流れに沿って連なっていた。

隣のソネもウーズ・ブリッジからの景色を楽しんでいるようだった。両翼を広げた一羽の鳥が、空と川面の間を飛んでいく。橋の上にいた金髪の男児が、その鳥を見て何やら声を上げていた。白いダウンジャケットを着たソネは、男の子を見て少し頬を緩めた。

「俊也が小さいときに、一度動物園に連れて行ったことがあったんですが、泣かれて大変でした。レオポンを見に阪神パークへ行ったんです」

「レオポン」も「阪神パーク」も久しぶりに聞いた。阿久津は「懐かしいですね」とだけ返した。その後、ソネは話を続けなかった。

橋を渡り終えるタイミングで、阿久津はそろそろ始めようと腹に力を入れた。

「同じ川でも安威川とは全然雰囲気が違いますね」

ソネは何も答えずに歩き続けた。

「あの倉庫は今もあるんですよ。河原にポツンと。あれは地元の人間じゃないと見つけられないですね」

「…………」

「アムステルダムも運河の街ですよね。ソネさんは、オランダでハイネケン誘拐事件を調べられて、例えば新聞告知を使うところとか、人質の声を録音するところとか、そういった点を参考にされたんですか？」

「…………」

外の空気は冷たかったが、むしろ額の熱を冷やしてくれて心地よかった。阿久津はこの体調なら十分戦えると自信を深めた。

「はっきり申し上げます。私はソネさんが『ギン萬事件』に関わっていると思っています。あなたはずっとイギリスにいたわけではなかった。事件があった期間、日本にいましたね？　八四年の秋ごろ、大阪・堺の小料理屋『し乃』で、犯人グループが会合を開いています。挑戦状に出てくる『新春けいさつかるた』について話していたと、その店の板長が証言しています」

「…………」

「『いいわけは　まかしといてと　1課長』。これはあなたが考えたんですか？」

ソネからの答えはなかった。無表情のまま、前を見て進んでいく。阿久津はここにきて、彼が自分を外へ連れ出した理由に思い当たった。横並びに歩くことで視線を合わせずに済む上、無言によってできる嫌な間をやり過ごしやすくなる。止まった状態で向き合っていると「会話」するしかない。しかし、今ソネは「会話」と「移動」を選択できる。

切れる相手だ。荷が重いと感じる一方、この男が計画を練ったのだと確信した。考え事をして歩いていると、イヤホンマイクで電話している女とすれ違いざまに肩がぶつかった。互いに「Sorry」と声を掛ける。

旧市街地も中心部まで来ると、ほとんど車の通行がなくなった。石畳のウーズゲートは、道幅の全てを歩行者が埋めていた。このまま黙っていては相手のペースに呑まれると思った阿久津は、声を張って話し掛けた。

「私は犯行グループが二つに分かれていたのではないかと考えています。つまり、双頭の天狗です」

その表現がおかしかったのか、ソネはフッと息を漏らした。

「取材した限りでは、経済ヤクザの青木龍一。彼がいわゆるハブになって、金田哲司、吉高弘行、上東忠彦をつないだのではないかと考えています」

阿久津は一人ひとりの名前を読み上げるようにはっきりと発音したが、ソネの視線は前を向いたままだった。

「自動車盗の金田哲司は金田貴志と名乗っていたキツネ目の男と親しく、仕手筋の吉高と哲司は無線交信をしていて、我々はその交信記録も所持しています。そして、吉高の金主の一人が上東。青木を中心に、それぞれのメンバー間での結び付きもある。仮に彼らをAグループとします。私はソネさんをBグループに分類しています」

「…………」

「元滋賀県警の生島秀樹、その後輩である山下某、正体不明の男、それにソネさんを加えたメンバーがBグループです。『くら魔天狗』は以上の九人で構成されます。先ほども申し上げましたが、その九人が八四年の秋に、大阪の小料理屋で『手打ち』の会合を開いています。ここまでいかがですか？」

相変わらず返答がなかったが、無視されるのにも慣れてきた。

「あなた方は六つの企業を狙いました。最後の鳩屋と摂津屋はお遊びとして、最初の三つの企業、ギンガ、又市食品、萬堂製菓については、株価操作で随分儲けたんじゃないですか？　車で運ばせた現金など最初から奪う気はなかったんでしょ？」

「…………」

「しかし、四件目のホープ食品事件では、車の中の一億円を本気で奪おうとしている。事件の直前に開かれたであろう手打ちの会合が、何らかの火種を示しているように思えてなりません」

ソネの表情に変化はなかったが、阿久津には彼が何かを考えているように見えた。記者が持つカードの数を読もうとしているのか、告白のタイミングを探っているのか。いずれにしても、知っていることを全てぶつけるしか策はない。

「ホープ事件のあった八四年十一月十四日夜、あなたはキャップをかぶり、サングラスをかけ、大津サービスエリアにいた。間違いありませんか？」

三叉路に突き当たると、ソネは「こっちへ行きましょう」と、パーラメント通りを選んだ。事件のことを話し始めてからやっと口を開いたので、阿久津は少し心が軽くなった。

「大津サービスエリアの指示書は観光案内板の裏にありました。しかし、四年前に放送されたテレビのドキュメンタリー番組で、捜査を主導していた大阪府警に黙って、滋賀県警の刑事がその場にいたことを告白しています」

ソネはそのことを知らなかったようで、阿久津の顔を見ると、続けるよう目で促した。

「その刑事は番組の中で、キツネ目の男が観光案内板ではなく、ベンチの裏に『一所懸命何かを貼っている状態が確認できた』と証言しているんです。そこで私は、指示書が二枚あり、キツネ目の男も二人いるのではないかという仮説を立てました。当初は私自身、半信半疑なところはありました。でも、ある捜査ノートを見つけたことで、一気に取材が前進したんです」

阿久津は敢えてもったいぶった言い方をして、ソネの反応を窺った。事件に関わった者として、新事実のニンジンをぶら下げられて食いつかないわけがないという計算があった。口の重い対象者には、とにかく喋らせることが重要だ。

「続けてください」

相手の反応に満足した阿久津は、ひと呼吸分の間を置いた。

「ある刑事の遺族宅にお邪魔したとき、手帳サイズの捜査ノートを見せてもらいました。八四年十一月十四日のページは不自然に消されていましたが、アジトに関する言葉が確認できました。その後、犯行当日に滋賀県警の暴力団担当三人が、犯人の京都にあるアジトに踏み込んでいたことを、その亡くなった刑事と行動をともにした人から教えてもらいました」

「中には誰もいなかったんですね？」

「ええ」

「そうですか……」

ソネは厳しい顔つきで、ダウンジャケットのポケットに両手を入れた。

「県警内で極秘に結成された、いわゆるマル暴担当の特命班が、アジトから指紋を検出している形跡があります。しかし、捜査はそこでぷっつりと途切れ、警察庁にも大阪府警にも報告していません。私はその指紋が、生島さんのものだったのではないかと考えています」

前方に大きい広場が見えた。ソネは阿久津に断るでもなく広場に向かうと、そこにあった木製ベンチに腰掛けた。しばらくは黙って座っていたが、一つため息をつくと、右手で何かを書く素振りを見せた。

阿久津は取材バッグからノートとシャーペンを取り出し、ソネに手渡した。ソネは右手に白い息を吹きかけると、ノートにペンを走らせた。

——曽根達雄、生島秀樹、山下満《みつる》、谷敏男《たにとしお》——。

大人びた美しい文字が示したのは恐らく、Bグループのメンバーだ。驚くとともに、犯人像の解明という点で一つ区切りがついたような気がした。

曽根達雄からノートとシャーペンを受け取った阿久津は、隣に腰掛けた。

「一番上が私です。生島さんはおっしゃる通り元滋賀県警の刑事で、山下さんは生島さんの高校の後輩で産廃業者。彼が青酸ソーダを用意しました。谷君は電電公社の職員で、逆探知や無線についていろいろ教えてくれました。犯行計画の大半は私が考えましたが、青木との接点を持っていたのは生島さんです」

達雄の表情を観察しながら、素早くメモをとった。阿久津はこれから始まるであろう告白に備えた。

「私の父、曽根清太郎は過激派左翼に殺されました。一九七四年の十二月のことです。父はギンガに勤めていました」

ここでつながるのか、と「ギンガ」の文字を何度も丸で囲った。

「ご存じかもしれませんが、東大の安田講堂陥落から、学生運動は一気に下火になり、新左翼勢力が度々大きな事件を起こすようになります。よど号ハイジャック、あさま山荘、テルアビブ空港の銃乱射事件……」

六九年、七〇年、七二年……七二年だったかと、頭の中で各事件の時系列を追った。

「そして七四年には武闘派左翼が三菱重工ビルを爆破し、八人の死者を出しました。単なる暴力装置と化した彼らが大義を叫ぶほど、大衆の目は冷ややかになっていきました。一方で、内向きにも負のエネルギーが充満し、七三年ごろから新左翼内でのゲバルトが活発になって、凄惨《せいさん》なリンチが日常化していったんです」

達雄の言葉を書き連ねながら、阿久津はほんの少し違和感を覚えた。だが、淡々と続く独白が、その答えをまとめる時間を奪った。

「七四年当時、父はギンガの東京支社で単身赴任生活を送っていました……」

達雄の父、清太郎は東京で左翼運動をしている学生たちと懇意になったが、敵対する左翼集団が清太郎を彼らの仲間《シンパ》だと勘違いして襲撃した。清太郎は鉄パイプで頭を殴られ、死亡したという。

「新聞が父の死は内ゲバによるものと報道したため、寂しい葬式になりました。ギンガの関係者は父が極左集団に関与していたと思い込んで、関わり合いを避けたそうでした。一応退職金などは出ましたが、その当時の私には会社の対応が随分冷たく映りました。犯人の一人が捕まって、父が過激派と無関係だと分かっても、一度着せられた汚名を濯《そそ》ぐことは容易ではありません。犯人が拘置所で首を吊った後は、怒りのやり場に困って苦しみました。父に面倒を見てもらってたという学生たちが会いにきたのは、ちょうどそのころです。彼らは誠心誠意謝罪し、父の死を悼《いた》んでくれました。彼らと話すうちに、私は父を殺した組織をさらに憎むようになったんです」

先ほど抱いた違和感の正体は、的確な言葉の選択と理路整然とした話の運びだと気付いた。続きを聞く前に、その後達雄が活動家の道を歩んでいくことが分かった。

「自分にはミツオという二つ違いの弟がいますが、彼は私のように怒りを露わにすることはありませんでした。洋裁の専門学校を卒業した後、京都市内のテーラーで修業を始めました。母親と慎ましく暮らし、二十四歳で結婚して、翌年に俊也が生まれました」

阿久津はすかさず漢字の確認をし「光雄」と記した。

「私はほとんど大学へは行かなくなり、上京して仲間と暮らすようになりました。自分たちの革命を成し遂げる上で敵の殲滅《せんめつ》は、必要不可欠な要素だと信じていましたから。『正義の報復』のための『的確な暴力の行使』といったところです。実際のところ、正義と暴力を結びつける構図は、戦争の縮図です。犠牲者が増えるにつれ憎しみが募り、双方ともに感覚が麻痺していったんだと思います。当時の私たち同志の間では、これらの行動は内ゲバではなく『反革命集団との闘争』という位置づけでした」

これまでの沈黙が嘘のように、達雄の口が回り始めた。

反帝をスローガンに掲げるはずが、いつしか敵を襲ってはそれぞれの機関紙で「大本営発表」し、その戦果を誇った。顔も知らない誰かへ向けて爆弾をつくり、名前も知らない誰かへ目掛けて鉄パイプを振り下ろす——。達雄は「動いていないと不安だった」と吐き出すように言った。

「私たちは三人を一班として行動を共にしていましたが、他班の人間に関しては、名前も知らない人もいるぐらい横のつながりが希薄でした。ある日、敵のシンパを殲滅すべく、二班六人の同志が集まりました。銭湯へ向かっていた男性、四十歳ぐらいやったと思いますが、路上で彼を追い詰めました。男性は『人違いだ』『小さい子どもがいる』などと必死に訴えました。こちらも、敵とはいえシンパですから、軽く痛めつけるだけにしよう、『スイカ割り』はなしにしようと事前に決めていたんです。しかし、仲間が男性を羽交い締めにしようとしたとき、他班の仲間がいきなりバールで頭を殴ったんです。その一撃で男性はピクリとも動かなくなり、ひと目で亡くなったのが分かりました」

達雄は両手を組み合わせ、左右の親指で眉根を押さえた。歪んだ顔は、後悔と闘っているようにも見えた。

「組織に入って一年あまり、私も数々の襲撃に加わりましたが、目の前で人が死んだのは初めてでした。直後に女性の悲鳴が聞こえたので、私たちは男性を置いて逃げました。それからです。あの男性と父親は同じだったのではないかと思うようになって、苦悩の日々が始まりました。私は最も父が望まない生き方をしているのではないか、父を裏切っているのではないか、と。翌日の朝刊で男性が亡くなったことを確認しました。完全な〝誤爆〟でした」

「関係のない人を殺《あや》めてしまったんですね？」

「はい。私は次第に組織と距離を置くようになっていきました。しかし、国内にいるとしつこく襲撃に誘われますし、断ると自己批判を迫られます。そこで海外に渡り、考えを整理しようと思い至りました。定職にはつかず、数年間バイト生活を送りながらヨーロッパと京都を行き来しました」

「イギリスにはいつからお住まいなんですか？」

「八〇年ごろです」

「なぜ、イギリスだったんですか？」

「革命は起こせないと分かりましたし、何より暴力に疲れていたんだと思います。それで社会民主主義の世界を覗いてみたくなったんです。しかし、実際イギリスに来てみると、閉塞感に息が詰まりそうになりました。阿久津さんは『英国病』という言葉をご存じでしょうか？」

阿久津はコリンが言っていた「オランダ病」を思い出し、似たようなものかと曖昧に頷いた。

「戦後、イギリスは福祉と経済の理想像を具現化しようと試みました。いわゆる『ゆりかごから墓場まで』です。しかし、一九六〇年代半ば以降、社会保障費の増加で財政が逼迫《ひっぱく》し、産業保護によって国際競争力が低下しました。ストライキが横行し、七〇年代後半になると、ロンドンの街角ではゴミ袋や段ボールなどが積み上げられて放置されてました。かつての大英帝国は、人間の幸福を追求した末、泥沼に沈んでしまったんです。簡単に言えばこれが『英国病』です」

達雄はそこで一度、喉の調子を整えるように咳払いをした。

「その様を見て、非常にショックを受けました。若かった私は、人は満たされると腐るのだと悟りました。そもそも満たされるようにできていないんだ、と。スターリンの一国社会主義を無責任に捉えていましたが、もうそれどころではないと考えるようになりました。欲求がある限り、平等が最優先事項になることはない」

積年の思いが溢れ出たのか、達雄はまくし立てるように話した。メモが追いつかず「英国病」の概要を書き留めるのに精いっぱいだった。

「サッチャーの登場は必然だったにせよ、外科手術には大きな副作用を伴いました。

民営化に労働組合の弱体化。『英国病』という癌《がん》を取り除くために、彼女は国にメスを入れましたが、金融業の規制緩和でロンドンのシティには外国資本が集まった一方、炭鉱閉鎖や製造業衰退で地方経済は縮小しました。そして、なかなか経済の低迷から抜け出せない中、フォークランド紛争が起こったんです」

紛争は八二年三月、アルゼンチン海軍が英領のフォークランド諸島の島に寄港し、無断で民間人を上陸させたことから始まる。一時はアルゼンチン軍が島を制圧したが、イギリス軍が三週間ほどで島を奪還。六月中旬にアルゼンチン軍を降伏させた。

この勝利は、国民が長らく忘れていた海洋大国としての矜持をくすぐり、領土を守るため断固とした姿勢で戦ったサッチャーが、リーダーとして認められる契機にもなった。

達雄は紛争の経緯をかいつまんで説明した後、寂しそうに笑った。

「そのころ、私は既にソフィーと交際していました。彼女は勝利に興奮した様子でしたが、私の心は急速に冷えていったのです。戦後、幸福を求めて社会民主主義を標榜し、うまくいかなくなると、対極の思想を持つ政治家が国の施策をひっくり返す。そして、副作用にあえぐ国民たちの反発を鎮め、曲がりなりにも国を一つにまとめたものは戦争だった。私は日本で、手前勝手な大義を設け、数多くの人たちを傷つけ、そんな自分に疲れて祖国を離れました。しかし、結局『英国病』を患っていた人々が選んだ薬は、武力だったのです。保障されることで勤勉さを失う人々にも呆れましたが、戦争に勝ったことでV字回復したサッチャーの支持率を見て、私は途方に暮れました」

話を聞くうちに、シャーペンを持つ阿久津の手は止まっていた。「突き詰めれば何も残らない」という禅問答のような世界に放り込まれた気がしたからだ。その虚無は達雄にとっては真理かもしれない。だが、その長年にわたる物思いが「ギン萬事件」の動機の土台なら、これほどくだらないものはない。

「生島さんがロンドンに来たのは、それから約一年後のことです」

阿久津の心情を察したかのように、達雄が生島の名を出した。個人史のトンネルを抜け、これからようやく事件の闇に陽が当たる。記録を再開するつもりで、シャーペンを握り直した。

しかし、ちょうどそのタイミングで、街に鐘の音が響き渡った。厳かな音が一定のリズムで鳴り続ける。重厚だが明るさもある魅力的な音色だ。

「ヨークミンスターです」

達雄が音のする方を指差した。ヨークの顔とも言える大聖堂だ。今、広場の前を歩いている観光客も、ほとんどがヨークミンスターの方へ向かっている。

達雄が立ち上がり「せっかくですから、行ってみませんか？」と誘ってきた。これから事件の核心に迫るため、できることなら座っておきたかった。歩きながらメモするのもつらい。だが、相手が立った以上、断るわけにはいかない。

阿久津は頬を緩めたのを返事の代わりにし、コーナーからリング中央へ向かうボクサーのように勢いよく腰を上げた。

6

通りに長い行列が延びている。

世界的に有名な紅茶店だと達雄が教えてくれた。午後二時を回り、早めのアフターヌーンティーというところだろうか。

ロー・ピーターゲートを越えて路地に足を踏み入れると、宝石店とギフトショップの間、道幅に切り取られたヨークミンスターが姿を現した。写真撮影する観光客に交じって正面に立つ。

阿久津は視界に収まり切らないほどの幅の広さに驚き、奥行きのある荘厳な佇まいに圧倒された。十三世紀から、約二百五十年かけてつくられたイギリス最大のゴシック建築。五百四十年あまりの歳月を経て落ち着いたであろうクリーム色の外壁に感じるのは、古さではなく、紛れもない格調高さであった。

「この大聖堂が目印になるので、迷子になる人はいません。北極星みたいなもんです」

その言葉の通り、今、ヨークの中心に立っているという確かな実感がある。

「生島さんがロンドンに来たのは、八三年の夏ごろということですか？」

ヨークミンスターの本堂を見上げていた達雄は、そのまま視線を逸らさずに「七月だったと思います」と答えた。

「曽根さんと生島さんのご関係から教えていただけませんか？」

「二人とも京都の出身で、地元の同じ柔道教室に通ってました。生島さんが中学三年生のとき、小学一年の私が入門して、よく面倒を見てもらってたんです。年は離れていましたが、兄がほしかったので彼に懐いてました。生島さんが高校を卒業して、滋賀県警に入ってからは、さすがに会う機会も減りましたけど、例の父の事件があったときは通夜と葬儀に来てくれて、親身になって励ましてくれました」

「失礼ですが、曽根さんが左翼運動をしていらしたときも交流があったんですか？」

「いや、そのときはさすがに。私も東京におりましたし。また連絡を取り始めたんは、海外と京都を行ったり来たりするようになってからですかね」

「曽根さんが本格的にロンドンで暮らすようになったのは、八〇年ごろですよね？そこからはどうですか？」

「手紙のやり取りを続けてました。まぁ、男同士なんで短いもんですけど。はがきが多かったかな」

「生島さんが県警を辞められたことも手紙で知ったんですか?」

「ええ。そのときはさすがに電話しました。収賄の事実はあったみたいですけど、上司は知ってた、と。ヤクザと深く付き合わな情報なんか取られへんみたいなこと言うてましたね。でも、首尾よく警備会社に再就職が決まって、副業でも稼いでたみたいなんで、心配はしてませんでした」

「副業というのは?」

再び鐘が鳴った。先ほどからまだ二十分も経っていない。時刻を知らせる意味があるのか、或いはその名残りか、大聖堂の鐘は思ったよりまめに鳴らされるようだ。近くで耳にすると、より太く堂々とした音色に聞こえる。達雄は鐘が鳴り終えるのを待って再び話し始めた。

「生島さんは京都の警備会社で、社長の用心棒や企業家の私邸警備などの仕事をこなしていました。社長の地下人脈と接触する機会が増えて、ときには業務と関係がない借金の取り立てなんかを手伝うこともあったようです。一方で、警備会社の社長に黙って、大阪の組に頼まれて地上げもやってたみたいです」

「青木龍一とはどういう関係だったんです?」

「生島さんの奥さん、チヨコさんというんですが、彼女の実父が青木と仕事上で付き合いがあったようです」

「チヨコさんの実父がマル暴ってことですか？」

「いえ、生島さんは堅気《かたぎ》やって言ってましたけど、本当のところは分かりません」

生島の退職は案外、この家族関係が影響したのかもしれない。妻の父親が暴力団の取引業者。監察が入っても不思議ではない。

「いつごろから付き合い始めたのか知りませんが、少なくとも生島さんが暴対にいるときは、青木と情報交換をしてたみたいです」

「話を伺っている限り、生島さんがそこまで金に困っているようには聞こえないんですけど」

「県警を辞めてから、生島さんは常に渇きを感じているようでした。職を追われたことに納得してなかったし、これまでとは反対にヤクザ相手に頭を下げないといけなくなった。見えないところで屈辱が重なっていたのかもしれません。普段接する得体の知れないフィクサーのように、伸し上がりたかったんだと思います。実際、地下人脈を泳いで渡るには、金とハッタリが不可欠ですから」

切った張ったの世界では、何より面子を重んじる。闇社会で台頭するために、生島は札束を求めたということか。

「時計や車で自分を飾るだけではなく、家族もまたステータスの一つです。生島さんの長女のノゾミちゃんは勉強が好きで、特に英語が得意でした。将来翻訳家になる夢を持っていたので、生島さんは娘を海外留学させようと考えてました。長男のソウイチロウ君も私立の進学校に入学させたかったようです」

阿久津は生島の家族について、名前の漢字と年齢、学年などを確認した。事件が起こった八四年当時、望は中学三年生で、聡一郎は小学二年生だったという。少し引っかかるものを感じたが、達雄の話に耳を傾けた。

生島の財布に入っていたのは、ほとんどが借りた金だった。見込んでいた臨時収入で返済するつもりで、妻にも黙ってサラ金に通っていた。

「地上げの仕事が思うようにいかず、組からも追い込みをかけられてたみたいです。手に職のない元警察官が一人。考えつくことと言えば、もっと深い地下金融から金を借りるか、何かでかいヤマを当てるか。暴対の刑事だった生島さんは、アングラの連中に一度でも泣きっ面を見せたら終わりやということが、骨身に染みてました」

阿久津はシャーペンを持っていた手に温かい息を吹きかけた。寒さのせいでノートに連なる文字が乱れてきたからだ。

達雄の動機も空虚だったが、生島のそれも虚しかった。

大事件の看板に圧倒され、ふさわしいドラマを想像していたが、蓋を開けて見れば随分とちっぽけだった。犯罪者とは所詮、この程度ということか。いや、逆かもしれない。この程度の人間があのような大それた事件を起こせてしまうことに、真の愚かさがあるように思った。

「ロンドンに来て、生島さんはどんなことを話したんですか？」

「隠し事をする間柄でもないので、正直に窮状を打ち明けられました。そんな中でわざわざロンドンまで来たんですから、よほど大事な話なんやろと思って聞いてたんですが、さすがに元刑事の彼に、面と向かって犯罪の片棒をかついでくれと言われたときは驚きました」

「彼は何と言ったんです？」

「『金持ちに一発かましたろと思うんやが』と」

「それを聞いて、曽根さんはどう思われたんですか？」

達雄はポケットに入れていた両手を出して、一番上まで閉まっていたダウンジャケットのファスナーを鎖骨の辺りまで下げた。反対に阿久津は緩んでいた首元のマフラーを巻き直した。

「久しぶりに……『奮い立った』というのが正直な気持ちです」

「奮い立った？」

イギリスで斜に構えて生きていたはずの男にしては、意外な言葉だと思った。

「父は理不尽な形で殺されましたが、その死の扱いもまた同じでした。会社は極左というー度貼ったレッテルをはがそうとはせず、拘置所は犯人の一人に自殺という卑怯極まりない結末を許し、警察は残りの襲撃者を逮捕すらできなかった。その結果、怒りのやり場を求めて暴力に明け暮れ、それを正当化するための根拠を探し、もっともらしい理屈を捏《こ》ねくり回すだけのくだらない男が一人出来上がった。それが私です。今から思えば、イギリスに来たときはやり直すチャンスだったのかもしれません。しかし、社会民主主義の実情に幻滅し、その反動でしかないサッチャーの新自由主義を蔑視し、結局戦争で一丸となる大衆に虚無感を覚えて、根無し草に生きてしまった。理由や経緯はどうあれ、日本にいるときと何一つ変わらない暮らしを送っていたんです。私という人間は、どこにいようが何も得られないようにできてるんや、と」

「何も得られないのなら、なぜ生島さんの誘いを断らなかったんですか？」

達雄は少し考えるように口を閉ざした。その視線の先には、大聖堂の前で記念撮影する白人の一団の姿があった。

「生島さんが対極に立っていたからだと思います。何も得られないと考えている私の前で、彼は全てを得たいと話しました。その欲深さに強いショックを受ける一方、変な話ですが眩しく見えたんです。地位を求めるのも、子どもを自慢のタネにしようとするのも、今いる社会を絶対の基盤だと信じているからです。だとしたら、まだ自分にもできることがあるんじゃないかと思ったんです。つまり、社会に希望を持てなくなっても、希望を持つ者に空疎な社会を見せることはできる、と」

先ほど心に浮かんだ「禅問答」という言葉が甦り、苛立ちを覚えた。金がほしいわけでもなく、権力や資本主義に一矢《いっし》報《むく》いるためでもなく、ただ砂上の楼閣を建てるためだけに青酸菓子をばら撒いたとでも言うのか。阿久津はその乾ききった動機が、どうしても腑に落ちなかった。

「では、ギンガを狙ったのはなぜです？　お父さんのことがあったからじゃないんですか？」

「株です」

「株？」

あまりにはっきりと答えたので、阿久津はまた戸惑いを覚えた。

「もちろん、父が働いていたので目をつけたという側面はあります。しかし、積年の恨み云々は一切ありません」

「断言できますか？　会社は線香一本上げに来なかったんでしょう」

「既に十年近く経っていましたから。それに、悪いのは襲撃者だということは、実践者の私が一番よく分かっています」

冗談のつもりだったのか、達雄は阿久津を見て頬を緩めた。ほうれい線に深く皺が入り、疲れているようにも見えた。

「生島さんから犯行計画を練るように頼まれました。もちろん、実績などありませんでしたが、妙に信頼されているところがありましてね。私はしばらく時間がほしいと伝えました」

「生島さんのアイデアはなかったんですか？」

「ありませんでした。唯一あったのは、一人二億という要望だけでした」

「二億ですか……」

その後は、ハイネケン誘拐事件へ話題が移った。オランダでハイネケンの会長が誘拐されたニュースを見て、日本の企業家は警戒心が薄いはずだと直感が働いたという。

八三年十一月、単身アムステルダムへ向かい、調査を開始した。オランダは英語人口が多く、何とか聞き込みを続けることはできたが、得られる情報は英字新聞で書かれているものに過ぎなかった。ソフィーにはヨーロッパ旅行と言って出てきているため、一旦オランダ国外へ出た。再びアムステルダムに戻ったのは人質解放と犯人の一部が捕まった後の十二月上旬で、達雄はハイネケンが監禁された倉庫や身代金受け渡し現場などを訪れた結果「身代金の受け渡しは成功しない」という結論に達する。

その一方、企業側との連絡ツールに新聞告知を使用した点や犯人がハイネケンの肉声を録音した点などを取り入れることにし、大々的な報道を利用して株価操作で現金を得ようと考えた。それは社会の中心に居座るマネー経済の脆弱《ぜいじゃく》性を端的に示す手段だとも思った。

彼は十二月中にロンドンへ戻り、取材結果と犯行計画を黒革のノートに記していく。

「先ほども申し上げましたが、まず私の頭に浮かんだ企業がギンガだった理由は、父が働いていたという点が大きかったです。しかし、決め手となったのは、ギンガ株が割安な上、浮動株が少なく、株価操作がしやすかったからです。私はこういった枠組みを仕上げ、年が明けると一度日本に帰国し、日本語にまとめ直した計画書を生島さんに渡しました」

「そこには六企業分全ての犯行計画が書かれていたんですか？」

「いえ、私が書いたのはギンガ、又市、萬堂の三社です」

「三社？　しかし実際は……」

「ええ。つまり、不測の事態が起こったということです」

阿久津はその点を掘り下げたかったが、満足にメモも取れない状況のため、時系列で話を聞くことにした。

「計画についての生島さんの反応は？」

「ギンガの菊池社長誘拐に難色を示していました。さらうなら子どもだ、と」

「なぜ子どもではなく、社長を誘拐したんですか？」

「必ず模倣犯が出てくると踏んでましたから。肉声テープをダビングして企業に送ることで、これが証拠になって恐喝しやすくなると考えたんです。こちらが説明すると、生島さんも分かってくれました」

やはり身分証代わりにするためだったのだ。ここでも父親の事件に絡む感情は見て取れない。達雄の心の空洞に、阿久津は寒々しさを覚えた。

「社長を誘拐した実行犯は誰なんです？」

「青木龍一、金田哲司、吉高弘行の三人です」

「青木自ら？」

「ええ。淀川のカップル襲撃、あれも同じメンバーです。このことが後で火種になるんですが……」

「それが先ほどおっしゃった不測の事態だと？」

「ええ」

「では、また後ほど伺います。あとのメンバーはどのように集まったんですか？」

「さっき阿久津さんがおっしゃったグループ分けの通り『くら魔天狗』は初めから一枚岩ではありませんでした。私は計画書に必要な人員を書いています。例えば、逆探知に詳しいであるとか、青酸ソーダを手に入れられるとか。もちろん、腕っぷしの強い者や仕手筋もそうです。私は日本に人脈がありませんから、生島さんに人集めを依頼したんです」

「山下さんは高校の後輩として、谷さんはどういう経緯で犯行グループに加わったんですか？」

「彼の父親と生島さんが知り合いだとかで、幼いころから面識があったそうです」

「つまり、人選は生島さんに一任していたと？」

「自分ではどうしようもありませんからね。それに、人選こそが生島さんの最大の仕事と見てましたので」

「生島さんが青木龍一に話を持って行ったときも、さしたる危惧はなかったということですか？」

「当初は。京都の人と聞いて安心してたぐらいです」

「ヤクザでも？」

「我々はボウリングするために集まったわけではないですから」

本格的に傾き始めた陽が、ヨークミンスターの上部をオレンジ色に染めている。暗くなってからも取材に付き合ってくれる保証はない。阿久津はずっと気になっていた点を質すことにした。

「挑戦状と脅迫状は曽根さんが考えられたんですか？」

「ええ。ほとんどが私です」

「挑戦状と脅迫状の使い分けは意識されてたんですか？」

「警察を徹底的にからかったのは、生島さんの意向もありましたが、当時不祥事が相次いで報道されていた警察を揶揄することで、大衆を味方につけようと考えたからです。警察と市民を乖離させるのが狙いでした」

「特に挑戦状の文面は、独特でしたよね」

「関西は元々御上や役人をからかう土壌があるので、関西弁で人を食ったような文面にすると、市民の感情が和らぐんじゃないかと思って」

「確かに狙い通りやったと思います」

「警察という『司法の権力』、企業という『経済の権力』の弱点はマスコミやと判断したんです。だから、挑戦状を一部の新聞社に送って競争意識を煽ることにしました。他社には挑戦状が来てないとなると、それだけでスクープになりますから」

　水島の顔を思い出し、神妙に頷く。メディアもまた、この男の術中にはまったということだろう。

「それに加え、私は活動の中で、公安の『一網打尽』の方針をよく理解していました。警察庁指定事件になったが故に却って大胆になれたのは事実です。現場でウロウロしていても、まず職質はない。あえて物証を多くして、一つ当たりのブツ捜査の密度を希薄にすることも狙いの一つでした。大量消費社会のすきを突いたんです」

「犯人は運がよかっただけ、と言う人もいますが」

阿久津が冷や水を浴びせても、達雄は表情を変えなかった。

「時代が味方した面は確かにあると思います。ローラー作戦が不発に終わったのは、都市化のせいで隣近所の不審人物にも気付かない社会になってしまったからです。今やったら、監視カメラやら通信記録やらで、もっと早くに追い詰められてたでしょうね。つまり、ちょうどエアポケットやったということです」

「そういう側面もあるんでしょうね。あれだけの長期間、派手に暴れ回って未解決になった事件なんか記憶にありませんから」

「完全犯罪はこの世に存在しません。でも、関西弁による警察批判、マスコミ心理の利用、大量消費社会の盲点——というように、一つひとつの事柄をきちんと考えていくことで、成功率は格段に上がります」

阿久津は達雄の分析力に舌を巻いた。しかし、いくら斬れる刀を持っていても、抜き身では意味がないのだ。自らを根無し草と称した通り、鞘《さや》のない人生を送ってきたこの男は、やはり不幸だと思った。

「又市と萬堂を選んだのはなぜです」

「萬堂も株が狙いやすかったからです。間に又市を入れたのは、製菓会社だけを標的にしたものではない、と萬堂を油断させるためでした」

「でも、又市食品事件もお遊びではないでしょう？　黒澤明の『天国と地獄』のやり方で現金を奪おうとしてましたし、キツネ目の男も危ない橋を渡ったと思うんですが」

「そこが誤算だったんです。生島さんが私の計画を青木龍一のところへ持って行ったとき、彼は同族経営、もしくはそれに近い企業を狙いたいと言ったそうです。ワンマンであるほど裏取引がスムーズに運びますし、社長の個人資産が大きいという点も見逃せない、と。そのとき、私は嫌な予感がしたんです。青木は金の受け渡しを考えてるんやないかって」

「曽根さんにとって、それは絶対したくなかったことなんですね」

「金の受け渡し方法がない以上、身代金事件は成立しません。だから株価操作に目をつけたんです。欲張ると必ず綻《ほころ》びが出ます。それは犯罪だけではない。人間の欲求が百パーセント満たされることなどありません。七、八割で手を引いて、次の機会を窺うのが一番賢いやり方です。でも、ヤクザが骨の髄までしゃぶり尽くす人種であるという認識が、我々にはなかった。この考え方の違いが、後にグループの崩壊を招きました」

生島と青木が手を組み、必要最低限の人数で、質の高い犯罪者集団が誕生したようにも見えた。だが、彼らは決して対等ではなかった。時間が経つごとに〝プロ〟と〝アマチュア〟の地力の差が徐々に表面化する。

初めから無理があったのだ、と阿久津は思った。

「初《しょ》っ端《ぱな》の社長誘拐を青木たちに任せてしまったのが全ての元凶でした。総会屋からギンガの情報を仕入れていた青木は、大柄で目立ち過ぎるという理由で生島さんを現場から遠ざけ、自分たちだけで拉致を成し遂げました。現金受け渡しの現場で危ない橋を渡ったのも、キツネ目の男ですし、仕手筋も吉高の仕切りでした」

「ちょっと確認ですが、キツネ目の男は何と呼ばれてましたか？」

「タカシです。金田哲司の友人らしいですが、口数が少なく不気味な男でした。軍人崩れと聞いたことがありますが、本当かどうかは分かりません」

キツネ目の男に関しては謎のままということだ。

「実質的に大きな役割を演じていたのは、阿久津さんのおっしゃるAグループでした。挑戦状と脅迫状はBグループで用意していましたが、ベンチなんかに指示書を貼ったり、青酸菓子をばら撒いたりするのは手分けしてやりました」

「ちなみに『ビデオの男』は誰なんです？」

「あれは山下さんです。パーマのカツラをつけて画像も不鮮明なんで、本人やと分かる人はほとんどいないんじゃないですか。いずれにせよ、当初、何かと青木に頼ってたことが仇となり、生島さんや私たちは次第に発言権を失っていきました」

「不協和音が生じていたということですね？」

「顕著になったのは、カップルを襲撃した事件です」

「焼肉『凱旋門《がいせんもん》』の件ですね」

八四年六月二日のあの事件だ。大阪府警の威信をかけ、スイッチ一つでエンストを起こす改造車までつくったが、襲撃され連絡員となったカップルの男の身柄を確保しただけで終わった。このときの犯人拘束の失敗で、警察庁が本格的に指揮に乗り出し「一網打尽」の方針に拍車がかかる。「ギン萬事件」の大きな岐路で、ここから未解決のルートを歩むことになる。

「『凱旋門事件』の前、ギンガが我々の裏取引に応じようとしたことがありました。そのときは瀬踏みだったんですが、本当に刑事らしき人物が見当たらなかった。次は現金を奪えるかもしれないと大いに盛り上がっていましたが、私一人が強く反対しました。警察が二度も企業を野放しにするとは思えなかったからです。私が反対したことで、生島さんたち三人もこちらに回ってくれましたが、端から五対四の戦いで、しかも相手の方が汗をかいている。彼らはカップルを襲撃してレポに使うと勝手に決め、実際にそれを行動に移しました。これを機に両グループの間に完全な亀裂が入ったのです」

その後も青木たちが主導権を握り、実際に現金を奪おうとする動きを見せる。

「又市食品の現金奪取計画もかなり杜撰《ずさん》なものでした。現実的に『天国と地獄』がうまくいくはずがなく、電車の中でキツネ目の男が明らかに不審な動きをしたのも危険でした」

「現金受け渡しに関しては、曽根さんはノータッチなんですね？」

「ええ。私はあくまで株価操作で利益を上げるべきだと主張していました。しかし、これも萬堂までの辛抱だと、生島さんも他のメンバーも耐えていました。私の計画は三企業を脅迫し、仕手で儲けた後に消え去るというものです。ですから、当初の予定では萬堂事件が一段落した十一月初旬に、報酬を分け合うことになっていました」

「いくらぐらいの金ができたんですか？」

「それが分からないんです」

「分からない？」

また大聖堂の鐘が鳴った。どれくらいここで立ち話をしているだろうか。夕方が迫り、歩くのを止めたこともあって、体が冷えてきた。阿久津の革靴の中では、足先が冷たくなっていた。

「働きによって一人七千五百万から二億の計画でした。最低でも十億はいけるって話でしたから。でも、蓋を開けてみたら桁が違った。生島さんと私が三百万ずつで、山下さんと谷君は二百万ずつ。吉高は足がつかないように大量の株を買うのが難しかった、などと素人のような言い訳をする始末で、話にならなかった。少なくとも、ギンガと萬堂では大量の空売りを仕掛けているはずで、初めから株が買えていないなら、なぜ今ごろになって報告するのか、と詰め寄りました」

「それは会合か何かを開いて？」

「いえ、生島さんが青木の事務所へ直接抗議しに行きました。しかし、青木は平気な顔をして吉高の嘘をなぞるだけだったようです。元暴対の刑事としては、ヤクザにいいようにされて腸《はらわた》が煮えくり返る気持ちだったと思います」

「吉高の仕手筋の本尊と真の金主は誰だったんですか？」

「それは私にも分かりません」

「私が取材した人は、その金が永田町に流れた可能性もあると話していましたが」

「本当に分からないんです。でも、仕手の金が選挙資金になるなんてことは日常茶飯事でしたから、特に不思議はありません」

犯行計画を立てた人間に接触しても〝悪い奴ら〟に関してはブラックホールのままということだ。やはり自分の仕事は「犯人を追う」ことではない、と阿久津は思った。

両グループの亀裂は決定的なものになった。特に生島は仲間を誘った手前、自分の面子を潰したヤクザを許せなかった。それから青木を執拗につけ回すようになる。

「正直言って、私は金などどうでもよかったので、冷静になるよう何度も生島さんに忠告しました。でも、あの人は収まらなかった。『ギン萬事件』は彼にとって、一世一代のチャンスだった。何より、子どもたちの未来が懸かっていましたから。三百万ぐらいじゃ利息にもならなかったんです」

達雄は再びダウンジャケットのファスナーを一番上まで上げた後、険しい顔で唸るように息を吐いた。ここから先が最も思い出したくない領域なのかもしれない。

「ちょっと冷えてきましたね」

阿久津が声を掛けると、彼は頷いてから「神さんの前でするような話でもないか」と呟くように言った。

何の未練もない、というように大聖堂に背を向けると、達雄は無言のまま歩き始めた。

7

石敷きの階段を上がる。

前にある背中に話し掛けるタイミングを見つけられないまま、ミクルゲートバー横の階段を上り切り、見晴らしのいい城壁の上に出た。

ミクルゲートバーに戻ってくるまで、達雄はやや前を歩き、再び口を閉ざしていた。長年の沈黙を破って告白する興奮も治まり、ただ疲労を引きずって進むのが精いっぱいという感じだった。

城壁の上を駅方面へ向かい、ほぼ直角にカーブを曲がったとき、長く続く石畳の城壁の先に、赤レンガの瀟洒なホテルやレストランを望んだ。さらにその向こうには、陽を浴びて燃えるような輝きのヨークミンスター。あと三十分もすれば闇色に塗り潰されるヨーロッパの佳景は、切なさが滲んで美しかった。

城壁の上は道幅が狭い上、人とすれ違うことが多く、肩を並べて歩くことができない。阿久津は相変わらず達雄の後ろに続いて、話し掛けるタイミングを見計らっていた。

中国語を話す一行が記念撮影をしていたので、しばし足を止めることになった。

「あの小料理屋は今もあるんですね」

「『し乃』ですか？　女将さんもお元気ですよ。あのとき、料理を運んでた人が、今は板長をしています」

「二人とも憶えてないな……」

「三十年以上前ですからね。会合がいつ開かれたのかは、憶えてはりますか？」

「ホープ事件の前ですから、十月下旬か十一月の頭だったように思います。生島さんの怒りが収まらないので、一度話し合いをしようということになりました」

「両グループの〝手打ち〟ですね？」

「ええ。我々は、というより生島さんは『もっと金寄越せ』で、青木の方は『もう一社脅迫して金を奪おう』でした。青木たちはもともとホープ食品を狙うつもりだったらしく、かなりの情報を持っていました」

青木が必要としたのは達雄が考えた犯罪スキームであり、生島たちについてはいくらでも替えが利くと思っていたのだろう。Bグループに内緒で企業情報を集めていたのがその証拠だ。

あと一社だけ。手打ちの会合は、ホープ食品から一億円を奪うということで合意した。株の儲け分を青木グループ、奪った一億円を生島グループで分けるという約束になったという。

「一億円を四人で分けるとなると、生島さんには不満な額じゃないんですか？」

「現実的に奪える現金は、一億が限界だろう、と。しかし、そんなことより、あれだけ私が現金奪取は不可能だと言い続けていたのに、なぜ青木に乗せられてＯＫしてしまったのか。それが理解できませんでした」

「曽根さんは会合で反対されなかったんですか？」

「しましたよ。それに、仕手の儲けも奪った現金も折半がフェアだろうと。でも『株の金はすぐに入ってこない』という吉高の言い分に、生島さんが反応してしまった。彼は一刻も早く現金を手に入れたかったんです」

中国人観光客の撮影が終わり、互いに会釈してすれ違った。城壁の上部は凹凸が交互に連なり、凸の部分は阿久津の身長よりやや高い位置にあるが、凹の部分は十分視界が開けている。左手のヨーク駅の駅舎もよく見え、陽がその向こう側で一日の役割を終えようとしていた。

「生島さんの取り分も二千五百万円ですか？」

「いえ、生島さんが五千、私が二千五百、山下さんと谷君が千二百五十万ずつです」

「生島さんの取り分が多いような気がしますが」

「リーダーですし、他の三人は金に困っていたわけではありませんでしたから。でも、彼はそのことを気にしていて、会合が終わった後に『もう一回だけ青木に交渉してみる』と言い出しました。私が止めると、一応納得してたみたいですけど……」

「現金奪取についての計画は、青木グループが立ててるんですよね？　ホープのときもそうでしたか？」

「ええ。警察に先回りされる可能性があるので、受け渡しの場合、指示書は当日に手分けして貼ります。生島さんは前日の十一月十三日、詳細を確認するために青木たちがいる京都のアジトへ向かいました」

「一人で？」

「青木との交渉はいつも一人でした。『役に立ってないから、それぐらいはさせてくれ』と。私と谷君は、夜の十時過ぎぐらいに山下さんの滋賀の会社事務所へ行きました。ここで生島さんの報告を受ける予定だったんです」

「しかし、戻ってこなかった？」

「ええ。日付が変わっても連絡がなかったため、私は生島さんが金の件で余計なことを言ったのではないかと心配になりました。日の出前になってさすがにおかしいという話になり、谷君が京都に様子を見に行くことになりました。それから、一時間ほどして、彼から事務所へ電話があったんですが……」

気温が下がり、シャーペンを持つ手が震え始めた。阿久津は首元のマフラーに右手を入れ、束の間指先を温めた。

「『アジトから不自然な形をした布団を運び出す金田たちを見た』と。ほんの十秒ほどのことだったそうですが『確かに大きな布団をライトバンに載せた』と言うんです。それを聞いて、私は生島さんが殺されたと確信しました。となると、事情を知っているかもしれない彼の家族は危険です。私は妻の千代子さんと面識があったので、山下さんのワゴン車に乗って自宅へ向かいました」

　取材班が手に入れた写真を思い出し、あの大男が殺されたのかと思うとゾッとした。青木達が集団で暴行を加えたのだろうか。

「早朝、大津市内の生島家に着くと、千代子さんにすぐ支度するよう言いました。長女の望ちゃんと長男の聡一郎君もワゴン車に乗せ、私はラジオをつけた車内で、千代子さんに子どもたちには聞こえないよう小声で事情を話しました。混乱した彼女は、頭を抱えてしまって……。とりあえず山下さんが、奈良にある彼の愛人宅を案内してくれました。私はそこでなかなか落ち着かない千代子さんを宥め、事件で得た三百万を彼女に渡しました」

「その愛人の女性は、突然転がり込んできた一家を受け入れてくれたんですか？」

「まぁ、何とか。彼女もかなり動揺してましたが……。それより、自分たちの身の振り方を考えないとあかんかったんで。もう一度山下さんの事務所に戻って、今後について話し合いました。その途中で青木から電話がかかってきました」

「取ったんですか？」

「固定電話しかない時代ですから。千代子さんかもしれないと思って受話器を上げたんです。そしたら青木で、『生島が借金で追い込みをかけられて飛んだらしい』と。様子見だったんでしょうが、こちらの動きにはまだ気付いてないようでした。計画を進めたいとする青木に、戸惑うフリをして同意し、その日の配置や指示書を貼り付ける場所なんかを確認して電話を切りました。そこで、一つのアイデアが浮かんだんです」

「大津サービスエリアの件ですね？」

「そうです。阿久津さんがおっしゃってた通り、大津サービスエリアのベンチにアジトの住所を書いたメモを貼り付けようとしました。キツネ目の男に似せようと思ったのは、張り込んでる警察に指示書を見つけさせるためです」

「その時点ではキツネ目の男の似顔絵は公開されてなかったと思うんですが」

「又市食品を脅した――『天国と地獄』のとき、あの男は無謀なほど大胆に動いたんで、確実に面割れしてると考えたんです」

「なるほど。でも、警察が張ってる網の中に飛び込むというのは、かなり危険な行動に思えるんですが」

「貼ったらすぐに姿を消そうと思ってましたが、なかなかベンチにくっつきませんでした。かと言って観光案内板に近付くのはもっと危なかった。焦ってしまって、県道につながる階段の辺りでメモを捨てたんです」

「警察が見つけてくれるであろうと期待して？　電話で密告したらダメやったんですか？」

「当時、その手のイタズラ電話がいっぱいあったはずです。それに私たちは菊池社長の〝身分証〟テープを持ってなかった。キツネ目の男の変装をして、仲間割れやと思わせると、確実にガサが入るんじゃないか、と。でも、滋賀県警の手に渡っていたとは知りませんでした」

「青木たちを警察の手に渡して、その間に逃げるという方法ですね？　でも、そうすると、曽根さんたちも警察に追われるんじゃないですか？」

「そこが賭けでした。青木たちの最大の弱点は、生島さんを殺してしまっている点です。奴らにしても私たちのことを白状して、生島さんの遺体を見つけられると痛いわけですよ。黙っているのが一番賢いけど、黙秘を貫くと拘束時間が長くなる」

「でも、いくら変装したからって、指示書を見つけてもらえる保証はないわけでしょ？」

「ですから、もう一つ保険をかけてました。名神高速の下の県道で、金田哲司がライトバンに乗って待機してたんですが」

阿久津はすぐに追跡劇のことだと分かった。写真に撮った元薬局を思い出す。

「金田は高速から投下される現金入りのバッグを回収する役目で、別の場所に待機していた山下さんと谷君が、金田にパトカーや警察車両らしき車が近付くと無線で知らせる役割を担ってたんです」

「でも、彼らはそれを知らせなかった、と？」

「二人は既に逃げてましたから。山下さんによると、あの付近は元々路上駐車が多く、車の中でカップルがいちゃついてることが結構あったみたいなんです。まぁ、通行の邪魔ですし、パトカーが巡回するだろうと読みました。これも確実な方法ではありませんが」

だが、結果的に金田の車は警察に目をつけられ、逃亡せざるを得なくなる。誤算だったのは、金田の運転技術が飛びぬけていたことだろう。

「でも、一つ失念していました。アジトに生島さんの指紋が残っていたことです」

アジトを急襲したのは滋賀県警の特命班だった。彼らは端《はな》から秘密裏に辞めさせていた元刑事をマークしていたのだろう。だが、取材班の会議で鳥居が言っていたように、京都のアジトが犯人たちのものと証明されない限り、生島の指紋は決定的な証拠にはならず、広報する義務はない。

こうして犯行グループは瓦解した。だが、達雄も青木も、誰一人として捜査の網にかからずに時効を迎えた。

当てもなく黄昏《たそがれ》の中を進んでいると、一ヵ所だけ道の真ん中が段になっていた。その段の部分だけ、道沿いの城壁が出窓のように膨らみ、ちょっとしたバルコニーをつくっている。前を行く達雄がバルコニーの中に入って、城壁に手を置いた。足を止めるにはちょうどいい場所だ。阿久津も隣に立って、同じように壁の石に触れた。

「その後、曽根さんはどうされたんですか？」

「翌日、弟の光雄の家に寄って、テープとノートを置いてロンドンに戻りました」

「弟さんも関与してたんですか？」

「いえ、してません」

「では、俊也さんのテープはどうやって録音したんですか？」

達雄は駅舎を眺めたまま、何も言わなかった。答えが得られなかった代わりに、阿久津は先ほど生島家の家族構成を聞いたときに覚えた引っ掛かりを思い出し、その正体に気付いた。

「現金受け渡しのときに流した録音テープですけど、あと二人のお子さんは、望ちゃんと聡一郎君ではないですか？」

「……、そうです」

「彼らは……、その後どうしてるんですか？」

達雄は渋い顔をして首を横に振った。

「分かりません。奈良の家に届けてから、連絡を取ってません。山下さんや谷君の行方も知りません」

すぐさま山下や谷について言及したことで、阿久津は達雄の苦しい胸の内を推し量った。彼は生島の家族を見殺しにしたのだ。少なくとも自分ではそう思っている。

「曽根さんは事件を起こしたことを後悔してますか？」

遠くを見る険しい顔、その乾燥した肌に深い皺が入った。奥歯を嚙み締めたのだ。

「事件を起こして、あなたの言う〝社会〟を見せて、世の中は変わったんですか？」

一九八四年十二月に洋菓子メーカーの鳩屋、翌年三月に和歌山の和菓子製菓会社、摂津屋へ脅迫状を出したものの、犯人は「大阪・梅田のデパートの屋上から現金をばら撒け」など荒唐無稽《こうとうむけい》な指示を出すに止まった。青木たち「くら魔天狗」の残党たちもまた、事件を起こし続ける余力を残していなかったのかもしれない。

犯人グループが摂津屋へ脅迫状を送った約三ヵ月後、被害総額約二千億円の巨額詐欺事件を起こした豊田商事会長の永野一男《ながのかずお》が、マスコミの衆人環視の中、自宅マンションで自称右翼の二人組に刺殺された。その翌日「兜町の風雲児」こと中江滋樹《なかえしげき》が投資ジャーナル事件で逮捕される。第一次サラ金パニックの真っ只中で、拝金主義者たちが時代を闊歩《かっぽ》した。

そして「くら魔天狗」が犯行の終結宣言を出した八月十二日、五百二十四人を乗せた日航機123便が群馬《ぐんま》県の御巣鷹山《おすたかやま》に墜落。その日を境に、人々の耳目《じもく》は史上最悪の墜落事故に集まる。それから約一ヵ月後の「プラザ合意」により、日銀が公定歩合を引き下げ、日本は実体なきバブル経済へと突き進んでいく。

八五年十一月、阪神タイガースが初の日本一に輝き、関西は喜びに沸き返った。その浮かれた人々の笑顔を隠れ蓑にし、犯人たちは「深淵の住人」となった。

「じゃあ、どういう社会ならよかったんですか？」

畳みかけるように問い質したものの、達雄のひび割れた薄い唇は動かなかった。深い事情があって、話せないのではない。ただ話すことがないのだ。

「確かに突然のお父さまの死は不幸だったと思います。満たされない思いとか、社会が歪んで見えることとか、他人には分からない感情があったんだと思います。でも、弟さんはきちんと手に職をつけ、俊也さんという子どもを立派に育てられました」

阿久津は自分で話していて怒りが抑えられなくなった。

「八四年の十一月のときだって、あなたは生島一家に仕手で儲けた金を渡しただけで、直接面倒は見ていない。失礼を承知で言いますけど、それは優しさなんかじゃなくて、自己満足やと思います」

複雑な軌道を描いた事件の陳腐な結末に、阿久津はやりきれなくなった。再び奥歯を噛み締めたのか、達雄の頬の形が変わった。

「あなたには正義がない」

達雄の強い視線を阿久津は堂々と受け止めた。そして、無言のまま沈黙が続いた。

「もうお話しできることはありません」

達雄がノーサイドの笛を鳴らした直後、耳に響くほどの強い寒風が吹きつけた。鋭い風が、阿久津の胸の内を突き刺した。

達雄は一礼し、何も言わずに背を向けた。段を下りると、そのままヨークミンスターの方角へ歩き始めた。阿久津はその後ろ姿を見送る気になれず、振り向いてヨーク駅に目をやった。

横長のレンガ造りの駅舎は趣のある黄土色で、丸いアーチ形の屋根が帽子のように見える。その屋根の彼方で、赤みの引いた白い光が空に延びている。既に太陽の姿はなく、残り香のような淡い輝きが目に染みた。

記者として「真実」をつかみとった気になれなかった。

阿久津は再び城壁に手を置いて、長いため息をついた。地球の東の端から西の端まで移動したこともあるが、心身ともにかつてこれほど疲れた取材はなかった。

「阿久津さん」

後ろを向くと、シェフィールドの大学生、藤嶋優作が段に足をかけるところだった。

「バッチリ、撮れてますよ」

そう言うと、優作は一眼レフのデジカメを差し出した。画面にはヨークミンスターの前で阿久津と会話する達雄の顔が鮮明に写っていた。被疑者の顔写真を押さえるため、ソフィーと別れた後に電話したのだった。幸運なことに優作は、ヨークから近いリーズの友人宅にいた。書店の名を告げ、先回りしてもらっていたのだ。

「ありがとう。完璧な仕事や」

少し大げさに褒めると、優作は弾けるように笑った。その清《すが》しい笑顔に救われる思いだった。

「この人は誰なんですか？」

「大悪党や」

優作がまた大きな声で笑った。

「記者って面白いですか？」

「文化部のおっさんが、昭和の事件取材振られて、今ヨークにおるんやで。あほにしかできん。記者になるんやったら、うちに来てや。人使い荒いけど」

「阿久津さんを見てたら分かります。卒業したら大日新聞の試験を受けようと思ってます」

「よっしゃ。ほんなら前祝いにギネスでうがいや」

優作とともに段を下り、達雄が消えた方へ向けて歩く。熱がぶり返してきた感覚はあったが、今は無性に酔っ払いたかった。

暗くなり始めたヨークの街で、阿久津の頭にこだましていたのは、録音テープの生々しい子どもの声だった。

第七章

1

ドアが開いた瞬間、それと分かった。

風を感じたとき、男は既に店に入っていた。全ては八日前と同じ。着潰したスーツも、人懐こい笑みも。異なるものがあるとすれば、それは自分の胸の内だった。もはや恐れることもごまかそうとする気持ちもない。あるのは諦めだけだ。

「イギリスにいる曽根達雄さんとお会いしてきました」

ドアの前に突っ立ったまま、阿久津が言った。

俊也は声がした方に顔を向け「そうですか」とだけ答えた。阿久津が近付いてきて、クリアファイルに入っているA4用紙の束を差し出した。

「これがインタビューの全文です」

分厚い用紙を前に、俊也は固まってしまった。表紙も何もなく【2015年12月イングランド・ヨーク】の表題の下に、Q&Aが続く。読みたくて仕方ないのに、なかなか手が出せなかった。

恐らく、このメモは伯父の〝自供〟だ。甥として、覚悟を持って読まなければならない。俊也はもう逃げる気はなかった。ただ、気持ちを落ち着けたかった。

「紅茶でもいかがですか？」

俊也はわずかな猶予を求めると、阿久津はバッグの中から紙箱を取り出した。

「じゃあ是非これを。イギリス土産のヨークシャーティーです」

お土産まで買ってきたのかと思うと、何だか笑えてきた。俊也は礼を言って受け取ると、アンティークデスクを指し示して椅子を勧めた。

作業部屋にある給湯室で湯を沸かし、ポットにティーバッグを入れる。マグカップやミルクを用意するうちに少し気持ちが静まってきた。何かの本で読んだが、イギリスでは紅茶が人と人を結ぶ「接着剤」の役割を果たしているらしい。落ち込んでいる人に優しく接する際は「『思いやり』を届けた」ではなく「『お茶と思いやり』を届けた」と表現するようだ。

確かに阿久津が持ってきた「お茶と思いやり」は、〝追う者〟と〝追われる者〟を結び付けようとしていた。

俊也はポットやカップなど一式をトレイに載せて店に戻った。

阿久津の対面に腰掛け、紅茶をマグカップに注いだ。

「拝読させていただきます」

背筋を伸ばして言った俊也に、阿久津は「では、私はお店を拝見してます」と立ち上がった。目の前にいては読みにくいだろうという彼の気遣いがありがたかった。

静かな店内でメモに視線を落とす。インタビューはかなり詳細で、枚数も多かった。しかし、俊也は時を忘れるほど夢中になって読み進めた。自分でも意外なほど冷静に、伯父の言葉の一つひとつを拾っていく。身勝手な犯行動機に失望しないではなかったが、心に積もっていた澱《おり》は増えも減りもしなかった。

読み終えた後、やや温度の下がったヨークシャーティーを口に含んだ。まるで渋みがなく、鼻の奥で仄かに香しさが残る。

父の関与がなかったという言質《げんち》に安堵したが、気になる点もあった。自分のテープの録音については記述がなく、聡一郎の安否も不明なままだ。一方で、阿久津の取材力には素直に感心した。特に、大津サービスエリアの件で彼が立てた仮説は、素人には思いつかないものだろう。遅かれ早かれここに来る定めだったのだと、俊也は諦観を深めた。

「ありがとうございました」

振り返って礼を言う。展示してあるカフスを前に、阿久津は「いやぁ、お洒落ですねぇ」と言って、デスクまで戻ってきた。

「伯父は元気そうでしたか？　と言っても面識があるかどうかも分かりませんが」

デスクに戻ってきた阿久津に尋ねると、彼は「書き忘れたかなぁ」と言って、メモを覗き込む素振りを見せた。

「時期は分からないんですが、達雄さんは一度、俊也さんを動物園に連れて行かれたみたいですよ。阪神パークやったかな」

阪神パークはかつて甲子園球場前にあった娯楽施設で、動物園のほかジェットコースターや観覧車なども設置していた。

「あっ、そうや。レオポン見に行ったとか言うてましたね」

久しぶりにレオポンと聞いて、俊也の海馬が疼いた。何かあると思った後、すぐ頭に浮かんだのは、ヒョウとライオンの間に生まれた珍獣の姿ではなく、キツネ目の男だった。

「阿久津さん、伯父の写真って撮ってませんよね？」

「いえ、撮ってますよ」

阿久津がジャケットからスマートフォンを取り出し、何度かタッチしてから差し出した。

美しい聖堂の前で、白いダウンジャケットを着た男が立っていた。これが伯父か……。白い髪や首筋の皺に年齢を感じるものの、メガネの奥は釣り目であった。たまに思い出すキツネ目の男を尾行するシーン。あれは阪神パークで伯父の後をついて歩く光景だったのではないか。

今はなき素朴な施設の情景が甦り、俊也の胸に懐かしく、切ない気持ちが込み上げる。当時はまだ父も生きていて、恐らく伯父も「ギン萬事件」を起こしていない。時計の針を巻き戻したくなると同時に、改めて身内が起こした事件だと思うと、やりきれなくなった。

「俊也さんの方でも、いろいろ調べられたんですよね?」

前を見ると阿久津がノートを開き、シャーペンを持っていた。伯父の顔を見たことで気が抜けてしまい、「取材が始まるのか」と、他人事のように思った。

「堀田さんという父の親友に手伝ってもらいまして、まぁ、ほとんどこの人におんぶに抱っこだったんですが……」

俊也は伯父の友人であるフジサキに接触したことから順に、これまでの道のりを話した。静かに相槌を打ちながらメモを取っていた阿久津だったが、天地幸子が望と接触していたことを聞くと、途端に身を乗り出した。

「望さんと天地さんは今も連絡を取ってるんですか?」

「いえ……。天地さんによると、望さんは亡くなったと」

「亡くなった? 何でですかっ」

阿久津は強い衝撃を受けたようだった。俊也は大津の喫茶店で、幸子から打ち明けられたときの自分と同じだと思った。興味本位ではなく懸命に事件を追ってきたことが、その険しい表情を見ただけでも分かる。

「家を追われて二ヵ月弱ぐらいですか、年が明けてから生島さん一家は、奈良にあった山下さんの愛人宅を出て、兵庫県に移り住みます。建設作業員用の家族寮に潜り込むことになったんですが、周囲からも浮き上がり、生活費も底を突いたようです」

俊也は、母娘のスナック勤めや男に追われた末の望の死、聡一郎がその追跡者と思われる男に殴られ脅迫されたことなどを話した。耳を傾ける阿久津の顔には、悲痛というより憤怒《ふんぬ》の情が浮かんでいるようだった。

「阿久津さんは京都にある千代子さんの実家をご存じですか？」

「いえ、知りません」

「千代子さんの父と青木というヤクザの関係は取材メモにもありますが、実は千代子さんは望さんが亡くなった後、青木の息のかかった会社で働いてるんです」

「えっ、でも、望さんを追い掛けた男は、青木グループの連中やないんですか？」

「最低限の生活を保障し、息子を人質として会社に出入りさせることで、青木たちは余計な手を汚さずに済む」

堀田の受け売りの言葉を並べると、阿久津は案外あっさりと納得の表情を浮かべた。「一家殺害」のリスクが皮膚感覚で分かるのだろう。

「時間が経つほど、千代子さんも本当のことを言い出しにくくなりますしね。娘を死に追いやった当人に面倒を見てもらってたなんて、世間に知れたら何を言われるか分からないでしょう」

阿久津の意見を聞き、俊也は目から鱗《うろこ》であった。恐怖支配ばかりに気を取られていたが、なるほど被害者にはそういう心理もあるのかもしれない。

「その後、千代子さんと聡一郎君はどうなったんですか？」

「一九九一年に、青木の建設会社、これは千代子さんが働いていたところですが、ここが放火されます」

「放火？」

「ええ。組員二人が死亡し、犯人の組員と中学生ぐらいの少年一人が逃亡しています」

「九一年当時の中学生というと？」

「私は恐らく聡一郎君じゃないかと思っています。でも、この組員は捕まってませんし、千代子さんの足取りもつかめないので、それ以降は調べてません」

阿久津は千代子の実家の住所やホームセンターの店名などを丁寧に書き取り、時系列を二度確認してきた。

俊也が話し終えるころには夕方近くになっていて、紅茶のカップも底が見えていた。初対面の気疲れなど問題ではなく、互いを打ちのめしたのは「話し合った事実」そのものだ。しばしの沈黙の後、阿久津が居住まいを正した。

「あのっ、差し支えなければ、いや、やっぱり是非お願いしたいんですが……」

「はい、何でしょう？」

「例のノートを拝見してもよろしいでしょうか？　あとできればテープも……」

記者としてはもっともな依頼だろうが、今の俊也は精神的に疲れ切っていた。また、ノートとテープを取りに行くのに、一旦家に上がるのも気が進まなかった。

「すみません。今日は疲れてしまって。また今度ではダメですか？」

「いつごろ伺えばいいですか？　できれば早い方がいいんですが」

阿久津の柔らかい物腰や真面目な仕事ぶりに接した今、俊也は彼に悪い感情を持てなかった。しかし、だからといって何度も会いたい相手ではない。考えがまとまらないうちに、妙な間が空いた。その居心地の悪さに我慢できなくなって、最も聞きたかったことを口にした。

「僕のこと、書くんですか？」

阿久津は肯定も否定もせず、一度視線を逸らした。そしてほんの数秒の思考の後、真っ直ぐに俊也の目を見た。

「その前に、一緒に人捜しをしませんか？」

「人捜し？」

「ええ。聡一郎さんです」

「いや、でもそれは……」

　俊也は気が進まなかった。今さら「ギン萬事件の子ども」として世間に晒されることが、聡一郎にとってプラスになるわけがない。俊也にはその恐怖が痛いほど理解できた。そっとしておくことこそ、自分にできる唯一のことだ。

「僕は夏からずっと『ギン萬事件』の犯人を追ってきました。読者の興味は『犯人は誰か』にあると信じて疑わなかったんです。でも、取材をするうちに、本当にそれが自分の仕事かが分からなくなってきたんです」

　首を傾げる俊也に、阿久津が真摯《しんし》な眼差しを向けた。

「イギリスで曽根達雄さんに会って、犯人たちのしょうもなさを目《ま》の当たりにしました。大事件やって意気込んで蓋を開けたら、何も入ってなかった。それまでの取材のことを思うと虚しかったんですが、帰りの飛行機の中で気付いたんです。未解決事件だからこそ、今、そして未来につながる記事が必要なんやと」

「未来……」

「まだ生島千代子さんの安否が分かっていません。僕たちにもできることがあるんじやないですか」

2

片側一車線の国道を北上する。

空は澄んだ水色で、フロントガラスの前には起伏のない景色が広がる。薬局、スーパー、病院、ゴルフ場の看板まで、目に付くもの全てが大きい。その上、店や施設はほとんどが新しい建物で、郊外型チェーン店が田舎の風景を変えてしまったのがよく分かる。

助手席の俊也は口を閉じたまま、ただ進行方向を見ている。大日新聞大阪本社を出発するときにかけ始めたStingのベストアルバムはもう何周目だろうか。「テーラー曽根」を訪ねて四日目の今日、阿久津はいつものフィットに乗ってJR大阪駅へ向かい、待ち合わせをしていた俊也を拾った。まだ吐く息が白い午前七時半から二人きりのドライブ。気まずくはあったが、それはお互い様だろう。

電話で愛媛《えひめ》行きに誘ったとき、俊也は迷うような間を空けた後「行きます」としっかりとした口調で承諾した。聡一郎を捜すということ、自分のことが公になってしまうことへのためらいはあるだろうが、彼は前へ進もうとしているのだと阿久津は忖度した。

この四日で得た最大の成果は、旧青木組の残党が一人見つかったことだ。組は青木が死亡したときに解散し、古くからのメンバーは今やほとんどが鬼籍に入っているが、元構成員の中井茂《なかいしげる》が存命であると分かった。六十六歳の現在、故郷の愛媛県今治《いまばり》市で暮らしているとのことだ。恐らく接触できるのは彼一人のみ。昭和の事件取材は時間との勝負だと、改めて痛感した。

尾道《おのみち》からしまなみ海道を南下して今治へ入るルートで、大阪から休憩を含め約四時間。国道から海沿いの県道に入ってしばらく進むと、右手にボートの係留所が見えた。反対側には民家が連なり、その中に四角い二階建てがあった。軒先に紺色の暖簾がかかっている。

「ここみたいですね」

助手席の俊也が二時間ぶりに口を開いた。大人しく助手席に収まっていた俊也の心情は読み切れないものの、生島一家の不幸を話す彼の表情には、自分と同じ怒りと哀しみがあった。

「ちょっとバックしますね」

後続の車をミラーで確認した阿久津は、ギアを「R」に入れた。店から距離を取ってエンジンを切る。

「三十分前なんで、ちょっと様子見ましょか」

「その中井って人が店に入るところを確認するんですね？」

「ええ。と言っても年齢しか分からないんで、あんまり意味がないかもしれませんけど」

阿久津は取材バッグから、黒革のノートと電子辞書を取り出した。今朝、俊也から預かったものだ。一応テープも持ってきてくれたが、レコーダーが見当たらなかったらしく、今のところ再生する手段はない。

「これ、拝読していいですか？」

「ええ、どうぞ。僕にはチンプンカンプンなんで」

一度革の表紙を撫でてからノートを開いた。黄ばんだ罫線《けいせん》の紙に、神経質そうな青いインクの文字がぎっしりと詰まっている。ブロック体なのは助かったが、それでも手書きは読みにくかった。

「これは手強いな……」

冒頭ページのタイトル欄に「The G.M. Case」とあった。青色だがインクがやや明るく、字も少し丸みを帯びている。

「ここだけ、字が違いますね」

隣の俊也に指で示すと、彼は「そう言われると、柔らかい感じがしますね」と答えた。阿久津はもう一つの気になる点も指摘することにした。

「細かいことですけど、これって犯行の計画書ですよね？　書くとしたらPlanかPlotあたりかなと思うんです。Caseは事件に使いますから。つまり、既に起こったことに対して使うのが普通かな、と」

「ここだけ別人が書いたんですかね？　そのソフィーって人かもしれませんね」

「でも、ソフィーは達雄さんの計画を知りませんでしたから」

「あぁ、そうか」

ノートの前半はハイネケン誘拐事件の詳細。記述は、アムステルダムのヨルダーン地区に生まれた幼馴染五人組の紹介から始まる。それぞれの家庭環境やニックネームの由来、ビジネスの失敗などの内容だ。その後は、オランダで戦後初となる一九七七年の企業家誘拐事件に触れ、彼らが参考にした可能性があると続いていた。

辞書を引いたり、時には読み飛ばしたりしながら文章を追っていくと、ヨークミンスターの前で語っていた達雄の顔を思い出した。知的で冷たい言葉の選び方は、当時から変わっていない。

「あの人じゃないですかね」

俊也の声に反応して前を見ると、黒いジャンパーを着た小柄な男が店に入るところだった。腕時計を見ると、約束の十分前になっていた。

「やっぱり年齢だけじゃ分からないですね」

「とりあえず、行きましょか」

阿久津はそう言うと、後部座席の取材バッグとコートをつかんだ。

車から降りてコートを羽織る。瀬戸内の風は思ったより頬に優しく、ボタンを留めずに歩き出した。俊也はマフラーだけして、コートは置いていくらしい。もっともウール生地の厚手のジャケットは、見るからに暖かそうだった。

寿司屋は二階部分がトタンの粗末な造りだったが、却って穴場のような雰囲気を醸《かも》している。中井が指定したことから、一見ではないだろう。

暖簾を潜って、阿久津が引き戸に手をかけた。

カウンターの奥にいた厨房白衣の大将から「いらっしゃい」と声が掛かる。カウンターには木製の椅子が六脚あり、その内の一つにスーツの中年男性が座っている。座敷は襖のない四畳半が一室。先ほどの男は、この座敷の上座に腰を下ろし、早くも生ビールのジョッキを傾けていた。冷えるのか黒いジャンパーは着たままだ。前頭部の髪が薄く、広い額に三センチほどの傷があった。粘着質な嫌な目をしている。

「中井さんですか？」

阿久津が声を掛けると、男は面倒そうに頷いた。これは厄介だと思いつつコートを脱ぎ、俊也とともに下座に着いた。

「大日新聞の阿久津と申します。本日はお忙しいところ、ありがとうございました。こちらは、取材に同行していただいてる曽根さんです」

阿久津が名刺を渡した横で、俊也は「曽根です」とだけ言って頭を下げた。名刺を渡したくないのだろう。

「曽根さんは何でここにおんの？」

「亡くなったお父様が、生島さんと交友があったということで」

とっさの嘘だったので信憑性は今一つだったが、中井はあまりこだわらぬ様子でジョッキに口をつけた。

「ワシ、もう頼んだから。あんたらも好きにしたら」

中井は何がおかしいのか、片方の口の端を吊り上げた。上握りと赤だしを注文したと言うので、阿久津たちも同じものにした。酒を勧める中井に「交互に運転するから」と言って断った。

握りが届くと、早速ノートを取り出して取材を始めた。酔いが回ると記憶を呼び起こしにくくなる。

「まず、放火被害にあった建設会社『京陽建設《けいよう》』ですが、何人ぐらいの社員がいたんですか？」

「堅気の奴もおったから十五、六人ちゃうか。ワシはたまに顔出す程度やったから、よう分からんけど」

「青木組長が『ギン萬事件』に関わっていたというのはご存じでしたか？」

「知ってたよ。うちの組自体は、多いときでも十人ぐらいやったから。大体何をしてるかは分かる。別に直接聞いたわけやないけど、ギンガも萬堂も調べとったし」

「放火事件で逃げた組員は誰なんですか？」

「ツムラカツキっていうて、なかなか腕っぷしが強いし、ええ男やったけど、ちょっと調子に乗りすぎるとこがあったな。あいつが火つけて、組員二人が焼け死んだ」

阿久津は「津村克己」の漢字と年齢を確認した。年は事件当時二十代後半ということだ。単刀直入に犯行動機について尋ねた。

「夏やってんけど、高校野球の博打で津村が中抜きしよったんや。京陽の事務所に監禁して、しばき回したった。そのまま縛って転がしとったはずが、中坊の助けを借りたんやろな。自由の身になって、火つけよった。事務所の二階で仮眠しとった幹部と見張り役の若い衆が死んで、津村はその中坊と逃げたんや。組側の二人は両方死んでもうたから、何があったか詳しくは分からんけど」

「その少年のことですが、井上聡一郎君ですよね？」

「そう。生島秀樹の息子や。組長が生島の借金を肩代わりしてたとかで、嫁はんと息子を人質に差し出したっていう話やった」

「生島秀樹さんはその後どうなったんですか？」

「飛んだって聞いたけど」

「では、青木組長が生島さんにお金を貸してて、姿を暗ましたから奥さんと子どもを質に取ったと？」

「そうや」

中井は青木による生島殺害を知らない。身内にも殺しの事実を隠し通した青木に、不気味なものを感じた。生島では所詮、相手にならなかったのだ。

「あの息子はうちの下っ端によういじめられとったで。こう言うちゃ悪いけど、陰気くさい奴やってね。二年ほど面倒みたけど、愛想笑い一つしよらへん。でも、津村だけには懐いとったな」

中井は透き通ったイカの握りを食べ、ジョッキを空にした。そして、カウンターにいる大将に冷酒を一合頼んだ。

「逃げた二人の行方は全くつかめなかったんですか？」

「追い込みはかけたよ。西へ逃げたことは分かってんけど、結局捕まらんかった」

「警察も逮捕できませんでしたね」

「ヤクザ同士の喧嘩で死んでも労災や。サツも気ぃ抜けとったんちゃうか」

組員同士の諍《いさか》いによる死亡は、よほどの事情がない限り大きな報道にはならない。

警察も十分それを承知していたはずだ。もっとも、放火は重罪なのでそれなりの捜査はしただろうが、士気は低かったに違いない。事件発生を伝える当時の記事にも、被害者の顔写真が載っていなかった。

「聡一郎君の居所も分からずじまいですか？」

「分からん」

中井は受け取ったばかりの冷酒を口にした。彼の前にある寿司下駄の握りは、いつの間にかなくなっている。

「生島さんの奥さんは、その後どうなりました？」

「あぁ、あの嫁はんか……。そういや、どうなったかなぁ」

「憶えておられないんですか？　息子さんが放火犯と一緒に逃げたんですよ」

「不思議と記憶にないな。燃えた後、会社潰したから」

「それはおかしいですね」

「何でや？」

「聡一郎君から母親に連絡がある確率が一番高い。網を張らないわけがありません」

「知らんなぁ。少なくともワシは、嫁はんを張った記憶はないな」

「同じ組の人が話してたでしょ？」

「だから、知らん言うてるやろ」

中井は鋭い語気で会話を断ち切った。堅気に戻ったとはいえ、これがこの男の本性だ。だが、今治まで来てここで引くわけにはいかない。

「母親にとって、聡一郎君は唯一の家族でした。捜索願を出すのが自然でしょ？　それを出していないのは何でなんですか？」

「知らんわ。おばはんに聞けや」

阿久津がわざとらしくため息をつくと、中井がうまそうに冷酒を飲んだ。

「おばはんのことは知らんけど、津村の話は聞いたことがある」

「居場所をですか？」

「そうや。半年ぐらい前の話や」

「彼はどこにいるんですか？」

「今日は寿司だけか？」

取材協力費という文化がない新聞社は、情報を金で買うことを毛嫌いする。だが昨日、社会部にいた鳥居が「念のため仕込んどけ」と言って、白い封筒を阿久津に手渡した。ジャケットの内ポケットからその封筒を取り出し、座卓の上に滑らせる。

中井はその場で封筒を覗き込み、金額を確認した。そして、笑みを浮かべるでも顰め面をするでもなく「広島《ひろしま》や」と答えた。

「広島で何をしてるんです？」

「雀荘で雇われとる。広島市の中心部にある店や」

店名を聞くと、中井は阿久津のシャーペンを手にし、ノートに「エルドラド」と書いた。

「今もあるんですか？」

「多分な」

「中井さんは会いに行かれたんですよね？」

「いや、情報が入っただけや」

「でも、組員が二人も殺されて、何で会いに行かないんですか？」

「堅気のじじいに何ができるんや。時効になった事件やで。それにもう青木組はないしな」

「津村さんの方では、身元が割れてることに気付いてるんですかね？」

「大丈夫や。あほやから。もうええやろ」

中井は封筒をジャンパーのポケットに入れると、用は済んだとばかりに立ち上がった。座敷から下りると、大将に軽く手を挙げて、そそくさと店を出た。

残された二人は呆気に取られたが、もったいないので寿司下駄の握りを口にした。ウニにしろ、サザエにしろ、醬油が必要ないほど新鮮でうまい。だが、阿久津の心には靄《もや》がかかったままだった。それぞれ食べ終わって温《ぬる》い茶を口に含んだ後、会計を済ませた。

阿久津が引き戸に手をかけたとき、後ろから小さな声が聞こえた。

「もう関わらん方がええよ」

振り返ると、大将が冷蔵のネタケースに手を入れて魚の切り身を整えていた。視線を感じていたはずだが、彼は伏せた目を上げようとしなかった。

3

薄汚れたコンクリートの階段に、陽が差していた。

全ての段にひび割れがあり、埃や丸まった紙ごみが隅に溜まっている。二階へ近づくにつれ陽が差さなくなり、前を行く阿久津の背中も影に染まった。その心情までは察しきれないが、歩くにせよ、階段を上がるにせよ、この男には軽快なリズムのようなものがある。

しまなみ海道を戻る形で約二時間半。阿久津はずっとハンドルを握っていた。途中で交代を提案したが「車転がすのは苦にならないんですよ」と、飽きもせず運転席でStingを聴いていた。移動がつきものの仕事なので、疲労の感覚が自分たち商店主とは異なるのかもしれない。

阿久津から電話があったとき、俊也はためらいを深く掘り下げることもなく同行する旨を伝えた。天地幸子を訪ねる際に堀田から誘われたときもそうだった。真実を知る恐怖を抱えながらも、いつも「前進」を選んでしまう。その判断の傍らには常に、被害者になりきれない自分がいた。

「エルドラド」のドアは全面ガラスで、正方形の大きな取っ手がついている。右手に並ぶ窓から怠そうな陽が入っているものの、室内の照明が消されているため仄暗い。雀卓は十台ほどあるが、設置間隔に余裕がなかった。卓を東西南北に囲むのは簡素なアームチェアで、セットのサイドテーブルの上には灰皿が載っている。客の姿はないのに煙たかった。

東側の壁のフックにハンガーを引っ掛けていた、肩幅の広い男が振り返った。色黒で精悍な面立ちだが、少し荒んだ雰囲気もある。

「いらっしゃいませ。お二人さんですか？　三人打ちでよかったら、お相手の方が来るまで俺が入りますけど。あっ、すんません。電気つけますね」

ワルの雰囲気を持つ割には滑らかに舌が回る。注意深く観察する目になっていた俊也は、男が関西弁を話すことから、津村ではないかと期待した。阿久津が前に出たので、俊也はプロに任せることにした。

「申し訳ないんですけど、客じゃないんです」

「はぁ」

「実は人捜しをしてまして」

「そうですか」

男は俊也たちに興味を失くしたように、再びハンガーを引っ掛け始めた。

「津村克己さんという人なんですけど」

男の動きが止まり、ゆっくりと振り返った。

「津村？　あんたら、ツーやんの知り合い？」

「失礼ですが、津村さんではありませんか？」

「俺が？　ちゃうちゃう」

「本当に？　でも、関西弁を話されてますし」

「出身は大阪やけど、ほんまにちゃうで」

阿久津が名刺を渡すと、男は「記者かいな」と驚きの声を上げた。

「俺はツーやんの同僚やった今西《いまにし》っちゅうもんです。まぁ、同僚言うても、二人だけやったけどな。ここのオーナーに任されて、シフト組んで二人で回しとったんや」

表情を見る限り、嘘ではなさそうだ。放火事件当時二十代後半なら津村は五十代のはずだが、今西はやや若い。

「同僚やったということは、現在津村さんはいらっしゃらないということですか？」

「蒸発したんや」

「蒸発？」

「半年ぐらい前急に。びっくりしたで」

「急にですか。今西さんの方で何か心当たりはありませんか？」

「どこ行ったかは分からんけど、半年前に小さいおっさんが会いに来たんや。目つきの悪い」

俊也は中井だとピンときたが、阿久津もすかさず「その男は額に三センチほどの傷がありませんでしたか？」と尋ねた。

「あぁ、あったわ。そうそう、そのおっさんや。あれ、何もんや？」

「その人も津村さんの元同僚ですよ」

阿久津が冗談めかして答えると、今西が噴き出した。

「何の同僚かは聞くまでもないって、そういうことやろ。あのおっさんが来た翌日に飛んだから」

中井はここに来ていた。既にこの雀荘にはいないことを知っていて、使い物にならない情報を阿久津に売りつけたのだ。

「ええ。恐らくお察しの通りです。津村さんはいつごろからこちらに？」

「三、四年前やね。入ったんが、俺とほとんど同じ時期やったから。それより、何でツーやんを捜してんの？　悪いことしたん？」

「ええ。元同僚の方には申し訳ないですが、一九九一年に京都の建設会社で火事がありましてね」

「放火やろ？　酒入ったら、よう話しとったで。ヤクザをシメて火つけて殺したったって。半信半疑やったけど、ほんまやったんか」

「放火事件からこちらの雀荘に勤めるまでの間、どこで何をしていたかをご存じですか？」

「市内だけやないけど、広島には長い間おるって言うてたな。市場で働いたり、トラック乗ったり。女もおったみたいやけど、どうなったんかな」

問答を聞くうちに、俊也の胸の内に諦念が広がっていった。津村の居場所を知らない人間に、いくら話を聞いても無駄だ。その一方で矛盾するような安堵の気持ちもあった。

「放火事件のときに、中学生と一緒に逃げたって言うてませんでした？」

「あぁ、何か言うてたなぁ」

「生島聡一郎という名に聞き覚えはありませんか？」

今西は唸っただけで、何も答えなかった。

「井上ではどうです？　井上聡一郎です」

阿久津は顔色一つ変えず質問を続けている。それが彼の仕事だと言ってしまえばそれまでだが、何らかの糸口を探し出そうと粘り強く問い掛ける姿勢には感心した。これだけ辛抱強くないと、人捜しはできないのだ。

ハンガーを持ったままの今西は、ぎゅっと目を閉じて何かを思い出そうとする素振りを見せた。

「ツーやんがいなくなる二、三ヵ月ぐらい前やったと思うねんけど、俺が夜勤で店番替わるときに、店のパソコン、何かの掲示板やったと思うけど、それを見て何か一生懸命メモしてたんや。『何書いてんの？』って覗き込んだら怒られたことがあって。割と本気でキレてたから白けたん憶えてるわ」

「何を書いてたんですか？」

「中華料理屋の住所と名前やったと思うけど」

「中華料理屋？　他には？」

「いやぁ、どうやったかなぁ。あっ、でも、キレたことへの照れ隠しみたいな感じで『昔のツレ』見つけたって言うてたな。あのときは女のことやと思ってたけど、ひょっとしたらその男の子が関係あるかもしれんな」

「店の名前と住所を思い出せませんか？」

「いやぁ……。見たら思い出すかもしれんけど」

諦めの気持ちとともに、俊也の心は再び揺らぎ始めた。聡一郎を捜さずにそっとしておくことと、自分たちにできることを探し出すことは、正解・不正解が表裏のコインで、どちらの面が表を向くかはそのときの気持ち次第という曖昧《あいまい》なものだった。

協力も邪魔もする気はなく、俊也は何とはなしに店の出入り口近くを見た。申し訳程度のカウンターの上に大きなノートパソコンがあるのに気付き、一つアイデアが閃いた。提案するには若干の躊躇《ちゆうちよ》があったものの、阿久津の疲れた顔を見ているうちに黙っているのも悪い気がして、俊也は今西に声を掛けた。

「すみません、津村さんが見てたパソコンって、カウンターにあるノートタイプのものですか？」

「そうやけど」

「ちょっと見せてもらっていいですか？」

今西はこだわりのない様子で「ええよ」と気安く応じた。

三人はカウンターまで移動し、俊也がやや腰を折って画面を覗いた。何の工夫もない店のホームページの右上に、グーグルのアカウント表示が見えた。

「パソコンって基本的にログインした状態なんですか？」

「そう。うちは問い合わせ先のメールが『Gmail』やねん。結構受信するからつなぎっ放し」

俊也はグーグルの検索履歴確認画面を呼び出した。時間別や曜日別の履歴グラフが表示され、その下に検索時刻とワードが表示されている。アダルトサイトの検索が結構多い。

「何、これ、バレバレですやん」

今西が言うと、男同士の笑いが起きた。

「行方不明になったんが半年前で、その二、三ヵ月前ってことですね？」

「多分な」

俊也は念のため、今年の二月からチェックし始めた。麻雀関係のものを始め、芸能人の名前や近場の店などが検索されていた。そして、四月二十七日のところへ来て「西華楼」という文字が見えた。

「あっ、これやった気がする」

今西が画面に指をつけた。検索すると、岡山《おかやま》市内の店だと分かった。「せいかろう」と読むらしい。口コミサイトの写真では、街の小さな中華料理屋という感じだが、なかなか評判がよさそうだ。

「岡山やったわ。思い出した」

ここに津村の〝ツレ〟がいた。今西が言った通り、昔の女かもしれない。次につながったことが、自分にとって幸運なことかどうか俊也は分からなかった。ただ、阿久津の表情に気合いが入っているのを見て、旅はまだ続くのだと思った。

大阪を出てから十二時間以上が経ち、疲労はピークに達していた。相変わらずSting の曲がかかっていたが、何度も聴き過ぎたせいで、今では川の流れのように自然に聞こえる。

「お腹すきましたね。せっかく中華料理屋に行くんですから、食べてから取材しましょか？」

確かに昼の寿司は、急いで腹に収めたせいか食べた気がしない。

「気まずくないですか？」

「でも、食べたら一応お客さんですから」

雀荘を出てからコンビニでトイレを済ませてお茶を買い、休む間もなく出発した。既に午後五時を回っていたので、急がなければならなかった。「西華楼」は八時半がラストオーダーだ。山陽道からバイパス、県道を通って約二時間半。長距離運転と取材の緊張で相当疲れているはずだが、阿久津はそんな様子は一切見せなかった。

もちろん、ずっとSting に耳を傾けていたわけではない。ちょっとした雑談もした。特に阿久津が同い年と知ったときは、随分と親近感が湧いた。昭和の事件に導かれた出会いなので、同じ時代を生きている印象が強まったのだ。普段は一人で店を切り盛りしているが、こうして店の外へ出て各地を回るうちに、隣の阿久津が頼もしく思えた。

車の中でこれまでの取材について話した彼は「こんなに運を感じたことはないです」と振り返った。今日一日、一緒に聞き込みをして、決して運だけでないのは分かったつもりだ。だが、その感覚は俊也にもある。堀田と阿久津という相棒がどんどん扉を開いて前へ進んで行く。自分は運命の列車に乗って、ただ導かれているだけ。今、その思いがさらに強くなっている。

県道から再び国道に入り、一、二分走ってすぐに市道へ。景色が途端に住宅街へと表情を変える。介護施設や珍しい一軒家風のスナックがある三叉路を右折し、街灯の光が心許ない道を進む。

「多分、あれですね……」

運転席の阿久津が「ラーメン」と書かれた赤提灯を指差した。その声に反応したかのようにカーナビが音声案内を終了した。店前の砂地のスペースが駐車場らしい。地方の大らかさか特に仕切りはなく、自由に停めていいようだ。

午後八時過ぎ。ラストオーダーには何とか間に合った。外は冬の夜の風で、短い距離だが二人ともコートを羽織った。

赤い庇の上に「西華楼」の看板がかかる粗末な平屋建て。店前のカゴ付き自転車や室外機の配管に掛かっている傘が、いかにも庶民的で親しみを覚える。「中華料理」の暖簾を潜ると、微かに歌謡曲が聞こえた気がした。阿久津がすりガラスのドアを開けると、音が止んだ。

室内は予想通り狭かった。赤いカウンターの周囲は棚が多く、お冷のグラスや本、出前用のプラスチック容器がそれぞれの棚に収まっている。さらに冷水器とビールサーバーまであるため、カウンターは冗談のように短かった。前には椅子が四つ置いてあったが、客には窮屈だろう。

木製の黒いテーブルと椅子のセットは四人掛けと二人掛けの二種類。ビールサーバーの真上に薄型テレビが掛かっているものの、客がいないので電源が切られている。

「はい、いらっしゃい」

カウンターの中から顔の丸い店主が顔を出し、リモコンでテレビをつけた。一人で切り盛りしているらしい。阿久津はテーブル席ではなく、カウンター席に腰掛けた。コートを脱いでバッグとともに、椅子下のカゴに入れる。

「ご出張か何かで？」

「あっ、分かります？」

「ええ。お二人とも垢抜《あかぬ》けてますから」

店主はお世辞とともにお冷のグラスを二つ、カウンターに置いた。メニューに目を通した後、阿久津が奇を衒《てら》うことなくラーメンとチャーハンを頼んだので、俊也もそれに倣った。

麵を茹《ゆ》でる間にチャーハンを炒め始める店主の動きには無駄がなかった。注文によっていくつか組み合わせはあるだろうが、習性で調理順のパターンが決まっているようだ。ずっと眺めているには地味な絵だが、隣の阿久津はカウンターの中を見て考え事をしている様子だった。

先に出てきた醬油ベースのラーメンは、取り立てて記憶に残るものではなかったが、色の濃いチャーハンの方はコクがあっておいしかった。空腹を訴えていた阿久津は一気にかき込み、満足げにお冷のグラスを空けた。

「お口に合いましたか？」

料理が残っていない二人の器と皿を見て、店主が笑い掛けてきた。阿久津が「チャーハンが格別でした」と持ち上げると、店主は「おかげさんでチャーハンだけ頼む人もいるんですよ」と得意気に答えた。

「関西の方ですか？」

「ええ。大阪と京都です」

「しばらく行ってないけど、いい所ですね」

「こちらのお店は長いんですか？」

「もう三十五年になります」

「それはすごいですね」

阿久津が自然と会話を始めたので、俊也は相槌を打つだけでよかった。店主は親しみやすい性格で、店が続くのも分かるような気がした。

「お仕事の方は首尾よくいきましたか？」

「それがまだ仕事中でして」

「それは夜遅くまで大変ですね」

「実は、こちらのお店に用がありまして」

「はっ？」

虚を衝《つ》かれた表情の店主に、阿久津は間を置かずに話した。

「井上聡一郎さんのことについて伺いたいんです」

店主の顔から笑みが引き、肯定も否定もせず、洗い物を始めた。俊也は「当たった」と確信したが、態度を急変させた店主に付け入る隙が見出せなかった。

「聡一郎さんは、こちらのお店で……」

「お代はいいんで、帰ってください」

取りつく島もない店主に、阿久津は名刺をカウンターの台に置いた。

「大日新聞の阿久津と申します」

「新聞記者が何で……」

店主の顔は強張り、表情に恐れが浮かんだ。聡一郎との関わりは浅からぬものがありそうだった。

阿久津は「ギン萬事件」を取材していることを説明した後、既に犯人グループを特定し、その内の一人と接触したことなど、これまでの経過を一方的に話した。

「そう言われても、あんたらが何者なんかが分からん。こんな名刺、いくらでもつくれる」

「電話で確認していただいてもいいです」

「もう一人仲間がおって、そいつが電話を取ったら済む話でしょ」

「大日新聞のホームページに載ってる番号と一緒です。身分証明はできます」

「そもそも、何で聡一郎を捜す必要があるんですか？」

「未解決にしてはならない事件だからです。その最大の被害者である聡一郎さんの言葉なしには、事件は語れません。それに……」

「本人が嫌って言っても？」

「プライバシーには最大限配慮します。一度でもいいから会いたいんです。被害に遭った企業や人質に取られた国民だけの話ではなく、警察やマスコミも含めて社会全体……」

「そんなことどうでもいいんや！」

店主が怒鳴って調理台を叩いた。

「いくら御託を並べてもあかん。そっとしておくことが、一番ええに決まってるやろ！」

「そっとしておくというのは、放ったらかしにするということですか？」

「そんなもん、屁理屈やっ」

「聡一郎さん一人で背負うには大きすぎるでしょ」

「分かったような口を利くな！」

「あなたにも何が分かるっていうんですっ。井上、いや、生島聡一郎の苦しみは本人にしか分からんでしょ！」

阿久津が怒鳴り返すのを見て、俊也は固まってしまった。

「だから聡一郎さん本人に聞くんです。伝言ゲームになった時点で真実ではなくなる。理不尽な形で犯罪に巻き込まれたとき、これまで聞いたことも見たこともない犯罪に直面したとき、社会の構造的欠陥に気付いたとき、私たちはいかにして不幸を軽減するのか。それには一人ひとりが考えるしか方法はないんです。だから、総括が必要で、総括するための言葉が必要なんです」

阿久津は興奮しているのか、言葉が難しくなっていた。店主は目を伏せたまま前を見ようとしなかった。

「聡一郎さんが歩んでこられた道のりをご存じなんでしょう？　だったら、せめてお母さんに会わせてやりたいじゃないですかっ」

鼻声になった阿久津の目は、わずかに潤《うる》んでいた。俊也はその真摯な顔つきに打たれ、自分の店で語っていた彼の言葉を思い出した。

聡一郎母子の再会こそ、阿久津が言った「未来」ではないか――。

彼はずっと考えてきたのだ。事件のこと、社会のこと、そして、被害者のことを。

根本的に、この人は優しいのだと思った。

「聡一郎の母親は生きておられるんですか？」

「分かりません。でも、ご存命なら捜し出すつもりです」

「そうですか……」

言葉を失くした店主を見ているうちに、この人もまた優しいのだと悟った。俊也は傍観者でいることが姑息に思え、胸の内を吐露したい衝動に駆られた。生島聡一郎がその人生を取り戻すために、自分にもできることがある。

店主と視線が合ったのを機に、俊也は話し始めた。

「八月に僕の家からカセットテープとノートが出てきました。ノートは伯父が書いた『ギン萬事件』の計画書でした。阿久津さんが会った犯人は、僕の伯父です」

店主はハッとして、口を開けた。隣の阿久津も、同じような表情をして固まった。

「伯父は昔から交流のあった聡一郎さんの父、秀樹さんに依頼されて犯行計画を練りました。それが全ての元凶です。家から出てきたテープには僕の声が入ってました。犯人が企業脅迫で流したテープと同じものです。僕と聡一郎さんは被害者であり、また加害者の親族なんです」

店主が口を閉じて唇を嚙み締めた。

隣の阿久津がカウンターの中を指差した。

「食材を置くラックの下の段に、ラジカセがあったと思うんですが」

「えっ、あぁ……、ありますけど」

「カセットテープは聞けますか？」

「まぁ、一応」

俊也は店に入る前に聞こえた歌謡曲を思い出した。店主の調理中に阿久津がカウンターを見ていたのは、これが理由だったのだ。目配せしてきた阿久津に頷いて返すと、彼は取材バッグからケースに入ったカセットテープを取り出した。

「これが曽根さんの家にあったテープです」

店主がラックの下にあるラジカセにテープを入れ、再生ボタンを押した。「ブチッ」という音の後、騒がしい背景音がして、父とスナックのママとの会話が始まる。

しばらくして音声が途切れ、幼い日の自分の歌声が聞こえてきた。

「ぼーく、ぼーく、わらっちゃいます〜」

店主は少し目を細め「風見しんごやね」と漏らした。たどたどしい言葉運びの熱唱が終わると、拍手とタンバリンの音が大きくなり、再び音声が途切れる。静寂が続く間も、初めて聴く二人は目を閉じてテープに集中していた。また不快な「ブチッ」という音が響く。

「ばーすーてーい、じょーなんぐーの、べんちの……」

同じ声だと確認した阿久津と店主が、示し合わせたかのようにため息をついた。

「きょうとへむかって、いちごうせんを……にきろ、ばーすーてーい、じょーなんぐーの、べんちの、こしかけの、うら」

音声が切れると、俊也は「ここまでです」と言った。

「間違いないですね」

阿久津がやるせないといった表情で呟いた。

「僕は録音テープについて記憶がありませんでした。でも、当時小学二年生だった聡一郎さんは憶えていると思うんです。知っていたとしたら、なおさら苦しんだはずです」

「ちょっと、すんません……」

店主が背を向けて肩を震わせた。苦しんだはずだと言った自分の言葉に、思い当たる節があるのかもしれない。

「彼の半生を知るほどに、なぜだという思いが常について回ります。この秘密を、この苦しみを全て吐き出してしまいたいという気持ちは、ほんの少しですけど、僕には分かります。背負ってるもんを下ろしてもええんやって、耳を傾ける人間がここにいるってことを、彼に伝えてもらえないでしょうか？」

俊也と阿久津は立ち上がり、深く頭を下げた。俊也の言葉を背中で聞いていた店主は、振り返ると調理台に手をついた。

「分かりました。聡一郎に聞いてみます」

「連絡先を知っておられる、ということでよろしいですか？」

目を真っ赤にした店主は、阿久津の方を向いて一つ頷いた。

「でも、詳しいことは彼に聞いてください」

「最後に一つだけ、彼はどこで何をしてるんです？」

「東京で、靴を修理する店で働いてます」

生きていた——。

そう思うと、俊也は脱力して椅子に腰を下ろした。自ずと感謝の念が込み上げてきて、目頭が熱くなる。

組み合わせた両手に力を込め、俊也は見たこともない神に祈った。

4

ヤニで汚れた壁紙の右端が剝がれ、暖房の風を受けて揺れている。

東京・八王子《はちおうじ》市内のコーヒーショップ。軽食にも力を入れているようで、カウンターの上は各種野菜の段ボール箱がスペースを占拠している。数あるテーブル席にはほとんど人の姿はなく、店の広さが寒々しい。唯一の客は出入り口近くのテーブルにいた陰気な女で、指先だけが開いている布手袋をしてハンバーグを食べていた。

個室はないが、左手に奥まった空間があり、滑り込ませるように四人掛けの木製テーブルを配してあった。というのも、店の二階がアパートで、外付け階段がちょうどこの空間の真上に設置されているため、斜めの天井は低く、特に上座の頭上は圧迫感がある。その上座は椅子ではなくベンチ型で、シープスキンを敷いていた。

阿久津と俊也は迷った末、人目を避ける方に重きを置いた。作法上、まずは下座の椅子に腰掛け、窮屈そうなら席を替わるというところで落ち着いた。約束の時間まで二十分ほどあったので、二人とも先にホットコーヒーを頼んだ。

「西華楼」の店主の三谷浩二《みたにこうじ》から阿久津のスマートフォンに電話があったのは、訪問翌日の夜だった。聡一郎は仕事場から近いこのコーヒーショップを指定する一方、遠方に住む恩人に遠慮してか、一人で会うと言い張ったという。三谷は言葉少なだったが、最後に腹の底から絞り出したような声で「よろしくお願いします」と言った。

十二月中旬。企画開始まであと五日というタイミングだった。泣いても笑っても、これが最後の取材になる。張り詰めた気持ちはあったが、心は平静を保っている。

「伯父から手紙が届きました」

コーヒーカップに目を落とした俊也がボソッと呟いた。阿久津は腰を浮かしそうになったが、堪えて「そうですか」と静かに返した。

「テープの録音のことにも触れてました」

「書かれていたのはそのことだけですか？」

「いえ……。でも、そう言ってもいいかもしれません。犯行動機や実行グループの崩壊、逃亡。全て書かれていましたが、残念ながら阿久津さんのメモ以上のものはありませんでした。読んでいて虚しくなってしまって……」

「消印は？」

「ロンドンでした」

シェフィールドやヨークでない点が気になるが、それだけで導き出せる結論はない。

「会いに行かないんですか？」

「何て声を掛けたらいいのか分かりません。聡一郎さんと話してから決めようと思ってます」

ずっと海外にいたため、達雄の罪は時効停止になっている。しかし、犯罪に関わったとする確たる証拠がなければ、イギリスの司法当局に身柄の拘束を依頼するのは難しいだろう。

テープの録音について聞こうとしたとき、死角でドアの開く音がした。二人して見えない出入り口の方を振り返る。木の床に引きずるような足音が響き、背の低い猫背の男が姿を現した。坊主に近い短髪だったが、かなり生え際が後退していることは分かった。黒いフレームの分厚いメガネをしている。三十九歳という実年齢よりは随分老けていた。

阿久津は俊也とともに立ち上がり「聡一郎さんですか？」と問い掛けた。

「はい……」

上座を勧め、二人して名刺を渡す。微笑んだものの、上手く笑えたか自信はなかった。席に着いた聡一郎は受け取った名刺をテーブルに置き、注文を取りに来たマスターにホットコーヒーを注文した。馴染みの店かと思ったが、そうでもないらしい。

「この店はよく使われるんですか？」

俊也が聞くと、彼は一つ首を振り「あんまり外で飲み食いはしません」と答えた。関西弁だったが親しみは感じられず、生活の一端が垣間見えた気がして重たい気持ちになった。

コーヒーが届いても聡一郎はナイロン素材の紺色のジャンパーを脱ごうとしなかった。

「今日はお時間をいただいて、ありがとうございました」

声が上ずってしまったので、阿久津は一つ咳払いをした。聡一郎は「いえ」と小さく首を振った。

「私たちのことは三谷さんからお聞きになってますか？」

「だいたいのところは」

聡一郎はうつむきがちで、細い目をしょぼしょぼとさせていた。貧相ではあったが、悪い印象は抱かなかった。ただ、特段感情を表さない相手を前に、少しでも歩み寄ることができるのかという不安はあった。

「今は、靴の修理をされているとか？」

「ええ。小さい店で雇われてます。もう二年になります」

「まずは、聡一郎さんご自身のご経歴を確認させてください」

阿久津は机の上に置いていたノートを開き、シャーペンを握った。

「一九七六年、大津市のお生まれ。ご両親は生島秀樹さん、千代子さん……」

阿久津は家族構成をチェックした後、子どものころの記憶について尋ねた。聡一郎は言葉に詰まりながらも、一つひとつ真摯に答えを探していった。

彼は戦隊ヒーローや車のおもちゃ、それに外で遊ぶのが好きなごく普通の、元気な男の子だった。

「六歳のとき、父が県警をクビになりました。でも、僕はそれからも父のことを警察官だと思っていたんです。そうでないと知ったのは小学一年のとき、友だちのお兄ちゃんから『悪いことしたから警察クビになった』とからかわれたからです。僕は悔しくて、泣きながらそのことを父に訴えました。そしたら父はめっちゃ怒って、宥める母を殴ってまで僕を外へ連れ出しました。そのまま友だちの家の玄関先に上がり込んで、怒鳴り散らしたんです」

生島は子どもだけでなく、両親も含め全員に土下座させた。その異様な光景と父が繰り返し叫んだ「差別主義者」という言葉が聡一郎の頭に深く刻み込まれた。友人兄弟は謝ってくれたが、翌日から他のクラスメイトたちとも疎遠になったという。

生島の狂気に阿久津は背筋が寒くなった。犯罪者としての見境のなさが十分に見て取れる。聡一郎に会う前まで穏やかだったはずの心が、微かに乱れ始めた。

「テープに声を吹き込んだとき、聡一郎さんは小学二年生でしたが、何か憶えてることがありますか？」

「父からお菓子をもらった気がするんですが、妙に優しかったんが気持ち悪かったのを憶えてます」

ノートをめくった阿久津は、新しいページに「一九八四年十一月十四日」と記した。いよいよ事件の核心に迫る。朝、達雄と山下満が大津の生島家に来たときの話から聞く。

「突然、知らんおっちゃんたちが家に入ってきたんで、びっくりしました。僕は言われるがままやったけど、姉がだいぶ怒ってて、母と口喧嘩してたのを憶えています。荷物を積み込んだ後、山下って人の車で奈良まで行ったんですけど、その家にいた女の人の口紅が紫やったんです。それで不良やと思ったんですけど、実際怖い人で、特に姉には厳しく当たってました」

あまり楽しくなかったせいか、奈良での生活はほとんど記憶にないという。年が明けて、一家は兵庫県の建設作業員の家族寮に移り住む。

「子どもながらに柄が悪い所やってことは分かってたんですけど、僕は苦になりませんでした。周りのお兄ちゃんたちにいろんな遊びを教えてもらえたから。カブとか花札とか。お菓子も結構もらえたし、何より学校の勉強せんでええんが一番よかった」

聡一郎はここでやっと笑みを見せた。それだけのことで、阿久津の気持ちは幾分軽くなった。

「でも、お母さんとお姉さんにとってはそうでもなかったようですね」

「二人とも基本的に暗い顔をしてました。いつもどっちかが怒ってるから、僕は極力外へ遊びに行くようにしてました。そのうち、母と姉が働きに行くようになって、ますます一人でいる時間が長くなりました」

聡一郎がテープのことをはっきり意識したのは、このころだった。２ＤＫの風呂なし物件。四畳半と奥の六畳はいずれも和室。六畳間は姉弟の寝室でもあった。

「いつやったか、季節も憶えてませんが、僕が奥の部屋で布団に入っていると、母と姉が四畳半の部屋で話しているのが聞こえました。姉が『あのテープのせいで一生台無しや！』みたいなことを叫んでて、僕のテープのことも話してたんで、やっぱりあのとき父はおかしかったんやと。そのときに父が亡くなったことも聞いたんです。薄々気付いてたんですけど、やっぱりショックでした」

夏ごろになると、千代子があまりご飯をつくらなくなったという。週に二度ほどは朝帰りするようになった。聡一郎は「男ができたんだと思う」と、暗い声で言った。

そして、話はあの日の悲劇に差し掛かる。

八五年七月下旬、聡一郎は一人バスに乗って、猥雑《わいざつ》な繁華街の最寄駅に向かった。私鉄駅の改札で、姉と待ち合わせをしていたのだ。

「喫茶店でクリームソーダを奢《おご》ってくれることになってて、すごく楽しみにしてたんです。姉は姉で生活が乱れてた母親の愚痴をこぼしたかったんやと思います。お昼前やったと思うんですが、ちょっと早く着いたんで、駅前の広場をブラブラしてたんです。しばらくして、姉がこっちに歩いてくるのが見えて、姉も僕に気付いてパッと手を挙げました。遠目にですけど姉がぎこちなく頭を下げて、おかしいなと思った瞬間表情が一変したんです。姉が回れ右をして逃げ始めると、後ろから男の声で『あのガキや』って聞こえて、振り返ったら、キツネ目の男がいました」

その場面を想像した阿久津は、ゾワッとしてシャーペンを持つ手が止まった。真後ろにキツネ目の男が立っていたら、大人の自分でも恐怖で固まる。俊也も顔色を失っていた。

「キツネ目の男はすぐに姉を追い掛けました。姉は相当怖かったと思います。あの不気味な似顔絵の男が、必死になって追い掛けてくるんですから。姉はあっという間に視界から消え、僕はどうしたらいいか分からなくなって、その場に立ち尽くしてました」

しばらくして聞こえた救急車のサイレンで我に返った聡一郎は、音の鳴る方へ全速力で走った。サイレンが止んだ後も付近を歩き回り、マンションの下で救急車を見つけた。七、八人の住民が集まる中、担架に乗せられている女のTシャツがちらりと見えた。白と紺のボーダー。まさしく姉が着ていたものだ。聡一郎はそこで初めて、地面が血の海になっていることに気付く。ピクリともしないのが姉だというのは分かっていた。しかし、顔を見てしまえば事実になってしまうような気がして、動けなかった。

「救急車が出発する段になって初めて『行かないと』と思いました。歩き出した瞬間にふわっとした感覚があって、体を持ち上げられたのが分かりました。見るとキツネ目の男で、怖くて声も出ませんでした。気が付いたら車の中で、おもいきりビンタされました。耳がジーンとして、続けて同じところを殴られました。もう殺されると思って『ごめんなさい、ごめんなさい』って……」

阿久津は耐えられなくなって、視線を落とした。

腹も殴られて息が詰まり、聡一郎は地獄に落とされると思った。キツネ目の男は少年の髪を鷲づかみにし、耳元で「静かに暮らせ。お母ちゃんも死ぬで」と繰り返し囁いた。聡一郎は助かりたい一心で何度も返事をした。車から放り出され、公園で泣いているところを母に見つけられた。

「母の顔を見たときは心底ホッとして。そしたら姉のこと思い出して……」

聡一郎は涙を堪《こら》えようとしていたが、俊也がハンカチを差し出すと、嗚咽を漏らした。目に当てたハンカチが震えるのを見て、阿久津も胸が苦しくなった。少女の命がなくなるまで、助かるための選択肢はいくらでもあったはずだ。少なくとも警察に事情を話していれば、最悪の事態は免《まぬが》れただろう。だが裏を返せば、それほどこの一家が世間から孤立していたということだ。

「次に姉を見たときは、お骨になってました。火葬場で形ばかりの読経を聞いてるとき、もう二度と姉に会えないんだと思って、悲しくて胸が張り裂けそうでした。でも、あの車の中で受けた仕打ちが頭にこびりついて離れなくて、死にたくない、殺されたくないって、そればっかり考えてました」

十月に母の実家がある京都に引っ越したが、祖父母も冷たい人に思えた。なぜ大人はみんな怒っているのだろうか。母から理由も告げられないまま、市内の木造アパートに移った。

間もなく、千代子は実家近くの建設会社に勤め始めた。聡一郎も地元の小学校に通うようになり、豊かではないが平穏な生活へ戻っていった。あまり友人に馴染めなかったものの、いじめられることもない。数少ない楽しみの一つが、祇園祭《ぎおんまつり》の宵山《よいやま》だった。

「五百円って予算が決まっていて、食べるか遊ぶかで迷うんです。今でもコンチキチンっていう鉦《かね》の音を聞くと、懐かしくて涙が出そうになります。母と二人でいろいろと回って、帰るのが嫌で嫌でしょうがなかった。もうほんまに年に一度の大イベントでした」

宵山の絵が浮かぶのか、隣に座る俊也の顔の強張りが少しだけ和らいでいた。

「今振り返ると、京都で過ごした小学生時代は、幸せやったんかもしれません」

背を丸めてコーヒーを啜る聡一郎を見て、幸せという言葉に痛みを覚えた。

「中学一年生のとき、府立図書館で新聞を読んで『ギン萬事件』について調べました。なぜそのようなことをしたのかは分かりませんが、はっきりさせたかった気持ちはあったと思います。その中に録音テープの記事があって、あの建設会社の社員寮で姉が話していたことを思い出しました。背筋が寒くなったというか、これが自分と姉の声だと知られたら、警察に捕まるかもしれん、と。そう思うと、誰かが見張っているんじゃないかって、疑心暗鬼になって。実は姉の遺品に例のテープがあったんです。ラベルには全然違う歌手の名前を書いてるんですけど。僕はどうしてもそれを捨てられなくて、母に内緒で隠し持ってました。でも、その記事を読んでからは、留守の間に誰かが聞くかもしれないと考えるようになって、テープを持ち歩くようになったんです」

聡一郎は一気にそこまで話すと、ほんの一瞬俊也を見た。それから表情に暗雲を浮かべ「中一の夏休みでした」と話を続けた。

「柄の悪い男が家にやってきて、僕に『バイトせえへんか？』と勧誘してきました。

男は母が勤める建設会社の人間でした。すぐにその筋の人やと分かりましたが、母のことを考えると断れませんでした。毎週土日、事務所や現場に顔を出し、荷物の運搬や使い走りをさせられるようになりました。母は平日のみの勤務だったので、基本的に会社で顔を合わせることはありませんでした」

聡一郎は愛想がなかったせいで、よく若い衆にいじめられたという。「昔はようお前の親父に世話になったからなぁ」と言って殴る幹部もいた。バイト代も半分以上奪われ、週末の自由な時間がなくなった。家には辛気くさい顔をした母がいる。四六時中トンネルの中にいるようで、ずっとこんな日々が続くのかと思うと息苦しくなった。だが、逃げることはできなかった。車でのことを思い出すと足がすくんだ。

「建設会社にはキツネ目の男はいましたか？」

「いいえ。見かけたことは一度もないです」

「会社の人は事件のことを知ってましたか？」

「さぁ。特に聞かれたことはないですけど」

中学二年の秋、建設会社の若い衆が学校に来た。「面白いもん見せたるわ」と言われ、会社の事務所へ連れて行かれた。事務所は三階建ての一階にあり、外から窓ガラス越しに中が見える。そこで目にしたのは、部屋の真ん中でずっと立たされている母の姿だった。たまに出入りする男たちが胸や尻を触って、卑猥《ひわい》な笑い声を上げる。中には頬を張る奴もいた。室内には常時三、四人の男がいたというが、千代子がどんなに嫌がっても誰も気にも留めなかった。

「自分の親がいじめに遭うなんて想像もしたことなかったんで、かなりショックを受けました。見てるうちに泣けてきて、声が漏れたんか、母と目が合ってしまって……。涙を浮かべる母を見て、堪らない気持ちになりました。僕を見てゲラゲラ笑ってる若い衆の声を聞いて、心がスーッと冷たくなっていったんです。その日、帰ってきた母から『私のことはええから、中学卒業したら逃げなさい』って言われて、それから僕は母と一緒に逃げることばっかり考えてました」

そんな暗い日常の中でも、一つだけ光があった。それが津村克己だった。

「男前で金払いもよくて、ほんま役者みたいにかっこよかったんです。唯一、僕に優しくしてくれる人で、ずっと憧れてました」

中学三年の夏、津村は高校野球賭博《とばく》の金をくすねたという理由で監禁され、激しい暴行を受けた。幹部の男がガラスの重い灰皿で頭を殴り、額が割れて出血しても、皆お構いなしにリンチを続ける。その冷酷さが恐ろしく、聡一郎は車内で殴られたことを思い出して震えた。だが、それでも金を返そうとしなかった津村は、クーラーを切った部屋で簀巻《すま》きの状態で放置された。聡一郎と若い衆が一人、見張りにつけられた。

「夜、窓を開けてても部屋が暑くて堪らなくて、一緒に見張ってた男が女に電話してくると言って部屋を出て行きました。そのとき、津村さんに助けを求められたんです。二人で逃げようって。一生面倒見たるって。僕はこの人が言うなら間違いないと思って、ロープを解きました」

津村は聡一郎に水道の水を持ってこさせ、それを飲み干すと、体を動かし始めた。そして、二階で寝ていた幹部の男を金属バットで滅多打ちにし、金庫の中の金を出すように迫った。だが、幹部の男は口を割らなかった。聡一郎が一番驚いたのは、幹部が歌を歌い始めたことだ。津村は聡一郎に灯油を持ってくるよう命じた。夏ではあったが、一階にストーブ用の余りが放置してあったのだ。聡一郎がポリ容器を抱えて戻ってくると、津村は灯油をまいて火をつけると脅した。やっとのことで金庫を開けた幹部の男を縛り上げ、かばんに札束を詰め込んだ。そこへ先ほどの若い衆が戻ってきた。聡一郎は逃げようとする男を捕まえ、おもいきり顔面を殴った。

「そのとき、スイッチが入ったっていうか、すごい興奮したんです。その若い衆にはかなりいじめられていたので。そいつも縛り上げて床に転がしました。早く逃げなあかんかったんですけど、このまま立ち去るのは物足りなくて、灯油まいて脅すときに持ってたマッチに火をつけました」

「あなたが、ですか？」

「ええ。幹部の男と目が合って、そいつが母の胸を触ってたことを思い出して無性に腹が立ちました。幹部が薄ら笑いを浮かべて『やってみぃ』と言うように顎をしゃくったとき、死んでまえって思いましたけど、どうしても投げられずに火を消したんです。その幹部が『おのれらはしょんべん垂れじゃ』って笑って、それを聞いた津村さんが僕からマッチを奪って火をつけました。男がもう一回顎をしゃくったとき、何にも言わんと放り投げたんです」

火は聡一郎の想像より遥かに早く炎となった。一瞬で火の海になり、津村の怒声や若い衆の悲鳴が飛び交って、部屋は修羅場と化した。熱くてその場に留まるのは不可能だった。「津村さんが『行くぞ！』って言うて部屋を飛び出したんで、その後を懸命に追い掛けました。さすがの津村さんも動揺してましたけど、大阪について飯屋に入ったときにはいつも通り落ち着いてはりました。そのときはもう投げやりになって、捕まって殺されても構わんと思ってました」

津村の知り合いの伝手《つて》を頼って兵庫、岡山と西へ移動し、住む場所を変えるたびに職も変えた。二年して広島に流れ着いてからしばらくは、津村と一緒に市場で働いた。

「奪った金で生活できなかったんですか？」

「匿《かくま》ってもらうのに結構金を要求されて、すぐに底を突きました。自分たちが西へ逃げてることが青木組の連中に漏れてたみたいでとにかく身を隠す必要がありました。津村さんはずっと面倒を見てくれて、僕はそのことが申し訳なくて気にしてたんです。広島の市場でお世話になってたんですけど、途中で津村さんがトラック運転手になって、お互いの生活リズムが合わなくなりました。十八歳のとき、津村さんの女がアパートに転がり込んできて、段々居づらくなったんで、ええ機会やと思って家を出ました」

「津村さんは引き止めなかったんですか？」

「女のこともあったし、もう疲れてたんやと思います。餞別《せんべつ》に三十万もらいました」

遠くへ行こうと、宮崎《みやざき》県で住み込みの仕事を見つけた。鶏肉の解体工場で四年ほど勤めたが、金銭トラブルを起こしてクビになった。土地勘のあった岡山に戻り焼き鳥店などを経て、辿り着いたのが三谷浩二の中華料理店だった。

「三谷さんの家に小さい離れがあって、そこに住まわせてもらいました。一年ぐらいしたとき、三谷さん夫妻に成人式の写真を撮ってもらったんです。既に二十三歳でしたけど、それが嬉しくて。家族の行事は、自分とは無縁だと思ってたんで」

その夜、聡一郎は三谷に全てを打ち明けた。誰にも言えなかったことを吐き出しているとき、涙が止まらなかったという。三谷は「誰にも言うな」と口止めし、子どものない夫婦はこれまで以上に聡一郎の世話を焼くようになった。

二十七歳のとき、聡一郎は出入り業者で働いていた栗林知美《くりばやしともみ》と出会う。女性と交際するのは初めてで、デートプラン一つうまく立てられなかったが、三つ年上の知美は彼を受け入れた。聡一郎は「明るい女性」と表現したが、その表情には陰があった。自分が何者であるかを告白できなかったのだ。交際して一年が経ち、結婚を意識する段階になって、彼は三谷に相談した。

「三谷さんは家族になる以上、知美には真実を打ち明けるべきやと助言してくれました。彼女を失いたくなかったんで、だいぶ悩みました。でも、隠し続けることは相手への裏切りやと思って、正直に全てを彼女に話したんです」

聡一郎は俊也から借りたハンカチを握り締めたまま、黙り込んでしまった。そのまま話し出す気配がなかったので、阿久津は言葉を挟んだ。

「知美さんにもお考えがあったということですね？」

聡一郎は微かに首を振って「彼女は受け入れてくれました」と答えた。

「でも、知美はどうしても両親にも話しておきたいって。自分の親になるかもしれないので、それもそうだと思ったんですが……」

「彼女のご両親が反対されたんですね？」

「知美から事情を聴いた母親が『とてもお父さんには聞かせられない』って泣いたそうです。彼女の方も揺らぎ始めて……。あのとき、僕には彼女が唯一の心の支えやったんです。結婚することで、人生をやり直せるって、そう思ってました」

三ヵ月に及ぶ話し合いの末、二人は別れることになった。知美は勤めを辞め、聡一郎は二十八歳にして再び孤独の谷に突き落とされた。三谷の励ましも耳に入らず、ほとんど話さなくなった。

「それから一年半ほどして、百貨店の前にある歩道で偶然知美に会ったんです」

聡一郎のこめかみの血管がピクリと動いた。

「彼女のお腹が大きいのを見て、頭にカッと血が上りました。僕と別れて半年ほどして見合い結婚したそうで、子どもができたことを……すごく嬉しそうに報告してきました。もう彼女の中では僕のことはきれいさっぱり忘れ去られていて、すごく悔しかったです。自分がこんなに苦しんでるのに、何でこの女は幸せそうな顔ができるんやって。一生の相手やって言うとったのに……、悪魔みたいに見えました」

聡一郎と知美では、人を愛することの重みが違うのだろうと阿久津は思った。無論、きちんとけじめをつけた知美が悪いわけではない。だが、阿久津は諦めきれない聡一郎の心情にも寄り添うことができた。彼は絶望していたのだ。

「気が付いたら喚き散らしていました。泣いて謝る彼女にひどいことを言って、周りの人が止めに入っても怒鳴り続けました。そしたら、彼女はお腹を押さえて蹲《うずくま》ってしまったんです。僕は怖くなって、自分が嫌になって、逃げ出しました」

聡一郎が落ち着くのを待って、阿久津は知美と子どもの安否を尋ねた。

「後になって三谷さんに聞いたんですけど、早産になったそうです」

「赤ちゃんは無事だったんですか？」

「多分……」

阿久津はその歯切れの悪さが気になった。広島の雀荘で津村克己が見ていた掲示板のことを思い出し、或いは知美が聡一郎のことを書き込んだのかもしれないと、暗い想像を巡らせた。

「知美の前から逃げ出して、そのまま三谷さんにも黙って家出をしました。それからはバイトで生計を立ててましたが、携帯電話もパソコンもないんで、知り合う人みんなに不審がられて、職を転々としました」

三谷の家を出たのが三十前後として、それから七年も身分を隠したまま生きてきたことになる。その身なりから苦労は窺えるが、本当にそれだけで暮らしていけたのか、阿久津は疑問だった。

「アルバイトの稼ぎだけですか？　貯金を取り崩すという感じだったんでしょうか」

「いえ、貯金なんかほとんどありませんでした。金がないときは……、空き巣に入ったり、産廃を捨てに行ったりして……」

「産廃？」

「建設廃材とか廃油を不法投棄して、金をもらってました」

聡一郎は恥じ入るようにうつむき「暮らしていけませんでした」と付け加えた。他にも〝余罪〟はありそうだったが、阿久津は聞かないことにした。

「今はこうして東京で働けていますが、それもいつまで雇ってもらえるか分かりません。次に職を見つけるのはかなり厳しいと思ってます」

口を一文字に結ぶ聡一郎の顔に色濃い疲労が滲んでいた。

「お体は大丈夫なんですか？」

「三年ぐらい前から段々目が見えにくくなってて、体も怠いんです」

「目が見えないってどれくらいですか？」

「メガネかけてますけど、阿久津さんの顔はぼやけて見えます」

伏し目がちなのは、視力の低下も関係があるのかもしれない。

「病院へ行かれました？」

「いえ。保険証ないですし、保険料も払ってないんで」

逃れられない呪縛の中で、自らの体が壊れていくのを他人事のように傍観している。阿久津は「深淵の住人」という企画のタイトルを思い出した。阿久津にとって、聡一郎の心の闇はまさに深淵であった。

「ただ時間潰しをするために、ギリギリの生活を続けてる感じです。もう終わりにしたくて、最後に三谷さんに謝ろうと思って店に電話しました。ほんまにその電話切ったら練炭自殺しようと思ってたんです。でも、三谷さんは店休みにして東京まで会いに来てくれて、すごく叱ってくれたんです。岡山に戻ってこいって……。でも、僕これ以上迷惑かけられへんから」

「もう何かから逃げる必要はないんじゃないですか？」

ずっと口を閉ざしていた俊也が優しく話し掛けた。目には表情があるというが、温かくも強い眼差しで聡一郎を見ていた。俊也は抱え続けていたであろう葛藤とケリをつけたのではないかと、阿久津は思った。

「青木龍一は五年前に死んで、組も解散してます」

「青木が死んだ……」

聡一郎は呆《ほう》けたような顔を見せた後「はぁ」と息を吐いて両手で顔を覆った。いずれの感情につながっているかは分からないが、張り詰めていた糸が切れてしまったようだった。

「放火事件にしても、あなたは当時中学生で、火を放ったのも津村です。もう一度やり直せるはずです」

俊也の言葉には心が籠もっていたが、聡一郎は手遅れだというように首を横に振った。

「何か、なさりたいことはないんですか？」

聡一郎は問い掛けた阿久津の目を見た。何らかの想いを含んでいる目だった。

「母に会いたいです」

聡一郎本人の口から意思を聞けて、阿久津はホッとした。その真っ直ぐな気持ちこそが、記者として自分が求めているこの事件の「未来」だった。

「お母様はその後、どうされているかご存じですか？」

聡一郎は「いえ」と言って視線を落とした。酷だと思ったが、確認しなければならない。

「津村さんと逃亡する際、お母様に連絡されましたか？」

阿久津の質問に、聡一郎は嗚咽を漏らした。ハンカチを目に当てて泣き続け、悔しそうに首を振った。

阿久津と俊也は辛抱強く彼の言葉を待った。

「僕は……、母親を……、母を置いて逃げてしまいましたっ」

声を振り絞った後、聡一郎は震える唇を嚙み締めた。

宵山の会場ではしゃぐ息子を見て笑い、建設会社で辱《はずかし》めを受けている母を見て悔し涙を流した。父と娘が消えてしまった家で、残された親子二人は肩を寄せ合って苦楽を分かち合ってきた。母には自分しかいないと骨身に染みている分、裏切ったことに対する罪悪感が大きいのだろう。

「せめて一言、目が見えてるうちに、お母ちゃんに謝りたいです」

俊也が目元を拭ったのを見て、阿久津も堪えきれなくなった。

聡一郎に幸せとは何かと問えば、どんな答えが返ってくるだろうか。阿久津は神戸の両親の姿を頭に浮かべ、自分をここまで育ててくれたのだと強く思った。感謝の念が込み上げ、視界が曇る。三十六にもなって、希望部署がないなどと子どものようなことを考えている自らを恥じた。

そして今、阿久津ははっきりと悟った。

子どもを犯罪に巻き込めば、その分、社会から希望が奪われる。「ギン萬事件」の罪とは、ある一家の子どもの人生を粉々にしたことだ。

何としてでも母親に会わせる——。

両目から際限なく涙を流す男を見て、阿久津は心に決めた。

5

体の重みに反応して、段板が鳴く。

耳慣れたはずの階段の軋みが、決心に水を差すようで不快だった。二階へ上がると一度足を揃えて歩みを止めた。電球のオレンジ色の光が、廊下の突き当たりにあるドアを照らしている。いつものように電球は公平に明かりを届けているが、俊也の目には陰陽の差がはっきりとしていた。今は母の部屋のドア以外、視界に入らない。

薄いドアの前に立ったとき、昨日聞いた聡一郎の声が甦った。

「母に会いたいです」

心の底から吐き出した声が、俊也の胸の内で複雑に反響した。自分はこれから母に会わなければならない。

昨日、どうしても「同じテープの子どもでした」とは言えなかった。無論「西華楼」の三谷が事情を話してはいただろう。だが、自らそれを口にすることができなかった。聡一郎と自分とは何もかもが違い過ぎたからだ。彼の人生には、常に「ギン萬事件」という宿命があった。家を追われ、姉が死に、母を裏切り、陰の道を彷徨い、唯一の愛を失った。それに比べて自分はどうだ。一人っ子として両親の愛情を一身に受けて育ち、好きな職に就き、守るべき家族がいる。

しかし、それと曽根家の罪は別の話だ。俊也は強い力で握り拳をつくり、ドアをノックした。心情を表すような硬い音になった。それが伝わったのか、母の返事は少し遅れた。

「俊也です。今、ちょっといい？」

「どうぞ」

ドアを開けて中を覗くと、母は広いホットカーペットの上に正座し、文庫本を持っていた。全体的に小づくりなので、座っていると「ちょこん」という表現がしっくりくる。暖房が効いて部屋は暑いぐらいで、左手のクローゼットの前で加湿器が白い煙を吐いていた。

「調子はどう？」

「元気やで。肉食べたいわ」

胃潰瘍が完治してから健康そのものだと思っていたが、秋が深まり寒くなってくると、また胃の痛みを訴え出した。今度は吐き気があるようだったので、三日前に大学病院で検査し今は結果を待っている。

俊也は母の前に正座し、持っていたカセットテープと黒革のノートを置いた。母は予期していたようで、静かに文庫本を脇に置いた。

「この四ヵ月間、僕が何をしてたかは分かってると思う」

母は俊也の目を見て、一つ頷いた。

「夏に、入院してたお母さんから『昔のアルバムを持ってきて』って頼まれたから、あの電話台を調べたんや」

俊也はクローゼットとは反対側の、テレビセットの隣を指差した。

「このテープとノートはお父さんの遺品の中に入っててね、僕はテープとノートが『ギン萬事件』に関わる物やと気付いて、堀田さんに相談した。で、今ではほぼ全ての謎が解けたと思ってる。あとはただ一つ、曽根家の問題が残ってるだけ」

黒革のノートの上に、伯父から届いた手紙を置いた。

「大日新聞の記者がイギリスで伯父さんに会ったそうやねん。これはその後、伯父さんから『テーラー曽根』宛てに届けられた手紙」

母は居住まいを正すと、よく通る声で言った。

「このテープを録音したんは、私です」

母・真由美は一九五六年、大阪市で生を享《う》けた。私鉄職員だった父と専業主婦の母に育てられた真由美は、短大卒業後、二年間の百貨店勤務を経て光雄と結婚。翌年、二十三歳で俊也を生んでいる。以来「テーラー曽根」の仕事を手伝いながら、子どもを育て上げた——。

だが、俊也が知っている母は略歴の範囲内だった。母になる前、真由美の半生が闘いの日々であったことを知る者は少ない。

両親はともに穏やかな性格で、この時代の父親にしては珍しく、声を荒らげることがなかった。しかし、真由美には穏やかな父がひ弱に見え、社会に対し何も訴えようとしない姿を密かに軽蔑していた。両親は突然変異のような血の気の多い一人娘に手を焼いた。

中学一年生にして、バリケード封鎖する関西の各大学を一人で回り、その異様な熱気の中に身を置くのを好んだ。投石が飛び交う京都の某大学キャンパスで、頭に石が当たって血を流したこともあった。

高校や短大在学中も闘争集会に出席し、反権力のシュプレヒコールを上げていたが、深い思想があるわけではなかった。反米のスタンスを取りながらも、短大では英米文学を専攻し、ヘミングウェイやカポーティを愛したところに真由美の柔軟性が表れている。

そんな真由美の人生を一変させたのは、短大卒業を間近に控えた時期に起こった、ある事件だった。人生の闇は大抵、日常の延長線上にある。発端は真由美の父親が鞄を拾い、交番に届けたことだった。交番で警察官が鞄を開け、現金が詰まっていることを知った父は、夕食のときにその話題を持ち出し「持ち主が見つからんかったら、大金持ちや」と珍しく冗談を言って家族を笑わせた。

その後、落とした人間が現れたことでこの話は夢で終わるはずだったが、実際は悪夢に変わった。持ち主の主張する金額と鞄の中に入っていた金額の間にかなりの差があったのだ。父は警察に事情を聴かれ、二度目の聴取のときに逮捕された。一貫して無罪を主張したが、不利になる状況証拠が上がった。鞄を届け出た後に大量の馬券を買っていたというのだ。競馬は父の唯一の趣味だったが「そんな大金を賭けたことなど誓ってない」と容疑を否認。

だが、裁判では物証がないにもかかわらず、執行猶予付きの有罪となった。父が電鉄会社をクビになり、一家の生活は途端に苦しくなった。裁判が終わってから、一人の新聞記者が引っ越した先のアパートにやって来た。聞けば、父の事件に関わった警察官が懲戒免職処分となったという。記者は父の件をその警察官の仕業だと確信していた。

それは名誉回復のための、最後の望みだった。しかし、記事は掲載されることなく、取材はうやむやに終わった。

「書けなかった」

アパートに来た記者はそう言って頭を下げた。それからひと月して、父は首を吊って死んだ。遺書はなかった。

母子はひっそりと暮らしていたが、真由美が働きに出ていた百貨店でも、次第に父のことを噂されるようになり、居づらくなった。その後、真由美は光雄と見合いをする。結婚を決めたのは、スーツづくりに妥協を許さない光雄の姿勢に感銘を受けたからだ。父のことがあったので、手に職のある人間が逞しく見えた。

しかし、光雄から彼の兄を紹介されたとき、彼女は自らの人生を呪いたくなった。曽根達雄が目の前に現れたからだ。さほど親しくはなかったが、二人は狭山《さやま》闘争や三《さん》里《り》塚《づか》闘争の集会で知った仲だった。光雄からすれば、いくら兄が活動家とはいえ、自らはまるで違う人生を歩んできた。それにもかかわらず、妻になる女が兄と同じ穴の貉《むじな》だったと知れば、幻滅されても仕方がない。せっかくつかんだ幸せが手中から滑り落ちるところだったが、達雄は機転を利かせて初対面を装った。彼はそれからも真由美の過去を他言せず、光雄との結婚を後押しした。

俊也が知る「テーラー曽根」は、こうして出来上がったのだった。

「つまり、伯父さんに借りがあったからってこと？」

母の長い独白の後、俊也は母と伯父を結んだ奇妙な縁が、テープの一件につながったと推察した。

「それは関係ないわ。強いて言うなら……」

束の間、目を伏せた母の口元が少し緩んだ。

「『奮い立った』って感じかなぁ」

俊也はその言葉に驚いた。ヨークの街で、伯父が阿久津に言った台詞と全く同じだったからだ。生島に犯行を持ちかけられたときの気持ちを確かに伯父は「奮い立った」と表現した。この二人は、つながるべくしてつながったのかもしれないと思った。

一九八四年十一月、最後の事件と位置付けていた「ホープ食品事件」を前に、達雄は光雄に内緒で真由美に助力を求めた。テープの録音だ。

「伯父さんが『くら魔天狗』やって聞いて、衝撃じゃなかった？」

「そら、びっくりしたわ。でも、それを聞いてから挑戦状を読み返すと、あぁ、達雄さんやって、妙に納得するところがあったかな」

「伯父さんは青酸菓子ばら撒いてんで」

「それはあかん。あかんことやけど、私はどうしても警察へ一矢報いたかった。この年になっても、お父さんのことを思い出すと苦しいんよ」

母は眉間に皺を寄せ、胸に手を当てた。

「それに達雄さんとの偶然の縁があって、その本人が運んできた話やから、運命的なものを感じてしまったんやと思う」

「でも、自分の息子の声が、犯罪に使われるねんで」

「今考えたらね。でも、二十八歳のときの私には、これが最初で最後のチャンスやとしか考えられへんかった」

二十八歳と聞いて、俊也の心はざわついた。今の自分より八つも若い親のことをうまく想像できなかった。母がずっと大人でいたという錯覚に気付かされた思いだ。

「後悔はなかった?」

話し疲れた様子の母は、しばしの沈黙の後に言った。

「やっぱり、警察が許されへんかったから」

伯父の手紙にあった「テープの件については、あなたのお母さんに聞いてください」という一文を読んだとき、俊也は衝撃にめまいがしたほどだった。母のことは全く頭になかったからだ。そして、僅かではあっても、肉親が「ギン萬事件」に加担したことに強い怒りを覚えた。

事件が、自分の子ども同様、他の子どもたち、延《ひ》いては社会全体をも巻き込んだことに、二十八歳の母はどれだけの想像力を持って対峙していたのだろうか。「警察」という言葉を聞くだけで思考停止に陥り、罪のない人々へ向けて個人的な恨みを晴らした行為が、正義であるはずがない。

テープとノートは日本を去る前に、伯父が母に託したという。阿久津が筆跡の違いを指摘した冒頭のページの「The G.M. Case」というタイトルは、母が書いたものだった。

「実際に日本の警察を振り回したんやって思ったら、興奮してね」

「それで気が済んだん?」

「最初はね。でも、長続きせんかった」

伯父と同じく、母もまた何も得られなかったのだ。だとすれば、なぜ二人はノートやテープを処分しなかったのか。いや、できなかったのか。問い掛けた俊也に、母は一言「ごめんね」と謝るのみだった。

テープとノートを保管していた引き出しの中では、母の怨恨と悔恨が渦巻いていた。捨てられなかったのは「沈黙」と「総括」の間で、母が揺れていたからだろう。そして、健康状態に不安を覚えたとき、息子にその判断を委ねたのだ。

「この三十年、誰にも言われへんかったんやね……。それにしても、お父さんは全然気付いてなかったん？」

俊也が労《いた》わるように言うと、母は「お父さんはスーツのこと以外は何も知らん人やったから」と柔らかく笑った。

「ただ、ひょっとしたら、堀田さんはおかしいと思ってたかもしれへんわ」

堀田の名を耳にして、俊也は思わず驚きの声を漏らした。

「何で堀田さんが……」

「あのとき……、お父さんがパチンコに行ってる間にね、達雄さんがこの黒革のノートとテープを預けに店に来たんよ。私はあんたがおったから遠出はできへんし。ほんの一瞬のことで、近所の目もあるから見送りもせぇへんかってんけど、ふと店先を見たらガラス戸の向こうで堀田さんが、達雄さんの歩いていった方を熱心に見てたんよね」

「堀田さんは、伯父さんやって気付いてたってこと？」

「分からへんけど、後ろ姿は見えたと思う。その後すぐ店に入ってきたけど、お父さんがおらんと分かったらすぐに帰らはった」

「伯父さんのことは聞かへんかったってことやね？」

母が頷くのを見て、俊也は一つの確信を得た。恐らく、堀田は母と伯父の間に何らかの接触があったことに気付いていたのだ。自分を心配させまいとして母のことを口にしなかったことも、親身になって面倒な調べものに付き合ってくれたことも、彼一流の距離の取り方であり、優しさだったのだろう。

俊也が黙り込むと、母はか細い声で言った。

「まだ検査結果は分からへんけど、もしものときのことは、亜美ちゃんに話してあるから」

自分の知らないところで、女同士の引き継ぎがあったようだ。不仲に見えて、案外頑丈に絆《きずな》を結んでいるらしい。

母が自らの体に一つの予感を抱いているのを知って、俊也は息苦しさを覚えた。だが、夏から続けてきた旅の結晶が、その強い意志が、彼の足下をしっかりと支えていた。

「ギン萬事件」につながる曽根家の不幸は、自分が断ち切るしかない。

俊也は目を伏せたまま座っている母を一人残し、部屋を出た。母への愛情が深い分、つらかったが、もう恐れはなかった。

一階の作業部屋に入り、スマートフォンを手にする。この思いを誰かに受け止めてほしかった。阿久津の携帯番号を呼び出した俊也は、通話のマークにタッチした。

「私の店で阿久津さんがおっしゃってたこと……」

阿久津が電話口に出ると、俊也は名乗りもせずに話し始めた。阿久津は黙って聞いてくれた。

「僕なりのやり方で未来に進もうと思います」

6

目に見えなくても、十分に熱が伝わってきた。

大日新聞大阪本社ビル内のホール。午後七時スタートの会見を目前に控え、会場では二百人以上のメディア関係者がひしめき合っていた。

十二月二十一日。今日、企画の一本目が朝刊一面で始まり、同じく一面トップから社会面、他の面にわたりストレートニュースでも報じた。「ギン萬事件　英国で犯人の男発見」「〝テープの子ども〟2人　本紙取材に応じる」という見出しの記事のほか、モザイク処理した達雄の写真やカセットテープと黒革のノートの画像、事件の年表なども含め大展開した。他の写真や無線の交信記録をネットで公開するか否かは、現在検討しているところだ。

三日ほど前から、大阪府警を発信源に「大日がギン萬の犯人と接触したらしい」という情報が流れだし、その翌日から、他社の記者が各府県の警察担当に探りを入れ始めた。

大日のスクープを受けても、新聞の夕刊やテレビは淡々と「あまたあるニュースの一つ」として、控えめに報じた。抜かれた記者の最大の報復は「後追い」しないことである。無視することで傷を最小限に止《とど》める防衛本能みたいなもので「小さく扱う」ことも同じ類の抵抗だ。だが、今回に限って言えば、取材したくても「取っ掛かりすらつかめない」というのが実情だろう。

犯人グループの目撃者である小料理屋「し乃」の板長、無線の交信記録を持つ名古屋の山根治郎、金田哲司の同級生秋山宏昌、父が犯人のアジトに踏み込んでいた大津の中村――。いずれも見つけ出すことは至難の業だ。裏を返せばそれは、貼り絵のように情報の欠片をコツコツと重ね合わせていった結果で、この手法こそが、今も昔もこれからも人々が求め続ける調査報道のあり方だ。

もっとも、課題もある。大量のブツを残し捜査本部を煙に巻いた犯人だが、「ギンヨ萬事件」においては、菊池社長の肉声が入ったマスターテープと挑戦状や脅迫状を打ったタイプライターが決定的証拠と言われている。これらのブツもまだ残っているものと信じて、根気よく探さねばならない。もちろん、曽根達雄以外の犯人の行方も重要事項である。

広いホールに比べて、控室は驚くほど粗末だ。普段は会議室に使っている部屋で、十人も入れば息苦しくなるが、既に七人の男がいた。荷物置き用以外の机は撤去され、あとは点在するパイプ椅子と臨時に運び込まれたポールハンガーと姿見のみ。

聡一郎は今、姿見の前に立ち、着せ替え人形になっている。隣の俊也が候補の中から最適のジャケットを選んでいるのだが、案外時間がかかる。オーダースーツではないので、完全にフィットしないのは当然だが、どうしても皺の入り方が気になるらしい。堀田が「ほどほどに」と言っても首を捻るばかりだ。

会見は聡一郎が望んだものだった。八王子のコーヒーショップで会った翌日、阿久津のスマートフォンに本人から連絡があり、その旨を聞いた。三谷は激しく反対したそうだが、最終的には「母に会いたい」という気持ちを汲んでくれ、顔出しをしないという条件で折り合ったという。一方の俊也は家族を守ることを第一に「匿名」「撮影なし」という条件で、個別に取材に応じることにした。たとえ氏名を伏せたとしても、逃げることなく真実を語ろうとする彼の姿勢に、阿久津は誠意を感じた。

　この会見を経て警察が動けば、各社の「後追い」取材が始まり、彼らを取り巻く環境は大きなうねりを見せるだろう。無論、記者として報道は続けるが、行き着くところまで二人の被害者と並走しようと考えていた。

「相変わらず落ち着きないな」

　無意識のうちに立ったり座ったりを繰り返していた阿久津に、鳥居がいつもの毒を吐いた。最大限、結果を出してもこれだ。だが、そんな上司にも、もう慣れてしまった。反対に労いの言葉でも掛けられようものなら蕁麻疹《じんましん》が出る。

　鳥居が部屋を出ると、ニヤつきながら近づいてきた水島が「あいつ、最初から阿久津君を狙ってたみたいやで」と耳打ちするように言った。

「最初から？」

「二年ほど前に関西小劇場の企画をやったやろ？」

　芸能デスクの富田に振られてイヤイヤ始めた企画だったが、取材し始めると案外面白かった。観客動員を増やすためＳＮＳを駆使し、街中でバカバカしいパフォーマンスを繰り広げる劇団に、密着取材したのだ。

「鳥居はああ見えても演劇人やからな」

「はっ？」

水島が何を話しているか、全く理解できなかった。

「あいつ、大学で演劇サークルに入ってたんや」

「冗談でしょ？」

「『嫁はんキンポー』や」

「……何ですか、それ？」

「あいつの芸名」

「嘘でしょ。……ひょっとして『サモ・ハン・キンポー』の捩《もじ》りですか？」

「取材源の秘匿《ひとく》を忘れたらあかんで」

水島は最後に余計な情報を残して部屋を出た。鳥居の仏頂面を思い浮かべた阿久津は「嫁はんキンポー」に何があったのかと考えずにはいられなかった。

やっとジャケットが決まったようだ。

そわそわした様子で椅子に座る聡一郎に、阿久津はペットボトルのお茶を手渡した。

「緊張の方はどうですか？」

「逃げ出したいです」

その場にいた皆が笑った。

「でも、逃げ込める場所もないんで、正直に話してきます」

痩せた顔を強張らせてはいたが、初めて会ったときより血色はいい。弁護士がいないので、大勢の記者と一人で相対することになる。心配だったが、決意が固いようなので明るく送り出すことにした。

「そろそろ時間です」

腕時計を見ていた堀田が、渋みのある声で知らせた。彼もまた、今回の調査報道に欠かせない人物だった。

「では、行ってきます」

阿久津は聡一郎と握手を交わした。思いのほか力強さを感じた。

俊也と堀田が先頭を歩き、聡一郎と三谷がそれに続く。複数の革靴が薄暗い廊下の床を打つ。俊也がホールのドアを押し開ける。

会場の前方は背の低い舞台になっていて、その真ん中に白いテーブルクロスが掛けられた長机があり、各社のマイクやＩＣレコーダーが山盛りになっていた。ドアから舞台までは約十メートルの距離だが、目隠しの衝立が並んでいるため、まだフラッシュを焚《た》く者はいない。聡一郎の傍らに三谷が立ち、俊也と堀田が後ろにいる。阿久津はさらに後方で彼らを眺め、企画の冒頭の一文を思い返していた。

「僕は……、母親を……、母を置いて逃げてしまいましたっ」

新聞記事を書く上で、会話文から書き始めることは極力避けていた。ただ一つの例外は、その言葉が原稿の核心をつく場合だ。

それは灼熱《しゃくねつ》の炎から逃れ、母を捨てて生きることにした少年の、悲痛な心の叫びだった。聡一郎は、呪われた一家に絡まった負の連鎖をどこかで断ち切りたいと願っていたはずだ。たとえ、それによって自分と母とをつなぐ糸が鎖とともに切断されたとしても。火を放ったのは津村ではなく、神だとすら思ったかもしれない。

しかし、逃げながら得たものは何もなかった。広島で、宮崎で、そして岡山で。絶望するたびに孤独を深め、昨日の続きで今日を生きるうちに、彼は時の流れにも置いていかれるようになった。

聡一郎は人を知らない。社会を知らない。そして、時が移ろうときに吹く風を知らない。彼が存在するのは、決して陽の昇ることのない最果ての地。その身に数えきれないほどの不幸せを刻み、碑のように佇んでいる。

「いよいよここまで来たな」

隣に鳥居が立った。このデスクにもいろいろな過去があるのだろうが、やはり阿久津には鬼の事件記者にしか見えない。

「何であんな事件が起こってしもたんですかね」

ずっと追い続けてきた事件が、自らの手を離れていくようで、阿久津は一抹の寂寥を覚えた。そして、一つの節目を迎えたのだと思うと、体の芯から疲れを感じた。

「俺らの仕事は素因数分解みたいなもんや。何ぼしんどうても、正面にある不幸や悲しみから目を逸らさんと『なぜ』という想いで割り続けなあかん。素数になるまで割り続けるのは並大抵のことやないけど、諦めたらあかん。その素数こそ事件の本質であり、人間が求める真実や」

隣に視線を向けると、鳥居は阿久津の肩に手を置いた。

「ご苦労さん」

踵を返した鳥居の言葉が、じんわりと胸の内に響いた。そして、自分は今、素数を手にしているだろうかと考えた。まだ割れると言い聞かせて前を見る。

阿久津は、舞台に向けて動き始めた聡一郎の背に、風が吹くように祈った。

エピローグ

夜は雪になるらしい。

革靴からスリッパに履き替えたとき、亜美が言っていたのを思い出した。厚手の靴下を履いていたが、指先が冷えているのが分かった。玄関先は暖房が効いておらず、脱いだばかりのコートを羽織りたくなった。

「どうぞこちらへ」

優しそうな面立ちをした女性職員が歩き始めた。阿久津がその後に続き、俊也は聡一郎と肩を並べて進んだ。これは本当に降るかもしれない、とカイロを貼っている腰に手を当てた。

よく磨かれたフローリングが照明の光を跳ね返している。事前に抱いていたイメージと異なり、施設はかなり新しかった。通路を進むごとに室温が上がり、すれ違う入居者も増えた。「交流ルーム」の中では、職員が正月のもちつきの準備をしているらしかった。年配女性たちの笑い声も聞こえる。

神戸市内の特別養護老人ホーム。年の瀬の施設は、あと少しで新年を迎えるという明るさに満ちていた。渡り廊下の前に来て、ピンクのエプロンをした女性職員が足を止めた。

「この向こうが住居スペースなんです」

女性は笑顔で渡り廊下を指差した後、すぐ左手の部屋に入った。スライド式のドアは開いたままストッパーで止められていた。ドアの上には「ラウンジ」と表記してある。

阿久津に続いて部屋に入ると、まず向こう正面のガラス戸から見える海に目がいった。波が海面のきらめきをつくり、水平線の彼方に白い積雲が浮かんでいる。海風は厳しそうだが、釣り人の姿もちらほらあった。

室内は自然光だけで十分明るかった。右手に小さなカウンターがあり、その前の円卓で三人の男女がお茶を飲んでいた。

「あっ、小林《こばやし》さん」

職員に呼ばれ、窓際のテーブル席にいた車椅子の女性が、海の方から視線を移した。白髪で穏やかな笑みを浮かべる口元には、薄い色の紅を引いていた。小林という名字が気になったが、それはこれからの話だ。

九日前の会見で、聡一郎は記者たちの質問攻めに遭ったが、たどたどしくも誠実に受け答えするうちに、殺気立っていた会場の雰囲気が徐々に静まっていった。放火殺人の件について、京都府警が聡一郎から事情を聴くという情報も流れ、記者たちは彼を「テープの子ども」と判断。ハチの巣を突いたような大騒ぎとなり、ネットを含めたメディアは連日「ギン萬事件」関連のニュースを報じた。韓国、台湾、香港、そしてイギリスのメディアも反応し、各有力紙やテレビ局が「三十一年後の真実」を大々的に報道した。

俊也の下にも取材が殺到し、店の営業時間を短縮して、近くのカフェやレストランでメディアのインタビューに応じた。同じ話を何度も繰り返すのは辟易したが、親族の罪を背負う者として、できる限り誠実に答えてきたつもりだ。

大日新聞の全七回の企画は、八王子のコーヒーショップの描写で終幕し、問い合わせで電話回線がパンクしたという。この特養の職員から「聡一郎さんの母親だとおっしゃる女性がいるんですが……」と電話があったのが一昨日の夜。阿久津が折り返しの電話で確認したところ、信憑性が高いと結論付け、本日の訪問に至った。

後ろにいた聡一郎が音もなく前へ出て、一旦止まった。

それから速度を速め、つかつかと女性の方へ歩み寄って行った。車椅子の前にひざまずいて顔を近づける。

「お母ちゃん……」

聡一郎の鼻声を聞いた瞬間、女性の顔が歪んで「聡ちゃん……」と言って両手を前へ差し出した。聡一郎がその小さな手を握ったとき、二人は互いに呼び掛けて抱き合った。そして、押し殺していた感情が爆発したように、聡一郎が大声を出して泣き始めた。

「お母ちゃんっ、お母ちゃんっ」

白髪の女性――生島千代子もうつむいたまま震え、嗚咽を漏らした。

「お母ちゃん、ごめん、ごめん……」

「聡ちゃん、聡ちゃん、あんた目ぇ悪いん？　どないしたん？　病気なんか？」

千代子は両手で息子の顔を挟み、親指で涙を拭った。

今ほど母を置いて逃げたことを後悔するときはなかっただろう。聡一郎は母の腕に顔を埋め、謝り続けた。

俊也は堪えきれず、目にハンカチを押し当てた。阿久津も目を真っ赤にしていたが、彼は新聞記者としての役割を果たさねばならない。取材バッグからコンパクトカメラを取り出すと、フラッシュを焚かず静かにシャッターを押した。

円卓にいた三人が気を利かせて席を立ち、女性職員も阿久津に「ご用があるときは呼んでください」と小声で言って、一緒に部屋を出た。広いラウンジは四人だけになった。

メガネを取った聡一郎が、会見のときに着ていたジャケットの袖で涙を拭う。立ち上がって振り返った彼は「お母ちゃんです」と言った。

カメラを手にした阿久津が「すばらしい眺めですね」と話し掛けると、千代子は笑って頭を下げた。

彼女と聡一郎が並んで座り、俊也たちが対面に腰を下ろす形で取材が始まる。俊也は今日も専ら頷くだけの存在だと自認していた。阿久津は自分で書いた記事を見せながら、これまでの取材経緯を説明した。そして真実の空白を埋めるため、質問を始めた。

「建設会社の火事があってから、千代子さんはどうしていらっしゃったんですか？」

「あの建設会社で火事やと聞いて、頭が真っ白になりました。聡ちゃんがいると分かってましたから。慌てて駆け付けたんですけど、跡形もなく燃えてて、白い煙がぶわっと……。必死に聡ちゃんを捜しましたが、見つけられませんでした。近くにいた会社の人に聞いたんですが、家で待機するよう言われるだけでした」

自宅アパートに戻った千代子は電話帳を開き、京都市内の病院に片っ端から電話を掛け、中学生ぐらいの男の子が運ばれていないか確認した。だが、該当者は見つけられず「死者二名」という情報がラジオから流れ、気を失いそうになったという。

「その日の夜、青木組の人間が二人来て、聡一郎と津村さんの行方が分からないと言いました。連絡はないか、と」

「電話したかったんですけど、津村さんが許してくれませんでした。家には必ず青木組の者が張り付いてるからって」

表情に後悔を滲ませ、聡一郎が事情を話した。電話口で千代子に危害が加えられると、聡一郎は帰らざるを得なくなる。津村はそう判断したのだ。実際、千代子の家には青木組の組員がずっと張り付いていたという。

「津村さんが火を付けて、彼に懐いていた聡ちゃんがついて行ったんだと聞かされました。無事でいてほしいと思う一方で、無責任な言い方ですけど、聡ちゃんなら新しい世界を見つけられるかもしれないとも考えてました」

俊也は彼女が事務所で嫌がらせを受けていた話を思い出した。青木組の手の内から逃れ、自由を得ることこそが母子の悲願だった。何も連絡がないまま、千代子は待つことに疲れ、次第にその都合のいい解釈を信じるようになる。

アパートに来た警察に「放火事件のことで事情を聴きたい」と言われたとき、彼女は「ギン萬事件」についても聴取されることを覚悟した。彼女は覆面パトカーで署まで行く間、全てを打ち明けようか迷った。しかし、告白してしまえば、聡一郎にどんな災いが降りかかるか分からない。彼女は黙秘することに決めた。そんな千代子の心配をよそに、聴取は形式的なものだったという。

「『何であの建設会社で働いてるんや』とか『津村とは面識があるんか』とか。それに主人についてもひと通り聞かれましたけど、警察は彼が亡くなったことも知りませんでした。そもそも私たち一家に興味がない様子でした」

行方知れずの夫は元刑事とはいえ、ヤクザ者に違いなかった。その家族と見られる母子は、同情に値しないらしい。だが、千代子にとっては、その差別がありがたかった。だから刑事に「帰りは自分で帰ってくれ」と言われても腹が立たなかった。

「署を出たとき、ふと気付いたんです。もう自分が守るべき人はいない、と。青木組の人に盗まれるかもしれんと思って、貴重品や子どもに関する大事な物はバッグに入れてました。あのアパートには戻る必要ないんやって」

千代子は家でなく、駅へ向かった。組員に捕まらないか、心臓が波打ち続け、自ずと早足になった。しかし、改札を抜け、滑り込んできた電車に乗ったとき、四十四歳の女は忘れかけていた自分の人生を思い出した。

「その後はどうされてたんですか？」

「最初は金沢《かなざわ》の旅館で働きました」

千代子の語り口には淀みがなく、記憶も鮮明だった。だが、一人の女として生きてきた二十四年の歳月については、あまり話したがらなかった。聡一郎と同様、地方を転々として暮らしたという。保証人も手に職もない女がいかにして生きてきたのか。

息子には聞かせられない話もあるのかもしれない。「小林」という姓についても言葉を濁した。

気まずそうな千代子の表情を見て、俊也は早く親子水入らずの状態にしてやりたかった。阿久津もまた、居心地が悪そうだった。

「念のための確認で、大変失礼なのは承知で伺いますが、お互いが親子であると証明できるものをお持ちでしょうか」

事が事だけに間違いが許されないということだろう。俊也は何を今さらと思う反面、正確に報道するにはここまでする必要があるのかと、記者の仕事の厳しさを垣間見た気がした。

聡一郎がバッグからテープレコーダーを出した。彼は母を見た後、再生ボタンを押した。

雑音が鳴った後、事件を調べる過程で何度も聞いた声が室内に響いた。

「名神高速道路を八十五キロで吹田のサービスエリアへ走れ――」

錆びついたような音源の、若い女の緊張した声。ひび割れのある不鮮明な声だったが、それを聞いた千代子は「あぁ……」と漏らして、テープレコーダーに手を伸ばした。

「あぁ……、望ちゃんの声やぁ……。望ちゃん……」

聡一郎が隣で咽び泣くと、千代子は声を張り上げておもいきり泣いた。

「ごめん……、ごめんなさい、望ちゃんごめんなさい……、ごめんなさぁ……い……」

もう雑音しか流れないテープレコーダーを拝むように握り締め、額をテーブルにこすりつけた千代子は、掠れた声を震わせて泣き続けた。

キツネ目の男に追われながらも家に電話してきた健気な娘、留学を心待ちにし、希望に胸を膨らませていた娘。今、千代子の心にはいろんな望の顔が浮かんでいるに違いない。同じ人の親として、俊也も思い出さずにはいられなかった。詩織が初めて立ったときに亜美と手を合わせて喜んだ日のこと、腰痛で寝込んでいたときに小さな手で一生懸命腰を揉んでくれたこと、叱られている最中にもかかわらず、泣きながらみかんを口に入れたこと——。何百、何千回と抱き締めた娘の存在がこの上なく愛しく、理不尽な形で望を奪われた千代子の心情は、察することも叶わない。声が出ないよう懸命に唇を噛み締めて、俊也は涙を流した。阿久津もうつむいたまま顔を上げられないでいる。

聡一郎が母の肩を抱き、その肩に顔を埋める。

家族の唯一の形見が犯罪の証拠という暗い現実に、悲しみの底が見えなかった。やがて千代子がテープレコーダーから手を離し、聡一郎が母の肩から顔を上げる。

千代子は体を震わせながら、膝の上で握り締めていた巾着袋をテーブルの上に置いた。そして、中から小さな青いスポーツカーのおもちゃを取り出した。聡一郎がハッとしてすぐにそれを取り上げた。

「これは兵庫県の作業員寮に住まわせてもらってたとき、私の誕生日に聡ちゃんからもらったものです。何もあげるもんないからって、大事にしてたこの車をくれたんです……」

涙声で話す千代子の傍らで、聡一郎は何度も頷いて再び濡れた目から涙をこぼした。

「これ……、ギンガのキャラメルのおまけなんです」

右手にある陽が、体の半分を山に沈めていた。

俊也は阿久津の隣に立って、コンクリートの堤防に手を置いた。神戸の海は静かで波が柔らかかった。

「何とか正月に間に合いましたね」

笑い掛ける阿久津に、俊也は笑みを返した。

「でも、聡一郎さんを病院に連れて行かないと」

「そうですね。僕の方で探してみます」

何でもないことのように請けあった阿久津は、海を見てしばらく黙った。

「ご家族は落ち着かれましたか？」

「ええ。取材の方は当分続きそうですが」

母の告白を聞いた日、俊也は夫婦の寝室で妻に全てを話した。亜美は一言「分かりました」とだけ答え、翌日からも変わりなく母と接した。彼女の中でも混乱はあっただろうが、俊也は妻の心《しん》の強さという新たな一面に気付き、その優しさに感謝した。

「伯父に会いに行こうと思います」

阿久津は頷いてから「急いだ方がいいですよ」と言った。

「大阪府警が、イギリスの司法当局に協力を要請しているようです。人権上の問題がありますし、三十年以上も前の話なんで、説得力のある証拠が必要だとは思いますが」

よく晴れた一日だったが、放射冷却で冷え込みも厳しかった。釣り人の姿も今はない。夕焼けの空にカモメが舞っていた。

「そろそろ社に戻ります」

「年の瀬やのに、大変ですね」

「いやぁ、この後は会社でビール飲むだけですよ」

ビール缶を傾ける仕草をする阿久津を見て、俊也はいい男だなと思った。彼とは同い年で、同じ関西に生まれ育った。或いは阿久津ともどこかですれ違っていたかもしれない。「ギン萬事件」がなければ、この男と出会うこともなかった。しかし、一連の報道が落ち着けば、再びそれぞれが違う道を歩んでいくのだろう。

俊也は阿久津に握手を求めた。彼は快くそれに応じた。

「お元気で」

「俊也さんも」

遠ざかる阿久津には、相変わらず快いリズムがあった。だが、その背を見ているうちに、俊也は無性に寂しくなった。感傷的になる自分を抑えられず、施設の方を向いて聡一郎の人生を思った。

ギンガのおまけの箱から、あの青いスポーツカーを見つけたとき、彼は無邪気に喜びの声を上げたはずだ。純粋な笑みを湛え、家族におもちゃを自慢する男の子の姿が頭に浮かぶ。俊也は息が苦しくなるほど胸を圧されたが、スポーツカーが聡一郎のもとへ戻ってきたことを希望と捉えた。

海は何も語らず、陽は淡々と沈んで刻一刻と空色を変える。頭上に広がる群青色《ぐんじょういろ》の幕は切ないほどに美しい。

俊也はこのまま静寂の中に吸い込まれていくような錯覚に陥った。

瞼を閉じて、全てを出し切るように長く息を吐く。

確かにここにいると自分に告げるのは、磯の香りを運ぶ冬の風だけだった。

参考文献・映像資料一覧

・『グリコ・森永事件』朝日新聞大阪社会部（新風舎文庫）
・『グリコ・森永事件 最重要参考人M』宮崎学・大谷昭宏（幻冬舎アウトロー文庫）
・『闇に消えた怪人 グリコ・森永事件の真相』一橋文哉（新潮文庫）
・『グリコ・森永事件「最終報告」真犯人』森下香枝（朝日文庫）
・『NHKスペシャル 未解決事件 グリコ・森永事件〜捜査員300人の証言』NHKスペシャル取材班（文藝春秋）
・『NHKスペシャル 未解決事件 グリコ・森永事件』（NHK DVD）
・『阪神大震災・グリコ森永vsジャーナリスト〜権力と市民の間で何をしたか〜』関西地区マスコミ倫理懇談会50周年記念誌企画委員会編（日本評論社）
・『ネゴシエイター 人質救出への心理戦』ベン・ロペス（柏書房）
・『ハイネケン誘拐の代償』（映画：監督ダニエル・アルフレッドソン 2015）

元読売新聞記者の加藤譲氏、ジャーナリストの田中周紀氏、京都ビスポークの皆様、その他、ここにお名前を挙げられない方々にもご協力いただきました。

本作品はフィクションですが、モデルにした「グリコ・森永事件」の発生日時、場所、犯人グループの脅迫・挑戦状の内容、その後の事件報道について、極力史実通りに再現しました。この戦後最大の未解決事件は「子どもを巻き込んだ事件なんだ」という強い想いから、本当にこのような人生があったかもしれない、と思える物語を書きたかったからです。ご多忙の中、真摯に質問の答えを探してくださった全ての皆様に、心から感謝を申し上げます。

著者

本書は二〇一六年八月、小社より単行本として刊行されました。

|著者| 塩田武士　1979年兵庫県生まれ。関西学院大学卒業後、神戸新聞社に勤務。2010年『盤上のアルファ』で第5回小説現代長編新人賞、'11年、将棋ペンクラブ大賞を受賞。同書は'19年、ＮＨＫでドラマ化された。2012年、神戸新聞社を退社。'16年、『罪の声』で第7回山田風太郎賞を受賞。同書は「週刊文春ミステリーベスト10」第1位、第14回本屋大賞第3位にも選ばれた。'19年、『歪んだ波紋』（講談社）で第40回吉川英治文学新人賞を受賞。ほかの著書に『女神のタクト』『ともにがんばりましょう』『盤上に散る』（以上、講談社文庫）、『崩壊』（光文社文庫）、『雪の香り』（文春文庫）、『拳に聞け！』（双葉文庫）、『騙し絵の牙』（角川文庫）など。

罪《つみ》の声《こえ》

塩田武士《しおたたけし》

2019年5月15日第1刷発行
2020年10月19日第11刷発行

発行者――渡瀬昌彦
発行所――株式会社　講談社
東京都文京区音羽2-12-21　〒112-8001
電話　出版（03）5395-3510
　　　販売（03）5395-5817
　　　業務（03）5395-3615

Printed in Japan

講談社文庫
定価はカバーに
表示してあります

デザイン―菊地信義
本文データ制作―講談社デジタル製作
印刷―――凸版印刷株式会社
製本―――株式会社国宝社

ISBN978-4-06-514825-9

講談社文庫刊行の辞

二十一世紀の到来を目睫に望みながら、われわれはいま、人類史上かつて例を見ない巨大な転換期をむかえようとしている。

世界も、日本も、激動の予兆に対する期待とおののきを内に蔵して、未知の時代に歩み入ろうとしている。このときにあたり、創業の人野間清治の「ナショナル・エデュケイター」への志を現代に甦らせようと意図して、われわれはここに古今の文芸作品はいうまでもなく、ひろく人文・社会・自然の諸科学から東西の名著を網羅する、新しい綜合文庫の発刊を決意した。

激動の転換期はまた断絶の時代である。われわれは戦後二十五年間の出版文化のありかたへの深い反省をこめて、この断絶の時代にあえて人間的な持続を求めようとする。いたずらに浮薄な商業主義のあだ花を追い求めることなく、長期にわたって良書に生命をあたえようとつとめるところにしか、今後の出版文化の真の繁栄はあり得ないと信じるからである。

同時にわれわれはこの綜合文庫の刊行を通じて、人文・社会・自然の諸科学が、結局人間の学にほかならないことを立証しようと願っている。かつて知識とは、「汝自身を知る」ことにつきていた。現代社会の瑣末な情報の氾濫のなかから、力強い知識の源泉を掘り起し、技術文明のただなかに、生きた人間の姿を復活させること。それこそわれわれの切なる希求である。

われわれは権威に盲従せず、俗流に媚びることなく、渾然一体となって日本の「草の根」をかたちづくる若く新しい世代の人々に、心をこめてこの新しい綜合文庫をおくり届けたい。それは知識の泉であるとともに感受性のふるさとであり、もっとも有機的に組織され、社会に開かれた万人のための大学をめざしている。大方の支援と協力を衷心より切望してやまない。

一九七一年七月

野間省一

島本理生　生まれる森
島本理生　七緒のために
小路幸也　高く遠く空へ歌ううた
小路幸也　空へ向かう花
小路幸也　スターダストパレード
小説　小路幸也　原案　山田洋次　平松恵美子　家族はつらいよ
小説　小路幸也　原作・脚本　山田洋次　平松恵美子　家族はつらいよ2
小説　小路幸也　原作・脚本　山田洋次　脚本　平松恵美子　妻よ薔薇のように〈家族はつらいよⅢ〉
島田律子　私はもう逃げない〈自閉症の弟から教えられたこと〉
辛酸なめ子　女修行
柴崎友香　ドリーマーズ
柴崎友香　パノララ
清水保俊　機長の決断〈日航機墜落の「真実」〉
翔田寛　誘拐児
白石一文　この胸に深々と突き刺さる矢を抜け(上)(下)
白石一文　神秘(上)(下)
小説現代編　石田衣良他著　10分間の官能小説集
小説現代編　勝目梓他著　10分間の官能小説集2
小説現代編　乾くるみ他著　10分間の官能小説集3

朱川湊人　冥《めい》の水《みな》底《そこ》(上)(下)
柴村仁　夜宵
柴村仁　プシュケの涙
柴田哲孝　クズリ〈ある殺し屋の伝説〉
塩田武士　盤上のアルファ
塩田武士　盤上に散る
塩田武士　女神のタクト
塩田武士　ともにがんばりましょう
塩田武士　罪の声
塩田武士　氷の仮面
芝村凉也　孤《こ》闘《とう》の寂《せき》〈素浪人半四郎百鬼夜行(六)〉
芝村凉也　邂逅の紅蓮〈素浪人半四郎百鬼夜行(七)〉
芝村凉也　終焉の百鬼行〈素浪人半四郎百鬼夜行(八)〉
芝村凉也　追憶の翰《かん》〈素浪人半四郎百鬼夜行(拾遺)〉
真藤順丈　畦と銃
柴崎竜人　三軒茶屋星座館1〈冬のオリオン〉
柴崎竜人　三軒茶屋星座館2〈夏のキグナス〉
柴崎竜人　三軒茶屋星座館3〈春のカリスト〉
柴崎竜人　三軒茶屋星座館4〈秋のアンドロメダ〉

城平京　虚構推理
周木律　眼球堂の殺人〈~The Book~〉
周木律　双孔堂の殺人〈~Double Torus~〉
周木律　五覚堂の殺人〈~Burning Ship~〉
周木律　伽藍堂の殺人〈~Banach-Tarski Paradox~〉
周木律　教会堂の殺人〈~Game Theory~〉
周木律　鏡面堂の殺人〈~Theory of Relativity~〉
周木律　大聖堂の殺人〈~The Books~〉
下村敦史　闇に香る嘘
下村敦史　生還者
下村敦史　叛《はん》徒《と》
下村敦史　失踪者
下村敦史　緑の窓口〈樹木トラブル解決します〉
九把刀　阿井幸作／泉京鹿訳　あの頃、君を追いかけた
杉本苑子　孤愁の岸(上)(下)
鈴木光司　神々のプロムナード
鈴木英治　大江戸監察医
杉本章子　お狂言師歌吉うきよ暦
杉本章子　大奥二人道成寺〈お狂言師歌吉うきよ暦〉

田辺聖子　うたかた
田辺聖子　春情蛸の足
田辺聖子　蝶花嬉遊図
田辺聖子　言い寄る
田辺聖子　私的生活
田辺聖子　苺をつぶしながら
田辺聖子　不機嫌な恋人
田辺聖子　女の日時計
谷川俊太郎訳 和田誠絵　マザー・グース　全四冊
立花隆　中核VS革マル（上）（下）
立花隆　日本共産党の研究　全三冊
立花隆　青春漂流
滝口康彦　粟田口の狂女〈レジェンド歴史時代小説〉
高杉良　労働貴族
高杉良　広報室沈黙す（上）（下）
高杉良　炎の経営者（上）（下）
高杉良　小説 日本興業銀行　全五冊
高杉良　社長の器
高杉良　その人事に異議あり〈女性広報主任のジレンマ〉

高杉良　人事権！
高杉良　小説消費者金融〈クレジット社会の罠〉
高杉良　小説 新巨大証券（上）（下）
高杉良　局長罷免 小説通産省
高杉良　首魁《しゅかい》の宴《うたげ》〈政官財腐敗の構図〉
高杉良　指名解雇
高杉良　燃ゆるとき
高杉良　挑戦つきることなし〈小説ヤマト運輸〉
高杉良　銀行大合併〈短編小説全集(上)〉
高杉良　エリートの反乱〈短編小説全集(中)〉
高杉良　金融腐蝕列島（上）（下）
高杉良　銀行大統合〈小説みずほFG〉
高杉良　勇気凜々
高杉良　混沌《こんとん》 新・金融腐蝕列島（上）（下）
高杉良　乱気流（上）（下）
高杉良　小説 会社再建
高杉良　小説 ザ・ゼネコン
高杉良　新装版 懲戒解雇
高杉良　新装版 大逆転！〈小説 三菱・第一銀行合併事件〉

高杉良　新装版 バンダルの塔
高杉良　新・燃ゆるとき
高杉良　管理職の本分
高杉良　破戒者たち〈小説・新銀行崩壊〉
高杉良　第四権力〈巨大メディアの罪〉
高杉良　巨大外資銀行
高杉良　最強の経営者〈アサヒビールを再生させた男〉
高杉良　リベンジ〈巨大外資銀行〉
高杉良　新装版 会社蘇生
竹本健治　新装版 匣《はこ》の中の失楽
竹本健治　囲碁殺人事件
竹本健治　将棋殺人事件
竹本健治　トランプ殺人事件
竹本健治　狂い壁 狂い窓
竹本健治　涙《るい》香《こう》迷《めい》宮《きゅう》
竹本健治　新装版 ウロボロスの偽書（上）（下）
竹本健治　ウロボロスの基礎論（上）（下）
竹本健治　ウロボロスの純正音律（上）（下）
高橋源一郎　日本文学盛衰史

講談社文庫　目録

2020年9月15日現在